P세대

GENERATION 〈П〉
by Виктор Пелевин

이 도서의 국립중앙도서관 출판시도서목록(CIP)은 e-CIP 홈페이지(http://www.nl.go.kr/ecip)와
국가자료공동목록시스템(http://www.nl.go.kr/kolisnet)에서 이용하실 수 있습니다.
(CIP제어번호: CIP2012003722)

세계문학전집
090

Виктор Пелевин : Generation «П»

P세대

빅토르 펠레빈 장편소설

박혜경 옮김

문학동네

중산층의 영전에 바친다.

본문에 언급된 모든 상표는 존경하는 소유주들의 개인 자산이며 모든 권리는 그들에게 있다. 상품명이나 정치가들의 이름이 실제 시장에 존재하는 상품을 가리키지는 않는다. 단지 상업-정치적 정보 영역에 존재하는 다양한 구성 요소들이 투사된 것에 불과하며, 이는 작가 개인의 인식의 대상으로서 강제적으로 이끌려 나왔을 뿐이다. 작가는 이러한 의미에서 그것들을 예외적으로 받아들여주기를 바라는 바이다. 그 밖의 것은 우연의 일치다. 작가의 견해는 그 자신의 관점과 일치하지 않을 수 있다.

차례

당신도 알잖아요, 난 감상적이에요;
이 나라를 사랑하지만 이런 광경은 견딜 수 없군요.
난 좌도 우도 아니에요.
오늘 밤은 그냥 집에서,
저 희망 없는 작은 화면 속에서 길을 잃겠어요.*

—레너드 코언

* 캐나다의 가수이자 시인, 레너드 코언의 곡 〈democracy〉의 일부분.

P세대

한때 러시아에는 여름과 바다, 태양을 향해 기쁨의 미소를 지으며 '펩시'를 선택했던 근심 없는 젊은 세대가 정말로 살고 있었다.

이제 와서 왜 그런 일이 일어났었는지 확인하기는 어렵다. 아마도 이 음료의 뛰어난 맛 때문만은 아니었을 것이다. 아이들을 중독시켜 계속해서 더 달라고 조르게 만들고, 그들을 어린 시절에서 끌어내 확실하게 코카인의 항로로 이끌어 가는 콜라의 카페인이 문제가 되었던 것도 아니다. 진부한 뇌물의 문제는 더더욱 아니다. 그보다는 차라리 계약 체결을 주도했던 당 관료들이 공산주의에 대한 신념을 잃은 후 온 마음을 다해 이 검은색 탄산가스 액체와 사랑에 빠졌다고 믿고 싶다.

무엇보다도 그 이유는 소련의 이념적 지도자들이 진리는 오로지 하나라고 간주했던 때문일 것이다. 그런 까닭에 P세대에게는 사실 다른 선택의 여지가 없었으며, 1970년대 소련의 아이들은 그들의 부모가 브레즈네프*를 선택했던 것과 마찬가지로 펩시를 선택했다.

어쨌든 이 아이들은 여름철 해변에 누워 오랫동안 구름 한 점 없는 푸른 수평선을 응시하며 노보로시스크 시에서 유리병에 부어넣은 따뜻한 펩시콜라를 마셨고, 언젠가는 바다 멀리 저쪽의 금지된 세계가 자신들의 삶 안으로 들어오기를 꿈꾸었다.

10년이 흐른 후 이 세계가 밀고 들어오기 시작했다. 처음에는 신중하고 예의 바른 미소를 띠더니 나중에는 점점 더 자신만만하고 대담해졌다. 이 세계가 내민 명함 중의 하나가 펩시콜라 광고였다. 이 광고는 많은 연구자들이 지적하듯이 전 세계 문화 발전의 전환점이 되어주었다. 광고에서는 두 마리의 원숭이가 비교된다. 한 마리는 '보통 콜라'를 마셨고 그 결과 큐브 퍼즐과 젓가락을 가지고 아주 단순하지만 논리적인 몇 가지 행동을 수행할 수 있었다. 다른 한 마리는 펩시콜라를 마셨다. 이 원숭이는 즐겁게 쿵쾅거리며 여성 평등에 대해서는 분명 코웃음이나 칠 것 같은 아가씨들을 껴안고 지프를 타고 바다를 향해 내달렸다(솔직히 원숭이들과 가까이 지내야 할 때 이런 생각은 하지 않는 편이 낫다. 평등이건 불평등이건 영혼에는 똑같이 버겁기 때문이다).

곰곰이 생각해보면 여기서 문제는 펩시콜라가 아닌, 직접적으로 관계를 맺고 있는 돈에 있다는 사실을 바로 이해할 수 있을 것이다. 첫째로 제품의 색깔을 문제 삼는 고전적인 프로이트 학회도, 둘째로 펩

---

* 스탈린 이후 최장 기간 소련을 통치했다. 내부적으로 사상 통제를 실시하고 대외적으로는 공산권의 결속을 견고히 하는 동시에 자본주의 국가들과의 긴장 완화를 도모했다.

시콜라를 마시면 비싼 자동차를 손에 넣을 수 있다는 논리적 추론도 모두 그러한 결론을 도출해냈다. 하지만 이 광고를 깊게 분석할 생각은 없다. (바로 이 광고에서 소위 60년대 사람들이 왜 그렇게 줄기차게 P세대를 '밑 핥기'라고 부르는지에 대한 해석을 찾아낼 가능성도 있지만) 지프를 타고 있는 원숭이가 P세대의 최종 상징이 되었다는 사실만이 우리에게는 중요하다.

다름 아닌 매디슨 애비뉴 광고 대행사 출신 젊은이들이 자신의 관객, 이른바 타깃 그룹을 상상해냈다는 사실을 알았을 때는 기분이 좀 나쁘기도 했다. 하지만 삶에 대한 그들의 깊은 인식에는 놀라지 않을 수 없었다. 이 광고는 바로 러시아에서 빈둥거리고 있던 대다수의 원숭이들에게 지프로 갈아타고 인간의 딸들에게 갈 때가 되었음을 알려주고 있었다.

펩시콜라 광고에서 반러시아적인 음모의 흔적을 찾는 것은 어리석은 일이다. 물론 반러시아적인 음모는 존재하지만, 러시아의 모든 성인 세대가 그 음모에 관여하고 있다는 것이 문제다. 따라서 펩시콜라는 반러시아적 음모와는 아무런 상관이 없다. 이상 벌어진 일은 여러 책에도 반영되어 있듯(안드레이 비토프의 『원숭이의 기다림』이나 윌리엄 보이드의 『브라자빌 해변』을 떠올려보라) 전 세계적인 현상의 일부였다. 양상은 전혀 다르게 전개되었지만 미국도 이러한 과정을 거쳤다. 미국에서는 코카콜라가 돌이킬 수 없을 정도로 완전히, 결정적으로 펩시콜라를 붉은색의 경기장에서 밀어냈다. 상황 파악이 빠른 사람들은 이것을 워털루 전투에서의 승리와 같은 의미로 받아들였다. 이는 미국에서 매우 강력한 힘을 발휘하는 종교법의 기능과 관련되어 있었다. 종교법은 진화를 인정하지 않는다. 따라서 그들의 세계 그림에는 코카콜라가 더 잘 어울린다. 코카콜라를 마시는 원숭이는 여전히 원숭이로 남아 있기 때문이다. 하지만 우리는 원숭이 이야기를 너무 오래 하고 있다. 사실 사람을 찾으려 했던 건데.

바빌렌 타타르스키는 붉은색이 붉은색에 대해 역사적 승리를 거두기* 훨씬 이전에 태어났다. 그는 오랫동안 P세대가 뭔지 전혀 이해를 못했지만, 어쨌든 자동적으로 그 세대가 되었다. 만약 그 먼 옛날 자기가 자라서 카피라이터가 되리라는 말을 들었다면 그는 아마도 놀라서 펩시콜라 병을 소년단 캠프 해변의 뜨거운 조약돌 위로 떨어뜨렸을지도 모르겠다. 그 먼 옛날 아이들은 소방관의 반짝거리는 헬멧이나 의사의 하얀 가운을 목표로 삼도록 정해져 있었다. '디자이너'라는 평화로운 단어조차 첫번째 국제 정세의 심각한 위기가 오기 이전에는 위대한 러시아어의 언어적 한계 때문에 어쩔 수 없이 받아들인 미심쩍은 신조어로 여겨졌다.

그러나 그 시절에는 언어에도 삶에도 대체로 미심쩍거나 이상한 일이 아주 많았다. 자신의 영혼 속에서 공산주의에 대한 신념과 60년대 세대의 이상을 결합시켰던 타타르스키의 아버지가 그에게 지어준 '바빌렌'이라는 이름만 봐도 그렇다. 그 이름은 '바실리 악쇼노프'와 '블라디미르 일리치 레닌'이라는 단어의 조합이었다. 타타르스키의 아버지는 아들의 이름을 지으면서 자유분방한 악쇼노프의 소설을 통

* 붉은색 상표의 콜라로 상징되는 자본주의가 소련 공산주의의 붉은색에 대해 승리를 거두었다는 의미.

해 마르크시즘은 처음부터 자유연애를 지지했다고 감사한 마음으로 이해한 충실한 레닌주의자를 상상했을 수도 있고, 혹은 유달리 늘어지는 색소폰의 반복악절을 통해 갑자기 공산주의의 승리를 확신하게 된 재즈에 열광하는 유미주의자를 상상했을 수도 있다. 타타르스키의 아버지만 그런 것이 아니었다. 세상에 '아마추어' 노래를 선사했고, 결코 오지 않을 미래의 꼬리 넷 달린 정자처럼 첫 스푸트니크 위성이 되어 우주의 검은 공허 속으로 사라져버린 소련의 1950년대, 60년대 세대가 모두 그러했다.

타타르스키는 자기 이름이 너무 창피해서 가능하면 자신을 보바* 라고 소개했다. 나중에는 동양의 신비주의에 매료된 아버지가 고대 도시 바빌론의 비밀 교의를 바빌렌이 계승할 운명임을 염두에 두고 그런 이름을 지어주었다고 친구들을 속이기 시작했다. 하지만 아버지는 마니교와 자연철학의 추종자로서 빛의 원리와 어둠의 원리 사이의 균형을 유지하는 것이 자신의 임무라고 생각했기 때문에 악쇼노프와 레닌의 합금을 만들어냈을 뿐이다. 이렇듯 훌륭한 의미를 부여받았음에도 불구하고 타타르스키는 열여덟 살이 되자 기꺼이 자신의 첫번째 여권을 잃어버렸으며, 두번째 여권은 블라디미르라는 이름으로 발급받았다.

이후 그의 삶은 아주 평범하게 흘러갔다. 그는 기술대학에 입학했지만, 분명한 것은 기술을 좋아해서가 아니라(전공은 전기로電氣爐였다) 군대에 가고 싶지 않아서였다. 그러다 스물한 살이 되었을 때

---

* 블라디미르의 애칭.

그의 운명을 결정짓는 일이 일어났다.

어느 여름날, 그는 시골에서 보리스 파스테르나크의 얇은 책을 한 권 읽었다. 전 같으면 아무런 감흥도 불리일으키지 못했을 시들이 이번에는 몇 주 동안 아무런 다른 생각을 못 하게끔 그를 뒤흔들어놓더니, 결국 그 스스로 시를 쓰게 만들었다. 모스크바 교외 숲 언저리의 땅속 비스듬히 박혀 있던 녹슨 버스 뼈대는 영원히 그의 기억 속에 남게 되었다. 이 뼈대 근처에서 생애 첫 문장, "정어리 모양 구름이 남쪽으로 헤엄쳐 간다"가 떠올랐기 때문이다(하지만 그는 나중에 이 시에서 생선 비린내가 난다는 사실을 알아차렸다). 한마디로 이 상황은 완전히 전형적이었고, 마무리 또한 전형적이었다. 타타르스키는 문학대학에 입학했다. 하지만 문예창작과에 들어가지는 못했고 대신 소련의 소수민족 언어를 번역하는 일에 만족해야 했다. 타타르스키는 자신의 미래를 대략 이런 식으로 상상했다. 낮에는 문학대학의 빈 강의실에 앉아 우즈베크어나 키르기스어를 마감 날까지 각운을 맞추어 정확히 번역하고, 밤에는 영원의 작업인 자기만의 창작을 한다.

그 후, 그의 미래에 영향을 미칠 중요한 사건 하나가 조용히 일어났다. 타타르스키가 직업을 바꾸기로 결심했을 즈음, 국가의 혁신과 개선 작업을 시작했던 소련이 지나치게 개선이 된 나머지 그만 존재 자체를 멈추어버린 것이다(만약 국가가 열반에 이를 수 있다면 이것이 바로 그러한 경우였다). 그런 까닭에 소련의 소수민족 언어 번역은 더 이상 아무런 문젯거리가 되지 못했다. 충격적인 일이었지만 타타르스키는 극복했다. 영원의 작업이 남아 있었으니 그것만으로 충분했다.

그런데 이때 예기치 못한 일이 발생했다. 타타르스키가 자신의 노력과 세월을 바치기로 결심했던 영원의 작업에서도 무슨 일인가가 벌어졌다. 타타르스키는 도무지 이해가 되지 않았다. 그가 생각하기에 영원이란 어쨌든 변하지도 않고 파괴되지도 않으며, 덧없이 흘러가는 지상의 영역과는 무관한 그런 것이어야 했다. 예를 들어 그의 삶을 바꾸어놓은 파스테르나크의 얇은 책이 이미 영원 속으로 들어와 있다면 어떤 힘으로도 그것을 밖으로 던져버릴 수는 없었다.

그러나 실상은 전혀 그렇지가 않았다. 영원은 타타르스키가 진정으로 믿는 한에서만 존재하며, 사실 믿음의 경계 너머에서는 그 어디에도 존재하지 않음이 드러났다. 영원을 진정으로 믿기 위해서는 다른 사람들도 이 믿음을 공유해야 했다. 아무도 공유하지 않는 믿음은 정신분열이라고 불렸다. 타타르스키에게 영원을 따르라고 가르쳤던 사람들을 포함하여 다른 사람들에게도 뭔가 이상한 일이 벌어지기 시작했다.

그들이 이전의 시선을 바꾸었다는 뜻은 아니다. 그렇지 않다. 이전의 시선들이 향했던(시선이야 항상 어딘가로 향하지 않겠는가) 바로 그 공간이 방향을 돌려 이성의 바람막이 창문에 미세한 점 하나만 남겨놓고 사라졌다. 주변에는 전혀 다른 풍경이 어른거리기 시작했다.

타타르스키는 사실 아무 일도 일어나지 않은 척하며 싸워보려 했다. 처음에는 그럭저럭 해냈다. 역시 아무 일도 일어나지 않은 척하는 다른 사람들과 가깝게 교제하면서 얼마 동안은 믿음을 가질 수 있었다. 결말은 갑작스럽게 찾아왔다.

어느 날 산책을 하던 중 타타르스키는 점심시간이라 문을 닫은 신발 가게 앞에 멈춰 섰다. 진열창 안쪽에서는 한여름의 무더위 속에 예뻐게 생긴 뚱뚱한 점원이 헤엄치듯 돌아다니고 있었다. 타타르스키는 무슨 이유에서인지 느닷없이 마음속으로 그녀를 '마니카'라고 부르기 시작했다. 마구 뒤섞여 있는 다양한 색깔의 터키산 수공예 신발들 사이로 국내산이 분명한 신발 한 켤레가 놓여 있었다.

타타르스키는 순간 날카로운 인지의 감각을 경험했다. 신발은 앞코가 뾰족하고 뒤축은 높은, 좋은 가죽으로 만들어진 구두였다. 전체적으로 적황색에 하늘색 실로 박음질되어 있고 하프 모양의 커다란 황금색 버클이 장식된 구두는 단순히 취향이 없다거나 저속한 것은 아니었다. 그 신발은 문학대학 출신의 어느 술 취한 소련문학 교사가 '우리의 게슈탈트*' 라고 불렀던 바로 그런 모습을 하고 있었다. 그 모양이 너무 불쌍하고 우습고 감동적이어서(특히 하프 모양 버클이) 타타르스키는 눈물이 핑 돌았다. 구두 위에 먼지가 두껍게 쌓인 것을 보니 새로운 시대가 필요로 하지 않았음이 분명했다.

타타르스키는 자신 역시 새로운 시대가 필요로 하지 않는다는 것을 알고 있었지만 이러한 인식에 익숙해졌고, 심지어는 그 안에서 쓰디쓴 달콤함 같은 것을 찾아내기까지 했다. 그는 마리나 츠베타예바의 시구들로 이 감정을 풀어냈다. "상점(그곳에서는 아무도 사지 않았고 또 사지 않을 것이다!)의 먼지 속에 흩어져 있는 나의 시들도, 귀중한 포도주처럼, 자신의 차례를 맞이할 것이다." 만약 이 감정 속에 뭔가 굴욕적인 무엇이 있다면 그것은 그의 것이 아니라 오히려 주변 세상의 것이었다. 그러나 진열창 앞에 굳어 있던 타타르스키는 갑자기 하

---

* '형태' '전체' 등의 뜻을 가진 독일어로 게슈탈트 심리학의 중심 개념.

늘 아래 먼지를 뒤집어쓴 자신의 모습이 비싼 포도주가 든 용기가 아니라 바로 하프 모양의 버클이 달린 구두와 같다는 사실을 알아차렸다. 그 외에도 한 가지를 더 알아차렸다. 자신이 이전에 믿고 있던 영원은 단지 국가 보조금에 의지해서만 존재할 수 있으며, 그렇지 않으면 국가가 금지하는 것들과 똑같아진다는 사실이었다. 더욱이 영원은 신발 가게의 마니카라는 여자의 반의식 상태의 회상으로서만 존재할 수 있었다. 의심스러운 영원은 그에게 그랬던 것과 마찬가지로 하나의 용기 속에 자연사(自然史)와 무기화학을 함께 담아 그녀의 머릿속에 집어넣어졌을 뿐이다. 영원은 제멋대로였다. 예를 들어 스탈린이 트로츠키를 죽이지 않았다면 반대로 전혀 다른 인물이 그 안에 자리 잡았을 것이다. 그러나 이마저도 중요하지 않다. 왜냐하면 타타르스키는 다음과 같은 사실을 분명히 이해하고 있었기 때문이다: 어떤 상황에서도 마니카는 영원을 신경 쓸 겨를이 전혀 없으며, 그녀가 결국 그에 대한 믿음을 멈출 때 영원도 존재하지 않게 될 것이다. 영원이 더 이상 어디에 존재할 수 있겠는가? 아니면 그가 집으로 돌아오는 길에 자기 수첩에 적어넣은 것처럼 "영원의 주체가 사라질 때 그것의 모든 객체도 사라지며, 가끔이나마 그것을 회상하는 사람만이 영원의 유일한 주체가 된다"라고 할 수 있을 것이다.

타타르스키는 더 이상 시를 쓰지 않았다. 소련 정권의 붕괴와 더불어 시는 그 의미와 가치를 잃었다. 이 사건이 있은 직후 그가 창작한 마지막 글귀는 록그룹 DDT의 노래 가사("가을이란 무엇인가—그것은 나뭇잎이다……")와 때늦은 도스토옙스키에 대한 언급들에서 경감을 얻은 것이었다. 시는 이렇게 끝났다.

영원이란 무엇인가 — 바니카*이다.
영원은 — 거미줄이 쳐진 바니카이다.
만약 바니카를
마니카가 잊는다면,
조국과 우리에게는 무슨 일이 일어날 것인가?

* 러시아어로 '목욕탕'이라는 뜻. 여기서는 마니카와 운을 맞추기 위해 사용되었다.

드래프트 포디엄

영원이 사라지자마자 타타르스키는 현실로 돌아왔다. 그는 지난 몇 년 동안 주위에 나타난 세상에 대해 정말 아무것도 모르고 있었다.

이 세계는 아주 이상했다. 거리에 거지가 늘었다는 사실 말고는 외견상 변화가 거의 없었지만 주위의 모든 것들, 즉 집이나 나무, 거리의 벤치 등은 웬일인지 갑자기 낡고 축 늘어져 보였다. 세상이 본질적으로 달라졌다고 말할 수도 없었다. 세상에는 이제 아무런 본질도 남아 있지 않았기 때문이다. 공포의 불확실성만이 모든 것을 지배하고 있었다. 그럼에도 불구하고 자신이나 주변 상황에 대해 절대적 확신을 가진 건장한 남자들이 탄 메르세데스와 도요타의 물결은 거리를 질주했고, 신문의 내용을 믿자면, 무슨 외교정책 같은 것도 있다고 했다.

그러는 사이 텔레비전은 지난 20년 동안 모든 사람들을 구역질 나게 만든 똑같은 낯짝들만을 보여주었다. 그들은 이전에 다른 사람들을 감옥에 집어넣은 이유로 내세웠던 바로 그 말들을 이번에는 자기들이 하고 있었는데, 단지 훨씬 더 대담하고 단호하고 급진적이 되었을 뿐이었다. 타타르스키는 종종 1946년의 독일을 상상해보았다. 당시 독일에서는 괴벨스 박사가 라디오를 통해 파시즘이 국민을 끌고 들어갔던 심연에 대해 히스테릭하게 외쳐댔고, 전직 아우슈비츠 사령관은 나치 전범을 체포하는 임무를 지휘했고, 나치 친위대 장교들은 진보적인 가치를 일목요연하게 설명했으며, 마침내 사태 파악을 하게 된 동프로이센의 나치 지방장관은 모든 갱단의 우두머리가 되었다. 물론 타타르스키는 대부분의 경우 소련 권력이 모습을 드러내는 것을 증오했지만, 악의 제국을 핀란드로부터 바나나를 수입하는 악의 바나나 공화국으로 대체하는 것에 과연 무슨 가치가 있는지는 여전히 이해할 수가 없었다.

하지만 타타르스키는 단 한 번도 대단한 도덕가인 적이 없었으며, 따라서 사태를 평가하는 일이 생존 문제만큼 그를 강하게 사로잡지는 못했다. 도움을 받을 만한 인맥도 없었기에 그는 가장 구하기 쉬운 일자리를 찾았다. 그는 집에서 멀지 않은 거리 매점에 점원으로 취직했다.

일은 단순하지만 신경이 쓰였다. 매점은 탱크 안처럼 어두컴컴하고 냉랭했다. 샴페인 병 하나 간신히 통과할 정도의 아주 작은 창문이 그를 세상과 연결해주었다. 벽에 거칠게 용접해놓은 두꺼운 쇠창살은 언제 일어날지 모르는 불쾌한 일들에서 타타르스키를 보호해주었다. 저녁마다 그는 묵직한 금반지를 낀 중년의 체첸인에게 판매 대금을 건네주었다. 가끔 약간의 가외 수입을 슬쩍하기도 했다. 이따금씩 풋

내기 강도들이 매점에 접근해서 변성기가 채 지나지 않은 목소리로 보호비 명목의 돈을 요구하기도 했다. 타타르스키는 그들을 후세인에게 보내는 데도 진력이 났다. 후세인은 아편 때문에 눈이 항상 번들거리는 마르고 키가 작은 젊은이였다. 그는 보통 매점의 대열 끝에 있는 반쯤 빈 트레일러 안에서 매트리스에 누워 수피 음악을 들었다. 트레일러 안에는 매트리스 말고도 책상과 내화금고가 있었다. 금고 안에는 거액의 돈과 총신 아래 수류탄 발사기가 달린 복잡한 형태의 칼라시니코프 자동소총이 들어 있었다.

매점에서 일하며(1년이 채 안 되는 기간이었다) 타타르스키는 두 가지 새로운 기질을 얻었다. 첫번째는 오스탄키노 방송탑* 위에서 내려다보는 광경과 같은 무한한 냉소였다. 두번째 기질은 놀랍기도 하고 설명하기도 어려웠다. 손님의 손을 흘긋 보기만 해도 거스름돈을 속이거나 정확히 얼마를 속일지, 함부로 대해도 좋을지, 위조지폐를 받을 가능성이 있는지, 또 잔돈과 함께 그 위조지폐를 슬쩍 찔러 넣어 줄 수 있을지를 알게 된 것이다. 여기에는 아무런 명확한 시스템도 없었다. 가끔 창문에 털북숭이 멜론 같은 주먹이 나타나기는 했지만, 그가 주먹의 주인을 어느 곳으로든 문제없이 보내버릴 수 있음은 분명했다. 가끔 손톱에 매니큐어를 칠한 가느다란 여성의 손을 볼 때는 섬뜩함에 순간 심장이 멎는 기분이기도 했다.

어느 날 타타르스키는 다비도프 담배 주문을 받았다. 판매대 앞으로 구깃구깃한 만 루블 지폐를 내미는 손은 그다지 흥미롭지 않았다.

---

* 모스크바 북쪽에 위치한 높이 540미터의 방송탑.

그러다가 타타르스키는 간신히 눈에 띄는 손가락의 희미한 떨림을 눈치챘고, 정교하게 줄로 손질된 손톱을 보고서 손님이 각성제를 남용하고 있음을 알아차렸다. 그는 예를 들어 중간직 정도의 악당이나 사업가, 혹은 훨씬 더 흔히 있는 일로 그 사이 어디쯤에 위치할 가능성이 다분했다.

"어떤 다비도프를 드릴까요? 일반 드려요, 아니면 라이트요?" 타타르스키가 물었다.

"라이트로 주시오." 손님은 이렇게 대답하며 고개를 숙여 창문 안을 들여다보았다.

타타르스키는 몸을 떨었다. 눈앞에 문학대학 동기인 세르게이 모르코빈이 서 있었다. 한때 그는 동기들 사이에서 가장 빛나는 사람 중 하나였으며, 마야콥스키에게 완전히 경도되어 노란색 스웨터를 입고 황당한 시들을 쓰곤 했다("도끼처럼, 또렷한, 나의 시……" 혹은 "오, 외침의 얼굴! 오, 마타 하리!" 같은 것들이었다). 정확히 가르마를 탄 머리 모양과 그 가르마에 흰머리가 희끗희끗한 것만 제외하면 거의 변한 게 없었다.

"보바?" 모르코빈이 깜짝 놀라며 물었다. "여기서 뭐해?"

타타르스키는 대답할 말을 찾지 못했다.

"알 만하군." 모르코빈이 말했다. "자, 이 빌어먹을 곳에서 나가자." 얼마간의 설득 끝에 타타르스키는 매점 문을 잠그고 후세인이 있는 트레일러를 겁에 질린 눈으로 힐끗거리면서 모르코빈을 따라 그의 차로 갔다. 그들은 '달의 사원'이라는 비싼 중국 식당으로 가서 저녁을 먹고 술을 잔뜩 마셨다. 모르코빈은 자기가 요즈음 무슨 일을 하고 있는지 이야기해주었다.

"보바." 그가 타타르스키의 팔을 잡고 눈을 번쩍거리며 말했다. "지금은 특별한 시기야. 이런 일은 이전에도 없었고 앞으로도 절대 없을 거야. 클론다이크 강의 골드러시 같은 거라고. 2년 후면 벌써 모두 낚아채 가고 없을걸. 하지만 지금은 길에서 곧장 걸어 들어와 이 체제에 몸담을 수 있는 현실적인 가능성이 있어. 알다시피 뉴욕에서는 제대로 된 사람들을 만나 식사를 하는 데만 평생의 반이라는 시간이 필요하지만, 우리 나라에서는……"

타타르스키는 솔직히 모르코빈이 무슨 말을 하는지 거의 이해하지 못했다. 그가 대화 중 분명하게 알아들은 유일한 내용은 초기 자본 축적의 시대에 사업이 어떠한 기능을 하는가에 관한 개요와 사업과 광고의 상호 관계였다.

"전체적으로," 모르코빈이 말했다. "상황은 대략 이런 식으로 진행이 돼. 한 사람이 신용대출을 하는 거야. 신용대출을 이용해서 그는 사무실도 빌리고 체로키 지프랑 스미노프 보드카도 사는 거지. 스미노프가 다 떨어질 때쯤이면 지프는 망가져 있고 사무실은 토사물로 엉망이 되고 신용대출은 분명 상환할 시기가 됐겠지. 그러면 두번째 신용대출을 하는 거야. 그것도 처음보다 세 배 더 많이. 그 돈으로 첫번째 신용대출의 불을 끄고서 그랜드 체로키 지프랑 앱솔루트 보드카 열여섯 상자를 사는 거야. 앱솔루트가……"

"이해는 하겠는데." 타타르스키가 말을 끊었다. "마지막에는 어떻게 되는데?"

"두 가지 결말이 가능해. 빚을 진 은행이 범죄 집단이면 그는 어느 순간 살해될 거야. 우리 나라에 다른 종류의 은행은 없으니까 보통은 이렇게 된다고 봐야지. 반대로 그가 갱이라면 마지막 신용대출은 국영은행에 떠넘기고 자기는 파산신고를 하는 거야. 사무실로 집행관이 들이닥쳐서 빈 병이나 토사물 범벅인 팩스 따위 물품 목록을 만들겠지만, 얼마 있다가 전부 다시 시작하면 돼. 사실 이제는 국영은행에도 갱단이 있어서 상황이 좀 복잡하기는 하지만, 전체적인 그림은 변하지 않았어."

"아하." 타타르스키는 생각에 잠겨 대답했다. "하지만 그게 광고랑 무슨 상관인지 이해가 안 되는데."

"바로 여기에서 가장 중요한 일이 시작되는 거야. 스미노프나 앱솔루트는 아직 반 정도 남아 있고 지프는 여전히 거리를 질주하고, 반면 죽음은 멀리 있어서 추상적으로 보일 때 이 모든 혼란을 일으킨 장본인의 머릿속에는 독특한 화학 반응이 일어나게 돼. 머릿속에서 끝없는 과대망상이 눈을 뜨게 되고, 결국 그는 광고를 주문하는 거야. 게다가 그는 자기 광고가 다른 바보들의 것보다 더 강렬하기를 요구하거든. 돈의 규모로 볼 때 대략 전체 신용대출의 3분의 1이 이런 일에 쓰이고 있어. 심리적으로 봤을 때 전적으로 이해 가능한 일이지. 이 사람이 에베레스트라는 작은 회사를 열었다고 하자. 그는 채널1의 BMW와 코카콜라 광고 사이쯤에서 자기 회사 로고를 보고 싶은데 아무리 해도 방법이 없다 이거지. 고객의 머릿속에 이러한 반응이 일어나는 바로 그 순간, 우리가 덤불숲에서 튀어나오는 거야."

타타르스키는 '우리'라는 말을 듣자 기분이 무척 좋았다.

"상황은 이런 식이야." 모르코빈이 계속했다. "광고를 제작하는 몇 개의 스튜디오가 있는데, 요즈음은 모든 게 콘티 작가한테 달려 있다 보니 이해력이 빠른 작가를 필사적으로 구하는 중이야. 작업은 이렇게 진행돼. 스튜디오 사람들이 텔레비전에서 자기를 보여주고 싶어하는 고객을 찾아내는 거지. 너는 그 고객을 한번 만나보는 거야. 그가 뭐라고 말을 하겠지. 그럼 그 사람 말을 들어줘. 그러고 나서 콘티를 짜면 돼. 광고는 짧으니까 보통 한 페이지 분량이면 충분할 거야. 2분이면 일을 끝낼 수 있겠지만, 일주일이 지나기 전까지는 고객한테 가면 안 돼. 그동안 네가 계속해서 머리를 감싸쥐고 방 안을 이리저리 돌아다니며 생각에 생각을 거듭했다고 믿게끔 해야 하거든. 네가 쓴 시나리오를 읽어보고 마음에 드느냐의 여부에 따라 고객은 너희 쪽 사람들에게 광고를 주문할 수도 있고, 아니면 다른 사람을 찾아가겠지. 그렇기 때문에 스튜디오 입장에서는 네가 가장 중요한 인물인 거야. 주문은 너한테 달려 있거든. 만약 네가 고객한테 최면을 거는 데 성공한다면 전체 광고 가격의 10퍼센트를 받게 될 거야."

"광고가 얼만데?"

"보통 만 5천에서 3만 사이. 평균 2만으로 계산하고 있어."

"뭐라고?" 타타르스키가 믿기지 않는 듯 물었다.

"맙소사, 루블이 아니야. 달러라는 거지."

타타르스키는 순간적으로 2만 달러의 10퍼센트면 얼마인지 계산해보다가 침을 꿀꺽 삼키며 개처럼 모르코빈을 쳐다보았다.

"물론 이런 일이 오래가지는 못해." 모르코빈이 말했다. "1년이나 2년쯤 후에는 모든 상황이 달라지겠지. 하찮은 사업을 위해 신용대출을 하는 배만 불룩한 이런 보잘것없는 인간들 대신에 수백만 달러를 빌리는 사람이 생길 거야. 가로등이나 들이받는 지프 대신에 프랑스의 성이나 태평양의 섬을 가지게 될 거고. 용병 저격수 대신에 호화로운 사무실을 갖게 되겠지. 하지만 이 나라에서 벌어지는 사태의 본질은 언제나 변함이 없을 거야. 그러니 우리 일의 원칙도 결코 변하지 않을 테고."

"맙소사." 타타르스키가 말했다. "그 정도 돈이면…… 어째 좀 무서운데."

"영원한 숙제지." 모르코빈이 웃으며 말했다. "나는 두려움에 떠는 존재인가, 아니면 권리를 가지고 있는가?"*

"넌 이미 답을 아는 것 같은데."

"그래." 모르코빈이 말했다. "맞아."

"그래서 네 답은 뭐야?"

"아주 간단해. 양도할 수 없는 권리를 가진 두려움에 떠는 존재라는 거지. 물론 '엘브이'도 가지고 있는. 그런데 돈 좀 빌려줄까? 초췌해 보이네. 상황이 나아지면 갚아."

"고맙지만, 아직은 좀 있어." 타타르스키가 말했다. "그런데 혹시 엘브이라는 말이 어디서 유래했는지 알아? 내가 아는 체첸 사람들은 아라비아 반도에서도 이 말을 이해한다고 하던데. 영어에도 뭔가 비슷한 단어가 있는 것 같고……"

"알고 있지." 모르코빈이 대답했다. "라틴문자 L하고 V를 따온 거야. Liberal Values(진보적 제가치)의 약자지."

---

* 도스토옙스키의 소설 『죄와 벌』의 주인공인 라스콜니코프가 전당포 노파를 살해한 후 던진 질문. 자신이 모든 권리를 가진 초인이 될 수 있는지에 대한 고뇌를 담고 있다.

다음 날 모르코빈은 타타르스키를 상당히 이상한 장소로 데려갔다. '드래프트 포디엄'이라고 불리는 곳이었다(타타르스키는 이게 무슨 말인지 이해하려고 몇 분 동안 열심히 머리를 굴려보다가 포기했다). 드래프트 포디엄은 시내 중심에서 그다지 멀지 않은 낡은 벽돌집 지하에 위치하고 있었다. 육중한 철문을 지나 안으로 들어가자 장비로 가득한 크지 않은 방이 나타났다. 젊은이 몇 명이 타타르스키를 기다리고 있었다. 리더는 세르게이라는 이름의 수염을 깎지 않은 친구로, 젊은 시절의 드라큘라와 비슷해 보였다. 그는 타타르스키에게 빈 종이상자 위에 놓여 있는 크지 않은 푸른색 플라스틱 정육면체 상자에 대해 설명해주었다. 그것은 '실리콘 그래픽스'라는 컴퓨터로 엄청나게 비싼 것인데, 그 안에 설치되어 있는 '소프트 이미지' 프로그램은 두 배는 더 비싸다고 했다. '실리콘'은 이 지하 동굴의 주요 보물이었다. 그 밖에 방 안에는 좀 더 단순한 컴퓨터 몇 대와 스캐너, 여러 개의 계기판이 달린 복잡한 VCR 같은 것이 있었다. 그중 하나가 유독 타타르스키의 눈길을 끌었다. VCR 위에 있는 그것은 재봉틀 손잡이 같은 것이 달린 둥근 바퀴였는데, 그것을 이용해서 손으로 필름을 돌릴 수 있었다.

드래프트 포디엄은 매우 전망 있는 한 고객에게 눈독을 들이는 중이었다.

"대상은 대략 쉰 살 정도인데," 세르게이가 멘톨 담배를 길게 빨아들이며 말했다. "전에는 물리 교사로 일했다네. 그러다 난장판이 시작되니까 바로 '새의 젖'이라는 케이크 공장 조합을 결성하더니 2년 만에 지금은 레포르트보에 있는 과자 공장 콤비나트를 임대할 정도로 돈을 모았지. 얼마 전에는 상당한 액수의 신용대출을 했고. 그저께부터 술을 진탕 마시고 있는데, 2주에 한 번 정도는 폭음을 한다는군."

"어디서 그런 정보를 얻는 거지?" 타타르스키가 관심을 보였다.

"비서한테서." 세르게이가 말했다. "자, 이제 술에서 깨기 전에 시나리오를 가지고 가서 그를 사로잡아야 해. 취하지 않았을 때는 항상 탐욕스럽거든. 내일 한 시에 그 사람 사무실에서 만나기로 했어."

다음 날 아침 일찍 모르코빈이 타타르스키의 집으로 찾아왔다. 샛노란색의 커다란 비닐봉투를 들고 왔다. 봉투 안에는 외투 천과 비슷한 재질로 만든 포도주색 신사복이 들어 있었다. 앞가슴 주머니 위에서 말보로 담뱃갑 문양을 연상케 하는 복잡한 문장이 반짝거렸다. 클럽용 재킷이라고 했다. 타타르스키는 무슨 말인지 이해하지 못했지만 고분고분하게 옷을 입었다. 모르코빈은 그 밖에도 봉투에서 가죽 커버로 멋을 낸 노트와 'Zoom'이라는 글자가 새겨진 엄청나게 두꺼운 펜, 그리고 이제 막 모스크바에 등장하기 시작한 무선호출기를 꺼냈다.

"이걸 허리띠에 차도록 해." 그가 말했다. "너희가 한 시에 고객하고 만나면 한 시 이십 분에 내가 이 호출기로 연락을 할 거야. 호출기가 울리면 허리띠에서 꺼내 들고 의미심장하게 들여다봐. 고객이 이야기하는 동안에는 계속해서 노트에 기록을 하고."

"왜 그래야 하는데?" 타타르스키가 호기심에 물어보았다.

"정말 모른단 말이야? 고객은 종잇조각이랑 프린터의 검은 잉크 몇 방울에 대해 많은 돈을 지불하는 거잖아. 그러니 그보다 먼저 다른 많은 사람들도 똑같이 이런 돈을 지불했다는 절대적인 확신을 가져야 하거든."

"내 생각에," 타타르스키가 말했다. "이런 재킷이나 호출기 때문에 오히려 의심받을 수도 있을 것 같은데."

"복잡하게 생각하지 마." 모르코빈이 손사래를 쳤다. "삶은 더 단순하고 어리석으니까. 그리고 또……"

그는 주머니에서 얇은 상자를 꺼내더니 뚜껑을 열고 타타르스키에게 내밀었다. 상자 안에는 금과 스테인리스로 된, 아름다우면서도 괴상하게 생긴 무거운 시계가 들어 있었다.

"이건 롤렉스 오이스터야. 가짜니까 도금한 게 떨어지지 않도록 조심해. 나는 일이 있을 때만 차고 다니거든. 고객하고 이야기하는 동안 시계를 약간 달그락거려봐. 그럼 도움이 될 거야."

타타르스키는 이런 지원품들에 고무되었다. 그는 열두 시 반에 지하철역 밖으로 나왔다. 드래프트 포디엄의 친구들이 출구 근처에서 그를 기다리고 있었다. 그들은 기다란 검은색 메르세데스를 타고 있었다. 타타르스키는 이 차를 두 시간쯤 전에 렌트했다는 것을 이해할 만큼 이미 사업에 대해 충분히 파악하고 있었다. 세르게이는 여전히 면도를 하지 않았지만 지금의 모습에서는 음울한 멋 같은 것이 느껴졌다. 믿기 힘들 정도로 앞깃이 좁은 검은색 외투와 나비넥타이 때문인 것 같았다. 옆에는 계약과 회계를 담당하는 레나가 앉아 있었다. 그녀는 심플한 검은색 드레스를 입고 있었으며(보석도 화장도 하지 않았다), 손에는 황금 자물쇠가 달린 서류 가방을 들고 있었다. 타타르스키가 차에 오르자 세 사람은 시선을 교환했고, 세르게이가 운전사에게 말했다.

"갑시다."

레나는 초조해 보였다. 가는 길 내내 킥킥거리면서 아자돕스키라는 사람 이야기를 했는데, 아마도 친구의 애인인 모양이었다. 그녀는 아자돕스키에 대해 열광에 가까운 감정을 품고 있었다. 우크라이나에서 모스크바로 온 그는 레나의 친구 집에 자리를 잡고 그 주소로 거주 등록을 하더니, 드네프로페트로프스크에서 여동생과 두 조카를 불러들여 같은 주소에 거주 등록을 시켰다. 그러고는 레나의 친구를 공동주택의 한 방으로 보내버리고 바로 재판을 거쳐 아파트를 교환해버렸다는 것이다.

"그 인간 정말 출세할 거야!" 레나는 이 말을 몇 번이나 되풀이했다.

레나는 특히 아자돕스키가 이 작전이 끝나자마자 여동생과 아이들을 드네프로페트로프스크로 돌려보냈다는 사실에 감탄했다. 전반적으로 이야기의 내용이 너무 상세해서 타타르스키는 차에서 내릴 때쯤 이미 인생의 반을 아자돕스키나 그의 친척들과 같은 아파트에서 살았던 듯한 느낌마저 들었다. 하지만 어쨌든 타타르스키는 레나만큼이나 초조함을 느꼈다.

고객은(이름은 여전히 알 수 없었다) 전날의 대화 이후 타타르스키가 머릿속에 떠올렸던 이미지와 놀라울 정도로 흡사했다. 교활한 얼굴에 키가 작고 다부진 몸매의 사내로, 숙취 때문에 찌푸렸던 얼굴이 이제 막 펴지기 시작하는 것을 보니 미팅 직전에 첫 잔을 마신 모양이었다.

짧게 의례적인 인사를 나눈 후 (이야기는 주로 레나가 했고, 세르게이는 구석에 다리를 꼬고 앉아서 담배를 피웠다) 타타르스키는 콘티 작가로 소개되었다. 고객 앞에 자리를 잡고 앉은 타타르스키는 롤렉스 시계를 책상에 달그락하고 부딪치며 노트를 펼쳤다. 고객은 확실히 할 말이 별로 없는 듯했다. 타타르스키 역시 강력한 환각제 없이는 대강의 세부 사항만 듣고 영감을 얻기가 어려웠다. 고객은 이야기하는 동안 시선을 주로 음식이 눌어붙지 않도록 불소 코팅된 받침접시 같은 것에 고정시키고 있었다. 타타르스키는 얼굴을 살짝 옆으로 돌리고 이야기를 들으면서 고개를 끄덕이거나 노트에 무의미한 글자들을 어지러이 적어넣었다. 방 안을 힐끗 둘러보기도 했지만, 내부가 텅 빈 유리 찬장 상단의 아주 비싸 보이는 하늘색 순록 모피 모자를 제외하고는 역시 흥미로운 것이 없었다.

약속대로 몇 분 후에 허리띠에 차고 있던 호출기가 울리기 시작했다. 타타르스키는 허리띠에서 검은색의 작은 플라스틱 상자를 떼어냈다. 작은 창에 'Welcome to the route 666(666번 도로에 타신 것을 환영합니다)' 라는 글자가 나타났다.

'웃기는 친구네' 하고 타타르스키는 생각했다.

"혹시 비디오 인터내셔널에서 온 건가?" 구석에 있던 세르게이가 물었다.

"아니." 타타르스키는 그가 유도하는 대로 대답해주었다. "고맙게도 그 얼간이들이 더는 전화를 안 하는군. 슬라바 자이체프가 보낸 메시지네. 오늘 일정이 모두 취소됐다는데."

"아니 왜?" 세르게이가 눈썹을 치켜뜨며 물었다. "자기보다 우리한테 더 필요하다는 걸 알면……"

"나중에 이야기하지." 타타르스키가 말했다.

그사이 고객은 생각에 잠겨 눈썹을 찌푸리며 유리 찬장 안의 순록 모피 모자를 바라보고 있었다. 타타르스키는 그의 손을 보았다. 깍지 낀 손 안에서 엄지손가락 두 개가 보이지 않는 실을 감듯 서로 빠르게 돌고 있었다. 지금이 바로 진실의 순간이었다.

"모든 것이 끝나버릴까 두렵지 않으십니까?" 타타르스키가 물었다. "시간이 어떻다는 건 알고 계시지 않습니까. 모든 것이 갑자기 무너져버린다면?"

고객은 당황한 듯 얼굴을 찌푸리며 먼저 타타르스키를, 다음에는 그의 동료를 쳐다보았다. 그는 손가락 돌리기를 멈추었다.

"두렵소." 그가 시선을 들며 말했다. "두렵지 않은 사람이 있겠소? 이상한 질문을 하는군."

"죄송합니다." 타타르스키가 말했다. "별 뜻은 없었습니다."

5분쯤 후 대화는 끝났다. 세르게이는 고객에게서 그의 회사 로고가 찍힌 용지를 받아들었다. 로고는 양식화된 타원형의 파이 모양으로, 아래쪽에 'JIKK'라는 글자가 찍혀 있었다. 다음 미팅은 일주일 후에 가지기로 합의했다. 세르게이는 그때까지는 광고 콘티와 '장면 분할', '잔금' 등의 문제를 정리하겠다고 약속했다.

"이봐, 머리가 어떻게 된 거 아니야?" 밖으로 나온 후 세르게이가 타타르스키에게 물었다. "그런 질문을 하는 사람이 어딨나?"

"괜찮네." 타타르스키가 말했다. "어쨌든 이제 뭘 원하는지 알았으니 말이야."

메르세데스는 세 사람을 가까운 지하철역까지 데려다주었다.

집에 돌아온 타타르스키는 몇 시간 동안 콘티를 써내려갔다. 이런 영감을 느껴보기는 실로 오랜만이었다. 구체적인 줄거리는 없고, 일련의 역사적 회상과 상징으로 구성된 콘티였다. 바벨탑이 올라갔다 무너지고, 나일 강이 범람하고, 로마가 불에 타고, 사나운 훈족이 스텝을 지나 어딘가로 질주해 간다. 이러한 장면들 뒤로 거대하고 투명한 시계의 바늘이 돌아가고 있다.

"한 종족이 오고, 다른 종족이 간다. 그러나 땅은 영원히 그곳에 있다." 악마와 같은 둔탁한 목소리가(타타르스키는 시나리오에 이렇게 썼다) 장면 너머로 이렇게 말한다.

하지만 땅조차도 결국 제국이나 문명의 폐허와 함께 납빛 대양 속으로 가라앉는다. 울부짖는 대양의 수면 위에는 처음에 등장했던 바벨탑과 각운을 맞추려는 듯 바위 하나만이 남겨져 있다. 카메라가 절벽을 줌인하자 '바위에 새겨진 파이 조각과 'JIKK'라는 글자가 보이고, 그 아래로 타타르스키가 라틴어 격언 모음집에서 찾은 경구가 보인다:

MEDIIS TEMPUSTATIBUS PLACIDUS

폭풍 속의 고요함

레포르토보 과자 공장 콤비나트

드래프트 포디엄에서는 타타르스키의 작품에 경악했다.

"기술적으로 만들기 어렵지는 않겠군." 세르게이가 말했다. "옛날 필름에서 영상을 잘라서 색을 입히고 분량을 늘이면 될 것 같기는 해. 하지만 이건 완전히 정신 나간 짓이야. 게다가 좀 웃기기도 하고."

"미친 짓이지." 타타르스키도 동의했다. "웃기기도 하고. 그럼 자네가 원하는 게 뭔지 한번 말해보게. 칸 영화제에서 상을 받는 건가 아니면 주문을 받는 건가?"

이틀 후 레나는 다른 사람들이 쓴 몇 편의 콘티를 들고 고객을 찾아갔다. 이 중에는 모호한 성적 취향을 가진 젊은 요리사(이 제안서에는 육군 중위 르제프스키와 버찌 씨라는 고전적인 이야기*가 담겨 있었다. 광고 문구는 '요리사가 버찌 파이를 먹었다' 였다), 검은색 메르세데스, 달러가 가득한 서류 가방, 그 밖의 대중적인 원형(原型)들이 들어 있었다. 고객은 이유도 설명하지 않고 모든 콘티를 거부했다. 절망에 빠진 레나는 타타르스키가 쓴 콘티를 보여주었다.

그녀는 3만 5천에 맺은 계약서를 들고 스튜디오에 돌아왔으며, 그중 2만은 선금으로 지불받았다. 이것은 기록이었다. 레나의 말에 따르면 콘티를 다 읽은 고객이 완벽한 취주악단의 연주를 들은 하멜른의 쥐처럼 행동했다는 것이다.

"4만을 받아낼 수도 있었는데," 그녀가 말했다. "바보같이 너무 늦게 깨달았지 뭐야."

돈은 5일 후 계좌에 입금되었으며, 타타르스키는 정직하게 번 돈 2천을 받았다. 세르게이가 촬영 팀과 함께 광고 마지막 장면에 삽입될 파이가 새겨진 화강암에 어울릴 만한 절벽을 찍기 위해 얄타에 갈 준비를 하는 동안, 고객은 자기 사무실에서 시체로 발견되었다. 누군가가 전화선으로 그의 목을 졸랐던 것이다. 몸에서는 전통적인 전기

---

* 알렉산드르 글랏코프의 희곡 『옛날 옛적에』의 내용.

다리미의 흔적이, 입안에서는 무자비한 손이 쑤셔넣은 녹턴 파이(리큐어에 적신 케이크를 음울하고 쓰디쓴 초콜릿이 덮고 있고 그 위에 잘게 부순 코코넛이 비극적인 성에처럼 뿌려진)가 발견되었다.

'한 종족이 오고, 다른 종족이 간다.' 타타르스키는 철학적으로 생각했다. '하지만 자기 외투가 몸에는 더 가까운 법.'*

이렇게 해서 타타르스키는 카피라이터가 되었다. 그는 이전 상사들에게 아무런 설명도 하지 않고 상점 열쇠를 그냥 후세인이 머물던 컨테이너 입구에 두고 나왔다. 일을 그만둘 경우 체첸인들이 상당한 위약금을 요구한다는 소문이 있었기 때문이다.

그는 꽤 빠르게 새로운 친분관계를 맺어갔으며, 바로 몇 군데의 스튜디오에서 일하기 시작했다. 하지만 아쉽게도 레포르트토보 과자 공장 콤비나트 건처럼 폭풍 속의 고요함과 같은 돌파구는 그다지 자주 생기지 않았다. 타타르스키는 프로젝트 열 개 중 하나만 성공적으로 끝내도 대단한 성취임을 곧 이해했다. 돈은 그다지 많이 벌지 못했지만 어쨌든 소매업에 종사할 때보다는 많이 벌었다. 자신의 첫번째 광고 작품에 대해서는 불만스러운 기억이 남았는데, 마음속으로 가장 고귀하다고 생각했던 것을 수치스러울 정도로 서둘러서 기꺼이 싼 가격에 팔아버렸다는 사실을 깨달았기 때문이다. 주문이 하나둘 들어오면서 이 사업에서는 절대 서두른다는 인상을 주어서는 안 되며, 그렇지 않으면 가격을 심하게 깎아줘야 하는 경우가 생기는데, 이게 어리석은

---

* 자신의 안위가 다른 사람의 이익보다 더 중요하다는 뜻의 러시아 속담.

짓이라는 것을 이해하게 되었다. 가장 신성하고 고귀한 것은 가능한 한 비싸게 팔아야 한다. 왜냐하면 나중에는 팔 것이 하나도 남지 않기 때문이다. 하지만 타타르스키는 이 규칙이 모든 경우에 다 적용되지는 않는다는 것도 알고 있었다. 실제로 그가 가끔씩 텔레비전에서 보는 이 업계의 대가들은 가장 고귀한 것들을 매일매일 교묘하게 잘도 팔아치웠다. 그러나 그들이 뭔가를 판 것 같다고 말할 만한 어떤 공식적인 근거도 없었고, 따라서 다음 날이면 모든 과정이 대담하게 새로이 시작되었다. 타타르스키는 이런 일들이 어떻게 이루어지는지 상상조차 하기 힘들었다.

그리고 한 가지 매우 기분 나쁜 경향이 조금씩 눈에 띄기 시작했다. 광고주가 타타르스키의 기획안을 받아보고 자신의 요구와 전혀 다르다고 정중하게 설명을 했는데, 한두 달쯤 후 분명 자신의 아이디어대로 만들어진 광고와 맞닥뜨리게 되는 것이다. 이 경우 진실을 밝혀봤자 별 소용이 없었다.

타타르스키는 새로운 지인들과 상의를 해본 후 광고업계에서 몇 단계 더 높이 도약하기 위해 광고 콘셉트를 연구하기 시작했다. 이 작업은 예전에 하던 일과 별반 다르지 않았다. 읽고 나면 더는 누구 앞에서도 주저하지 않게 되고, 그 무엇도 의심하지 않게 해주는 마법의 책 한 권이 있었다. 『포지셔닝: 당신의 인식에 대한 공략』이라는 책으로, 두 명의 아주 진보적인 미국인 마법사들이 쓴 것이었다. 본질적으로 이 책은 러시아에는 전혀 적용할 수가 없었다. 타타르스키가 아는 한 엉망이 된 러시아인들의 두뇌 속에 틈새시장을 선점하기 위한 상품들의 경쟁 같은 개념은 떠오른 적이 없었다. 러시아의 상황은 원자폭탄

폭발 후의 연기 자욱한 풍경에 훨씬 가까웠다. 하지만 어쨌든 책은 유용했다. 책에는 광고 콘셉트나 시장에서 이용할 수 있는 '제품 라인 확장'과 같은 세련된 표현이 많았다. 타타르스키는 타락한 제국주의의 시대가 원시적인 자본축적의 시대와 어떻게 다른지 이해하게 되었다. 서구에서는 광고주와 카피라이터가 함께 소비자를 세뇌하려고 노력하지만, 러시아에서 카피라이터의 임무는 광고주의 뇌를 틀어막는 것이었다. 그 밖에도 타타르스키는 모르코빈이 옳았다는 것과 이러한 상황은 결코 바뀌지 않으리라는 것을 이해하게 되었다. 한번은 아주 좋은 마리화나를 피우고 나서 우연히 포스트 사회주의 구조의 기본경제법칙을 발견하기도 했다. 이 구조에서는 초기 자본축적이 또한 최종적인 자본축적이 되기도 했다.

타타르스키는 잠들기 전 이따금씩 포지셔닝에 관한 책을 다시 읽어보곤 했다. 그는 이 책을 그만의 작은 성경으로 간주했다. 책 안에서 자신의 순결한 영혼에 특히 강하게 영향을 미쳤던, "이제는 하늘에 있는 거대 광고 기획사로 건너가버린 50년대의 낭만적인 카피라이터들"과 같은 종교적 관점의 울림과 마주칠 때면 이러한 비교는 더욱 그럴듯하게 여겨졌다.

티하마트-2

모르코빈의 예언은 적중했다. 광고계에서 독자적으로 활동하는 이들의 일거리는 점점 줄어들었고, 타타르스키의 경력 역시 점차 침체기에 접어들었다. 일거리는 카피라이터와 소위 크리에이터 들을 직원으로 데리고 있는 광고 대행사에 돌아갔다. 이러한 대행사들은 비 온 뒤 버섯처럼, 혹은 타타르스키가 콘셉트에 한 번 쓴 적도 있는 지도자 사망 이후의 관*처럼 걷잡을 수 없이 늘어났다.

지도자**의 동상은 마침내 오랫동안 자리 잡고 있던 러시아를 떠났

---

* '지도자 사망 이후의 관(groby posle vozhdya)'은 러시아 속담 '비온 뒤 버섯처럼(griby posle dozhdya)'과 비슷한 음을 사용하여 만든 표현이다. 소련 말기 지도자들의 연이은 사망을 의미한다.

** 레닌을 말한다.

다. 동상은 군용 트럭에 실려 교외로 옮겨졌고 (한 육군 대령은 이 동상이 우르릉 쓰러지기 전에 비철금속으로 녹여 돈을 벌어볼까 하는 생각도 했다고 한다), 그 자리를 소련 영혼이 부패하여 스스로 빠져들고 말았던 회색의 공포가 대체했다. 신문들은 전 세계가 오래전부터 이 공포 안에서 살아왔고 그 때문에 그 안에는 많은 물건과 돈이 있는 것인데, 단지 '소련 정신'만이 이것을 이해하지 못하도록 방해하고 있다고 주장했다.

'소련 정신 구조' 혹은 '성스러운 소련형 인간'이 대체 뭔지 타타르스키는 이 표현들을 자주, 그리고 즐겨 사용했음에도 불구하고 끝까지 이해하지 못했다. 그러나 그의 새로운 고용주인 드미트리 푸긴의 견해에 따르면 아무것도 이해할 필요가 없었다. 그냥 소련 정신 구조를 가지고 있기만 하면 되었다. 서구 광고의 콘셉트를 러시아 구매자의 정신에 맞추는 그의 일의 의미는 바로 여기에 있었다. 그는 프리랜서로 일했다. 타타르스키는 무엇보다 자신이 받는 보수를 염두에 두고 이 단어를 원래 의미대로 '용병'으로 번역했다.

검은 콧수염과 꼭 단추같이 생긴 반짝거리는 검은 눈을 가진 남자 푸긴과는 두 사람이 서로 알고 있는 지인의 집을 방문했다가 우연히 만나게 되었다. 그는 타타르스키가 광고업에 종사한다는 사실을 알게 되자 약간의 관심을 보였다. 반면 타타르스키는 푸긴에 대해 바로 비합리적이라 할 정도의 존경심을 가지게 되었다. 그가 옷자락이 긴 검은색 외투를 입고 똑바로 앉아 차를 마시는 모습만으로도 놀라움을 느꼈다.

그때 그들은 소련 정신 구조에 대한 이야기를 나누고 있었다. 푸긴은 자신도 과거에는 그러한 정신 구조의 소유자였지만 몇 년 동안 뉴욕에서 택시 기사로 일하면서 깨끗이 잃어버렸다고 고백했다. 브라이턴 비치의 짠 바닷바람이 그의 머릿속에서 썩어빠진 소련의 구조를 날려버리고 성공에 대한 걷잡을 수 없는 열망을 감염시켰다는 것이다.

"뉴욕에서라면 특히나 분명하게 이해하게 될 걸세." 그는 차를 마신 후 자리를 옮겨 보드카를 마시며 타타르스키에게 말했다. "일생 동안 악취 나는 작은 부엌에서 오물로 가득 찬 더러운 마당을 내다보며 썩은 커틀릿을 씹을 수도 있다는 걸 말이야. 자네가 그렇게 창가에 서서 오물과 쓰레기 더미를 바라보는 동안 삶은 눈에 띄지 않게 지나가버리는 거지."

"재미있군요." 타타르스키는 생각에 잠겨 대답했다. "그런데도 뉴욕에 가는 겁니까? 분명……"

"왜냐하면 뉴욕에서는 그런 걸 이해하지만 모스크바에서는 그렇지 못하니까." 푸긴이 말을 가로챘다. "사실 악취 나는 부엌이나 오물로 가득 찬 마당은 이곳에 훨씬 많기는 하지. 하지만 여기서는 그러한 것들 사이로 자네의 모든 삶이 지나가버린다는 사실을 결코 이해하지 못할 거야. 그것이 실제로 다 지나가버릴 때까지는. 그런데 말이야, 바로 이게 소련 정신 구조의 중요한 특징 중 하나네."

푸긴의 견해는 어느 정도 논쟁의 여지가 있었지만 내용 자체는 단순하고 이해 가능하고 논리적이었다. 타타르스키가 자신의 소련 정신 구조의 깊이로 판단하는 한 그 프로젝트는 미국의 고전적인 기업가 정신과 다름없었다.

"이보게," 푸긴이 눈을 가늘게 뜨고 타타르스키의 머리 위 허공을 쳐다보면서 말했다. "소련형 인간은 이제 스스로는 거의 아무것도 생산하지 못하고 있네. 하지만 사람들은 먹을 것과 입을 게 있어야 하지 않겠나? 요컨대 곧 상품들이 서구에서 들이닥칠 거란 말이지. 동시에 광고가 홍수처럼 쏟아져 나올 거야. 하지만 광고들을 단순히 영어에서 러시아어로 번역할 수는 없다네. 왜냐하면 여기서는 다른…… 뭐랄까…… Cultural References(문화적 관련성)가 다르니…… 간단히 말해 광고는 빠른 시일 안에 러시아 소비자에게 적응해야만 하지. 이제 우리가 무슨 일을 하게 될지 지켜보게. 때가 되면 바로 그 일을 잡자고, 내 말 알겠나? 유명 브랜드 광고 초안을 미리 준비해두자는 거네. 그러다 적절한 시기가 오면 바로 파일을 들고 대표들을 찾아가서 거래를 하는 거야. 중요한 건 기회가 올 때를 대비해 훌륭한 두뇌를 갖춰놓아야 한다는 말이지."

푸긴은 주먹으로 탁자를 쾅 하고 내리쳤다. 그는 자신이 얘기한 것들을 이미 갖추어놓았다고 생각하는 것이 분명했다. 하지만 타타르스키는 또다시 자신이 우롱당하고 있다는 무기력한 감정에 휩싸였다. 푸긴이 생각하는 일의 전망은 모호했다. 아니 일 자체는 충분히 구체적이었지만, 돈을 언제 어떻게 받을 수 있을지는 불분명했다는 말이다.

푸긴은 시험 삼아 스프라이트 음료를 위한 광고 초안을 작성해보라는 과제를 주었다. 처음에는 말보로 광고안 작업도 주려 했지만, 갑자기 생각을 바꾸어 타타르스키에게는 아직 시기상조인 것 같다고 말했다. 타타르스키가 후에 이해하게 된 바에 따르면 그가 선택된 이유인 소련 정신 구조가 모습을 드러낸 시점도 바로 이때였다. 그가 푸긴에 대해 가졌던 모든 회의적인 태도는 푸긴이 그에게 말보로 작업을 위임하지 않았다는 모욕감 때문에 사라져버렸던 것이다. 하지만 이 모욕감은 어쨌든 스프라이트는 자기에게 맡겼다는 기쁨과 뒤섞였으며, 이러한 감정의 소용돌이에 사로잡힌 그는 아직 한 푼도 주지 않은 브라이턴 비치 출신의 택시 기사가 무슨 이유로 자신이 말보로 콘셉트를 만들 수 있을지 없을지를 결론 내렸는지는 생각조차 하지 않게 되었다.

타타르스키는 스프라이트 기획안에 자신이 이해하고 있는 조국의 상처 입은 역사를 전부 집어넣었다. 작업에 착수하기 전에 우선『포지셔닝: 당신의 인식에 대한 공략』에서 골라낸 몇 장과 다양한 성향의 신문들을 다시 죽 훑어보았다. 오랫동안 신문을 읽지 않아서인지 그는 기사 내용에 당혹감을 느꼈다. 물론 이러한 당혹감까지 기획안에 반영되었다. 타타르스키는 콘셉트를 다음과 같이 잡았다.

> 지금 이 순간 러시아에서 나타나는 상황이 오래 지속될 수는 없음을 우선 고려해야 한다. 가까운 미래에 대다수 필수 산업 분야는 완전히 사라질 것이고, 재정 파탄과 심각한 사회적 동요가 일어나리라고 예상되며, 이는 필연적으로 군사독재의 확립으로 끝날 것이다. 미래의 독재 권력은 정치나 경제 프로그램과는 상관없이 민족적인 선전문구에 호소하려 들 것이다. 즉 가짜 슬라브 스타일이 지배적인 국가 미학이 될 것이다(우리는 이 용어를 부정적 가치 판단의 의미로 사용하지는 않는다. 실제로 존재하지 않는 슬라브 스타일과는 달리 가짜 슬라브 스타일은 잘 다듬어진 분명한 패러다임이다). 가짜 슬라브 스타일의 상징적인 기호 공간에서 전통적인 서구

의 광고는 의미가 없다. 따라서 서구 광고는 완전히 금지되거나 엄격한 검열을 거쳐야 한다. 이는 어느 정도의 장기 전략을 수립하건 간에 고려해야 할 사안이다.

고전적인 포지셔닝 선전문구인 'Sprite—the Uncola'를 살펴보자. 러시아에서도 이 문구의 사용은 아주 적절해 보이지만, 미국에서와는 좀 다른 이유에서다. Uncola, 즉 비(非)콜라라는 용어는 서구 소비자들의 의식 속에 이 상품이 자리 잡을 수 있는 독특한 틈새를 만들어내며 펩시콜라나 코카콜라에 대항하는 이미지로서 스프라이트를 대단히 성공적으로 안착시켰다. 그러나 주지하는 바와 같이 동유럽 국가들에서 코카콜라는 청량음료라기보다 오히려 이데올로기적인 숭배의 대상에 가깝다. 예를 들어 허쉬 드링크가 확고한 '승리의 맛'이라면, 코카콜라는 70, 80년대 대다수 동유럽 망명자들이 선언한 것처럼 '자유의 맛'을 가지고 있다. 따라서 우리 조국의 소비자들에게 'Uncola'라는 용어는 광범위하게 반민주주의적, 반자유주의적 의미를 내포하고 있으며, 이로 인해 이 음료는 군사독재 상황에서 대단히 매력적이고 믿음직한 이미지로 받아들여진다.

Uncola를 러시아어로 옮기면 '네-콜라'가 될 것이다. 이 단어의 소리('니콜라'라는 사람 이름과 비슷하게 들린다)와 그 소리가 불러일으키는 연상 작용에 따라 이 단어는 앞으로 다가올 미래의 미학에 훌륭하게 어울린다. 광고 문구는 다음과 같은 몇 가지 변형이 가능하다:

스프라이트. 니콜라를 위한 네-콜라

('로널드 맥도널드' 같은, 다만 정신적으로는 지극히 민족적인 캐릭터가 될 '니콜라 스프라이토프'를 소비자 의식 속에 도입하는 문제도 고려해볼 만하다.)

니 콜라 네 드보라*도 좋다
스프라이트. 니콜라를 위한 네-콜라

(위 두번째 광고 문구는 소외 집단을 겨냥하고 있다.)

그 밖에 러시아 시장에서 판매될 상품의 디자인을 바꾸는 문제를 생각해보아야 한다. 이때도 가짜 슬라브 스타일의 요소를 도입해야 한다. 이상적인 상징으로는 자작나무가 떠오른다. 음료 캔의 색깔을 녹색에서 자작나무 줄기와 비슷한 흑백의 줄무늬로 바꾸는 것이 적당할 듯하다. 가능한 광고 문구로는:

봄의 숲에서
자작나무 스프라이트를 마시다

타타르스키가 가져온 출력물을 읽고 푸긴이 말했다.

"The Uncola는 스프라이트가 아니라 세븐업 광고 문구일세."

---

* 직역하면 '말뚝도 마당도 없다'라는 뜻으로, 아무것도 없는 빈털터리를 가리키는 러시아 속담.

그러고 나서 잠시 동안 단추 같은 눈으로 묵묵히 타타르스키를 쳐다보았다. 타타르스키 역시 인생에서 이런 바보 같은 상황이 몇 번이나 있었나 생각하며 침묵을 지켰다.

"하지만 뭐 상관없네." 마침내 푸긴이 동정 어린 말투로 말했다. "사용할 수는 있겠지. 스프라이트에 안 된다면 세븐업에라도. 어쨌든 자네가 시험에 합격했다고 생각해도 좋네. 이번엔 다른 브랜드를 가지고 작업해보게."

"어떤 브랜드요?" 마음이 좀 누그러진 타타르스키가 물었다.

푸긴은 잠시 생각하다가 여기저기 주머니를 뒤져 새로 뜯은 팔리아멘트 담뱃갑을 찾아내 그에게 건넸다.

"이걸 가지고 포스터도 한번 만들어보게." 그가 말했다.

작업을 해보니 팔리아멘트는 더 복잡했다. 타타르스키는 일반적인 내용으로 문구를 시작했다:

> 절대적으로 분명한 사실은, 어느 정도 진지한 광고 콘셉트를 만들 때 무엇보다 먼저 고려해야 할 것이……

타타르스키는 여기까지 쓰고 나서 한참 동안 꼼짝하지 않았다. 사실 가장 먼저 고려해야 할 것이 뭔지 막연했기 때문이다. '팔리아멘트'라는 단어에서 힘들게 짜낸 연상은 영국의 크롬웰* 전쟁 하나뿐이었다. 어린 시절 뒤마를 읽고 자란 보통의 러시아 소비자라면 누구라

---

* '팔리아멘트' 단어의 본래 뜻인 '의회'에서 영국내전 당시 의회파의 수장이었던 올리버 크롬웰을 떠올린 것.

도 마찬가지였을 것이다. 30분 동안 정신력을 극도로 긴장시킨 결과 덜떨어진 광고 문구 하나가 겨우 탄생했다:

PAR KOSTEI NE LAMENT*

타타르스키는 팔리아멘트 작업이 끝나자 담배가 피우고 싶어졌다. 담배를 찾아 온 아파트를 뒤지다가 오래된 야바 담배 한 갑을 찾아냈다. 그는 두 모금을 빨아들인 후 담배를 변기에 버리고 책상 앞으로 달려갔다. 처음으로 해답이 될 만한 문구가 탄생한 것이다:

PARLIAMENT—THE UNJAVA(팔리아멘트—비非야바)

그러나 곧 광고 문구는 러시아어로 써야 한다는 생각이 났다. 그래서 오랫동안 고민을 한 후 이렇게 썼다:

우리의 미래에는 무엇이 준비되어 있는가?
팔리아멘트, 네-야바

이 문구가 비(非)콜라의 조악한 차용이라는 생각이 들어 거의 포기하려던 순간, 불현듯 아이디어가 하나 떠올랐다. 그가 문학대학 시절

---

* 러시아 속담 '연기가 뼈를 부러뜨리지는 않는다(Par Kostei ne lomit)를 변형한 것으로 자체로는 큰 의미가 없다. 첫 단어와 마지막 단어를 합쳐 ПАРЛАМЕНТ(Parliament)를 만든 말장난.

에 썼던 역사 강의 논문 제목이 '러시아 의회주의사 개요'였다. 이제와서 내용은 전혀 기억나지 않지만, 그 안에는 하나 정도가 아니라 대략 셋까지는 콘셉트를 만들기에 충분한 재료가 있으리라는 확신이 들었다. 흥분한 타타르스키는 펄쩍펄쩍 뛰면서 복도를 따라 오래된 서류들을 보관하는 붙박이장으로 향했다.

벽장을 뒤지기 시작한 지 30분 만에 논문을 찾지 못하리라는 사실이 분명해졌다. 하지만 상관없었다. 이것저것 쌓여 있는 벽장 안을 정리하던 중 중이층(中二層) 선반에서 초등학교 시절부터 보관해오던 몇 가지 물건을 찾아냈기 때문이다. 그것은 캠핑용 작은 도끼로 내리쳐서 일그러진 레닌의 흉상(타타르스키는 이 처형 이후 처벌받을까 두려워 도끼를 찾기 어려운 곳에 숨긴 사실도 기억해냈다), 탱크나 핵폭발 그림으로 가득한 사회학 노트, 옛날 책 몇 권이었다.

이 물건들은 하나같이 그에게 한없는 향수를 불러일으켰고, 그 결과 고용주 푸긴은 그의 마음속에 혐오와 증오만을 불러일으키며 결국 팔리아멘트와 함께 타타르스키의 의식에서 완전히 쫓겨나는 신세가 되었다.

타타르스키에게 좋은 기억으로 남아 있는 이 책들은 강의가 끝난 후 수집한 폐지 중에서 골라놓은 것들이었다. 이 중에 60년대 출판된 프랑스 좌파 실존주의자의 책 한 권, 훌륭하게 장정된 이론물리학 논문 모음집 『무한과 우주』, 옆면에 큰 글씨로 '티하마트'라고 쓰인 서류철이 있었다.

타타르스키는 『무한과 우주』라는 책은 기억했지만 서류철은 기억이 나지 않았다. 그는 서류철을 펼쳐들고 첫 페이지를 읽었다:

티하마트-2

지상의 바다

연대표와 주석

서류철에 묶인 종이는 분명 컴퓨터 이전 시대로 거슬러 올라가는 것들이었다. 타타르스키는 특별한 판형으로 자가출판되던 대량의 책들을 기억해냈다. 타이핑된 두 페이지를 반 크기로 줄여 용지 한 장에 복사하는 방식으로 만들어진 것이었다. 여러모로 판단해보건대 그가 손에 들고 있는 것은 고대사 학위 논문의 부록이었다. 기억이 떠오르기 시작했다. 그는 어린 시절 이 서류철을 열어본 적조차 없으며, '티하마트'라는 단어는 소프로마트(재료역학)와 이스트마트(사적유물론), '급할수록 돌아가라(Тише едешь—дальше будешь)'라는 러시아 속담이 조합된 일종의 변형으로 이해했던 것 같다. 그는 바인더가 화려해서 특별히 이 서류철을 챙겨놓았지만 그 뒤로는 까맣게 잊고 있었다.

하지만 확인해보니 티하마트는 고대 신의 이름이거나 대양의 이름이거나, 혹은 이 둘을 합친 것*이었다. 타타르스키는 각주를 통해 이 단어를 러시아어 '하오스(혼돈)'로 번역하면 적절하겠다는 사실도 알게 되었다.

서류철의 대부분은 '황제 연대표'가 차지하고 있었다. 발음하기 어

* 메소포타미아 신화에 등장하는 원초(原初)의 바다의 신 '티아마트'를 가리킨다. 담수의 신 아프수와 뒤섞여(혼돈) 많은 신들을 낳았다.

려운 이름과 로마숫자가 나열된 상당히 천편일률적인 것으로, 누가 언제 원정에 나섰고 성벽을 세웠으며 도시를 점령했는가 등등이 기록되어 있었다. 몇몇 부분에서는 다양한 사료를 비교하고 있었는데, 이를 통해 도출된 결론은 결과적으로 역사에 편입된 몇몇 연속적인 사건들은 사실 동일한 것이며, 다만 이러한 사건들이 당대인들이나 후손들에게 강한 충격을 주어서 결국 사건의 메아리가 둘 혹은 셋으로 분리되고, 그 후 각자 독자적인 생명력을 가지게 되었다는 것이었다. 의기양양하면서도 변명하는 듯한 어투에서 알 수 있듯이 저자는 이러한 발견을 혁명적이면서도 우상파괴적인 무엇으로 받아들였음이 분명했다. 타타르스키는 이 글을 보며 모든 인간 노력의 공허함에 대해 다시 한 번 생각하지 않을 수 없었다. 그는 아슈레틸샤메르시투발리스투 2세가 사실은 네부카드네자르 3세였다는 사실에도 아무런 충격을 받지 않았으며, 오히려 혼자 감격해하는 이 이름 모를 역사가가 약간 우습기까지 했다. 황제들 역시 우스꽝스러웠다. 그들이 과연 진짜 사람인지 아니면 필기사가 점토판 위에 남겨놓은 실수인지조차 분명치 않았으며, 그들의 흔적은 이 점토판 위에만 남아 있을 뿐이었다. 어쨌든 타타르스키는 이 사람들에 관해 한 번도 들어본 적이 없었다. '네부카드네자르'라는 단어도 해장술이 없어 고생하는 사람을 가리키는 탁월한 정의로 들렸다.*

연대표 뒤에는 미지의 텍스트에 대한 논문 형태의 주석이 이어지고 있었다. 서류철 안에는 고대 유물 사진도 많이 붙어 있었다. 타타

* 네부카드네자르는 고대 바빌로니아 왕의 이름이면서 동시에 샴페인을 담는 커다란 병의 명칭이기도 하다.

르스키가 우연히 발견한 두번째 또는 세번째 논문의 제목은 다음과 같았다:

바빌론: 칼데아*의 세 가지 수수께끼

'바빌론'이라는 단어에서 모음 O 밑에 E를 지운 흔적이 보였다. 단순히 오타를 수정한 것이었지만 타타르스키는 흥분할 수밖에 없었다. 태어나면서 주어졌지만 성인이 되어 거부했던 바빌렌이라는 이름이, 그가 어린 시절 친구들에게 이야기하곤 했던 바빌론의 비밀스러운 교의가, 자신의 인생에서 어떤 역할을 수행하리라는 사실을 완전히 잊고 있던 그 순간 다시 나타났기 때문이다.

제목 아래 스탬프 자국이 남은 사진이 있었다. 산이나 계단형 피라미드의 정상처럼 보이는 곳에 격자문이 있고, 그 옆에 수염이 덥수룩한 남자가 어깨에 숄 비슷한 것을 걸치고 치마를 입고 서 있는 사진이었다. 타타르스키가 보기에 그는 목이 잘린 머리 두 개의 가늘게 땋은 머리카락을 잡고 있는 것 같았다. 한쪽 머리에는 특징이 없었지만, 다른 쪽은 행복하게 웃고 있었다. 타타르스키는 그림 밑에 적힌 제목을 보았다. '신전에서 가면과 거울을 들고 있는 칼데아인'이라고 쓰여 있었다. 그는 찬장에서 꺼내 쌓아놓은 책 위에 앉아 사진 아래 적힌 해설을 읽기 시작했다.

* 바빌로니아 남부의 고대 왕국. 칼데아인들은 점성술이나 주술 등에 능통했다.

123쪽. 거울과 가면은 이슈타르 여신의 예배 도구이다. 여신 숭배의 성스러움을 상징적으로 가장 완벽하게 표현하는 정통적 묘사로 이어지는 것이 황금 가면을 쓰고 거울을 들여다보는 이슈타르의 모습이다. 황금은 여신의 육체이며 그것의 음화(陰畵)된 투영은 별빛이다. 이에 근거하여 몇몇 연구자들은 여신의 세번째 예배 도구를 버섯, 갓 부분에 자연적으로 하늘의 지도가 그려져 있는 광대버섯이라고 추정한다. 이 경우 광대버섯은 다양한 글에서 언급되는 '하늘 버섯'으로 간주할 수 있다. 이러한 추정은 위대한 세 시대, 즉 붉은 하늘, 푸른 하늘, 노란 하늘의 시대에 관한 신화의 세부 내용에서 간접적으로 확인 가능하다. 붉은 광대버섯은 칼데아인을 과거와 연결시켜준다. 이 버섯을 통해 붉은 하늘 시대의 지혜와 힘에 접근할 수 있다. 반대로 갈색 광대버섯(아카드어로 '갈색'과 '노란색'은 같은 뜻이다)은 미래를 연결시켜주며, 이를 통해 미래의 고갈되지 않는 에너지를 온전히 소유하게 된다.

타타르스키는 아무렇게나 몇 장을 넘기다가 다시 '광대버섯'이라는 단어와 마주쳤다.

145쪽. 칼데아의 세 가지 수수께끼(이슈타르 여신의 세 가지 수수께끼). 칼데아의 세 가지 수수께끼에 관한 전설은 바빌론 사람이라면 누구라도 여신의 남편이 될 수 있다고 전한다. 이를 위해서는 특별한 음료를 마시고 여신의 성탑(지구라트)으로 올라가야 한다. 의식을 수행하기 위해 바빌론의 실제 건축물 위로 올라가는 것인지, 아니면 환각의 경험인지는 불분명하다. 두번째 추정은 그 음료가 상당히 이국적인 비법에 따라 만들어진다는 것이다. 그 안에는 '붉은 당나귀 오줌(아마도 고대 연금술에서 전통적으로 사용하던 적색 황화수은일 것이다)'과 '하늘 버섯(광대버섯이 분명하다—〈거울과 가면〉 참조)'이 들어간다.

전설에 따르면, 부와 완벽한 지혜에 이르는 길(바빌로니아인들에게 이 두 가지 개념은 구분되지 않았다. 오히려 상호 간에 서로 넘나드는 것으로 생각했고, 같은 하나의 다른 측면으로 여겼다)은 성탑 윗방에 있는 여신의 황금 우상과의 성적 결합을 통해서 이루어진다. 사람들은 이슈타르의 영혼이 일정한 시각에 이 우상으로 내려온다고 생각했다.

우상에 접근하려면 이슈타르의 세 가지 수수께끼를 풀어야 한다. 수수께끼의 내용은 전해지지 않는다. 클로드 그레코의 논쟁적인 관점(11, 12 참조)에 주목해보자. 그는 이 수수께끼가 니네베 발굴에서 밝혀진, 리듬감 있고 동음이의의 구조로 인해 매우 다의적으로 들리는 일련의 고대 아카드어 주문일 것이라고 추정하고 있다.

하지만 몇 가지 사료에 근거한 다음의 해석이 훨씬 더 설득력 있다. 이슈타르의 세 가지 수수께끼는 칼데아인이 되기를 바라는 바빌로니아인에게 건네진 세 가지 상징적인 물건이라는 것이다. 그는 이 물건들의 의미(상징적인 메시지의 모티프)를 설명해야 한다. 성탑으로 올라가는 나선형 오르막길에는 세 개의 관문이 있고, 여기서 미래의 칼데아인에게 세 가지 물건이 차례로 제공된다. 수수께끼는 하나라도 틀리게 되면 관문 보초가 그를 성탑 아래로 밀어버리며, 이는 분명 죽음을 의미한다. (종교의식적인 자기 거세에 바탕을 둔 후기 키벨레* 숭배를 이슈타르 숭배에서 찾는 몇 가지 근거가 있는데, 자기 거세는 분명 대체 희생의 역할을 담당했을 것이다.)

그럼에도 불구하고 지원자는 많았다. 성탑 정상에 올라 여신과의 결합을 가능하게 해주는 정답은 어쨌든 존재했기 때문이다. 수십 년 동안 단 한 사람만이 성공했다. 세 가지 수수께끼를 정확하게 푼 그는 정상으로 올라가 여신과 조우하였으며, 그 이후 신에게 바쳐진 칼데아인이자 여신의 종교의식적인 지상의 남편이 되었다(아마도 그런 사람이 몇 명은 될 것이다).

한 가지 해석에 따르면, 이슈타르의 세 가지 수수께끼에 대한 해답은 문서 형태로도 존재했다고 한다. 바빌론의 특정 장소에서 여신의 질문에 대한 답을 담은 인쇄판을 팔았다는 것이다(다른 해석에 따르면 마법으로 봉인된 답이 새겨진 판이라는 설도 있다). 이러한 인쇄판을 준비하고 판매하는 일은 제비뽑기의 수호신인 엔키두 중앙 사원의 신관들이 맡았다. 사람들은 여신이 엔키두의 중개를 통해 다음 남편을 선택한다고 생각했다. 이것은 고대 바빌로니아인들이 익히 알고 있던, 신이 내린 숙명과 자유로운 의지 사이의 충돌을 해결해주었다. 따라서 성탑으로 들어가겠다고 결심한 대다수의 사람들은 답이 적힌 점토판을 샀다. 봉인된 판은 신전으로 들어간 다음에야 열린다고 생각했다.

---

* 고대 소아시아의 프리기아에서 숭배되던 대지의 여신.

이 관행은 '위대한 제비뽑기'라고도 불렸다(이 전설에 영감을 받은 수많은 문학가들 덕분에 이러한 용어가 만들어지기는 했지만, 더 정확한 번역은 '무명無名의 게임'일 것이다). 여기에는 성공 아니면 죽음만이 존재하며, 따라서 어떤 의미에서는 실패가 없는 게임이다. 일부 대담한 사람들은 도움판 없이 성탑으로 올라갈 결심을 하기도 했다.

또 다른 설명에 따르면, 이슈타르의 세 가지 질문은 수수께끼라기보다는 삶의 특정한 상황을 가리키는 상징적인 지침이라고 한다. 바빌로니아 사람이 여신과 만나기 위해서는 관문을 통과하여 성탑 보초에게 자신의 현명함을 증명해야 한다(이 경우 위에서 언급된 성탑으로 올라간다는 행위는 오히려 상징이 된다). 이슈타르의 세 가지 질문에 대한 대답은 바빌론 시장에서 매일 불리던 '시장의 노래' 가사 속에 숨겨져 있다는 설도 있지만, 노래나 관련 풍습에 관한 정보는 남아 있지 않다.

타타르스키는 서류철의 먼지를 털어낸 후 언젠가는 꼭 다 읽으리라는 다짐을 하며 다시 벽장 속에 숨겼다.

붙박이장에서 러시아 의회주의사 논문은 발견되지 않았다. 하지만 찾는 일이 거의 끝나갈 무렵 타타르스키는 한 가지를 이해하게 되었다. 러시아의 의회주의는 그 단어가 팔리아멘트 광고를 위해서 필요했을 뿐, 솔직히 어떤 의회주의 없이도 그럭저럭 굴러간다는 단순한 사실로 귀결된다는 것이었다.

이슈타르의 세 가지 수수께끼

다음 날 여전히 담배 콘셉트 생각에 몰두해 있던 타타르스키는 트베르스카야 거리 초입에서 몇 년 동안 소식이 끊겼던 동창생 안드레이 기레예프를 만났다. 기레예프는 푸른색의 가사(袈裟)에 수놓인 네팔 조끼를 걸친 옷차림으로 타타르스키를 깜짝 놀라게 했다. 그는 색색의 리본 장식에 티베트 문자로 뒤덮인 커다란 커피 그라인더 비슷한 기구를 들고서 손잡이를 돌리고 있었다. 전체적으로 옷차림은 지나치게 이국적이었지만 자연스럽게 조화를 이루면서 서로를 중화시키고 있는 것 같았다. 지나는 사람들은 아무도 기레예프에게 주의를 기울이지 않았다. 그는 가로등이나 펩시콜라 광고처럼 새로운 시각적 정보를 전혀 주지 못했으므로 사람들의 지각 영역에서 떨어져나간 것이었다.

타타르스키는 먼저 기레예프의 얼굴을 알아보았고, 그 후에야 외모에 드러난 여러 세부적인 것들에 주의를 기울였다. 그의 눈을 주의 깊게 들여다보던 타타르스키는 기레예프가 취한 것 같지는 않지만 상태가 좋지 않음을 알 수 있었다. 그럼에도 불구하고 그는 침착하고 평온해 보였으며 신뢰감을 주었다.

기레예프는 모스크바 근교의 라스토르구예보라는 마을에 살고 있다며 타타르스키를 집으로 초대했다. 타타르스키는 초대에 응했다. 그들은 지하철을 타고 가다가 바르샤바 역에서 내려 전차로 갈아탔다. 두 사람 다 말이 없었다. 타타르스키는 가끔 창밖의 풍경에서 시선을 돌려 기레예프를 쳐다보았다. 기이한 옷차림을 한 그는 파멸한 우주의 마지막 파편처럼 보였다. 물론 소련 우주는 아닌 것이, 그곳에 방랑하는 티베트 점성술사는 없기 때문이다. 대신 소련 세계의 반대쪽이기는 하지만 나란히 존재했고, 또한 소련 세계와 함께 사라진 어떤 다른 세계였다. 유감스러운 일이었다. 한때 타타르스키가 좋아하고 그의 영혼을 감동시켰던 많은 것들이, 결코 아무 일도 일어날 리 없다고 모두가 확신했던 이 평행우주로부터 왔기 때문이다. 그러나 그 세계에도 소련의 영원성에 일어났던 것과 똑같은 일이 마찬가지로 눈에 띄지 않게 일어났다.

기레예프는 한쪽으로 기운 검은색 집에 살고 있었다. 집 앞에는 사람 키의 1.5배는 될 정도로 키가 큰 우산풀이 무성하게 자란 황폐한 정원이 딸려 있었다. 편의시설의 수준으로 볼 때 그 주거지는 시골과 도시의 중간 형태였다. 간이 화장실의 변기 구멍 사이로 분뇨 더미 위를 통과하는 축축하고 끈적끈적한 하수관이 보였다. 하지만 그것이 어디에서 어디로 이어지는지는 불분명했다. 집 안에는 가스 조리기구와 전화가 있었다.

기레예프는 타타르스키를 베란다 탁자에 앉힌 다음 흰색의 에스토니아 글자가 적힌 붉은색 양철통에서 대충 갈아놓은 가루를 털어 찻주전자에 넣었다.

"그게 뭐야?" 타타르스키가 물었다.

"광대버섯." 기레예프는 대답을 하며 찻주전자에 끓는 물을 부었다. 방 안에 버섯 수프 냄새가 퍼져나갔다.

"뭐야, 이걸 마시려고?"

"겁먹지 마." 기레예프가 말했다. "갈색 버섯은 없으니까."

그는 상상할 수 있는 모든 반대를 없애버리는 어투로 말했고, 타타르스키는 대답을 찾지 못했다. 그는 잠시 주저했지만 바로 어제 광대버섯에 관해 읽었던 내용을 떠올리며 의심을 떨쳐버렸다. 광대버섯 차는 상당히 맛이 좋았다.

"이걸 마시면 어떻게 되는데?"

"곧 알게 될 거야." 기레예프가 대답했다. "너도 겨울을 대비해 좀 말려두고 싶어질걸."

"이제 뭘 하지?"

"네가 하고 싶은 거." 기레예프가 말했다.

"이야기 좀 할 수 있을까?"

"그래, 해봐."

그들이 친구들에 대해 별 내용 없는 대화를 하는 동안 30분이 지나갔다. 짐작했던 대로 그동안 아무에게도 흥미로운 일은 없었다. 단 한 사람, 료사 치쿠노프만이 달랐다. 그는 핀란디아 보드카 몇 병을 마시고 별이 가득한 1월 밤에 어린이 놀이터 안의 작은 집에서 얼어 죽었다.

"발할라*로 가버렸지." 기레예프가 덤덤하게 덧붙였다.

"그걸 어떻게 확신하는데?" 타타르스키는 이렇게 물었지만, 이내 보드카 병 라벨에 그려진 달리는 순록과 새빨간 태양을 떠올리며 마음속으로 동의했다.

그사이 그의 몸에서는 아주 약하게 느껴지는 행복한 나른함이 나타났다. 가슴에서 시작된 기분 좋은 떨림의 파동은 몸통과 팔을 통과하여 손가락에 닿기 직전 사라졌다. 타타르스키는 무슨 까닭인지 이 떨림이 즉각 손가락까지 도달하기를 바랐다. 그리고 그러지 못한 이유가 조금밖에 마시지 않았기 때문임을 알게 되었다. 그러나 찻주전자는 이미 비어 있었다.

"더 있어?" 그가 물었다.

"거봐." 기레예프가 말했다. "내가 말한 대로지?"

기레예프는 일어나서 방을 나갔다가 펼쳐진 신문을 들고 돌아왔다. 그 위에는 잘게 잘라 말린 광대버섯 조각이 흩어져 있었다. 버섯 몇 개에는 작은 흰색 점들이 찍힌 붉은색 껍질이 남아 있었고, 어떤 버섯에는 신문지 부스러기와 좌우가 바뀐 글자가 붙어 있었다.

타타르스키는 버섯 몇 개를 입안에 털어넣고 씹어 삼켰다. 말린 광대버섯은 감자 시리얼과 약간 비슷했지만 더 맛있었다. 타타르스키는

* 북유럽 신화에 나오는 전사자들을 위한 궁전으로, 일종의 이상향.

이것을 감자칩처럼 포장해서 팔 수도 있겠다는 생각과 함께, 여기에는 아마도 빠르게 부자 되기, 지프, 광고 필름, 비명횡사에 이르는 길들 중 하나가 숨어 있으리라는 생각도 했다. 어떻게 광고를 하면 좋을까 생각하던 그는 새로 한입 더 털어넣고 주위를 둘러보았다. 방을 장식하는 물건들 중 몇몇이 이제야 눈에 들어오기 시작했다. 예를 들어 가장 눈에 띄는 장소에는 종이 한 장이 걸려 있었는데, 그 위에는 산스크리트어도 아니고 티베트어도 아닌 꼬리가 구부러진 용을 닮은 구불구불한 글자가 적혀 있었다.

"저게 뭐야?" 그가 기레예프에게 물었다.

기레예프는 벽을 힐끗 쳐다보았다.

"훔*이야." 그가 말했다.

"뭐하는 건데?"

"내가 여행하는 방식."

"어디로 여행을 가는데?" 타타르스키가 물었다.

기레예프는 어깨를 으쓱했다.

"설명하기 어려워." 그가 말했다. "훔. 네가 생각을 멈추면 많은 게 분명해질 거야."

그러나 타타르스키는 이미 무슨 질문을 하려고 했는지 잊어버렸다. 기레예프가 자기를 이곳으로 데려와주었다는 사실에 고마운 마음이 파도처럼 일었다.

"사실은," 타타르스키가 말했다. "내가 요즈음 좀 힘든 시기를 겪고

---

* '옴 마니 파드메 훔'의 마지막 글자로 불교에서 사용되는 진언(眞言) 중 하나.

있어. 주로 은행가나 광고주를 상대하는데, 정말 숨이 막힐 정도로 부담을 주거든. 그런데 여기 너희 집에 있으니까…… 그냥 집에 돌아온 것 같다."

기레예프는 그가 어떤 상황에 있는지 이해하는 듯했다.

"다 쓸데없는 일이야." 기레예프가 말했다. "마음에 담아두지 마. 겨울에 광고주 두 사람이 나를 찾아왔었어. 의식을 확장하고 싶다나. 그러고는 맨발로 눈 위를 뛰어다니더군. 잠깐 산책할까?"

타타르스키는 기꺼이 동의했다. 쪽문을 통해 밖으로 나온 두 사람은 사방에 도랑을 파놓은 들판을 가로질러갔다. 오솔길은 숲까지 이어졌다가 나무 사이에서 이리저리 구부러지기 시작했다. 타타르스키의 팔에서 근질근질한 떨림이 점점 더 강해져왔지만 어쨌든 손가락까지는 이르지 못했다. 그는 나무 사이로 광대버섯이 많이 자라 있는 것을 알아채고 기레예프에게서 뒤처져 몇 개를 땅에서 뽑아들었다. 붉은색이 아니라 짙은 갈색으로 아주 고왔다. 그는 버섯을 급히 먹어치우고 아무것도 눈치채지 못한 기레예프를 뒤쫓았다.

곧 숲이 끝났다. 그들은 넓고 확 트인 공간으로 나왔다. 강에 접해 있는 집단농장의 들판이었다. 타타르스키는 하늘을 올려다보았다. 들판 높이 움직임을 멈춘 구름이 걸려 있었고, 모스크바 근교에서 가을이면 가끔 나타나는 표현하기 어려운 슬픈 오렌지빛 석양이 타오르고 있었다. 두 사람은 들판 가장자리를 따라 걷다가 쓰러진 나무 위에 앉았다.

갑자기 타타르스키의 머릿속에 광대버섯을 위한 광고 콘셉트가 떠올랐다. 그것은 광대버섯이 버섯으로서 자아실현을 할 수 있는 최고의 형태가 핵폭발이라는 대담한 추측에 근거한 것으로, 몇몇 상급의 신비주의자들이 도달하는 빛나는 무형체(無形体)와 유사한 무언가였다. 그런데 광대버섯에게 인간은 사람들이 치즈를 만들기 위해 곰팡이를 이용하는 것과 마찬가지로, 그저 자신이 궁극의 목표에 도달하기 위해 이용하는 삶의 보조적인 형상에 불과했다. 타타르스키는 오렌지빛 석양을 향해 시선을 들었고, 생각의 흐름은 갑자기 끊어졌다.

"이봐." 몇 분 후 기레예프가 침묵을 깼다. "료사 치쿠노프가 또 생각났어, 그 친구 정말 불쌍하지 않아?"

"그래." 타타르스키가 대답했다.

"정말 이상해. 그 친구는 죽었고 우리는 살아 있고…… 다만 의심스러운 건 잠자리에 들 때마다 우리는 그런 식으로 죽는다는 거야. 태양은 영원히 떠나가고 모든 역사는 끝나지. 그 후에 비존재가 스스로에게 싫증이 나면, 우리는 잠에서 깨는 거야. 그러면 세상은 다시 생겨나는 거고."

"비존재가 어떻게 자신한테 싫증을 내는데?"

"너는 잠에서 깰 때마다 무에서 새롭게 나타나는 거야. 다른 것들도 다 똑같아. 하지만 죽음은 익숙한 아침의 각성을 전혀 생각지도 못한 다른 무언가로 바꿔놓지. 이걸 위한 도구가 우리한테는 없어. 우리의 이성과 세계는 동일하니까 말이야."

타타르스키는 이 말의 의미를 이해해보려고 노력했지만 생각하는 것 자체가 복잡하고 위험해지기까지 했음을 알아차렸다. 그의 생각이 자유와 힘을 얻어서 더 이상 통제할 수 없게 되었기 때문이다. 답은 곧 3차원 기하학 도형의 모습으로 나타났다. 타타르스키는 자신의 이성을 보았다. 그것은 태양을 닮았지만 절대적으로 고요하고 움직임이 없는 선명한 흰색의 구였다. 구의 중심에서 가장자리까지 검은색의 뒤틀린 실이 이어져 있었다. 타타르스키는 이것이 그의 다섯 가지 감각임을 알아차렸다. 약간 두꺼운 실은 시각이었고 다소 가는 실은 청각이었으며, 나머지는 거의 보이지 않았다. 움직임이 없는 실 주변으로 전등의 필라멘트 비슷한 돌돌 감긴 나선이 춤을 추고 있었다. 나선은 순간적으로 실 중의 하나와 합쳐지기도 했고, 어둠 속에서 빠르게 빙글빙글 도는 담뱃불처럼 주변으로 반짝이는 원을 그리며 구불거리기도 했다. 이것은 그의 이성을 사로잡은 생각이었다.

'어떤 죽음도 없다는 말이지.' 타타르스키는 기뻤다. '왜냐고? 왜냐하면 실은 사라져도 구는 남아 있으니까!'

지난 몇천 년 동안 인간을 괴롭혀왔던 질문의 답을 이렇게 단순하고 누구나 이해할 수 있는 용어로 개념화하는 데 성공했다는 사실이 그를 행복감으로 가득 채웠다. 자신의 발견을 기레예프와 공유하고 싶어서 그의 어깨를 잡고 마지막 구절을 소리 내어 말하려 했다. 그러나 타타르스키의 입술은 뭔가 다른 무의미한 말을 뱉어냈다. 단어를 만드는 모든 음절이 제자리에 있기는 했지만 혼란스럽게 뒤섞여버렸다. 타타르스키는 물을 좀 마셔야겠다는 생각에 놀란 표정으로 쳐다보는 기레예프에게 말했다.

"나 무 마시 시퍼!"

기레예프는 무슨 일이 벌어지고 있는지 확실하게 이해하지는 못했다. 그러나 이 상황이 마음에 들지 않는 것은 분명했다.

"나 므르 마시 시버!" 타타르스키는 다시 한 번 얌전하게 말하며 미소 지으려 했다.

그는 기레예프도 대답으로 웃어주기를 간절히 원했다. 그러나 기레예프는 이상하게 행동했다. 자리에서 일어나더니 타타르스키에게서 뒷걸음질을 쳤다. 타타르스키는 이 순간 '얼굴에서 스며 나오는 공포'라는 표현이 무슨 뜻인지 이해했다. 바로 그 공포가 친구의 얼굴에 뚜렷하게 나타난 것이다. 주저하듯 몇 발자국 뒷걸음질 치던 기레예프는 방향을 돌려 달아났다. 타타르스키는 영혼 깊이 모욕감을 느꼈다.

그러는 사이 황혼이 짙어졌다. 푸른 어스름 속에서 나무 사이로 언뜻거리는 기레예프의 네팔 조끼가 커다란 나비처럼 보였다. 그를 따라잡을 수도 있겠다는 생각이 타타르스키를 흥분시켰다. 타타르스키는 나무뿌리나 불쑥 솟은 지면에 걸려 넘어지지 않으려고 높이 뛰어오르면서 기레예프의 뒤를 따라 서둘러 달리기 시작했다. 그가 기레예프보다 훨씬 더 빨리, 정말 비교도 안 될 정도로 빨리 뛰고 있음이 곧 분명해졌다. 몇 번이나 기레예프와 앞서거니 뒤서거니 했고, 그러다가 타타르스키는 자기가 지금까지 기레예프가 아니라 사람 키 정도 되는 마른 나무기둥 주변을 달리고 있었음을 알아차렸다. 이것이 그를 약간은 제정신으로 돌아오게 했고, 그는 오솔길을 따라 역이 있다고 생각되는 방향으로 허둥지둥 걸어갔다.

타타르스키는 가는 도중 나무들 사이로 모습을 드러낸 광대버섯 몇 개를 더 먹었고, 그러다가 자신이 한쪽 옆으로 페인트칠을 한 철조망 담장이 있는 넓은 비포장도로 위에 서 있음을 알게 되었다.

그 앞에 행인 하나가 나타났다. 타타르스키는 다가가 정중하게 물었다.

"역 어더게 가느 말슴 해듀시 게스니가? 저기, 뎐차 어디 이는지?"

타타르스키를 바라보던 행인은 뒤로 물러서더니 멀리 도망가버렸다. 오늘은 모든 사람들이 똑같이 반응하는 것 같았다. 타타르스키는 자신의 체첸인 고용주를 떠올리며 행복한 상상에 잠겼다. '지금 후세인을 만나면 어떨까! 얼마나 놀랄지 궁금한걸.'

이런 생각에 뒤이어 길 가장자리에 진짜 후세인이 나타나자, 정작 경악한 쪽은 타타르스키였다. 후세인은 풀밭에 조용히 서서 타타르스키의 접근에 아무런 반응도 보이지 않았다. 하지만 타타르스키는 속도를 늦추며 아이와 같은 걸음걸이로 조용히 다가가서는 죄지은 사람처럼 그 자리에 얼어붙어버렸다.

"뭘 원한 거지?" 후세인이 물었다.

놀란 타타르스키는 이제 자기가 정상적으로 말한다는 것조차 깨닫지 못했다. 그는 상황에 전혀 어울리지 않는 말을 꺼냈다.

"딱 1초만. 타깃 그룹의 대표인 당신에게 묻고 싶었습니다. '팔리아멘트' 라는 단어가 어떤 연상을 불러일으키나요?"

후세인은 놀라지 않았다. 그는 잠깐 생각하더니 이렇게 대답했다.

"알가자비에 이런 시가 있다네. 「새들의 의회」라고. 서른 마리의 새들이 모든 새의 왕이며 위대한 지배자인 세무르그라는 새를 찾아 떠나는 이야기야."

"새들에게 의회가 있는데 무엇 때문에 왕을 찾아 떠나죠?"

"그건 새들한테 물어봐. 게다가 세무르그는 단순한 왕이 아니라 위대한 지식의 원천이거든. 의회에 대해서는 그런 말을 못할 거야."

"이야기는 어떻게 끝나나요?" 타타르스키가 물었다.

"새들은 서른 가지 시험을 통과하고 나서야 '세무르그'라는 단어가 '서른 마리의 새'를 의미한다는 걸 알게 되지."

"어떻게요?"

"신의 목소리가 말해줬어."

타타르스키는 재채기를 했다. 후세인은 즉시 입을 다물고 어두워진 얼굴을 옆으로 돌렸다. 타타르스키는 이야기가 계속되기를 꽤 오랫동안 기다리다가, 마침내 후세인이 사실은 어스름 속에서 간신히 알아볼 수 있는 '모닥불 금지!' 포스터가 붙은 말뚝임을 알아차렸다. 그는 기분이 상했다. 기레예프와 후세인이 동맹을 맺었던 것이다. 후세인의 이야기는 마음에 들었지만 자세한 내용을 알아내지 못했기에 이 상태로 담배 콘셉트까지 끌고 가기 힘들 것은 분명했다. 타타르스키는 부탁한 적도 없는데 나타난 후세인-말뚝 주변에 그가 겁을 먹고 멈추어 서게 할 만한 무엇이 있었는지 생각해보며 계속 걸었다.

설명은 그다지 마음에 들지 않았다. 그것은 자신으로부터 완전히 몰아내지 못한 노예근성, 즉 소련 시대의 유물이었다. 잠시 생각에 잠겼던 타타르스키는 다음과 같은 결론을 내렸다. 소련 인간의 영혼 속 노예근성은 어떤 하나의 영역에 집중된 것이 아니라, 희뿌연 공간에서 일어난 모든 일을 만성적인 정신적 복막염의 색조로 물들이고 있으며, 그 때문에 소중한 영혼의 본성에 해를 입히지 않으면서 그러한 노예근성을 한 방울씩 떨어낼 가능성은 전혀 없다는 것이었다. 타타르스키는 이러한 생각이 앞으로 푸긴과의 협력을 고려해볼 때 중요한 것 같아서 내용을 적어두려고 펜을 찾아 한참을 주머니 여기저기를 뒤졌다. 하지만 찾지 못했다.

대신 새로운 행인이 그를 향해 걸어오고 있었다. 이번에는 환각이 아니었다. 타타르스키가 펜을 빌리려 시도하자 이 사실은 분명해졌다. 행인이 정말로 빠르게 뒤도 돌아보지 않고 뛰어서 달아났기 때문이다.

타타르스키는 정확히 자신의 어떤 행동이 만나는 사람마다 그렇게 두렵게 만드는지 도무지 이해할 수가 없었다. 발음하려 했던 단어들이 음절로 분해되고 그 후 음절들 간에 서로 뒤엉키는 이상한 언어 장애가 사람들을 놀라게 했을 수도 있다. 하지만 어쨌든 이런 부적절한 반응에는 타타르스키를 으쓱하게 하는 뭔가가 있었다.

타타르스키는 갑자기 한 가지 생각에 깜짝 놀라 그 자리에 서서 손바닥으로 이마를 쳤다. '그래, 이게 바로 바벨의 대혼란이야!' 하고 그는 생각했다. '그들은 아마도 광대버섯 술을 마셨을 거야, 그래서 입에서 나오는 말은 지금 내 말처럼 파괴되기 시작했을 테고. 나중에 이걸 언어들의 혼돈이라고 부르게 됐겠지. 언어의 혼돈이라고 하는 게 더 정확하겠지만……'

타타르스키는 자기 생각이 대단한 힘으로 가득 차 있고, 각각의 힘은 그가 지금 걸어가고 있는 저녁 숲과 모든 점에서 동등한 권리를 갖는 현실의 층이라는 느낌이 들었다. 차이가 있다면 숲은 그가 아무리 원해도 멈출 수 없는 생각이 되었다는 것이었다. 반면 의지는 그의 이성 안에서 벌어지고 있는 일에 거의 동참하지 못했다. 그가 언어들의 혼돈에 관해 생각하자마자 바빌론에 관한 기억만이 유일하게 가능한 바빌론이라는 사실이 명확해졌다. 그는 바빌론에 관해 생각했고, 그렇게 함으로써 바빌론에 생명력을 불어넣었다. 그리고 그의 머릿속에서 생각들은 건축자재를 실은 트럭처럼 그곳을 향해 질주해 갔고, 바빌론을 더욱더 뚜렷이 실체화시켰다.

'언어들의 혼돈을 바벨의 대혼란이라고 불렀지.' 그는 생각했다. '그런데 대체 대혼란이 뭐지? 강신술하고 비슷하게 들리는데……'*

그는 발밑에서 땅이 부드럽게 돌아가는 것을 느끼고 몸을 약간 흔들었다. 지구 회전축이 정확히 그의 정수리를 통과해 지나갔기 때문에 두 다리로 지탱하고 있기만 하면 되었다. 그는 생각했다. '아니, 강신술은 여기선 아무 관련이 없어. 대혼란, 이건 탑과 창조가 합해진 말이야. 탑의 창조, 건설이 아니라 창조란 말이지. 다시 말해 언어의 혼돈이 바로 탑의 창조가 되는 거야. 언어의 혼돈이 시작됐을 때 바벨탑은 솟아오른 거야. 아니면 최소한 성탑의 입구가 열렸다고나 할까. 그래, 그거야. 바로 저기, 입구가 있다.'

타타르스키가 벌써 오랫동안 따라 걷고 있던 철조망 담장에 붉은 별무늬 부조가 장식된 커다란 문이 나타났다. 그 위로 갓이 달린 전구가 강렬한 빛을 내고 있었다. 전구의 눈부신 흰색 불빛이 녹색 판금문을 뒤덮은 그라피티를 비추고 있었다. 타타르스키는 멈춰 섰다.

그는 보통 사람이라면 으레 한 번씩 해보는 주변 마을 이름을 라틴 문자로 써보려는 시도, 투박한 왕관 아래 쓰인 누군가의 이름, 남녀 성기의 상징적인 묘사, 이해할 수 없는 아포스트로피와 음악 산업의 수많은 상표로 뒤덮인 영어 욕설들을 1, 2분 정도 연구해보았다. 그러

* 러시아어로 '대혼란(stolpotvorenie)'과 '강신술(stoloverchenie)'은 발음이 비슷하다.

다가 그의 시선은 뭔가 이상한 것과 마주쳤다.

그것은 다른 글자들보다 훨씬 커서 문을 완전히 가로지를 정도로 거대한 형광 오렌지색의 문구였다(글자는 전구 불빛 아래에서 선명하게 빛나고 있었다):

THIS GAME HAS NO NAME(이 게임에 이름은 없다)

이 문구를 읽는 순간 나머지 모든 민족지학적인 자료들은 타타르스키의 의식 속에 더 이상 들어오지 않았다. 그 안에는 다섯 개의 반짝거리는 단어만이 남았다. 그는 이 단어들의 의미를 완전히 이해하고 있으며, 비록 다른 사람들에게 제대로 설명할 수는 없지만 그것은 의심할 바 없이 그에게 담장을 기어 올라갈 것을 요구하고 있다는 생각이 들었다. 담장을 넘는 일은 어렵지 않았다.

문 뒤에는 폐쇄된 건축부지가 있었는데, 사람의 흔적은 거의 없는 넓고 황량한 공간이었다. 부지 한가운데에는 우주 전파 탐지기의 기초이거나 혹은 단순히 여러 층으로 설계된 주차 빌딩인 듯한 짓다 만 건물이 서 있었다. 건설 작업은 지지대와 벽만이 준비된 단계에서 중단되어 있었다. 건축물은 몇 개의 콘크리트 상자가 하나하나 위로 쌓여 있는 계단 모양의 실린더처럼 보였다. 철근 콘크리트를 지주로 한 나선형의 길이 그 주변을 돌며 위로 올라가다가 붉은색 신호램프가 달린 작은 정육면체 탑을 위에 올려놓은 꼭대기 상자에서 끝이 났다.

타타르스키는 이것이 제국을 구하지는 못했지만 〈스타워즈〉의 미학은 구체화시킨, 1970년대에 건설되기 시작한 군사 시설물 중의 하나라는 생각이 들었다. 그리고 천식 환자처럼 식식거리던 다스 베이더를 떠올리며 그 인물이 직업적 공산주의자에 대한 얼마나 훌륭한 은유인가 하는 생각에 깜짝 놀랐다. 틀림없이 우주선 어딘가에 인공 신장과 2개 여단의 의사들이 있을 텐데, 타타르스키가 어렴풋이 기억하기로 영화에서는 이에 대한 암시가 있었다. 하지만 지금 같은 상황에서 다스 베이더를 생각하는 것은 위험했다.

서너 개의 탐조등이 공사가 중단된 건물을 비추고 있었다. 탐조등은 어둠으로부터 철조망 조각, 나선형 길의 일부, 램프가 깜빡이는 꼭대기 탑 등을 조각조각 뜯어냈다. 붉은 램프만 아니었다면 반쯤 짓다만 건물은 어스름 속에서 오랜 시간에 걸쳐 폐허가 된 것처럼 보였을 터이며, 천년만년 정도 되었다고 볼 수도 있었을 것이었다. 하지만 타타르스키는 램프 역시 이집트나 바빌론의 땅 밑에서 끌어온, 상상하기 힘들 정도로 오래된 전기로 타오를지도 모른다고 생각했다.

최근에 이곳에 사람이 있었던 흔적은 타타르스키가 서 있는 문 앞에서만 눈에 띄었다. 파견 부대가 주둔했던 듯 몇 개의 이동식 주택, 철봉, 소화용 양동이와 쇠지렛대가 달린 방패, 그리고 똑같은 모습의 군인들이 얼굴에 이상한 자아도취의 기운을 띠고서 여러 훈련 대형을 취하고 있는 포스터가 붙은 진열대 등이었다. 타타르스키는 머리에 함석 철모를 쓰고 자루에 전화기가 붙어 있는 거대한 버섯을 보고도 전혀 놀라지 않았다. 그는 이곳이 초소임을 알아차렸다. 처음에는 초소에 보초가 없을 것이라고 확신했지만, 다음 순간 붉은색으로 칠해져 일정한 간격으로 흰 점이 찍힌 원뿔 모양의 버섯 머리를 보게 되었다.

"쉬운 게 없군." 그가 속삭였다.

그 순간 조용하면서도 조롱하는 듯한 목소리가 주변 어딘가에서 들려왔다.

"This game has no name. It will never be the same(이 게임에 이름은 없다. 결코 예전과 같진 않을 것이다)."

타타르스키는 돌아보았다. 주위엔 아무도 없었고, 그는 그것이 환청이었음을 깨달았다. 그러자 약간 무서워졌다. 그러나 주변에서 벌어지는 일은, 그것이 무엇이건 간에 뭔가 황홀함을 약속하고 있었다.

"전진." 그는 이렇게 속삭이며 몸을 숙이고 성탑으로 향하는 길을 따라 어스름을 뚫고 빠르게 기어갔다. 그는 생각했다. '어쨌든 이 자체는 여러 층으로 된 주차 빌딩인 것 같단 말이야.'

"공중정원이 딸린." 머릿속에서 목소리가 조용히 맞장구쳤다.

목소리가 러시아어로 말하는 걸 보니 이것이 환청이라는 확신이 들었지만 타타르스키는 어쨌든 다시 한 번 언어들의 혼돈에 대해 생각하지 않을 수 없었다. 그의 생각에 대답이라도 하듯 목소리는 쉿쉿거리는 소리가 많이 들어간 낯선 언어로 긴 구절을 발음했다. 타타르스키는 목소리에 주의를 기울이지 않기로 마음먹었다. 더욱이 그는 이미 나선형의 오르막길에 들어서 있었다.

멀리서는 건물의 진짜 크기를 제대로 알아보지 못했다. 길은 트럭 두 대가 오갈 수 있을 만큼 충분히 넓었다. ("혹은 마차들도." 목소리가 기뻐하며 덧붙였다. "네 마리 말이 끄는 마차도 다닐 수 있지! 이전에는 마차들이 다녔거든!") 길은 콘크리트 평판으로 포장되어 있었지만, 평판 사이 연결 부위는 메워져 있지 않았다. 그 사이로 키 큰 풀들이 뚫고 나와 있었다. 타타르스키는 풀 이름은 몰랐지만 어린 시절부터 그 질긴 줄기를 신발 끈 대용으로 쓸 수 있다는 건 알고 있었다. 이따금씩 오른쪽 벽에 성탑의 심층부로 이어지는 커다란 구멍이 나타났다. 안쪽으로는 건설 폐기물이 가득 찬 넓은 공간이 보였다. 길은 계속해서 모퉁이 뒤로 사라져 마치 공중에서 끊어진 것처럼 보였고, 그래서 타타르스키는 손으로 벽을 짚고 조심스럽게 걸어야만 했다. 한쪽에서는 건설 현장의 탐조등이 탑을 비추고 있었고, 다른 쪽에서는 높은 구름 사이에 걸려 있는 달이 탑을 비추고 있었다. 위쪽 어딘가에 열려 있는 문이 바람에 쿵쿵거리는 소리가 들려왔다. 바람은 멀리서 개 짖는 소리도 전해주었다. 타타르스키는 조금씩 발걸음을 늦추다가 나중에는 아주 천천히 걷기 시작했다.

발아래에서 뭔가 찌그러지는 소리가 났다. 빈 담뱃갑이었다. 담뱃갑을 집어들고 불빛이 비치는 곳으로 나온 그는 이것이 멘톨 팔리아멘트임을 알아보았다. 하지만 그는 다른 이유로 놀랐다. 담뱃갑 전면에 세 그루의 종려나무가 있는 광고 홀로그램이 움직이고 있었던 것이다.

"모든 게 들어맞는데." 그는 이렇게 속삭이고 발아래를 주의 깊게 살피며 앞으로 걸어갔다.

다음 습득물은 한 층 위에서 기다리고 있었다. 그는 멀리서 달빛 아래 반짝거리는 동전을 알아보았다. 지금까지 한 번도 본 적이 없는, 체 게바라의 초상이 그려진 3페소짜리 쿠바 동전이었다. 타타르스키는 부대 건설 현장에 쿠바 동전이 굴러다닌다는 사실에 전혀 놀라지 않았다. 영화 〈007 골든 아이〉의 마지막 장면을 떠올린 것이다. '자유'라는 이름의 섬 어딘가에서 거대한 소련제(製) 안테나가 물 위로 솟아오르는 장면이었다. 이 동전은 분명 안테나에 대한 대가로 지불된 돈일 터였다. 동전을 팔리아멘트 갑에 넣은 다음 그는 자신을 기다리는 무엇이 더 있으리라 확신하며 담뱃갑을 주머니에 숨겼다.

타타르스키의 생각은 틀리지 않았다. 길은 꼭대기 상자에서 끝이 났으며, 그 앞에는 건설 폐기물 더미와 부서진 상자들이 놓여 있었다. 타타르스키는 쓰레기 사이에서 이상한 입방체를 발견하고는 주워들었다. 그것은 텔레비전 모양의 연필깎이로, 플라스틱 스크린 위에 누군가가 볼펜으로 커다란 눈을 그려넣은 것이었다. 연필깎이는 70년대에 만들어진 오래된 것이었지만 놀랍게도 아주 잘 보존되어 있었다.

타타르스키는 연필깎이에 묻은 흙을 털어내고 품속에 집어넣은 후 이제 뭘 해야 할지 생각하면서 주위를 둘러보았다. 상자 안으로 들어가기는 무서웠다. 그 안은 어두울 테고, 구멍 같은 곳에 떨어지기라도 하면 간단히 목이 부러질 것 같았다. 위쪽 어딘가에서 문이 다시 바람에 쿵쿵거렸고, 타타르스키는 꼭대기 구조물에 있던 붉은 램프가 달린 작은 탑을 기억해냈다. 그가 서 있는 곳에서는 탑이 보이지 않았지만 작은 소방사다리가 그곳까지 이어져 있었다.

탑의 정체는 엘리베이터 모터가 있었을 것으로 짐작되는 기계실이었다. 문은 열려 있었다. 문 바로 뒤쪽 벽에 스위치가 있었다. 불을 켜자 나무 탁자와 걸상 두 개, 한쪽 구석의 빈 맥주병 등 군인들의 거친 일상이 남아 있었다. 이게 바로 군인의 흔적임은 벽에 붙어 있는 잡지의 여자들 사진만 봐도 분명해졌다. 타타르스키는 잠시 사진을 살펴보았다. 그중 햇볕에 그을린 황금빛 나체로 열대 해변의 모래밭을 달리는 한 여자가 정말 아름다워 보였다. 중요한 것은 그녀의 얼굴이나 몸매가 아니라, 사진사를 사로잡는 데 성공한 놀랍고도 정의 내리기 어려운 자유로운 몸짓이었다. 사진 속 모래와 바다, 종려나무 잎들이 너무 생생해서 타타르스키는 무겁게 한숨을 쉬었다. 그나마 빈약한 모스크바의 여름도 이제는 지나가버렸다. 눈을 감자 몇 초 동안은 멀리 바다 소리가 들리는 것 같았다.

타타르스키는 탁자 앞에 앉아 습득물을 펼쳐놓고 다시 한 번 살펴보았다. 팔리아멘트 갑에 있는 종려나무와 벽에 걸린 사진 속 종려나무가 아주 비슷해 보였다. 그는 이 나무들이 자신은 한 번도 가본 적 없는, 심지어 러시아적 관행이라 할 수 있는 탱크를 타고서도 가본 적이 없는 세상 어딘가에서 자라고 있으리라는 생각이 들었다. 설혹 그곳에 가게 된다 하더라도 그때는 여자도 모래나 바다도, 심지어 자기 자신에게도 더는 아무것도 바라지 않는 때일 터였다. 이러한 생각으로 인해 빠져든 우울함이 너무 깊었던 덕분에 그는 바로 그 심연에서 예기치 않게 빛을 보았다. 팔리아멘트의 광고 문구와 포스터의 콘셉트가 머릿속에 떠오른 것이다. 그는 서둘러 수첩을 꺼내 다음의 내용을 적기 시작했다(펜은 수첩 사이에 끼여 있었다):

포스터는 모스크바의 강변 사진, 1993년 10월 역사적인 탱크들이 서 있던* 다리 위에서 찍었다. 러시아 의회 건물이 있어야 할 자리에서 우리는 거대한 팔리아멘트(컴퓨터 편집) 담뱃갑을 본다. 주변에는 종려나무가 무성하다. 광고 문구는 그리보예도프의 작품에서 인용한다:

조국의 연기는 달콤하고
유쾌하다
팔리아멘트

타타르스키는 수첩을 주머니에 집어넣고 습득물을 탁자에서 모으며 마지막으로 기계실 안을 둘러보았다. 기념으로 모래밭을 달리는 여자 사진을 가져갈까 잠시 생각했지만, 그렇게 하지 않았다. 불을 끄고 지붕으로 나와 어둠에 익숙해지기 위해 잠시 서 있었다. '이제 뭘 하지?' 하고 그는 생각했다. '역으로 가야겠다.'

* 1993년 옐친 대통령이 강제로 의회를 해산시키자 이에 반발한 최고의원들은 같은 해 10월 모스크바 강변에 있던 의회 건물(벨리 돔)을 점거하고 농성에 들어간다. 이들을 해산시키기 위해 옐친은 군대를 동원하여 건물을 향해 발포 명령을 내렸고 이 장면이 전 세계 언론을 통해 보도되었다.

가난한 사람들

모스크바 교외 숲에서의 모험은 타타르스키의 직업 능력에 긍정적인 영향을 미쳤다. 콘티와 콘셉트 작업은 훨씬 더 수월해졌으며, 푸긴은 팔리아멘트 광고 문구에 대해 소액이나마 선불금까지 지급해주었다. 그는 타타르스키가 정곡을 찔렀다고 말했는데, 왜냐하면 1993년까지 팔리아멘트 한 갑의 가격은 말보로와 같았지만 그 유명한 사건 이후 팔리아멘트는 모스크바에서 가장 인기 있는 담배가 되었으며, 현재는 말보로보다 두 배나 비싸졌기 때문이다. 하지만 그 후 '조국의 연기'는 여름 속으로, 아니 더 정확히 말하자면 갑작스레 찾아온 겨울 속으로 사라져버렸다. 눈에 뒤덮인 모스크바의 거리 광고에서 확실하지는 않아도 그의 광고를 떠올리게 하는 단 하나의 울림은, '배에서 무도회(бля)까지'라는 구절이었다. 그건 타타르스키의 미지의 동료가 그와 마찬가지로 시인 그리보예도프에게서 인용한 구절이었다. 이 문구는 요트, 푸르름, 모표가 달린 챙 모자, 늘씬한 다리 등이 그려진 멘톨 담배 광고판에서 동시에 빛나고 있었다. 타타르스키는 그걸 보며 찌르는 듯한 질투를 느끼기도 했지만 그다지 심하지는 않았다. 멘톨 광고의 아가씨는 상당히 폭넓은 타깃 그룹의 취향에 맞추어 선택되었고, 따라서 텍스트는 자동적으로 '배에서 섹스(бля)까지'로 읽혔다.

그의 신경망을 따라 흘러가던 광대버섯의 에너지 파동은 무슨 까닭인지 가장 훌륭한 담배 광고 텍스트가 되었다. 아마도 제대로 성공한 첫사랑이나 첫 마약의 경험이 인생 전체에 걸친 애착을 결정짓는 것과 마찬가지 이유일 터였다. 그가 다음으로 크게 성공한 것은(그 자신의 견해일 뿐만 아니라 푸긴의 견해이기도 했다. 푸긴은 약간의 돈까지 줘서 다시 한 번 타타르스키를 놀라게 했다) 다비도프 담배를 위해 쓴 텍스트였다. 이것은 상징적인 사건이었는데, 바로 이때부터 그의 출세가 시작되었기 때문이다. 텍스트는 시내 모든 광고판을 채우고 있던 '다비도프 클래식' 광고를 기초로 작성되었다. 어두운 색조, 주름진 커다란 얼굴, 감당하기 힘들 정도로 무거운 지식이 반짝이는 눈, 그리고 이런 문구가 들어간 광고였다:

이해는 경험에서 온다
다비도프 클래식

주름 많은 지혜로운 얼굴을 처음 보았을 때 타타르스키는 이 외국의 흡연자가 알고 있는게 과연 무엇일까 하는 의문이 들었다. 머릿속에 제일 먼저 떠오른 생각은 암센터 방문이나 엑스레이 촬영, 두려운 진단처럼 상당히 암울한 것이었다.

타타르스키의 프로젝트는 이와는 완전히 대비되는 것으로, 밝은 배경에 무지해서 행복해 보이는 젊은 얼굴, 경쾌한 금빛 글자가 들어간 흰색의 담뱃갑이 있었다. 문구는 이러했다:

지혜가 많으면 슬픔도 많고
지식이 늘면 비탄도 는다
다비도프 라이트

푸긴은 이 문구가 다비도프사 대표의 관심을 끌지는 못하겠지만 다른 담배 판매사의 관심을 끌 가능성은 상당히 높다고 말했다. "우시예비치와 이야기해보겠네." 푸긴이 무심하게 말했다. "열여섯 개 상표에 대해 독점권을 가진 사람이지." 타타르스키는 이 문구를 수첩에 적어뒀다가 나중에 광고주들과 대화하면서 몇 번 무심코 사용해보았다. 그러나 타고난 수줍음 때문에 대개는 브랜드 숫자를 반으로 줄여 말했다.

그가 기본적인 돈벌이로 하는 일은 지루하고 괴롭고 수치스럽기까지 한 것이었다. '귀가 번쩍 뜨일 소식! 창고 개방 세일!' 혹은 '세계의 팬틴 Pro-V! 신이시여, 축복해주소서!' 같은 문구나 만들고 있었기 때문이다. 편집자나 출판업자들의 문학 중심주의 잔재는 이제는 유물이 된 일종의 소련 정신의 백색 소음 같은 것이었는데, 어쨌든 몇

안 되는 적은 결과물을 지금도 내놓고 있었다.

겨울이 시작될 무렵 타타르스키는 자신의 방 하나짜리 아파트를 그럭저럭 부분적으로 수리했다(소련 시절 생산된 수레국화색 타일에 달린 비싼 이탈리아제 수도꼭지가 한센병 환자 입안의 금니를 연상시켰지만, 대대적인 수리를 할 만큼의 돈은 없었다). 그 밖에 꼭 필요하지는 않지만 새 컴퓨터도 한 대 샀다. 좋아하던 구형 워드프로세서로 작성한 문서를 인쇄하는 데 문제가 생겼다는 단순한 이유 때문이었다. 마이크로소프트의 강철 군화 아래에서 둔탁한 신음소리가 흘러나왔다. 타타르스키는 이러한 상황의 상징적인 특성에 주의를 기울이기는 했지만 크게 유감스럽지는 않았다. 이제는 인터페이스를 위한 프로그램이 가장 중요한 의미가 되었고, 엄청난 용량의 컴퓨터 메모리와 리소스를 차지한 것이었다. 그리고 이것은 자기 은행을 통해 교사들의 월급을 회전시키는 뻔뻔한 신(新)러시아인을 연상시켰다.

그가 광고업계의 정글로 더 깊이 들어갈수록 알 리스의 『포지셔닝: 당신의 인식에 대한 공략』에서뿐만 아니라 같은 주제를 다룬 마지막 책 『마지막 포지셔닝』에서도 답을 찾을 수 없는 문제들이 점점 더 많이 나타났다. 겐조의 평상복을 입고 다니는 한 예술비평가는 타타르스키에게 알 리스가 다루지 않은 모든 주제는 데이비드 오길비의 『어느 광고인의 고백』에서 논의되었다고 단언했다. 타타르스키는 이 예술비평가의 말이 아니더라도 데이비드 오길비를 존경하고 있었다. 그는 마음속 깊이 오길비가 조지 오웰의 『1984』에서 한순간 주인공의 상상 속에 나타나 가상의 위업을 달성하고 비존재의 대양 속으로 사라져버린 바로 그 사람이라고 추측했다. 오길비 동무가 자신의 이중의 비현실성에도 불구하고 해변으로 헤엄쳐 나와 파이프에 불을 붙이고 트위드 재킷을 입고 전 세계적으로 인정받는 광고계의 에이스가 되었다는 사실에서, 타타르스키의 마음은 자기 직업에 대한 신비로운 환희로 가득찼다.

하지만 그에게 특히 도움이 된 책은 로저 리브스의 것이었다. 타타르스키는 그 책에서 '침투'와 '관여'라는 두 개의 용어를 알게 되었는데, 이 용어들은 사람들에게 혼란을 주고 싶을 때 아주 유용했다. 이 두 개념을 바탕으로 성공한 첫번째 프로젝트가 네스카페 골드 커피 광고였다. 타타르스키는 이 개념을 접하고 나서 20분 만에 이렇게 쓰기 시작했다.

광고 캠페인의 효율성은 침투와 관여라는 두 가지 주요 지표에 의해 결정된다. '침투'는 광고를 기억하는 사람들의 비율을 의미한다. '관여'는 광고의 영향으로 상품 소비에 이르는 사람들의 비율을 말한다. 하지만 여기서 문제는 높은 수준의 침투를 보장하는 문제적 광고가 반드시 높은 수준의 관여를 보장하지는 않는다는 것이다. 마찬가지로 상품의 질을 영리하게 공개하고 높은 수준의 관여를 보장하는 캠페인 역시 높은 수준의 침투를 보장하지는 못한다. 따라서 우리는 새로운 접근법을 적용하여, 즉 침투와 관여의 두 기능이 서로 다른 정보 블록에 의해 수행되는 일종의 이원 광고를 만들 것을 제안한다. 네스카페 골드 커피의 광고 캠페인을 예로 들어 그러한 접근법을 살펴보자.

캠페인의 첫 단계는 최대한 많은 사람들의 의식 속에 네스카페 골드라는 상표를 침투시키는 것이다(이를 위해서는 어떤 수단을 써도 무방함을 전제로 한다). 예를 들어 몇몇 대형 상점이나 역에 가짜 폭탄을 설치하는 것인데, 그 수는 많으면 많을수록 좋다. 러시아 내무성과 국영통신회사에 익명의 테러 조직이 전화를 걸어 폭탄이 설치되었다고 알려준다. 그러나 경찰이 테러리스트가 가리킨 장소를 수색해 발견하는 것은 비닐봉투 혹은 가방에 들어 있는 네스카페 골드 캔커피 무더기뿐이다. 다음 날 아침 모든 잡지와 신문, TV 방송은 이 내용을 보도할 것이고, 이렇게 해서 침투의 단계가 완성된다고 볼 수 있다(성공 여부는 전적으로 대중의 반응에 달려 있다). 그 후 바로 두번째 단계, 즉 관여가 시작된다. 이 단계에서 캠페인은 고전적인 원칙에 따라 진행된다. 첫번째 단계와 관여의 단계를 연결시켜주는 것은 기본 광고 문구 '네스카페 골드: 맛의 폭발!' 뿐이다. 다음은 광고 콘티이다.

작은 공원에 벤치 하나. 붉은색 운동복을 입은 젊은 남자가 냉정하고 단호한 얼굴로 벤치에 앉아 있다. 공원 길 건너 멋진 저택 옆에 메르세데스600과 지프 두 대가 주차되어 있다. 남자는 시계를 본다. 화면 전환—검은색 정장에 검은색 선글라스를 쓴 사람들이 저택에서 나온다. 경호원이다. 그들은 메르세데스가 있는 곳까지 길을 에워싸고, 그들 중 한 명은 무전기로 지시를 내린다. 비열한 얼굴의 작고 뚱뚱한 남자가 저택에서 나와 겁먹은 듯 주위를 둘러보며 계단을 내려오더니 차까지 뛰어간다. 그가 창문에 코팅이 된 메르세데스 안으로 사라지고 난 후 경호원들은 지프에 올라탄다. 메르세데스가 출발하는 순간 강력한 폭발음이 연달아 세 번 들려온다. 자동차들은 산산조각 나서 사방으로 날아가고, 방금까지 차가 서 있던 거리는 연기로 자욱하다. 화면 전환 — 벤치에 앉아 있던 남자가 가방에서 보온병과 금박 줄이 들어간 붉은색 찻잔을 꺼낸다. 그는 찻잔에 커피를 따라 한 모금 마신 후 황홀한 듯 눈을 감는다. 화면 너머로 목소리가 들려온다: '우리 형제가 그자를 처치했다. 그저 커피만 탔을 뿐이다. 네스카페 골드. 리얼한 맛의 폭발.'

하지만 '관여'라는 용어는 일에서만 유용한 것이 아니었다. 이 용어는 타타르스키로 하여금 그가 누구를 어디에 관여시키는지, 무엇보다 누가 어디에 그를 관여시키는지의 문제를 생각해보게 했다.

이러한 생각은 컬트 포르노 영화에 헌정된 '커져가는 근질거림 속에 이미 황홀함이……'*라는 현란한 제목의 기사를 읽던 중 처음으로 떠올랐다. 필자는 사샤 블로라는 사람이었다. 기사의 내용으로 판단컨대 그는 난잡한 파티 중간 휴식 시간에 자기처럼 타락한 십여 명의 초인(超人)들에게 들려주기 위해 이런 글을 쓰는, 성별이 불분명하며 냉정하고 피로에 지친 사람 같았다. 사샤 블로의 어조는 다음과 같은 사실을 분명히 하고 있었다. 사드나 자허마조흐의 광기로는 그의 그룹에서 수위로 일하기에도 부족하며, 희대의 살인마 찰스 맨슨 정도는 되어야 그나마 촛대라도 들 수 있다는 것이었다. 블로의 글은 의심할 여지 없이 고대의 뱀을 자처하는, 벌레 먹은 완벽한 죄악의 사과의 형상이었다.

---

* 나보코프의 시 「릴리트」의 한 구절.

그러나 타타르스키는 광고계 주변을 맴돌며 일찌감치 터득한 사실이 있었다. 첫째, 그는 이러한 사과가 모스크바 근교의 세상 물정 모르는 학생들을 어린 시절이라는 천국의 정원에서 꾀어내기에만 적합하다는 것을 알고 있었다. 둘째, 그는 컬트 포르노 영화의 존재 자체에 의심을 품었는데, 영화에 참여한 실제 인물들을 봐야지만 믿을 수 있을 것 같았다. 세번째가 가장 중요한데, 그는 사샤 블로를 아주 잘 알고 있었다.

그는 대머리 뚱뚱보에 세 자녀를 둔 중년의 아버지였다. 이름은 에딕이었다. 아파트 임대료를 벌기 위해 동시에 서너 개의 가명으로 잡지 몇 곳에 아무 주제로나 글을 쓰고 있었다. '블로'라는 가명은 그가 타타르스키와 함께 욕조 밑에서 발견한(그들은 에딕의 아내가 숨겨 놓은 보드카를 찾고 있었다) 밝은 하늘색 유리 세정제 이름에서 따온 것이었다. '블로'라는 글자에서는 지칠 줄 모르는 생명력과 동시에 비인간형의 무언가가 느껴졌고, 바로 그런 이유로 에딕은 이 단어를 선택했다. 그는 무한한 자유 혹은 이른바 이중의식 등이 숨 쉬는 글에서만 블로라는 서명을 사용했다. 이 경우 '시도로프'나 '페투호프' 같은 서명은 어딘가 어설퍼 보였기 때문이다. 모스크바의 번드르르한 잡지들에서 이런 이중의식을 요구하는 경우가 있었는데, 그 수요가 너무 많아서 그는 도대체 누가 그곳에 침투하는지 궁금할 정도였다. 솔직히 타타르스키는 이 주제를 생각하는 것이 두려웠지만 〈커져가는 근질거림 속에 이미 황홀함이〉 기사를 읽은 후 문득 이런 사실을 깨달았다. 그곳에 침투하는 것은 악마의 첩자도 인간의 형상을 한 타락한 천사도 아닌, 바로 에딕 자신이었다.

물론 그 한 사람만이 아니었다. 모스크바에는 가정의 가스에 질식하고 아이들이라는 부담을 짊어진 에딕 같은 이들이 아마도 이삼백 명은 될 터였다. 그들의 삶을 글을 통해 추론하자면 일련의 코카인과 난잡한 파티, 윌리엄 버로스와 앤디 워홀에 관한 논쟁으로 점철될 것 같지만, 사실은 기저귀나 견디기 힘든 모스크바의 바퀴벌레들과 함께 한다. 이 사람들에게는 속물적인 오만함도 뱀과 같은 음욕도 차가운 댄디즘이나 사탄 숭배의 경향도 없으며, 마약이라는 말을 매일 쓰고 있음에도 단 한 번이라도 실제 환각제를 흡입할 용의는 없다. 그들은 소화불량이나 돈, 주택 문제 등으로 골머리를 앓고 있고, 외모도 처음 그들의 작품과 접한 후 믿고 싶었던 게리 올드먼보다는 대니 드비토를 더 많이 연상시킨다.

타타르스키는 사샤 블로가 묘사한 그 먼 곳을 믿음의 시선으로 응시할 수가 없었다. 삶에 짓눌린 에딕이 언젠가 오스트리아 병사가 기관총에 매달려 있던 것과 똑같은 자세로 컴퓨터에 매달려 자기 대머리에서 탄생시킨, 그 먼 곳의 생리학을 잘 알고 있었기 때문이다. 그의 생산물을 믿는다는 것은 폰섹스로 절정에 이르는 일보다 더 어려웠다. 사실 욕정으로 헉헉대는 전화 상대의 목소리 뒤에 사진에서 약속한 금발 여자가 아니라, 양말을 뜨며 콧물이 떨어진 커닝페이퍼 문구를 읽고 있는 감기 걸린 노파가 앉아 있음을 아는데도 말이다.

'그렇다면 우리는, 즉 나와 에딕은, 다른 사람들을 무엇에 관여시켜야 할지 어떻게 알아낼 것인가?' 라고 타타르스키는 생각했다. '물론 한편으로는 분명하다. 그것은 직관이다. 무엇을 어떻게 할지 조사할 필요는 없다. 어느 수준의 절망에 도달하면 스스로 지각하기 시작할 것이다. 즉 허기진 배로 중요한 경향을 감지할 것이다. 하지만 이러한 경향 자체는 어디에서 시작되는가? 만약 세상의 모든 사람들이 나와 에딕처럼 그것을 지각하려 하거나 팔려고만 한다면, 혹은 번드르르한 잡지의 편집자들처럼 추측하거나 인쇄하려고만 한다면, 대체 어느 누가 그것을 고안하는가?'

이 주제를 생각하자 울적해졌다. 울적함은 바로 뒤를 이어 작성한 아리엘 세제 광고 콘티에 그대로 반영되었다.

이 시나리오는 셰익스피어의 『템페스트』에서 가져온 이미지들에 바탕을 두고 있다. 위협적이면서도 장엄한 음악이 울려 퍼진다. 화면에 바닷가 절벽이 나타난다. 밤. 어두운 달빛 아래 절벽 밑에서는 파도가 으르렁대며 몰아친다. 저 멀리 오래된 성이 보이는데 역시 달빛에 빛나고 있다. 절벽 위에는 눈부시게 아름다운 아가씨가 서 있다. 그녀의 이름은 미란다. 붉은 벨벳의 중세풍 드레스를 입고 베일로 덮인 높은 원추형 모자를 쓰고 있다. 그녀는 달을 향해 손을 들고 이상한 주문을 세 번 반복한다. 세번째 주문을 외자 멀리서 천둥소리의 굉음이 들려온다. 음악은 더 커지고 더 불안해진다. 먹구름 사이로 비치는 달빛에서 넓게 광선이 뻗어 나와 미란다의 발아래 바위로 떨어진다. 그녀의 얼굴에 당황하는 빛이 비친다. 앞으로 일어날 일을 두려워하면서도 그것을 바라고 있는 듯하다. 공포와 행복으로 충만한 여인들의 목소리가 노래를 시작한다. 노랫소리는 그녀의 상태를 전해주는 듯하다. 광선을 따라 아래로 그림자가 미끄러지며 다가오고 멜로디가 크레셴도에 이르렀을 때, 우리는 펄럭이는 옷을 입고 달빛 아래 긴 머리카락이 은색으로 변한 당당하고 아름다운 정령을 보게 된다. 머리에는 다이아몬드가 장식된 가느다란 관을 쓰고 있다. 아리엘이다. 그는 공중에 멈춰 있는 미란다 가까이 날아가서 그녀에게 손을 뻗는다. 짧은 실랑이 끝에 미란다는 정령을 향해 손을 뻗는다. 다음 화면: 서로 만난 두 손의 클로즈업. 왼쪽 아래에는 약하고 창백한 미란다의 손이, 오른쪽 위로는 투명하게 반짝이는 정령의 손이 있다. 그들이 서로를 건드리자 모든 것이 눈부신 빛 속에 흘러넘친다. 다음 화면: 세제 두 상자. 한 상자 위에는 '아리엘'이라고 쓰여 있다. 다른 상자 위에는 빛바랜 회색으로 '보통의 캘리밴'이라고 쓰여 있다.* 화면 너머에서 미란다의 목소리가 들려온다. '친구가 아리엘을 알려주었어요.'

이러한 구체적인 광고 내용에 영감을 준 것은 아마도 타타르스키의 책상 위에 걸려 있던 커다란 흑백 사진이었을 것이다. 긴 머리에 잘 손질된 수염을 기른 젊은이가 폭이 넓고 화려한 외투를 아무렇게나 걸친 어떤 부티크의 광고 사진이었다. 바람에 둥글게 부풀어 오른 외투는 수평선 위로 보이는 보트의 돛과 운을 맞추고 있었다. 바위에 부딪쳐 해변으로 튀어오르는 파도는 반짝거리는 신발에 아주 조금 못 미쳤다. 그는 침울하고 날카로운 찡그린 표정이었는데 그 모습은 왠지 마지막 포토샵 작업을 하면서 덧붙여진, 안개 자욱한 하늘 위를 날개를 펼치고 날아가는 새(독수리이거나 갈매기일 것이다)와도 비슷

* 『템페스트』에서 아리엘은 공기의 정령, 캘리밴은 추악한 괴물이다.

해 보였다(사진을 자세히 들여다보던 타타르스키는 수평선 위로 보이는 보트도 같은 곳에서 왔다는 결론을 내렸다).

이 구성은 낭만주의로 과포화 상태였지만, 동시에 며칠 동안 깊은 생각에 잠겼던 타타르스키가 다음과 같은 사실을 이해하게 될 정도로 비낭만적이기도 했다. 이 사진이 의지하려는 모든 개념은 19세기 어딘가에서 만들어진 것이며, 그 잔존물은 몽테크리스토 백작의 위력과 함께 20세기로 넘어왔지만 21세기의 경계에서 백작의 유산은 완전히 소진되고 말았다. 인간의 이성은 그 안에 남겨져 있던 마지막 비상업적인 이미지들에서 이익을 얻기 위해 이 낭만적인 것을 너무 자주 팔아왔다. 이제 아무리 진심으로 자신을 속이려 해도 팔리고 있는 외적 이미지와 암시되고 있는 내적 이미지가 일치한다고 믿는 것은 거의 불가능하다. 이미 오래전부터 액면 그대로의 의미를 의미하지 못하게 된 공허한 형태가 되었다. 모든 것은 좀먹어버렸다. 스튜디오 사진 속의 상투적인 니벨룽겐을 보다보면 파도의 거품과 구레나룻이 암시하는 당당한 고딕적 영혼이 아니라 다른 생각이, 즉 사진사는 돈을 많이 받았는지, 사진 속 모델에게는 얼마를 지불했는지, 모델이 혹시 봄 신상품 정장바지 엉덩이를 러브젤로 더럽힐 경우 벌금을 물어야 하는지 같은 생각들만 떠올랐다. 이것은 비단 타타르스키의 책상 위에 걸린 사진뿐만 아니라, 종려나무건 증기선이건 푸른빛이 도는 저녁 하늘이건 관계없이 어린 시절 한때 그를 흥분시켰던 사진이라면 무엇이든지 마찬가지였다. 자신의 우울함을 실현 불가능하게도 이러한 백 퍼센트 진부한 비즈니스에 투영하는 능력을 보존하기 위해서 그는 진료실의 바보가 되어야만 했다.

타타르스키는 결국 자신의 추정 속에서 혼란에 빠지고 말았다. 한편으로 그와 에딕은 무엇을 사고 무엇을 사지 않을지를 자신들의 예감에만 의지한 채 다른 사람들을 위해 삶의 거짓 파노라마(이것은 마치 관람객 앞에는 실제 모래가 뿌려져 있고 구멍 뚫린 군화와 탄약통이 흩어져 있지만, 탱크와 폭발은 벽에 그림으로만 그려놓은 박물관의 전투 묘사와 유사하다)를 결과적으로 고안한 것이 되어버렸다. 광고 업계에서 기진맥진해진 그와 다른 참가자들은 영상-정보 매체로 뚫고 들어가 타인의 영혼이 자신의 돈과 분리되도록 변화를 꾀했다. 목적은 단순했는데, 적은 돈이나마 벌어보려는 심산이었다. 다른 한편으로 이러한 파노라마의 대상에 접근하기 위해서도 돈은 필요했다. 실제로 이 일은 벽에 그려진 그림 속으로 도망가려는 것만큼이나 어리석었다. 사실 타타르스키가 생각하기에 부자라면 거짓 현실의 경계를 넘는 일이 가능해 보였다. 가난한 사람들에게는 의무적인 파노라마의 경계를 부자들은 버릴 수가 있었다. 타타르스키는 부자들의 세계가 어떤지 실제로는 잘 알지 못했다. 그의 의식 속에서는 흐릿한 이미지들이, 그 자신이 이미 오랫동안 재전송을 해왔지만 웬일인지 믿을 수가 없었던 광고의 진부함만이 맴돌았다. 두둑한 계좌가 사람들에게 어떤 전망을 펼쳐 보일지 부자들에게서만 알 수 있다는 사실은 분명했다. 타타르스키는 언젠가 순전히 우연으로 이것에 성공한 적이 있었다.

그는 '가난한 사람들'이라는 술집에서 푼돈의 원고료를 가지고 술을 마시던 중 유명한 TV쇼 사회자 두 사람의 대화를 엿듣게 되었다. 이미 자정이 넘은 시각이었지만 그들은 다른 곳에서 시작했던 술자리를 이어가고 있었다. 타타르스키는 기껏해야 2미터밖에 떨어져 있지 않았지만, 그들은 타타르스키가 술집 인테리어를 위해 카운터에 고정된 카피라이터 인형인 양 별다른 관심을 기울이지 않았다.

두 사회자는 상당히 취했음에도 불구하고 옷 주름 마디마다 홀로그램처럼 번쩍이는 화려함을 잃지 않고 있었다. 마치 그들의 실제 육체가 옆 탁자에 앉아 있는 것이 아니라, 타타르스키 옆에 그들을 보여주는 거대한 텔레비전이 켜져 있는 것 같았다. 설명하기 어렵지만 의심할 바 없는 효과를 알아차린 타타르스키는 그들이 죽어서 저세상의 목욕탕에 가게 되면 영혼의 구멍으로 스며든 사람들의 관심을 오랫동안 긁어내야 하리라는 생각이 들었다. 하지만 취한 상태에서도 타타르스키는 정신을 바짝 차렸다. 영원이 다시 목욕탕의 형태를 취할 기회를 엿보고 있었기 때문이다. 그는 이러한 생각을 잠재우고 가만히 그들의 대화를 듣기 시작했다. 쇼 사회자들은 일 이야기를 하고 있었는데, 타타르스키가 이해하기로 그중 한 사람이 계약과 관련해 문제가 있는 것 같았다.

"내년까지만 연장해주면 좋겠는데." 주먹을 쥐며 한 사람이 말했다.

"글쎄, 연장해주겠지." 다른 사람이 대답했다. "그런데 그다음은? 1년이 지나면 다시 같은 상황이 되지 않겠나? 자네는 다시 신경안정제를 찾게 될 거야."

"돈을 훔쳐야겠어." 첫번째 남자가 비밀인지 농담인지 모를 말로 조용히 대답했다.

"그다음에는?"

"그다음? 그다음엔 내가 진지하게 생각해둔 계획이 하나 있는데 말이야……"

그는 탁자에 기대며 잔에 보드카를 따랐다.

"50만이 부족하거든." 그가 말했다. "그래서 그만큼을 훔치고 싶다네."

"어떤 계획인가?"

"아무한테도 말하지 않겠지? 들어보게……"

그는 재킷 안주머니에 손을 넣고 한참 동안 뒤적이다가 네 번 접은 광택지를 꺼냈다.

"자, 여기." 그가 말했다. "여기 적혀 있네…… 부탄 왕국. 텔레비전이 금지된 전 세계 유일의 국가. 이해하겠나? 완전히 금지되어 있단 말이지. 수도에서 멀지 않은 곳에 방송계의 전직 거물들이 사는 완전한 식민지가 하나 있다고 여기 적혀 있네. 만일 자네가 평생을 텔레비전을 위해 일했다면 은퇴 후 할 수 있는 가장 멋진 일이 뭐냐, 바로 부탄으로 가는 걸세."

"그러려고 50만이 필요한 건가?"

"아니. 나중에 부탄에 있는 나를 못 찾게 하려면 지금 그 돈을 지불해야 하거든. 상상할 수 있겠나? 금지되어 있다고! 첩보기관을 제외하면 단 한 대의 텔레비전도 없단 말이지! 아, 대사관에는 있겠군!"

두번째 남자가 그에게서 종이를 받아 펼쳐들고 읽기 시작했다.

"그러니까 이해하겠나?" 첫번째 남자는 가만히 있지를 못했다. "만약 누군가가 자기 집에 텔레비전을 감춰뒀는데 기관에서 알게 된다, 그러면 경찰이 찾아오는 거지, 알겠나? 경찰은 이 호모를 데려가서 감옥에 처넣겠지. 아니면 총살할 수도 있고."

그는 쉭쉭거리는 사브르 같은 숨소리를 내며 '호모'라는 단어를 발음했는데, 이것은 사회계약을 곡해한 결과 스스로 사랑의 기쁨을 잃어버린 잠재적인 동성애자에게서만 나오는 소리였다. 두번째 남자는 모든 것을 이해하는 듯 화도 내지 않고 기사를 들여다보고 있었다.

"아, 잡지 기사군." 그가 말했다. "진짜 재미있는데…… 대체 누가 쓴 거야? 어디…… 에두아르드 데비르샨이라……"

타타르스키는 하마터면 의자를 넘어뜨릴 뻔하며 자리에서 일어나 화장실로 향했다. 이들 정신의 왜곡 정도로 보았을 때 심지어 둘 중 한 사람은 자기 일을 좋아한다고까지 말할 수 있었지만, 타타르스키를 놀라게 한 건 TV 종사자들의 일에 대한 태도가 아니었다. 그를 좌절시킨 것은 따로 있었다. 그러니까 사샤 블로에게는 특이한 면이 있었다. 그는 자기 마음에 든 글에는 진짜 이름으로 서명했다. 그가 이 세상에서 무엇보다 좋아하는 것은 자유로운 상상력의 결과물을 실제 사건의 기록이라고 사칭하는 일이었다. 하지만 그런 경우는 아주 드물었다.

타타르스키는 변기 물탱크의 차가운 흰색 뚜껑 위에 코카인을 한 줄로 죽 늘어놓은 다음 작은 덩어리를 부수지도 않고 돌돌 만 100루블짜리 지폐(달러는 이미 다 쓰고 없었다)를 대롱 삼아 흡입하기 시작했다. 그러고 나서 수첩을 꺼내 적기 시작했다:

존재하지 않는 세계의 파노라마를 그려넣은 벽은 그 자체로는 변하지 않는다. 그러나 채색된 태양이나 감청색의 작은 만, 조용한 저녁이 보이는 창문 너머의 전망은 많은 돈을 지불하면 살 수 있다.

유감스럽게도 이 짧은 글의 작가 역시 에딕일 것이다. 그러나 그조차도 중요하지 않다. 왜냐하면 창문을 위해 전망을 구매하기는 했지만 그 창문 역시 그린 것이기 때문이다. 그렇다면 혹시 벽도 그린 것인가? 하지만 누가, 무엇을 위해?

그는 답을 찾기를 기대하듯 고개를 들고 화장실 벽을 쳐다보았다. 타일 위에 붉은색 매직으로 짧은 문구 하나가 둥글고 재미있는 글씨체로 적혀 있었다:

TRAPPED? MASTURBATE!(갇혔어? 자위해!)

홀로 돌아온 그는 쇼 사회자들과 좀 떨어진 곳에 앉아 민중의 지혜가 가르치는 대로 긴장을 풀고 만족을 느껴보려 노력했다. 하지만 항상 그렇듯 성공하지는 못했다. 긴 사슬을 이루고 있는 마약 판매상들이 씻지도 않은 손으로 제조한 모스크바의 역한 코카인은 코 인두(咽頭)에 설파제에서 아스피린까지 다양한 약국 냄새를 남겼고, 몸에는 묵직한 긴장과 떨림을 불러일으켰다. 모스크바에서 1그램당 150달러나 하는 가루가 대개는 코카인이 아니라 에스토니아산 각성제와 러시아산 각종 약물의 혼합이라는 소문이 떠돌았다. 게다가 판매상의 반 정도는 무슨 이유에서인지 항상 잡지에서 오려낸 도요타 캠리의 번쩍이는 광고 사진으로 가루를 포장했다. 타타르스키는 그들이 타인의 건강뿐만 아니라 홍보 서비스를 이용해 돈을 벌고 있다는 견디기 힘든 추측 때문에 괴로웠다. 타타르스키는 왜 다른 사람들이나 자신이

나 단 한 번도 실질적인 만족의 순간은 없고, 단지 순간적으로 나타났다가 사라지는 마취 상태만 있는 이 굴욕적이고 비위생적인 절차를 다시 경험하기 위해 그런 돈을 지불하는지 매번 스스로에게 물어보곤 했다. 그의 머릿속에 떠오른 유일한 설명은 다음과 같았다. 사람들은 코카인이 아니라 돈을 흡입하는 것이며, 관습적인 제례의식처럼 요구되는 돌돌 만 100달러짜리 지폐가 가루 자체보다 더 중요하다는 것이다. 만약 코카인을 약국에서 치통 치료용 가글액과 마찬가지로 그램당 20코페이카에 판다면, 세기 초에 실제로 그랬던 것처럼 불량배들이나 그걸 흡입하리라는 생각이 들었다. 또한 순간접착제가 한 병에 천 달러쯤 한다면 부유한 모스크바 젊은이들은 기꺼이 그걸 흡입할 것이고, 프레젠테이션 혹은 파티 장소에서 주변에 화학약품 냄새를 풍기거나 뇌의 신경세포가 손상된다고 불평하거나 한참을 화장실로 사라지는 등이 세련된 행동으로 간주될지도 모르겠다. 애시드 잡지들은 본드 흡입을 위해 머리에 뒤집어쓰는 비닐봉투의 미학에 자극적인 표지 기사를 헌정할 것이며(물론 사샤 블로가 쓸 것이다), 시계나 수영복, 오드콜로뉴 등의 광고를 조용히 이 글 사이사이에 집어넣을 것이다.

"오!" 하고 외치며 타타르스키는 자기 이마를 찰싹 때리고 수첩을 꺼내 'ㅇ' 페이지를 열었다:

> 젊은이들의 오드콜로뉴를(생산자와 관계없이) 돈과 베스파시아누스 로마 황제와 연결시킬 것(화장실 세금, 광고 문구는 '돈은 냄새를 풍기지 않는다'). 영상은 임의로 할 것. 예문:

돈의 냄새!

벤자민

휴고 보스의 새로운 오드콜로뉴

수첩을 집어넣은 후 그는 역겨운 감정의 절정은 이미 지나갔고 카운터로 가서 마실 것을 주문할 정도의 힘은 생겼음을 느꼈다. 테킬라를 마시고 싶었지만, 바텐더에게 다가가는 순간 무슨 이유에서인지 잘 마시지도 못하는 스미노프 보드카를 시켰다. 카운터 옆에 서서 바로 한 잔을 마신 후 한 잔을 더 주문해 자기 자리로 돌아왔다. 그사이 그에게는 술자리 동료가 한 명 생겼다. 기름진 긴 머리카락과 턱수염을 기른 마흔 살 정도 되어 보이는 남자로, 수가 놓인 괴상한 재킷을 입고 있었다. 외모를 보아하니 전형적인 전직 히피였고, 과거에도 현재에도 속하지 못한 그런 사람들 중 하나였다. 목에는 커다란 구리 십자가를 걸고 있었다.

"실례합니다만," 타타르스키가 말했다. "여기는 제 자리인데요."

"아, 앉으시지요." 옆자리 남자가 말했다. "이 자리가 다 필요한 건 아니지요?"

타타르스키는 어깨를 으쓱하며 맞은편에 앉았다.

"그리고리라고 합니다." 그가 상냥하게 말했다.

타타르스키는 지친 시선으로 그를 쳐다보았다.

"보바입니다." 타타르스키도 대답했다.

타타르스키와 시선이 마주치자 그리고리는 얼굴을 찌푸리며 불쌍하다는 듯 고개를 흔들었다.

"이런, 한바탕한 것 같은데." 그가 말했다. "약을 하시나?"

"그렇죠 뭐, 이따금씩." 타타르스키가 말했다.

"어리석은 친구." 그리고리가 말했다. "이것 한 가지만 생각해보시오. 헐어버린 코 점막은 거의 드러난 뇌와 같다는…… 이런 가루가 어디서 나왔고, 누가 어떤 신체부위로 그 안을 뒤적거렸을지 생각해본 적 있소?"

"방금요." 타타르스키가 고백했다. "그런데 어떤 부위라는 게 무슨 뜻인지요? 코 말고 어떤 신체부위로 뒤적거릴 수 있단 말입니까?"

그리고리는 주위를 둘러본 후 탁자 밑에서 보드카를 꺼내 병째 벌컥 들이켰다.

"해럴드 로빈스라는 미국 작가에 대해 들어본 적 있을 거요." 병을 숨기며 그가 말했다.

"아니요." 타타르스키가 대답했다.

"정말 재수 없는 놈이지. 하지만 영어 선생들은 모두 그 작자 소설을 읽고 있소. 고로 모스크바에도 책이 아주 많은데, 다만 아이들은 영어를 잘 모르거든. 그 사람 소설에 빌어먹을 흑인 전문가 한 놈이 나와요, 이 인간은 부유한 백인 사모님들을 홀리는 능력을 가졌소. 그런데 이 흑인이 작업을 시작하기 전에 자기 물건에…… 그것을 뿌려댄단 말이지."

"그만, 이해했습니다." 타타르스키가 말했다. "토할 것 같군요."

"자신의 거대한 검은색 성기를 순수한 코카인으로……" 그리고리는 만족스럽게 이야기를 마쳤다. "도대체 여기서 이 흑인이 무슨 상관이냐고 묻고 싶을 거요. 대답해주리다. 최근에 『세상의 장미』에서 민중의 영혼에 관한 부분을 다시 읽어보았소. 안드레예프는 그녀가 여성이고 이름은 나브나라고 했소. 이걸 읽고 나니 환상이 하나 떠오르더군. 그녀는 잠든 것처럼 흰 바위에 누워 있고 그녀를 향해 얼굴은 알아볼 수 없지만 짧은 날개를 가진 어슴푸레한 검은 인물이 몸을 숙이는 거요. 그러니까 그녀의……"

그리고리는 조종간을 잡는 시늉을 하며 손을 자기 배 쪽으로 끌어당겼다.

"당신이 사용하는 게 뭔지 알고 싶소?" 그는 타타르스키에게 일그러진 얼굴을 들이대며 속삭였다. "바로 그거요. 그가 자기 물건에 뿌려대는 그것. 그가 삽입하는 순간에 당신은 바늘로 찌르거나 흡입하고 있을 거요. 그가 빼낼 때 당신은 어디서 좀 더 얻을 수 있을까 하고 달려가고 있을 거요. 하지만 그는 여전히 삽입하고 빼내고 삽입하고 빼내고……"

타타르스키는 탁자와 카운터 사이 틈으로 몸을 기울여 토악질을 해댔다. 조심스럽게 바텐더를 올려다보았지만 그는 한 손님과 이야기하느라 정신이 팔려서 아무것도 눈치채지 못한 것 같았다. 주변을 둘러보던 타타르스키는 벽에 걸린 광고 포스터를 보았다. 거기에는 손에 잔을 들고 숄로 무릎을 덮은 코안경을 쓴 시인 튜체프의 모습이 있었다. 날카로우면서도 슬픈 시선은 창문에 고정되어 있었으며 자유로운 한쪽 손으로는 옆에 앉은 개를 쓰다듬고 있었다. 하지만 이상하게도 튜체프의 안락의자는 바닥이 아니라 천장에 놓여 있었다. 타타르스키는 시선을 아주 약간 밑으로 내려 다음과 같은 문구를 읽었다:

러시아는 이성으로 이해할 수 없으니

러시아는 단지 믿을 뿐

스미노프

주위가 조용해졌다. 타타르스키는 몸을 일으켰다. 기분이 한결 나아졌다. 그리고리는 몸을 뒤로 젖히고 병에서 또 한 모금을 마셨다.

"구역질나는 일이오." 그가 단언했다. "삶은 깨끗해야 하는데."

"그런가요? 하지만 어떻게?" 냅킨으로 입을 닦으며 타타르스키가 물었다.

"LSD밖에 없지. 창자 속에 들어가면 끝이거든. 기도만 하면 된다오."

타타르스키는 물에서 기어나온 개처럼 머리를 흔들었다.

"도대체 어디서 그런 걸 구할 수 있죠?"

"어디라니?" 그리고리는 불쾌해했다. "자, 이쪽으로 건너와봐요."

타타르스키는 고분고분하게 자리에서 일어나 탁자를 돌아 그의 옆에 앉았다.

"이걸 벌써 8년째 모으고 있소." 그리고리는 재킷에서 작은 우표 앨범*을 꺼내며 말했다. "한번 보시오."

타타르스키는 앨범을 펼쳤다.

"대단한데요." 그가 말했다. "정말 다양하군요."

* 우표 모양의 마약이 붙어 있는 앨범을 의미한다.

"무슨 소리." 그리고리가 말했다. "이건 교환용이나 판매용일 뿐이오. 집에 가면 이런 앨범이 선반 두 개는 더 있소이다."

"모두 효과가 다르단 말인가요?"

그리고리가 고개를 끄덕였다.

"아니 왜요?"

"첫째, 다양한 화학 성분 때문이오. 자세히 설명하긴 힘들지만, 아무튼 LSD에는 항상 뭔가가 첨가되고 있소. 페나민이나 바르비투르나 뭐 그런 것들. 이 모든 게 함께 작용할 때 효과는 배가되지. 하지만 누가 뭐래도 가장 중요한 건 여기 이 그림이오. 당신이 멜 깁슨이나 붉은 카네이션을 삼킨다는 사실로부터 숨을 수 있는 곳은 그 어디에도 없소, 알겠소? 당신의 정신은 기억을 하고 있으니. 또한 LSD가 그 상태에 도달하면 모든 것은 정해진 궤도에 따라 진행되지. 설명하기 어렵군. 그런데 한 번이라도 먹어본 적 있소?"

"아니요." 타타르스키가 말했다. "저는 광대버섯 쪽입니다."

그리고리는 몸을 떨며 성호를 그었다.

"그럼 뭐라 말해야 할지." 그는 못 믿겠다는 시선으로 타타르스키를 쳐다보며 말했다. "스스로 이해하는 수밖에."

"네, 이해합니다, 이해해요." 타타르스키는 대충 대답했다. "그런데 여기 해골과 뼈가 있는 이것도 찾는 사람이 있나요? 애호가가 있나요?"

"어떤 것이든 다 찾는 사람은 있소. 사람들 역시 다양하니."

타타르스키는 앨범을 넘겨보았다.

"와우, 정말 예쁜데요." 그가 말했다. "이건 이상한 나라의 앨리스인가요?"

"아, 그건 그냥 한 묶음이오. 25회 투약할 수 있는 분량이지. 이봐요 친구, 여기 십자가에 못 박힌 예수 그리스도가 있는 이 우표가 좋아요. 다만 당신의 광대버섯에 어떤 영향을 미칠지는 모르겠지만. 히틀러가 그려진 건 권하지 않겠소. 처음에는 갑작스럽게, 그러다가 반드시 몇 초간 영원한 지옥의 고통이 있을 거요."

"몇 초간 영원한 지옥의 고통이라니, 그게 어떤 건가요? 기껏해야 몇 초간이라면서 어째서 영원하다는 겁니까?"

"그냥 견딜 수도 있을 거요. 하지만 견딜 수 없기도 하지."

"알겠습니다. 타타르스키가 페이지를 넘기며 말했다. "그런데 『세상의 장미』와 관련한 당신의 이상한 상태는, 그러니까 그건 어떤 우표에서 나온 환각입니까? 여기에 있나요?"

"이상한 상태가 아니라 환영이라니까." 그리고리가 정정했다. "여기에는 없소. 그건 승리의 용이 있는 아주 희귀한 우표요. 독일 시리즈 중의 하나로 '사도 요한의 배드 트립*'이라는 거지. 역시 권하지 않겠소. 보통 마약보다 효과가 더 세고 단단하고, 정말 강력하거든. 심지어 우표라기보다 풀로 붙여놓은 알약 같은 거요. 물건은 많소. 나는 푸른색 라즈니시가 있는 여기 이걸 권하고 싶은데. 부드럽고 순하거든. 폭음을 한 뒤에도 효과가 아주 탁월하지……"

타타르스키의 주의를 끈 것은 타이타닉 우표와 미소 짓는 동방의 신 우표 사이에 자리 잡은 세 개의 똑같은 연보랏빛 사각형이었다.

---

* bad trip. LSD 등에 의한 끔찍한 환각 체험을 뜻하는 은어.

"그런데 여기 세 개의 똑같은…… 이건 뭔가요?" 그가 물었다. "여기 그려진 사람은 누구죠? 턱수염이 있고 모자를 쓴? 레닌인 것도 같고 엉클 샘*인 것도 같은데."

그리고리는 동의의 표시로 흠 하고 소리를 냈다.

"대단한 본능인걸." 그가 말했다. "여기 이게 누군지는 나도 모르겠소. 하지만 정말 엄청난 물건이지. 두드러진 차이는 이걸 먹으면 LSD가 신진대사 과정과 합해진다는 거요. 그러니 효과는 아주 빨리, 아주 날카롭게, 20분 정도 지나면 나타나기 시작하지. 현재 1개 소대에 투약할 만큼 양은 충분하오. 이런 걸 권하고 싶지는 않지만 당신이 광대버섯을 먹어봤다면……"

타타르스키는 술집 경비원이 두 사람을 주의 깊게 보고 있음을 눈치챘다.

"사겠습니다." 그가 말했다. "얼마인가요?"

"25달러." 그리고리가 말했다.

"100루블밖에 없는데요."

그리고리는 잠시 생각하더니 손을 흔들었다.

"좋소." 그가 동의했다.

타타르스키는 돌돌 만 지폐를 건네고 우표를 받아 가슴 주머니에 숨겼다.

"자," 그리고리가 앨범을 치우며 말했다. "이런 쓰레기는 더 이상 흡입하지 마시오. 아직까지 아무도 좋은 경험을 못했으니 말이오. 피

---

* 미국을 의인화한 캐릭터.

곤하기만 하고 어젯밤 일에 수치심만 불러일으키고 코피만 나게 만들 거요."

"상대적인 포지셔닝이 뭔지 아십니까?" 타타르스키가 물었다.

"아니." 그리고리가 대답했다. "그게 뭐요?"

"당신이 발군의 솜씨를 보인 광고 전략입니다."

그리고리는 뭔가 대답하려 했지만 그러지 못했다. 탁자 위로 경비의 육중한 몸뚱이가 덮쳤던 것이다.

"이봐." 경비가 말했다. "현관 앞에 좀 더 어두운 곳이 있으니 거기서 하는 게 어때. 40초 주겠다."

자신에게 이르는 길

다음 날 아침 전화 벨소리가 타타르스키를 잠에서 깨웠다. 그가 처음 느낀 감정은 짜증이었다. 타타르스키가 시험을 치르는 아주 이상하고 아름다운 꿈을 벨소리가 방해했던 것이다. 꿈속에서 그는 먼저 세 개의 시험 문제지를 뽑았고, 전기로를 공부했던 대학 건물의 계단과 같은 긴 나선형 계단을 따라 위로 올라갔다. 담당 시험관을 찾아야 하는데 문을 하나씩 열 때마다 앞에는 강의실 대신 그가 기레예프와 기억할 만한 그 저녁에 함께 돌아다녔던 석양의 모스크바 근교 들판이 나타났다. 정말 이상한 일이었다. 강의실을 찾기 위해 그는 몇 층이나 위로 올라가야 했다.

잠이 얼추 깼을 때 그리고리와 앨범에 관한 기억이 천천히 떠올랐다. '그걸 사서 먹었던가……' 타타르스키는 공포를 느꼈다. 침대에서 벌떡 일어난 그는 책상으로 다가가 위쪽 서랍을 열고 미소 띤 연보랏빛 얼굴의 우표를 보았다. '아니구나, 다행이다……' 그는 생각했다. 우표를 서랍 가장 깊숙한 곳에 밀어넣고 색연필 통으로 덮어버렸다.

그사이 전화벨은 계속 울리고 있었다. '푸긴이군.' 타타르스키는 수화기를 들었다.

"여보세요." 낯선 목소리였다. "타타르스키…… 어…… 씨와 통화할 수 있을까요?"

기분이 나쁘진 않았다. 상대방의 당황한 어투를 듣고 이 사람이 실수로 먼저 성을 말하고 그다음에 존칭을 붙였다는 것을 이해했다.

"전데요."

"안녕하십니까. 저는 '추밀 고문관' 광고 대행사의 블라디미르 하닌이라고 합니다만, 디마 푸긴이 우리에게 당신 번호를 남겼습니다. 오늘 좀 만날 수 있을까요? 당장이면 더 좋겠는데요."

"무슨 일이십니까?" 그는 '남겼다'라는 말에서 벌써 푸긴에게 뭔가 안 좋은 일이 생겼음을 알아차렸다.

"디마가 죽었습니다. 당신이 그 사람과 일했다는 것을 알고 있습니다. 그런데 저와도 일했습니다. 그러니 우리는 간접적으로 아는 사이지요. 어쨌든 당신이 대답을 기다리던 몇 가지 일들이 지금 내 책상 위에 있습니다."

"어쩌다 그런 일이?"

"만나서 이야기하지요." 새로운 지인이 말했다. "주소를 받아 적으십시오."

한 시간 반 후에 타타르스키는 한때 거의 모든 소련 신문 편집진이 거주하던 거대한 프라브다 단지로 들어섰다. 경비실에는 그를 위한 출입 허가가 이미 나 있었다. 그는 8층으로 올라가서 방 번호를 찾아냈다. 문 위에는 분명 소련의 유산이라 할 수 있는 '이념 분과'라고 쓰인 금속 팻말이 걸려 있었다.

하닌은 방에 혼자 있었다. 그는 단정하게 턱수염을 기른 얼굴에 중년쯤 되어 보이는 남자였는데, 책상에 앉아서 뭔가를 급하게 쓰고 있었다.

"들어와 앉으십시오." 그가 고개도 들지 않고 말했다. "잠시만."

타타르스키는 방 안으로 두 걸음 들어서다가 스카치테이프로 벽에 붙여놓은 광고 포스터를 보고 하마터면 사레가 들릴 뻔했다. 사진 아래 문구를 보니 그것은 공동으로 임대한 콘도를 교대로 이용하는 새로운 유형의 휴가 광고였다. 타타르스키는 이 또한 삶의 다른 모든 것들과 마찬가지로 사기라는 사실을 이미 들어 알고 있었다. 그러나 문제는 그게 아니었다. 1미터나 되는 사진에는 어떤 낙원의 섬에 있는 세 그루의 종려나무가 있었는데, 그건 자신이 성탑에서 발견한 팔리아멘트 담뱃갑의 홀로그램 이미지를 그대로 옮겨놓은 것이었다. 그러나 이조차도 광고 문구에 비하면 약과였다. 사진 아래에는 커다란 검은색 글씨로 이렇게 쓰여 있었다:

IT WILL NEVER BE THE SAME!

(결코 예전과 같진 않을 것이다!)

"앉으시라고 했습니다만! 여기 의자 있습니다."

하닌의 목소리가 타타르스키를 망연자실한 상태에서 끌어냈다. 그는 자리에 앉으며 책상 너머로 내민 하닌의 손을 어색하게 잡았다.

"무슨 문제라도 있나요?" 하닌이 포스터를 곁눈질하며 물었다.

"그게 데자뷔 같아서요." 타타르스키가 말했다.

"아! 알겠습니다." 하닌은 진짜 이해한다는 듯한 어조로 말했다. "그런 거지요. 그럼 먼저 푸긴에 관해서……"

차츰 정신을 차린 타타르스키는 그의 말에 귀기울였다.

비밀 정보에 따르면 그건 분명 강도의 소행이며, 더욱이 모든 정황상 강도는 푸긴이 뉴욕에서 택시 기사로 일한 사실을 알았던 듯하다는 말이었다. 오싹한 이야기였지만 그다지 신빙성은 없었다. 푸긴이 시동을 거는 사이 두 명의 남자가 차로 다가와 뒷좌석에 앉더니 2번가 27번로라고 주소를 말했다. 일종의 반사적인 최면 상태에서 푸긴은 차를 움직이기 시작했고 골목길로 접어들었다. 이것이 그가 경찰과 의사에게 말할 수 있었던 전부였다. 그의 몸에서 일곱 발의 총상이 발견되었으며, 좌석 등받이 뒤에서 곧장 총을 쏜 모양이었다. 푸긴이 가지고 있던 수천 달러와 그가 죽는 순간까지 계속해서 헛소리를 해대던 무슨 서류철인가는 사라졌다.

"하지만 서류철은 사라지지 않았소." 하닌이 슬픈 어투로 말했다. "여기 이거요. 푸긴은 이게 나한테 있다는 사실을 잊었던 거요. 한번 보겠소? 잠깐 전화를 두 군데 걸어야 해서."

타타르스키는 색깔 없는 판지로 된 루스리프식 서류철을 받아들었다. 그는 이 판지처럼 창백했던 푸긴의 콧수염 난 얼굴과 플라스틱 장식 단추를 닮은 검은색 단춧구멍 눈을 떠올렸다. 보아하니 서류철에는 푸긴 자신의 작품들이 들어 있었다. 그런 만큼 그는 다른 사람들의 작품에 대해 단지 편견 없는 관찰자로서만 언급했던 것은 아니었다. 어떤 것은 영어로 쓰여 있었다. '이미 뉴욕에서부터 시작했던 모양인데'라고 타타르스키는 생각했다. 하닌이 전화로 무슨 가격 결정에 관해 이야기하고 있는 동안 타타르스키는 뜻밖에 두 개의 훌륭한 걸작을 만났다. 첫번째는 캘빈 클라인을 위한 것이었다:

우아하면서 여성스러운 햄릿(전반적인 스타일은 유니섹스)이 맨몸에 검은색 타이츠와 하늘색 재킷을 입고 묘지 주변을 천천히 배회한다. 어느 무덤 근처에 멈춰 선 그는 몸을 숙여 풀 속에서 장밋빛의 해골을 집어든다. 클로즈업—햄릿은 약간 눈썹을 찌푸린 채 해골을 응시한다. 뒤에서 바라본 광경—CK라는 글자가 적힌 탄력있는 엉덩이 클로즈업. 다른 카메라 앵글—해골, 손, 하늘색 재킷 위의 CK 글자. 다음 장면—햄릿은 해골을 공중으로 띄워 발뒤꿈치로 걷어찬다. 해골은 높이 날아올랐다가 아치 모양을 그리며 아래로 빠르게 떨어진다. 그러고는 마치 농구 골대로 들어가듯 정확히 무덤 위의 대천사가 들고 있는 청동 화환 속으로 떨어진다. 광고 문구:

JUST BE(너답게), 캘빈 클라인

타타르스키의 마음에 든 두번째 광고 문구는 갭(Gap) 모스크바 대리점을 위해 준비한 것으로, 서두에서 분명히 하고 있듯이 4만 명 정도로 추산되는 영어 사용자층을 겨냥한 것이었다. 포스터는 안톤 체호프를 묘사한 것으로 추정되었다. 첫번째 포스터는 줄무늬 양복을 입은 모습이고, 두번째는 바지 없이 줄무늬 재킷만 입은 모습이다. 두번째 포스터에서는 고딕풍의 모래시계를 닮은 것도 같은 가느다란 발목 사이로 틈(gap)이 두드러지게 돋보였다. 그다음 체호프는 이미 사라지고, 정말로 시계로 변해 그 안의 모래가 거의 다 아래로 흘러내린 그의 다리 사이 빈 공간의 윤곽만이 반복되고 있었다. 광고 문구는 다음과 같다:

러시아는 항상 문화와 문명 사이의 갭으로 악명이 높았다. 이제 더 이상의 문화는 없다. 문명도 없다. 남아 있는 유일한 것은 갭이다. 당신들을 바라보는 방식.

몇 장을 더 넘기던 타타르스키는 자신이 작성했던 팔리아멘트 담배 광고 문구를 발견했다. 이 안에 들어 있는 다른 것들도 푸긴이 고안해 낸 것이 아님은 금세 분명해졌다. 그사이 그의 상상력은 자신의 본색을 숨기고 바지라는 단어를 셰익스피어나 러시아 역사와도 운을 맞춰 글을 쓸 수 있는, 광고 사상(思想)의 거인의 초상을 그리는 데 성공했다. 그러나 가상의 푸긴은 원소 주기율표의 마지막 무거운 금속처럼 타타르스키의 의식 속에 단 몇 초간 머물다가 분해되고 말았다.

하닌은 인사를 하고 전화를 끊었다. 타타르스키는 고개를 들다가 책상 위에 테킬라 병과 컵 두 개, 레몬 조각이 담긴 접시가 있는 것을 보고 놀랐다. 하닌은 통화 도중에 능숙하게 이 모두를 준비했던 것이다.

"이제 고인을 추모할까요?" 그가 물었다.

타타르스키는 고개를 끄덕였다. 그들은 술잔을 부딪치고 쭉 들이켰다. 타타르스키는 잇몸으로 레몬 조각을 짓누르면서 그러한 상황에 어울릴 만한 문구를 만들려고 애를 써보았지만 또다시 전화벨이 울렸다.

"네? 뭐라고요?" 하닌이 전화기에 대고 물었다. "잘 모르겠습니다. 정말 심각한 문제군요. 그렇다면 인터뱅크 위원회에 바로 찾아가보시지요…… 네, 네, 그 탑으로요."

그는 전화를 끊고 타타르스키를 빤히 쳐다보았다.

"자, 이제." 그는 책상에서 테킬라를 치우며 말했다. "괜찮다면 당신의 최근 작품들을 검토해봅시다. 디마가 나한테 그걸 가져왔다는 사실을 당신도 이해했으리라 생각합니다만."

타타르스키는 고개를 끄덕였다.

"그러니까, 저기…… 팔리아멘트에 대해서는 아무 말도 하지 않겠소. 그건 좋아요…… 그런데 그런 주제로 이미 시작했다면 뭣 땜에 주저하는 거요? 긴장을 풀어요! 끝까지 그렇게 밀고 나가봐요! 옐친처럼 한 손에는 꽃을 들고 한 손에는 잔을 들고 넉 대의 탱크 위에 서 보는 거요."

"괜찮은 생각이군요." 타타르스키는 자기를 이해해주는 사람이 앞에 있다고 느끼자 한껏 고무되어 동의했다. "그렇다면 의회 건물은 없애고 이걸로 위스키 광고를 만들어봐야겠습니다…… 상표에 장미 네 송이가 있는 그 위스키 이름이 뭐더라……"

"포로지스 버번 위스키?" 하닌이 헛기침을 하며 이렇게 말했다. "뭐든 좋소. 어디든 써놓도록 하시오."

하닌은 클립에 고정된 종이 몇 장을 끌어당겼고, 타타르스키는 그중에서 자기가 많은 노력을 기울여 만든 탐파코 회사 기획안을 바로 알아보았다. 주스를 생산하는 이 회사는 무슨 이유에서인지 주식을 팔려고 했으며, 그는 기획안을 2주 전쯤 푸긴에게 주었다. 그것은 시나리오가 아니라 다분히 역설적인 콘셉트를 제시한 것이었다. 기획자는 아주 부유한 사람들에게 앞으로 어떻게 삶을 영위해야 하는지 설명하고, 그에 대해 약간의 돈을 지불해주기를 요구하고 있었다. 타타르스키에게 익숙한 내용이 담긴 페이지들이 짙은 붉은색 글씨로 뒤덮여 있었다.

"아하." 하닌이 표시된 부분들을 들여다보며 말했다. "바로 여기에 문제가 있었군. 우선 당신의 충고 하나가 그들에게 심한 모욕감을 준 거요."

"어떤 충고가요?"

"읽어주겠소." 하닌이 페이지를 넘기며 말했다. "그게 어디 있더라…… 붉은색 밑줄이 그어져 있었는데…… 여기는 거의 다 밑줄이 있군. 아하, 여기 밑줄 세 개짜리. 들어보시오. '그래서 주식 광고에는 두 가지 방법이 있다. 투자자에게 증권발행 회사 이미지를 만들어주는 접근법과 투자자에게 투자자 이미지를 만들어주는 접근법이다. 전문용어로는 〈어디에 투자할 것인가〉, 그리고 〈누구와 투자할 것인가〉라고 한다. 이를 지속적으로 운용하기 위해 요구되는 막대한……' 아니, 이건 그들이 좋아했던 부분인데…… 아하, 여기 있군. '우리의 견해로는 캠페인 시작 전에 회사 이름을 변경하는 문제를 생각해보는 것이 적절할 듯하다. 이것은 현재 러시아 텔레비전에서 공격적으로 방송 중인 여성 생리대 탐팩스 광고와 관련되어 있다. 이 개념은 소비자의 의식 속에 너무 확고하게 자리 잡았기 때문에 그것을 밀어내거나 교체하기 위해서는 막대한 비용이 요구된다. 탐파코-탐팩스의 연결은 음료를 생산하는 회사에는 대단히 바람직하지 못하다. 이 이름이 불러일으키는 연상작용에 따르면 탐폰으로 만든 음료수가 되기 때문이다. 우리 견해로는 회사 이름의 가운데 글자 모음을 바꿔 탐푸코나 탐페코로 해도 충분할 것 같다. 이 경우 부정적인 연상은 완전히 소거된다……'"

하닌은 고개를 들었다.

"단어 공부를 많이 했군, 대단하오." 그가 말했다. "하지만 다른 사람들이 그런 제안을 안 하는 이유를 왜 이해하지 못하는 거요? 알다시피 그들은 탐파코를 위해서 온 심장의 피를 쏟아부었소. 그들에게 이건 마치…… 간단히 말해, 자신이 만든 상품과 완전한 자기 동일시를 이루고 있는 사람들에게 그런 이야기를 하다니. 이건 마치 어느 어머니에게 '물론 당신 아들은 기형아입니다만 우리가 그의 면상에 약간 색칠을 해주면 정상으로 보일 겁니다' 하고 말하는 것과 같소."

"하지만 이름이 정말 끔찍하지 않습니까."

"당신은 뭘 원하시오. 그들이 행복하기를, 아니면 당신이?"

하닌이 옳았다. 타타르스키는 이 일을 처음 시작할 때 드래프트 포디엄의 친구들에게 이와 똑같은 생각을 설명했다는 사실을 기억하고 자신이 두 배로 어리석다는 느낌이 들었다.

"콘셉트는 대체로 어떻습니까?" 타타르스키가 물었다. "거기 다른 것도 많은데."

하닌은 한 페이지를 더 넘겼다.

"어떻게 말해야 할지. 여기 밑줄이 더 있소. 마지막 부분, 다시 주식에 관한 내용인데…… 읽어주겠소. '그리하여, 〈어디에 투자할 것인가〉라는 질문에 〈미국에〉라고 답하고, 〈누구와 투자할 것인가〉라는 질문에 〈MMM이나 다른 피라미드 회사에 투자하지 않고 미국에 투자할 수 있을 때를 기다리는 사람들과 함께〉라고 답한다. 이것은 캠페인의 첫 단계 이후 심리적 결정(結晶)의 과정이다. 뿐만 아니라 광고가 투자자들의 자금을 미국에 분산투자할 것이라고 약속해서는 안 되며, 그런 느낌만을 불러일으켜야 한다는 점에 주목하자.' 그런데 도대체 밑줄은 왜 쳤소? 뭔가 아주 영리한 내용이다, 그런 거요? 어쨌든 계속 읽어보면…… '영상 이미지 형태로 성조기와 달러, 독수리를 광범위하게 사용하는 것이 효과가 있다. 캠페인의 주요 상징으로는 부라티노 이야기*에 나오는 돈 나무를 무의식적으로 연상시키는, 나뭇잎 대신 100달러 지폐들이 달린 세쿼이아 나무를 제안한다.'"

"여기선 뭐가 문제입니까?" 타타르스키가 물었다.

"세쿼이아 나무 말인데, 이건 침엽수요."

타타르스키는 갑자기 잇새로 느껴지는 충치를 혀끝으로 건드리면서 몇 초간 아무 말도 하지 않았다. 그러고 나서 말했다.

"상관없습니다. 달러를 원통 모양으로 말면 됩니다."

* 알렉세이 톨스토이의 소설 『황금의 열쇠, 혹은 부라티노의 모험』을 가리킨다.

"혹시 슐레마즐*이 뭔지 아시오?" 하닌이 물었다.

"모르겠는데요."

"나도 모르겠소. 그들이 여기 여백에 슐레마즐이, 그러니까 당신이 자신들이 의뢰한 광고에는 얼씬도 못하게 하라고 적어놓았소. 당신을 원하지 않는군."

"잘 알겠습니다." 타타르스키가 말했다. "저를 원하지 않는군요. 하지만 만약 그들이 한 달 후에 상표를 바꾼다면요? 그리고 두 달 후에는 제가 제안한 대로 하기 시작하면요? 그러면 어떻게 되는 겁니까?"

"달리 방법이 없지." 하닌이 말했다. "당신도 알다시피."

"알고 있습니다." 타타르스키가 한숨을 쉬며 말했다. "다른 주문은 어떻습니까? 웨스트 담배 광고 주문도 있었습니다만."

"역시 실패했소." 하닌이 말했다. "당신이 담배는 항상 성공했는데, 이번에는……"

그는 몇 페이지를 더 넘겼다.

"뭐라 말해야 할지…… 이미지가…… 그게 어디 있더라…… 여기 있군. '키 큰 남자와 키 작은 남자가 벌거벗은 채 서로의 엉덩이를 손으로 감싸고 고속도로에서 히치하이크하는 모습을 뒤에서 찍은 장면이다. 키 작은 남자는 손에 웨스트 담뱃갑을 들었고, 키 큰 남자는 다가오는 하늘색 캐딜락을 세우기 위해 손을 들고 있다. 담뱃갑을 쥔 키 작은 남자의 손은 키 큰 남자의 위로 쳐든 손과 같은 선상에 있는데, 이로 인해 〈안무〉라는 또 하나의 의미층이 형성된다. 카메라는 다가

---

* '재수 없는 녀석'이라는 뜻의 속어.

오는 자유를 예감하는 격렬하고 감동적인 춤을 순간적으로 정지시킨 것처럼 보인다. 광고 문구는 〈Go West〉.' 이건 우리의 국가를 가지고 만든 펫 쫄 보이스*의 노래지요? 의문의 여지 없이 훌륭하오. 그런데 다음 단락에 타깃 그룹의 이성애에 관련한 글이 길게 이어지는데, 이건 왜 쓴 거요?"

"아니, 저는…… 광고주가 문제를 제기했을 때 우리가 그 부분을 이미 고려했다는 사실을 알려주려고……"

"광고주는 전혀 다른 쪽으로 문제를 제기했소. 광고주는 예전에 대주교에게서 200만 달러어치 담배를 대가로 받았던 로스토프 출신의 죄수였소. 그가, 물론 대주교가 아니라 그 죄수가 '이성애'라는 단어 옆 여백에다 이렇게 써놓았소. '이건 뭔 소리야, 호모라니?' 그러고는 콘셉트를 거절했소. 안됐군, 걸작인데. 하지만 만약 반대였다면, 그러니까 그 죄수가 대주교에게 돈을 건넸다면 대성공이었을 거요. 거기에는 물론 전혀 다른 문화가 형성돼 있으니 말이오. 하지만 어쩌겠소. 우리 사업이라는 게 제비뽑기와 같으니."

타타르스키는 아무 말도 하지 않았다. 하닌은 담배를 주물러 부드럽게 한 다음 불을 붙였다.

"제비뽑기라." 그는 의미심장하게 반복했다. "당신은 최근에 제비뽑기 운이 안 좋던데, 나는 이유를 알고 있소."

"설명해주십시오."

"알다시피," 하닌이 말했다. "그건 아주 미묘한 문제요. 당신은 처

---

* 영국의 팝 듀오, 펫 숍 보이스의 이름을 조롱조로 바꾸어 부른 것.

음에는 사람들이 뭘 좋아하는지 이해하려고 노력해놓고는, 나중에는 그걸 사람들에게 거짓의 형태로 건네주고 있소. 하지만 그들도 똑같이 진실의 형태로 건네받기를 원한다오."

절대 타타르스키가 기대한 말은 아니었다.

"무슨 말씀이신지? 그게 뭔가요? '진실의 형식으로'라니, 무슨 의미입니까?"

"당신은 자신이 하는 일을 믿지 않소. 진심으로 참여하고 있지 않는다는 거요."

"참여하지 않는다니요." 타타르스키가 말했다. "당치도 않습니다. 뭘 원하시나요? 제가 이 탐파코에 영혼이라도 내놓길 원하십니까? 푸시킨 광장의 어떤 매춘부도 그렇게는 안 할 겁니다."

"단지 젠체할 필요는 없다는 말이오." 하닌이 얼굴을 찌푸렸다.

"물론 아닙니다." 타타르스키가 조금 진정하며 말했다. "저를 제대로 이해하지 못하시는군요. 오늘날 사람들에게는 단 하나의 태도, 자신을 제대로 포지셔닝하는 것만이 중요합니다, 그렇지 않나요?"

"맞소."

"그러면 제가 왜 단 한 명의 매춘부도 그렇게 하지는 않을 거라고 했을까요? 여기서 문제가 되는 건 혐오감이 아닙니다. 매춘부는 고객의 마음에 들었건 아니건 상관없이 돈을 받습니다만, 저는 먼저 해야만…… 음, 이해하시겠지요, 고객은 그다음에야 결정을 한다 이겁니다…… 그러한 조건에서라면 어떤 매춘부도 절대로 일을 시작하지 않겠지요."

"매춘부라면 하지 않겠지." 하닌이 끼어들었다. "하지만 우리는 이 사업에서 살아남기 위해 할 것이오. 더한 일도 하게 될 거요."

"모르겠습니다." 타타르스키가 말했다. "완전히 확신이 들지는 않네요."

"우리는 하게 될 거요, 바바." 하닌이 이렇게 말하며 타타르스키의 눈을 보았다.

타타르스키는 긴장했다.

"제 이름이 보바가 아니라 바바인 걸 어떻게 아셨습니까?"

"푸긴이 말해줬소. 그런데 포지셔닝과 관련해서…… 당신은 자신을 시장에 상품으로 포지셔닝했고 나는 당신의 생각을 이해했으니, 이 문제를 같이 한번 생각해봅시다. 내 밑에서 일해보겠소?"

타타르스키는 다시 한 번 세 그루 종려나무와 끝없는 변신을 약속하는 영어 문구가 적힌 포스터를 보았다.

"무슨 일을 하게 되나요?" 그가 물었다.

"크리에이터요."

"작가라는 말씀이신가요?" 타타르스키가 되물었다. "우리말로 번역하면?"

하닌이 가볍게 미소 지었다.

"빌어먹을 작가들은 필요 없소." 그가 말했다. "크리에이터요, 바바, 크리에이터."

밖으로 나온 타타르스키는 중심가 쪽으로 천천히 걷기 시작했다.

갑작스럽게 취업이 되었지만 별로 기쁘진 않았다. 오히려 한 가지 사실이 그를 괴롭혔다. 그는 분명 푸긴에게 자신의 진짜 이름에 얽힌

이야기를 한 번도 한 적이 없고, 그냥 블라디미르라고 소개했다. 하지만 술에 취한 상태에서 무심코 말을 해놓고 잊어버렸을 가능성도 아주 없지는 않았다. 한두 번 코가 비뚤어질 정도로 함께 술을 마신 적이 있었기 때문이다. 또 다른 설명은 KGB에 대한 태생적 공포와 진하게 얽혀 있는 것이라 타타르스키는 그 생각은 바로 버렸다.

어쨌든 중요한 문제는 아니다.

"This game has no name." 그는 이렇게 중얼거리며 재킷 주머니 속의 주먹을 꽉 쥐었다.

짓다 만 소련 성탑의 아주 사소한 부분까지 기억이 떠오르자 잊고 있던 광대버섯의 전율이 손가락을 따라 몇 번이나 다시 지나갔다. 신비한 힘이 놀란 그의 영혼 앞에 한번에 나타난 수많은 징후를 놓고 씨름하고 있었다. 우선 종려나무와 익숙한 문구가 쓰인 포스터가 있었고, 그다음엔 하닌이 몇 분 사이에 몇 번이나 우연처럼 사용한 '탑'과 '제비뽑기'라는 단어, 그리고 마지막으로 무엇보다도 그를 놀라게 했던 '바바'가 있었다.

'내가 잘못 들었겠지' 하고 타타르스키는 생각했다. '아마도 그 사람 발음이 분명치 않았을 거야. 하지만 내가 바바인 걸 어떻게 알았느냐고 물어봤잖아. 그랬더니 푸긴한테 들었다고 말했고. 아니야, 그렇게 심하게 취했을 리가 없는데, 결코.'

40분 정도 생각에 잠겨 천천히 돌아다니던 그는 마야콥스키 동상 앞에 이르렀다. 걸음을 멈추고 잠시 동안 동상을 주의 깊게 관찰했다. 소련 권력이 시인에게 입혀준 불멸의 청동 재킷이 또다시 유행하고 있었다. 타타르스키는 최근에 겐조 광고에서 그 패션을 보았던 기억이 났다.

동상을 한 바퀴 둘러보고 고함치는 지도자의 믿음직한 뒷모습을 감탄하며 쳐다보던 타타르스키는 마침내 우울증이 그의 영혼으로 기어들어왔음을 알게 되었다. 그것을 없애는 방법은 두 가지였다. 보드카 100그램을 마시거나 50달러를 지불하고 빨리 뭔가를 사는 것이었다(몇 시간 전에 타타르스키는 이 두 가지 행동이 똑같이 한 시간에서 한 시간 반 정도 지속되는 가벼운 도취 상태를 경험하게 해준다는 사실을 깨닫고 놀랐다).

방금 푸긴과의 음주에 관한 기억이 떠올랐기 때문에 보드카는 마시고 싶지 않았다. 타타르스키는 주위를 둘러보았다. 주변에 가게는 많았지만, 모두 무슨 전문적인 상점들이었다. 예를 들어 블라인드 같은 건 그에게 소용이 없었다. 트베르스카야 거리 쪽 간판들을 찬찬히 살피던 그는 놀라움에 몸을 떨었다. 이건 너무했다. 사도바야 순환도로에 있는 건물 벽의 예각 아래로 '이슈타르'라는 글자가 선명한 흰색 간판이 보였던 것이다.

1, 2분 후 타타르스키는 이미 헉헉거리며 입구 쪽으로 다가가고 있었다. 얼마 전 샌드위치 상점을 개조해 문을 열었지만 벌써 몰락과 빠른 종말의 흔적을 보이는 아주 작은 하루살이 상점이었다. 창문에 걸린 포스터는 50퍼센트 세일을 알리고 있었다.

벽에 걸린 거울 때문에 두 배는 좁아 보이는 상점 안에는 다양한 청바지가 걸린 긴 옷걸이 몇 개와, 조깅화가 대부분인 신발들이 진열된 긴 선반이 있었다. 타타르스키는 레르몬토프의 시(詩)에 등장하는 '악마'처럼 이 가죽과 고무의 화려함을 따분한 시선으로 둘러보았지만 그것들은 그의 고매한 이마에 아무런 흔적도 남기지 못했다. 무엇보다 분명한 것은 그가 이곳으로 던져졌다는 사실이었다. 10년쯤 전에는 해외에 사는 먼 친척이 가져다준 새로운 조깅화 한 켤레가 삶의 새로운 시대를 여는 전환점이 되어주었다. 신발 밑창 무늬는 손금과 유사해서 그것을 가지고 다가올 1년의 미래를 점치곤 했다. 그 신발을 구입함으로써 얻는 행복은 헤아릴 수 없을 정도였다. 지금 그 정도 권리를 누리기 위해서는 최소한 지프 아니면 집 정도는 사야 했다. 하지만 타타르스키는 그럴 만한 돈도 없었고, 조만간 그런 돈이 생기리라는 기대도 하지 않았다. 사실 조깅화라면 한 트럭이라도 살 수 있지만 그것들은 더 이상 그의 영혼을 기쁘게 하지 못했다. 타타르스키는 이마를 찌푸리며 몇 초 동안 이 현상을 전문용어로 뭐라고 부르는지 생각해내려고 애쓰다가, 기억이 나자 수첩을 꺼내서 앞서 '부동산'이라는 단어를 적어놓았던 'ㅂ' 부분을 펼치고 서둘러 메모를 시작했다.

행복의 인플레이션. 같은 크기의 행복을 얻으려면 이제 더 많은 돈을 지불해야 한다. 부동산 광고에서 사용할 문구:

신사숙녀 여러분! 이 벽 안에서는 인지부조화가 결코 여러분을 건드리지 못한답니다. 따라서 그게 뭔지 전혀 알 필요가 없어요.

"뭘 도와드릴까요?" 여자 판매원이 물었다.

타타르스키는 안심하라는 손짓을 하고서 사소한 것들을 따로 적어놓는 마지막 페이지를 열고 다음과 같이 써넣었다.

물질주의. 예언자 올레그*는 지금처럼 물건**을 구하러 차르그라드로 가려고 한다. 최초의 장사꾼이다. (또한 최초의 강도이기도 해서 하자르인들을 공격했다.) 이스탄불로 가는 전세버스와 쇼핑 여행을 위한 광고가 가능하다:

신사숙녀 여러분! 그곳에 러시아 땅이 있었고, 현재도 있습니다. 또 다른 버전으로는 '기원으로 돌아가자!'도 가능하다.

"뭘 찾으세요?" 판매원이 다시 물었다. 손님이 수첩에 뭔가를 적고 있다는 사실이 분명 마음에 걸리는 듯했다. 이 경우 검열관의 급습 따위로 끝날 가능성이 컸기 때문이다.

"신발을 봤으면 합니다만." 타타르스키가 예의 바른 미소를 지으며 대답했다. "여름에 신을 가벼운 것으로요."

"슬리퍼, 조깅화, 운동화, 어떤 걸 찾으세요?"

"운동화를 찾고 있습니다." 타타르스키가 말했다. "운동화를 보지 못한 지 오래되어서요."

판매원은 그를 선반 쪽으로 데려갔다.

"여기, 단 위에 있어요." 그녀가 말했다.

타타르스키는 굽이 높은 흰색 운동화를 집어들었다.

---

* 러시아 고대도시인 키예프 공국의 공후. 907년 비잔틴 제국의 수도인 콘스탄티노플(차르그라드) 원정에서 승리한 후 비잔틴 황제와 자유무역협정을 맺었다.

** 러시아어로 물질주의(veshchism), 예언자(veshchii), 물건(veshch')은 철자가 비슷하다.

"이 신발은 상표가 뭔가요?" 그가 물었다.

"노 네임요." 판매원이 말했다. "영국제예요."

"뭐라고요?" 그가 당황해하며 물었다.

판매원이 운동화를 거꾸로 뒤집자 뒤꿈치 쪽에 'NO NAME'이라고 쓰인 고무 조각이 보였다.

"43사이즈 있습니까?" 타타르스키가 물었다.

그는 새 운동화를 신고 상점에서 나왔다. 신고 있던 구두는 비닐봉지로 싸서 가방 안에 넣었다. 그는 이제 오늘의 모든 여정이 우연이 아님을 분명히 알게 되었고, 어딘가 잘못된 방향으로 가는 실수를 하지나 않을까 두려웠다. 그래서 좀 주저하다가 사도바야 거리를 따라 아래쪽으로 천천히 걸어갔다.

50미터쯤 가다가 담배 가게를 발견했다. 담배를 사러 다가가던 타타르스키는 약국에 훨씬 어울릴 법한 많은 종류의 콘돔이 예기치 않게 그곳에 있는 것을 보고 놀랐다. 말레이시아제 '카마수트라' 콘돔 사이로 뚱뚱한 돌기가 여럿 달리고 푸른색 고무로 만들어진 이상한 장치가 눈에 띄었다. 영화 〈헬레이저〉에 나오는 대장 악마의 머리와 아주 비슷해 보였다. 아래에는 '재사용 가능'이라는 문구가 붙어 있었다.

그러나 타타르스키의 주의를 끈 것은 깔끔한 검정-노랑-빨강의 직사각형 상자로, 앞면에는 공식인증처럼 검은 두 개의 동그라미 안에 독일 독수리가 그려져 있고 '시코'라는 글자가 적혀 있었다. 이게 정말 작은 깃발처럼 보여서 타타르스키는 두 상자를 샀다. 상자의 다른 면에는 다음과 같이 적혀 있었다: "시코 콘돔을 사시면 전통의 독일 품질을 신뢰하게 될 것입니다."

'영리한데, 정말 영리해'라고 타타르스키는 생각했다.

그는 몇 분 동안 이 주제에 대해 심사숙고하며 광고 문구를 만들어 보려 했다. 마침내 적절한 문구가 머릿속에 반짝 떠올랐다.

"시코. 콘돔계의 BMW." 그는 이렇게 중얼거리며 주머니에서 수첩을 꺼냈다. 수첩의 'ㅋ' 부분을 펼치고 자신이 생각해낸 내용을 적어 넣었다. 수첩에는 지금까지 잊고 있던 또 다른 콘돔의 광고 문구도 있었다. 폴란드-인도네시아제 붉은색 콘돔 '패션(passion)'을 위해 작성해둔 것이었다:

작은 고추, 매움

타타르스키는 수첩을 집어넣고 주위를 둘러보았다. 그는 사도보 트리움팔나야 거리에서 오른쪽으로 꺾이는 길모퉁이에 서 있었다. 바로 앞 벽에 '자신에게 이르는 길'이라는 문구와 함께 길모퉁이를 가리키는 노란색 화살이 그려진 포스터가 보였다. 타타르스키의 영혼은 잠시 동안 당황했지만, 곧 '자신에게 이르는 길'이 상점이리라는 추측이 어렴풋이 떠올랐다.

"그게 아니면 뭐겠어!" 타타르스키는 중얼거렸다.

상점은 다닥다닥 붙은 마당들을 상당히 오랫동안 이리저리 빠져 나간 후에 나타났다. 길 끝에 다다랐을 무렵 그는 기레예프가 이 상점에 대해 말하면서 이름을 줄여 '자이길'이라고 불렀던 것을 기억해냈다. 눈에 잘 띄지 않는 2층짜리 작은 건물 문 앞에는 거대한 간판 대신 손으로 쓴 '영업 중' 표지판만 걸려 있었다. 타타르스키는 이렇게 해놓은 것이 물론 생각이 짧아서가 아니라, 이국적인 예감을 불러일으키기 위해서임을 알고 있었다. 어쨌든 이 방법은 그에게도 영향을 미쳤으며, 상점으로 이어지는 계단을 올라가는 동안 그는 가벼운 경외감마저 경험했다.

문을 열고 들어서는 순간, 타타르스키는 본능이 그를 제대로 된 장소로 이끌었음을 알아차렸다. 계산대 위쪽에 체 게바라의 초상과 'Rage against the Machine'*이라는 문구가 적힌 검은색 티셔츠가 걸려 있었다. 티셔츠 아래에는 '이달의 인기 상품!'이라고 쓴 판지가 붙어 있었다. 놀랄 일도 아닌 것이, 타타르스키는 급진적인 청년 문화권에서는 정치적 정당성에 의해 지배되고 모든 상품이 판매용으로 포장되는 기존의 세계에 대항하는, 똑같이 정교하게 포장되고 정치적으로도 정당성이 보장된 반항 문화만큼 잘 팔리는 것도 없다는 사실을 아주 잘 알고 있었다(어느 콘셉트에서 이 현상을 다룬 적도 있었다).

"어떤 사이즈가 있나요?" 그는 바빌론-아시리아 스타일의 아주 사랑스러운 판매원에게 물었다.

"하나 남아 있어요." 그녀가 대답했다. "딱 손님 사이즈네요."

돈을 지불하고 티셔츠를 가방에 집어넣은 다음, 그는 계산대 앞에 머뭇거리며 서 있었다.

"저희 상점에 수정구슬이 많이 들어왔는데 다 팔리기 전에 사세요." 판매원이 가르랑거리는 목소리로 말하며 룬문자가 적힌 어린이

---

* 미국의 록그룹.

용 턱받이 더미를 정리하기 시작했다.

"어디에 쓰는 건가요?" 타타르스키가 물었다.

"명상용이에요."

타타르스키는 구슬을 통해서 무언가를 명상하는 것인지 아니면 구슬 자체를 관조하는 것인지 물어보려다가 문득 벽에 작은 선반이 있음을 알아차렸다. 그가 방금 산 티셔츠에 가려져 있었던 것이다. 선반에는 눈에 띄는 먼지 더미 속에 무슨 물건인지 파악하기 어려운 두 개의 물체가 놓여 있었다.

"궁금한 게 있습니다만," 그가 말했다. "저기 있는 저건 뭔가요? 날아다니는 접시, 뭐 그런 건가요? 그 위에 무늬는 또 뭐죠?"

"이건 최고의 수행 프리스비예요." 판매원이 말했다. "그리고 손님께서 무늬라고 말씀하신 건 푸른 글자 '훔'이고요."

"저걸로 뭘 하죠?" 타타르스키가 이렇게 묻는 동안 그의 의식 속에서는 광대버섯과 기레예프와 연관된 흐릿한 기억이 스쳐 지나갔다. "보통의 프리스비와 어떻게 다른가요?"

판매원은 입술을 약간 삐쭉거렸다.

"푸른 글자 '훔'이 있는 프리스비를 던지면 단순히 플라스틱 원반을 던지는 것이 아니라 공적을 쌓게 되는 거예요. 푸른색 '훔'이 있는 프리스비 던지기 10분은 쌓이는 공적으로 볼 때 사마디 명상 세 시간이나 비파사나 명상* 한 시간에 맞먹는다고 할 수 있어요."

"아아." 타타르스키는 믿지 못하겠다는 듯 말을 길게 늘였다. "그런

* 불교의 명상 수행법들.

데 공적은 누구 앞에 쌓이는 건가요?"

"누구 앞이라니요!" 판매원이 눈썹을 치켜세우며 말했다. "사시려는 거예요, 아니면 이야기를 하고 싶으신 거예요?"

"사겠습니다." 타타르스키가 말했다. "하지만 내가 뭘 사는지는 알아야지 않겠습니까. 그런데 최고의 수행 오른쪽에 있는 건 뭔가요?"

"아, 이건 플랑셰트 점판이에요. 점판의 고전이지요."

"무엇에 쓰는 건데요?"

판매원은 한숨을 쉬었다. 하루 종일 바보 같은 사람들한테 시달린 게 분명했다. 그녀는 선반에서 점판을 가져와 타타르스키 앞 계산대 위에 놓았다.

"종이 위에 그걸 세워보세요." 그녀가 말했다. "여기 클립 세 개를 이용해서 프린터 위에 세울 수도 있어요. 여기에 종이를 집어넣고 천천히 한 줄씩 진행되도록 설정하세요. 롤을 장착하면 더 쉬워요. 여기 홈 사이에 펜을 끼워넣어야 하는데, 젤 볼펜이면 더 좋고요. 위에 손을 올려놓으세요, 이렇게, 저처럼요. 그다음에 영혼과의 접촉이 시작되면 손이 마음대로 움직이게 그냥 놔두세요. 손은 전달받은 텍스트를 쓰기 시작할 거예요."

"잠깐만요." 타타르스키가 말했다. "제발 화내지 마시고, 정말 궁금해서 그러는데, 어떤 영혼과 접촉하나요?"

"이걸 사면 말씀드릴게요."

타타르스키는 지갑을 꺼내 필요한 돈을 셌다. 플랑셰트는 바퀴 세 개 달린 니스 칠한 합판 조각치고는 정신이 번쩍 날 만큼 비쌌다. 그리고 가격과 물건 사이의 이 불일치는 어떤 깊이 있는 설명으로도 불러일으키기 힘들 신뢰를 얻어냈다.

"여기 있습니다." 그가 지폐를 계산대 위에 놓으며 말했다. "그래서 어떤 영혼과 접촉하게 되는 겁니까?"

"그 질문의 대답은 개인이 가진 힘의 수준, 특히 영혼의 존재에 대한 당신의 믿음에 따라 달라져요." 판매원이 말했다. "만약 당신이 2권에 나오는 방법대로 내면의 대화를 멈추게 되면 추상적인 영혼과 접촉할 수 있어요. 하지만 당신이 기독교인이거나 사탄 숭배자라면 구체적인 영혼을 만날 수도 있지요. 주로 어떤 쪽에 관심이 있으세요?"

타타르스키는 어깨를 으쓱했다.

판매원은 검은색 가죽끈으로 자기 목에 걸어두었던 수정을 들고 2, 3초 정도 그것을 통해 타타르스키를, 정확히 그의 이마 중심을 쳐다보았다.

"직업이 뭔가요?" 그녀가 물었다. "무슨 일을 하시죠?"

"광고 일을 합니다." 타타르스키가 대답했다. 판매원은 계산대 아래에 손을 넣어 흔히 보는 방안지 노트를 꺼내더니 잠시 동안 표가 잔뜩 그려져 있고 표 안의 그래프에는 작은 글씨로 무언가를 가득 써넣은 페이지들을 넘겼다.

마침내 그녀가 말했다. "이렇게 생각하면 좋아요. 당신이 받는 글귀는 잠재의식의 초자연적인 힘이 자동기술의 형식을 빌려 자유롭게 방출되는 것이라고요. 광고업계 종사자의 아우게이아스의 외양간 청소* 같은 거죠. 그러한 접근법이 무엇보다 영혼들을 덜 기분 나쁘게 할 거고요."

"잠깐, 미안합니다만," 타타르스키가 말했다. "당신 말은 내가 광고업계 사람인 걸 알면 영혼들이 화를 낸다는 뜻인가요?"

"제 생각에는, 그래요. 따라서 그들의 분노를 가장 쉽게 피하는 방법은 그들의 존재가 의심받게 만드는 거예요. 결국 이 세상의 모든 일이 해석의 문제니까, 강령회를 유사과학으로 묘사하는 방법도 다른 것들처럼 그럴듯해 보일 거예요. 그러고 나면 어떤 개화된 영혼이라해도 자기가 존재하지 않는다는 사실에 동의할 테고요."

"재미있군요. 그런데 영혼들은 내가 광고업계 사람인 걸 어떻게 알죠? 이마에 그렇게 쓰여 있기라도 하나요?"

"아니요." 판매원이 말했다. "당신 이마에서 나온 광고에 그렇게 쓰여 있어요."

타타르스키는 이 말을 듣고 약간 화가 났지만, 잠시 생각해보니 오히려 자신이 추어올려진 느낌이었다.

"할 말이 있는데요." 그가 말했다. "만약 정신적인 문제로 상담이 필요하면 당신을 찾아오겠습니다. 그래도 괜찮을까요?"

"모든 건 알라의 손에 달려 있지요." 판매원이 대답했다.

"잠깐만요." 이때까지 거대한 수정구슬을 온화하게 바라보고 있던 커다란 눈동자의 젊은이가 갑자기 그녀에게로 돌아서며 말했다. "모든 것이라니요? 그렇다면 부처의 의식은 어떻게 되는 겁니까? 알라의 손은 부처의 의식 속에서만 존재합니다. 이 문제로 논쟁을 하시지는 않겠지요?"

---

* 헤라클레스의 과업 중 하나로, 30년간 청소하지 않은 왕의 외양간을 헤라클레스는 강물을 끌어들여 하루 만에 쓸어냈다.

판매원은 계산대 뒤에서 공손한 미소를 지었다.

"물론, 아니에요." 그녀가 말했다. "알라의 손은 단지 부처의 의식 안에서만 존재하지요. 하지만 부처의 의식 역시 어쨌든 알라의 손 안에 있어요."

"이시카와 다쿠보쿠*가 쓴 대로." 메피스토펠레스 같은 외모의 음울한 손님 하나가 그사이 계산대로 다가와 대화에 끼어들었다. "그만, 이런 논쟁은 그만하시오. 당신네 가게에 스와미 지갈킨의 〈윤회하는 존재의 여름 사색〉이라는 책자가 있다고 들었습니다만. 혹시 못 봤습니까? 아마도 저쪽 선반에, 아니, 아니, 바로 거기, 왼쪽, 정강뼈로 만든 플루트 아래에……"

---

* 20세기 초 활동한 일본의 낭만파 시인으로 말년에 사회주의 사상에 심취했다.

호모 자피엔스

책상 위의 플랑셰트는 어느 작은 유럽 도시의 중앙광장에 선 탱크처럼 보였다. 그 옆에 뚜껑을 막은 조니 워커는 시청 건물을 연상시켰다. 마찬가지로 타타르스키가 마시던 포도주도 이들과 같은 연장선상에서 보였다. 포도주 저장 용기, 즉 가늘고 긴 병은 공산당 시위원회가 접수한 고딕 성당과 비슷해 보였는데, 그것이 빈 병이라는 사실은 공산주의 이념의 고갈, 역사적인 유혈 참사의 무의미함, 러시아 이념의 전반적인 위기 상황을 떠올리게 했다. 타타르스키는 마지막 남은 포도주까지 병나발로 모조리 마신 다음 종이 쓰레기를 담는 바구니에 병을 던져넣었다. '벨벳 혁명'이라고 그는 생각했다.

타타르스키는 'Rage against the Machine'이라고 쓰인 티셔츠를 입고 책상에 앉아 플랑셰트 사용설명서를 읽어보았다. 지하철역 매점에서 산 젤 볼펜은 별다른 노력 없이 홈에 딱 맞춰 섰고, 그는 그걸 나사로 고정시켰다. 볼펜이 약한 스프링 위에 매달려 있어서 종이 위로 꽉 눌러줘야 했다. 종이 묶음은 이미 플랑셰트 아래 놓여 있으니 이제 시작만 하면 되었다.

그는 방 안을 둘러본 후 손을 막 플랑셰트에 올려놓으려다 갑자기 신경질적으로 벌떡 일어나서는 방 안을 이리저리 돌아다니며 커튼으로 창문을 가렸다. 그러고는 잠시 생각하더니 책상 위 양초에 불을 켰다. 이후의 준비 과정은 그냥 우스꽝스러웠다. 사실 마지막 과정은 터무니없기까지 했다.

타타르스키는 책상에 앉아 손을 플랑셰트 위에 올려놓고 생각했다. "자, 이제 뭘 하지? 뭔가 소리 내서 말해야 하나, 아닌가?"

"체 게바라의 영혼을 소환한다. 체 게바라의 영혼을 소환한다." 그는 이렇게 말하다가 곧 영혼을 단순히 소환만 할 것이 아니라 뭔가 질문이라도 해야겠다는 생각이 들었다. "나는 알고 싶다. 음, 예를 들어 알 리스나 오길비 동무에게는 없는 광고에 관한 새로운 무언가를. 그 누구보다 많은 걸 알고 싶다"라고 그는 말했다.

그 순간 플랑셰트가 손바닥 아래에서 발작적으로 움직이기 시작했고, 홈 사이에 세워진 펜이 종이 상단에 굵은 인쇄체로 이렇게 써나갔다:

아이덴셜리즘은 이원성의 최고 단계

타타르스키는 손을 움츠리고 몇 초 동안 그 글자를 두려운 시선으로 내려다보았다. 잠시 후 다시 손을 올려놓자 플랑셰트가 움직이기 시작했는데, 이번에는 펜 아래에서 좀 더 작고 선명한 글자가 나타났다:

원래 이 견해는 쿠바군 잡지 『올리바 베르데』를 위해 준비한 것이다. 하지만 지금 그처럼 사소하고 상세한 부분까지 고집하는 건 어리석어 보인다. 왜냐하면 우리는 존재—그곳에서는 잡지가 발행되기도 하고 군대가 행동을 취하기도 한다—의 모든 계획은 단순히 연속적인 인지의 순간들이고, 또한 이 인지는 과거의 순간들에 대한 이해가 매번 새로운 순간에 참여함으로써만 통일성을 가진다는 사실을 분명히 알고 있기 때문이다. 비록 영겁의 시간부터 이러한 연속성이 중단 없이 이어졌다 하더라도 인지 자체는 결코 스스로를 인지하지 못한다.

그러나 인간의 해방을 위해 싸웠던 위대한 투사 고타마 싯다르타는 자신의 많은 저작들에서 다음과 같은 사실을 지적했다. 인간이 삶에서 경험하는 비참한 상황의 주된 원인은 무엇보다도 인간과 삶과 비참한 상황의 존재에 관한 개념 자체, 즉 사실 단 한 번도 존재한 적이 없고 존재하지도 않을 것을 주체와 객체로 나누도록 강요하는 이원성에 있다는 것이다.

타타르스키가 다 쓴 종이를 꺼내고 손을 올려놓자, 플랑셰트는 다시 흔들리기 시작했다:

고타마 싯다르타는 이 단순한 진리를 많은 사람들에게 전달할 수 있었다. 왜냐하면 그가 살던 시대에는 사람들의 감정이 단순하고 강렬했으며, 내면세계는 분명하고 명료했기 때문이다. 한 번 전해진 말은 인간의 삶을 완전히 바꿀 수 있었고, 순간적으로 그를 다른 해안으로, 그 무엇에도 구속받지 않는 자유로 데려갈 수 있었다. 하지만 이후 여러 세기가 지났다. 현재 부처의 말을 이해하는 것은 모두가 가능하지만 모든 사람들이 그 안에서 구원을 찾는 것은 아니다. 이는 의심할 바 없이 모든 종교의 고대 문헌에서 다가오는 '암흑의 시대'라고 불렀던 새로운 문화적 상황에서 기인되었다.

동지들!

이 암흑의 시대는 이미 시작되었다. 그리고 이것은 무엇보다도 인간의 삶에서 소위 시각-심리 발생기 혹은 제2유형의 객체라 불리는 것이 수행하는 역할과 관련되어 있다.

이원성이라는 것이 세상을 주체와 객체로 조건을 두어 분리함으로써 비롯된다고 했을 때, 부처는 주체-객체 분리 1번을 염두에 두었다고 할 수 있다. 그리고 암흑시대의 가장 두드러진 특징은 부처의 시대에는 전혀 존재하지 않았던 주체-객체 분리 2번이 인간의 삶에 결정적인 영향을 미친다는 것이다.

객체 1번과 객체 2번이 무엇을 암시하는지 설명하기 위해 텔레비전이라는 간단한 예를 들어보자. 텔레비전이 꺼져 있을 때 그것은 객체 1번이다. 이것은 우리가 봐도 안 봐도 상관없는, 유리 표면을 가진 단순한 상자이다. 인간의 시선이 검은색 화면에 닿았을 때 그 눈의 움직임은 오로지 내부의 신경 충동이나 의식 속에서 일어나는 심리적 과정에 의해 조종된다. 예를 들어 인간은 TV 화면이 파리똥으로 더러워졌다는 걸 알아차릴 수 있다. 혹은 두 배쯤 큰 텔레비전을 사는 게 좋을지 결정할 수 있다. 혹은 텔레비전을 다른 구석으로 옮기는 게 나을지 생각할 수도 있다. 작동하지 않는 텔레비전은 사람들이 부처의 시대에 관계를 맺던 대상들, 즉 돌이나 풀밭의 이슬, 끝이 갈라진 화살 등 부처가 문답에서 예로 들었던 그 모든 것들과 결코 다르지 않다.

그러나 전원을 켜면 텔레비전은 객체 1번에서 객체 2번으로 변형된다. 완전히 다른 속성의 현상이 되는 것이다. 비록 화면을 보는 사람이 이런 습관화된 변형을 알아차리지 못한다 하더라도 이것은 굉장한 사건이다. 시청자에게 무게와 크기, 그 밖에 다른 물리적 성질을 가진 물질적 객체로서의 텔레비전은 사라진다. 대신 시청자에게는 텔레비전 앞에 모여 있는 사람이라면 누구에게나 익숙한, 다른 공간에 존재한다는 느낌이 생겨난다.

타타르스키는 주변에 혹시 이런 사람들이 모여 있나 보려는 듯 주위를 둘러보았다. 물론 아무도 없었다. 그는 플랑셰트 아래에서 다 쓴 종이를 꺼낸 후 종이가 충분할지 대충 계산해보고 손바닥을 다시 나무판 위에 올려놓았다.

동지들!

문제는 다만 누가 존재하는가 하는 것이다. 시청자 자신이라고 말할 수 있나? 매우 중요한 문제이므로 다시 물어보자. 텔레비전을 보고 있는 그 사람이 텔레비전을 보고 있다고 말할 수 있나?

우리는 아니라고 확신한다. 이유는 다음과 같다. 사람이 꺼진 텔레비전을 자세히 들여다보고 있을 때 눈의 움직임과 주의력은 비록 혼란스럽기는 하지만 자신의 자유로운 충동으로 조종된다. 아무런 이미지도 없는 검은 화면은 사람들에게 그 어떤 영향도 미치지 못하며, 영향을 미친다고 해도 단순히 배경으로서만 가능하다.

켜진 텔레비전이 고정된 카메라에서 정적인 광경을 전달하는 법은 없다. 따라서 이 경우 화면상의 이미지는 배경이 될 수 없다. 오히려 이 이미지는 아주 빠르게 변한다. 몇 초에 한 번씩 카메라 앵글의 전환, 혹은 어떤 대상으로의 화면 전환, 혹은 다른 카메라로의 전환이 일어나며 이미지는 카메라맨이나 그 뒤에 있는 감독에 의해 끊임없이 수정된다. 이러한 이미지 전환은 기술적 수정으로 불린다.

이 시점에서 주의를 집중해주길 부탁한다. 왜냐하면 다음에 나올 내용은 비록 그 본질은 아주 단순하지만 이해하기는 상당히 복잡하기 때문이다. 게다가 뭔가 존재하지 않는 것에 관해 말한다는 느낌도 받을 수 있다. 하지만 단언컨대 우리는 이 이야기에서 두번째 밀레니엄 말(末)*의 대단히 의미 있는 심리 현상을 관측하게 될 것이다.

화면에서 일어나는 이미지의 전환은 다양한 기술 실험의 결과 시청자로 하여금 하나의 사건에서 다른 사건으로 주의를 돌리게도 하

* 이 책은 러시아에서 1999년 출간되었다.

고 발생한 사건들 중에 가장 흥미로운 것을 구별해내게도 하는, 즉 촬영 팀이 이끄는 대로 자신의 주의를 조종하도록 만드는 조건부 심리 과정과 연관이 될 것이다. 이러한 심리 과정은 가상의 주체를 탄생시키는데, 마치 고무장갑을 낀 손처럼 텔레비전 방송 중에 인간의 의식 속으로 들어가 그 대신으로 존재하는 것과도 같다.

이것은 귀신에 홀린 상태와 비슷하다. 차이가 있다면 이 귀신은 자체로 존재하지 않고 홀린 상태의 증상으로서만 존재한다는 사실이다. 그리고 비록 가상의 귀신이긴 하지만 시청자가 자신의 주의력을 하나의 대상에서 다른 대상으로 마음대로 옮겨 다니게 만드는 촬영 팀을 신뢰하는 순간 그는 바로 이 귀신이 되며, 또한 실제 존재하지 않는 귀신은 그와 수백만의 다른 시청자들을 사로잡게 된다.

이러한 과정을 집단적인 비존재의 경험이라고 부르면 적절할 것이다. 왜냐하면 시청자의 고유한 의식을 대체하는 가상의 주체는 결코 존재하지 않기 때문이다. 그것은 단지 편집자와 카메라맨과 감독 들의 집단적인 노력의 결과로 나타난 효과에 불과하다. 하지만 또 다른 측면에서 보자면 텔레비전을 보는 사람들에게 이 가상의 주체보다 더 사실적인 존재란 없다.

그뿐만이 아니다. 푸얼 사원의 랍상 수충은 만약 어떤 프로그램, 예를 들어 축구 경기를 전 세계 인구의 5분의 4 이상이 동시에 시청할 경우, 이 가상의 효과는 인간의 총체적 의식으로부터 인간 존재에 내재된 집단적, 숙명적 비전을 몰아낼 수 있으며, 그 결과는 예측할 수 없으리라고 믿었다(쇳물 지옥, 나무칼 지옥 등등에 영겁의 축구선수권대회라는 새로운 지옥이 추가될 것임은 두말할 나위도 없었다). 하지만 그의 예측은 아직 확인되지 않았으며, 어쨌든 그건 미래의 일이다. 우리가 관심을 가지는 쪽은 미래에 대한 무서운 전망이 아니라 그에 못지않게 무서운 오늘의 현실이다.

첫번째 결론을 내려보자. 객체 2번, 즉 켜진 텔레비전에는 주체 2번, 즉 편집자-감독 그룹이 이끄는 대로 자신의 주의력을 통제하는 가상의 시청자가 부합한다. 감정이나 생각, 시청자 유기체 내의 아드레날린이나 다른 호르몬의 분비는 외부 조작자의 지시를 받거나 다른 사람들의 계산에 의해 제약을 받는다. 물론 주체 1번은 자신이 주체 2번으로 치환되는 순간을 눈치채지 못한다. 왜냐하면 치환 이후 이를 알아차릴 사람은 없으니, 주체 2번은 실재하지 않기 때문이다.

하지만 그는 단순히 비실재적이지는 않다(사실 이 단어는 본질적으로 인간 세상의 어떤 것에도 다 적용된다). 그의 비실재성의 정도를 묘사할 단어는 없다. 이것은 하나의 비실재성을 다른 비실재성 위에 쌓아올리는 것이며, 심연 위에 토대를 세우는 공중누각과도 같다. 무엇 때문에 비실재성의 정도를 측정하느라고 이 비실재성 속에서 허우적거리느냐는 질문이 나올 수도 있다. 하지만 제1유형과 제2유형의 주체 사이의 차이는 매우 중요하다.

주체 1번은 현실이 물질적인 세계라는 사실을 믿고 있다. 하지만 주체 2번은 현실이 텔레비전을 통해 보이는 물질세계라고 믿는다.

주체-객체의 거짓 분리의 산물로서 주체 1번은 환영에 불과하다. 그러나 어쨌든 그의 혼란스러운 생각이나 기분의 변동에는 시청자가 있다. 이것을 비유적으로 주체 1번이 자기가 시청자라는 사실을 잊은 채 텔레비전 프로그램과 자신을 동일시하면서 자기 자신에 관한 텔레비전 프로그램을 계속 보고 있는 것이라고 말할 수 있다.

이러한 관점에서 주체 2번은 전혀 믿을 수 없고 설명할 수 없는 그 무엇이다. 그것은 다른 텔레비전 프로그램을 보는 텔레비전 프로그램이다. 이 과정에 감정과 생각이 개입하지만, 그러한 감정과 생각을 자신의 의식 속에서 만들어낸 개인은 완전히 부재한다.

광고를 안 보려고 한 프로그램에서 다른 프로그램으로 재빨리 채널을 돌리는 것을 '재핑(zapping)'이라고 한다. 부르주아 사상은 재핑에 열중하는 사람의 심리 상태와 현대 세계에 점차 기반이 되고 있는, 그에 부합하는 사고의 유형을 상당히 자세하게 연구해왔다. 그러나 이러한 현상의 연구자들이 검토한 재핑의 유형은 시청자 스스로 채널을 돌리는 것에 국한되어 있다.

감독이나 카메라맨이 조종하는 시청자의 채널 돌리기(즉 기술 수정의 결과 주체 2번을 강제적으로 유도하는 경우), 이것은 강요된 또 다른 유형의 재핑이지만, 그에 대한 연구는 텔레비전을 금지하는 부탄을 제외한 전 세계 모든 나라에서 실질적으로 차단되어 있다. 그러나 텔레비전이 시청자들의 리모컨으로 변해버리는 강제적인 재핑은 단순히 영상을 조직하는 방법 중의 하나가 아니라, 텔레비전 방송의 토대이자 광고-정보의 영역이 사람들의 의식 속에 영향을 미치게 하는 주요한 수단이다. 따라서 제2유형의 주체는 이제부터 '호모 자피엔스(Homo Zapiens)' 혹은 HZ로 언급될 것이다.

대단히 중요한 이 결론을 반복해보자. 광고 묶음을 보고 싶지 않은 시청자가 텔레비전 채널을 돌리는 것과 마찬가지로 순간적이고 예측할 수 없는 묘사의 기술적 수정이 시청자 자체를 이리저리 돌린다. 호모 자피엔스의 상태로 이동한 시청자는 원격으로 조종되는 텔레비전 프로그램이 된다. 그리고 바로 이런 상태로 삶의 상당 부분을 보내게 된다.

동지들! 현대인의 상황은 그저 비참한 것이 아니라, 아예 존재하지 않는다고 할 수 있다. 왜냐하면 인간이 거의 존재하지 않기 때문이다. '자, 이것이 바로 호모 자피엔스다' 라고 말하며 가리킬 수 있는 것이 아무것도 없다. HZ는 단지 잠든 영혼이 뿜어내는 인광(燐光)의 잔여물이다. 이것은 다른 영화를 촬영하는 것에 관한 영화를 빈 집에서 텔레비전으로 보여주는 것과 같다.

이 시점에서 자연스럽게 다음과 같은 질문이 제기된다. 현대인은 왜 이런 상황에 처하게 되었는가? 누가 HZ의 상태로 1세제곱미터의 텅 빈 공간 속에서 길을 잃고 떠도는 호모 사피엔스를 대신하려 하겠는가?

물론 그 답은 명약관화하다. 아무도 없다. 하지만 쓰디쓴 부조리한 상황을 가지고 번거롭게 애쓰지는 말자. 더 깊게 이해하기 위해서는 텔레비전이 존재하는 주된 이유가 돈의 흐름과 관계있는 광고의 기능이라는 사실만 기억하자. 따라서 우리는 경제학이라고 불리는, 인간 사고가 나아가는 지점으로 주의를 돌리면 된다.

경제학이라 불리는 학문은 부자가 될 수 있다는 환상에 빠지게 하는 과정을 포함하여, 제1유형과 제2유형 주체들 사이의 허상의 관계를 연구하는 유사과학이다.

이러한 학문 분과적인 관점에서 보면, 각각의 인간은 고대 경제학자들이 마몬*이라고 불렀던 유기체의 세포다. 최종의 완벽한 해방 전선 교육 자료들에서는 이것을 오라누스(러시아어로는 '로토조파'**라고 불렀다. 이 단어는 그 자체의 실제 본성에 더 많이 부합하며 신비로운 사색을 위한 여지는 많이 남겨놓지 않는다. 각각의 세포, 즉 경제적인 실재로 고려되는 각각의 인간은 돈(돈은 오라누스의 유기체 속에서 혈액과 림프액의 기능을 한다)이 안팎으로 드나들 수 있게 하는 독특한 사회-심리적 세포막을 가지고 있다. 경제학의 관점에서 보면 마몬의 각 세포가 맡은 임무는 세포막 안으로는 돈이 더 많이 들어오게 하고, 밖으로는 더 적게 나가게 하는 것이다.

그러나 전체적으로 오라누스의 지상명령은 자신의 세포 구조가 늘어나는 돈의 흐름에 계속 둘러싸여 있기를 요구한다. 따라서 오라누스는 자신의 진화 과정에서(아직 연체동물 수준의 발전 단계에 머물러 있지만) 가장 단순한 신경계와의 유사물, 즉 텔레비전을 기본으로 하는 '미디어'를 발전시키고 있다. 이러한 신경계는 가상의 유기체를 통해 세포들의 활동을 조종하는 신경충동을 전달한다.

이 신경충동에는 세 종류가 있다. 구강 와우-충동, 항문 와우-충동, 대체 와우-충동(와우는 상업적 감탄사 '와우(wow)!'에서 나온 말이다)이 그것이다.

구강 와우-충동은 자신의 이미지와 광고가 만든 이상적인 '초자

* 신약성서에 등장하는 부와 탐욕의 신.

** 러시아어로 입을 뜻하는 rot와 엉덩이를 비속하게 부르는 zhopa가 합해진 것.

아' 이미지 사이의 충돌이 야기하는 고통을 없애기 위해 세포에게 돈을 삼키기를 강요한다. 이 경우 문제가 되는 것은 이상적인 '나'를 구현하기 위해 돈을 주고 사는 물건이 아니라, 돈 자체라는 것에 주목하자. 사실 많은 백만장자들이 누더기를 걸치고 다니거나 싸구려 차를 타고 다닌다. 그러나 이것이 가능하기 위해서는 백만장자여야만 한다. 거지라면 그런 상황에서 인지부조화 때문에 말할 수 없는 고통을 받을 것이다. 따라서 대다수의 가난한 사람들은 마지막 남은 돈으로 비싸고 좋은 옷을 사 입으려고 애를 쓴다.

항문 와우-충동은 위에서 언급한 이미지들과 일치함으로써 즐거움을 맛볼 수 있도록 세포에게 돈을 배출할 것을 강요한다.

위에서 언급한 두 행위, 즉 돈의 흡수와 돈의 배출은 서로 모순되기 때문에 구강 와우-충동은 숨은 형태로 작용한다. 이때 사람은 진심으로 자신이 느끼는 만족이 돈을 쓰는 행위 자체가 아니라 임의의 물건을 소유하는 것과 관계있다고 생각한다. 하지만 예를 들어 실질적인 물건으로서 5만 달러짜리 시계가 50달러짜리 시계보다 더 큰 만족을 줄 수 없다 하더라도, 모든 문제는 돈의 총액과 관련이 있다.

구강 와우-충동과 항문 와우-충동은 숨을 들이마시거나 내쉬는 행위와 연관시키는 것이 더 정확하겠지만, 여기서는 괄약근의 기능에 빗대어 그렇게 이름 붙여졌다. 이 경우 야기되는 감정은 심인성 호흡곤란, 혹은 반대로 과다호흡을 겪을 때와 유사하다. 와우-자극을 일으키는 방법은 무엇이건 가능하지만, 구강-항문 초조함이 최고조에 이르는 경우는 카지노의 도박 테이블에 앉아 있거나 주식시장에서 투기를 하는 동안이다.

대체 충동은 오라누스 세포와의 완전한 동일시를 방해할 만한 모든 심리 과정을 사람들의 의식 속에서 억누르거나 밀어내는 것이다. 이것은 심리적 흥분제에 구강-항문 성분이 없을 때 발생한다. 대체 충동은 탐탁지 않은 라디오 방송에 대해 강력한 간섭 신호를 일으켜 방송을 차단하는 방해 전파이다. 이러한 행위는 'Money talks, bullshit walks(돈이면 만사형통, 그러나 시장은 휴업 중)'나 'If you are so clever show me your money(네가 그렇게 똑똑하면 돈을 좀 줘봐)' 같은 격언 속에 아주 훌륭하게 표현되어 있다. 이러한 영향 없이는 오라누스가 사람들에게 자신의 세포 역할을 수행하도록 강요할 수 없다. 돈의 움직임과 직접적인 관련이 없는 모든 미묘한 심리 과정을 차단하는 대체 충동의 영향 아래에서, 세상은 오로지 오라누스의 구현체로서 받아들여지기 시작한다. 이것은 두려운 결과를 야기한다. 런던 증권거래소의 한 중개인은 자신의 비전을 이렇게 서술한 적이 있다. '세상은 비지니스와 돈이 만나는 장소이다.'

이러한 심리 상태가 만연해 있다는 말은 과장이 아닐 것이다. 현대의 경제학, 사회학, 문화학이 다루는 모든 것은 본질적으로 오라누스 안에서 일어나는 신진대사와 신체적 과정에 대한 서술이다.

본성적으로 오라누스는 기생충과 같은 유형의 원시적인 가상의 유기체이다. 그러나 그것의 특이성은 어느 한 유기체-숙주에 달라붙은 것이 아니라 다른 유기체들을 자신의 세포로 만든다는 데에 있다. 오라누스의 세포 각각은 무한한 잠재력과 타고난 자유권을 가진 인간 존재이다. 그런데 역설적이게도 유기체로서의 오라누스는 진화 단계에서 자신의 그 어떤 세포보다 훨씬 하위에 놓여 있다. 그에게는 추상적인 사고도, 자의식조차도 이해하기 어려운 것이다. 1달러짜리 지폐에 그려진 그 유명한 삼각형 속의 눈은 사실 아무것도 보지 못한다고 할 수 있다. 단지 오데사 출신 화가가 피라미드 표면에 서툴게 그려넣은 그림에 불과하다. 따라서 정신병적인 음모에 당황하지 않으려면 그 눈을 검은색 안대로 가리면 된다.

타타르스키의 머릿속에 문득 한 가지 생각이 떠올랐다. 그는 플랑셰트를 내려놓고 포도주 코르크 마개를 뚫는 데 사용했던 연필을 쥐고 간신히 알아볼 수 있는 글씨체로 종이 한쪽 구석에 급하게 휘갈겨 썼다:

1) 레이밴 선글라스 광고: 총통의 해방, 마지막 장면—클로즈업된 오토 스코르체니*, 눈가리개 위의 레이밴 문구. 2) 잊지 말 것—광고. 소니 블랙 트리니트론 브라운관 영상/사진 포스터. 자유의 여신상. 손에는 횃불 대신 반짝거리는 TV가 들려 있다.

좀 더 생각을 해본 타타르스키는 소니를 파나소닉으로 바꾸고 이렇게 덧붙였다. '책 대신—텔레비전 프로그램.' 그러고 나서 그는 약간의 부끄러움을 느끼며 손바닥을 다시 플랑셰트 위에 올려놓았다. 플

* 1943년 이탈리아 정부에 의해 연금 상태에 있던 무솔리니를 구출한 나치 장교.

랑셰트는 모욕을 당했다는 표시로 움직이지 않았다. 타타르스키는 잠시 기다려보았다. 아무 일도 일어나지 않았다. 어쨌든 자신의 내부에 있는 전문가적 자세가 낭만가의 자세보다 강했으므로 이에 대해서는 대가를 지불해야 했다.

머릿속에 새로운 생각이 떠올랐다. 그는 다시 연필을 잡고 처음 썼던 내용 아래 다음과 같은 글을 써 내려갔다:

광고. 소니 블랙 트리니트론 브라운관 영상/사진 포스터. 클로즈업된 제복 소매. 손가락이 헤르체고비나 플로르* 담뱃갑을 찌그러뜨리더니 책상 위를 뒤진다. 목소리가 들린다:

"내 파이프 못 봤소, 고리키 동무?"

"제가 버렸습니다, 스탈린 동무."

"아니 왜?"

"스탈린 동무, 전 세계 프롤레타리아의 지도자에게는 트리니트론 플러스 브라운관**만 있으면 되기 때문입니다!"

(마쓰시타 뷰소닉 모니터 버전으로도 변형 가능.) 생각해볼 것.

타타르스키는 다시 플랑셰트 위로 손을 올리면서도 더는 아무 일도 일어나지 않을 것이며, 혼령이 그의 배신을 용서하지 않으리라고 거의 확신했다. 그러나 그가 손가락을 나무판에 올려놓자마자 플랑셰트가 옆으로 움직였다:

---

* 스탈린이 즐겨 피우며 유명해진 담배 상표.

** 담배 '파이프'와 '브라운관'의 철자가 трубка로 같은 것을 이용한 말장난.

오라누스는 귀도, 코도, 눈도, 이성도 없다. 그리고 많은 종교 사업 대표들이 확신하는 것처럼 악의 화신도 악마의 자식도 물론 아니다. 그것 스스로는 무엇도 원하지 않는다. 추상적인 것을 원할 수는 없기 때문이다. 오라누스는 공허함을 삼키거나 뱉어내는, 감정이나 의도가 결여된 무의미한 용종(茸腫)이다. 이 경우 각각의 세포는 결코 자신들이 잠재적으로 오라누스의 세포가 아니라고 생각하며, 반대로 오라누스를 기껏해야 자기들 이성의 하찮은 대상 중 하나로 인식하기도 한다. 바로 이러한 가능성을 차단하기 위해 오라누스는 대체 충동을 필요로 한다.

예전의 오라누스는 자율신경계만을 가지고 있었다. 하지만 전자 미디어의 등장은 오라누스가 진화 과정 중에 중추신경계를 만들었음을 의미한다. 오늘날 각각의 인간에게 이르는 오라누스의 주요한 말초신경은 바로 텔레비전이다. 우리는 이미 어떻게 시청자의 인식이 가상의 호모 자피엔스의 의식으로 치환되는지에 대해 이야기했다. 이제는 세 가지 와우-충동이 일으키는 영향의 메커니즘에 관해 살펴보자.

인간은 보통의 상태에서는 이론상 와우-충동을 좇기도 하고 거스를 수도 있다. 하지만 텔레비전 방송과 무의식적으로 융합한 호모 자피엔스는 이미 개인이 아니라 단순한 상태이다. 전자기로 녹음된 수탉 울음소리처럼 주체 2번도 발생한 사건을 분석할 수 없다. 심지어 화면에서 일어난 사건에 대해 비판적 평가를 내린다는 환상조차도 유도된 심리 과정의 일부일 뿐이다.

텔레비전 방송에서—즉 주체 2번의 의식 속에서—몇 분에 한 번씩 일련의 광고가 방송되는데, 그것들 각각은 심리의 다양한 문화층과 공명하는 구강, 항문, 대체 와우-충동을 복잡하게 고안하여 만든 조합이다.

이를 물리적 과정으로 거칠게 유추해보자면, 환자를 먼저 마취시키고(주체 1번을 주체 2번으로 치환하는 것), 그다음 재빠르게 최면을 걸어 모든 단계를 조건반사적으로 기억 속에 고정시키는 것이다.

어느 순간 주체 2번은 텔레비전을 끄고 다시 주체 1번, 즉 보통의 인간이 된다. 이후로는 더 이상 세 가지 와우-충동을 바로 받아들이지는 않는다. 하지만 잔류자기와 유사한 효과가 나타난다. 인식이 스스로 똑같은 영향을 일으키기 시작하는 것이다. 그 영향은 동시에 발생하며 나머지 다른 생각들을 일으키는 배경으로서의 역할을 한다. 만약 주체가 HZ의 상태에서 세 가지 와우-충동의 영향을 받았다면, 보통의 상태로 돌아가는 과정에서도 그는 인식에 의해 자동적으로 생성되는 세 가지 와우-충동의 영향을 받게 된다.

인간을 지속적이고 규칙적으로 HZ 상태와 맞닥뜨리게 하고 대체 와우-충동에 노출시킴으로써 그의 의식 속에는 구강-항문 와우-내용으로 가득 찬 정보만을 삼키도록 하는 독특한 필터가 생겨난다. 따라서 인간은 자신의 진정한 본성에 관해 의문을 느낄 가능성조차 갖지 못한다.

그러나 대체 무엇이 인간의 진정한 본성인가?

우리에게는 이 문제를 다룰 만한 공간이 없으므로 사람들은 각자 스스로 해답을 찾아야만 한다. 보통 사람이라면 아무리 딱한 상황에 처해 있다 하더라도 답을 찾을 가능성이 있다. 그러나 주체 2번과 관련해서는 이러한 가능성이 없는데, 왜냐하면 그 자신이 존재하지 않기 때문이다. 그럼에도 불구하고 (혹은 아마도 바로 그 때문에) 정보 공간을 따라 세 개의 와우-충동을 전송하는 오라누스의 미디어-시스템은 HZ 앞에 자기 정체성의 문제를 제기한다.

그리고 여기에서 가장 흥미롭고 역설적인 무엇이 시작된다. 주체 2번에게는 어떤 내적 본성도 없기 때문에 그에게 가능한 유일한 답은 텔레비전을 통해 보이기는 하지만 분명 그도 아니고 그를 구성하는 부분도 아닌, 물질의 조합을 통해 스스로를 정의하는 것이다. 이것은 신이 신이 아닌 것을 통해 증명되는 부정신학을 연상시키는데, 바로 여기에서 우리는 부정인류학과 관계를 맺게 된다.

주체 2번을 위한 '나는 누구인가?'라는 질문에는 단지 이렇게 답할 수 있을 것이다. '나는 이런저런 차를 타고, 이런저런 집에 살며, 이런저런 옷을 입고 다니는 사람이다'라고. 자기 정체성은 소비된 상품의 목록을 통해서만 규정되며, 변형은 목록의 변경을 통해서만 가능하다. 따라서 광고에 나오는 대부분의 대상들은 특정한 개인 유형, 성격의 특징, 경향성이나 특성과 연관된다. 그 결과 실제 존재하는 개인이라는 인상을 만들어내는 특성, 경향성, 특징의 전적으로 확실한 조합이 생겨난다. 사실 가능한 조합의 수는 제한이 없으며, 선택의 가능성 역시 마찬가지다. 광고는 이것을 다음처럼 공식화한다. '나는 냉정하고 자기 확신이 있는 사람이다. 그러므로 빨간색 슬리퍼를 사겠다.' 자신만의 특성 컬렉션에 냉정함과 자기 확신을 덧붙이고 싶어하는 제2유형의 주체는 빨간색 슬리퍼를 손에 넣어야 한다는 사실을 기억함으로써 원하던 바를 달성하는데, 그것은 항문 와우-충동의 작용으로 이루어진다. 보편적으로 구강-항문 자극은 자기 꼬리를 무는 뱀이라는 유명한 예에서 알 수 있듯이 서로를 물게 된다. 100만 달러가 필요한 이유는 비싼 지역의 집을 사기 위해서이고, 집이 필요한 이유는 빨간색 슬리퍼를 신고 돌아다니기 위해서이며, 빨간색 슬리퍼가 필요한 이유는 집을 사서 그 안을 빨간색 슬리퍼를 신고 냉정함과 자기 확신을 찾아 돌아다닐 수 있도록 100만 달러를 벌게 해줄 냉정함과 자기 확신을 찾기 위해서이다.

구강-항문 자극의 양끝이 합쳐졌을 때 광고 마법의 목표는 달성되었다고 할 수 있다. 비록 모든 대상과 특징이 소위 아이덴티티(identity)라는 허구적 중심을 통해 서로 연결되기는 하지만, 중심이 없는 환상(幻想)의 구조도 나타난다.

아이덴티티는 세 가지 와우-충동의 지속적인 활성화 없이도 단지 인식에 의해 독자적으로 생성되는, 세 가지 잔여 와우-충동의 작용 아래 독자적으로 존재할 수 있는 발전 단계의 제2유형의 주체이다.

아이덴티티는 거짓 자아이며, 이로써 모든 것이 설명된다. 현대인이 처한 상황을 분석하는 부르주아적 사고는 아이덴티티를 뚫고 자아로 되돌아가는 일이야말로 거대한 정신적 업적이라고 간주한다. 그럴지도 모르겠다. 왜냐하면 자아는 상대적으로 존재하지 않지만, 아이덴티티는 절대적으로 존재하지 않기 때문이다. 이 상황에서 유일한 불행은 앞서 말한 것이 절대 불가능하다는 사실인데, 왜냐하면 뚫고 나올 데도 없고 뚫고 나갈 곳도 없고 뚫고 찾아갈 사람도 없기 때문이다. 그럼에도 불구하고 우리는 '자아로 돌아가라!' 혹은 '자아를 향해 전진하라!' 같은 표어들이 이러한 상황에서 실제 의미는 가지지 못하더라도 미학적인 정당성을 얻게 할 수는 있다.

세 가지 와우-충동을 인간 심리에서 발생하는 더욱 미묘한 과정에 중첩시켜보면 현대 문화의 모든 평범한 다양성이 나타난다. 여기서는 대체 충동이 특별한 역할을 수행하는데, 모든 소리를 둔하게 만드는 공기착암기(空氣鑿巖機)의 굉음과 유사하다. 와우-구강 충동과 와우-항문 충동 이외의 모든 외부 자극제는 걸러지게 되며, 인간은 구강과 항문 성분이 없는 모든 것에 흥미를 잃는다. 이 짧은 글에서 우리가 광고의 성적 측면까지 고려하지는 않겠지만, 그러나 섹스가 돈으로 치환될 수 있는, 그러나 그 반대는 불가능한 삶의 에너지를 상징한다는 이유만으로 점점 더 빈번히 매력적으로 이용된다는 점은 짚고 넘어가야겠다. 유능한 심리분석가라면 이를 확인해 줄 수 있을 것이다. 결국 현대인은 돈의 섭취나 돈의 배설과 관련되지 않은 것에 대해서는 모두 실질적으로 심각한 불신을 경험하고 있다.

표면적으로 이것은 삶은 점점 더 지루해지고 인간은 점점 더 계산적이거나 냉담해진다는 사실로 드러난다. 부르주아 학문에서는 행위의 새로운 코드를 감정 에너지를 보존하고 저장하려는 시도로 설명하고 있는데, 이것은 기업 경제나 현대적 라이프스타일의 요구와 관련되어 있다. 사실 인간의 삶에서 감정은 줄어들지 않는다. 하지만 대체 와우-요인의 지속적인 영향의 결과, 인간의 모든 감정 에너지는 구강 혹은 항문 와우-주제론과 관련한 심리적 과정의 영역으로 자리를 옮겼다. 많은 부르주아 전문가들은 패러다임의 대전환 과정에서 매스미디어의 역할을 본능적으로 감지하고 있다. 그러나 아옌데 주니어 동무가 말했듯이, 그들은 '결코 존재하지 않을 검은 방에서 결코 존재한 적이 없는 검은 고양이를 찾고 있다.' 만약 그들이 텔레비전을 주름투성이에 말라비틀어진 '나'를 위한 인공판막이라고 부르거나 미디어는 비실재화된 개인에 바람을 넣어 부풀리는 것이라고 말한다 하더라도, 그들은 어쨌든 눈앞에서 중요한 사실을 놓치고 있다.

실재적이었던 개인만이 비실재적인 개인이 될 수 있다. 주름투성이가 되고 말라비틀어지기 위해서는 나는 먼저 존재해야만 한다. 위의 글에서, 또한 우리의 이전 저작들(「러시아의 질문과 세데라 루미노사」를 참조할 것)에서 우리는 그러한 접근법의 잘못된 점을 모두 증명하였다.

대체 와우-충동의 작용하에 암흑 세기의 문화와 예술은 구강-항문 주제론으로 축소되었다. 이러한 예술의 기본 특성은 간단하게 로토조파로 정의할 수 있을 것이다.

100달러짜리 지폐가 가득한 검은 가방은 이미 가장 중요한 문화적 상징, 대부분의 영화와 책 들의 중심 요소가 되었으며, 삶을 관통해 움직이는 가방의 궤적은 플롯 구성의 주요한 모티프가 되었다. 좀 더 정확히 말하자면, 예술 작품에 존재하는 바로 이런 크고 검은 가방 때문에 사람들이 화면이나 텍스트 안에서 벌어지는 사건에 관심을 가진다는 것이다. 경우에 따라서는 돈 가방이 직접적으로 존재하지는 않는다는 점을 지적해야겠다. 이 경우 집 안에 돈 가방을 두었다고 확실히 알려진 소위 '스타들'의 참여나 혹은 영화의 예산과 박스 오피스에 관한 줄기찬 정보가 그러한 기능을 대신 수행한다. 하지만 앞으로는 단 하나의 예술 작품도 그렇게 쉽게 만들어지지는 않을 것이다. 가까운 미래에 코카콜라에 대한 은밀한 찬양과 펩시콜라에 대한 공격, 혹은 그 반대의 내용을 골자로 하는 책과 영화가 나타날 것이다.

구강-항문 충동망의 작용 아래, 인간에게서는 내부 회계감사관('내부 당위원회'의 전형적인 시장경제적 변이체)이 성숙해갈 것이다. 그는 재산에 대한 평가로 귀착되는 현실 평가를 끊임없이 계속할 것이고, 의식이 인지부조화로 인해 말할 수 없을 정도로 고통 받도록 징벌의 기능을 수행할 것이다. 구강 와우-충동에는 내부 회계감사관이 흔드는 '루저(loser)'라는 깃발이 부합한다. 항문 와우-충동에는 '위너(winner)' 깃발이 부합한다. 대체 와우-충동에 부합하는 상황은 내부 회계감사관이 위너와 루저 깃발을 동시에 휘두를 때이다.

몇 가지 확고한 아이덴티티 유형을 다음과 같이 정리해볼 수 있다.

a) 구강 와우-유형(이 유형에서 감정적, 심리적 삶이 조직되는 지배적인 양상은 돈에 대한 강박과도 같은 열망이다).

b) 항문 와우-유형(지배적인 양상은 돈의 음탕한 배출, 혹은 돈

을 대체하며 항문 와우-노출증이라고도 불리는 대상들에 의한 조작이다).

c) 대체 와우-유형(앞서 두 유형의 어떠한 변이체와의 조합도 가능하다). 여기서는 구강-항문 충동 이외의 모든 자극에 실제로 무감각해진다.

이러한 범주화의 상대성은 동일한 아이덴티티가 와우-위계질서에서 아래쪽에 있는 사람들에게는 항문 충동이, 높은 곳에 있는 사람들에게는 구강 충동이 될 수 있다는 사실에 있다(물론 '아이덴티티 그 자체'란 존재하지 않으며, 문제는 순수한 부수 현상에 관한 것이다). 수많은 아이덴티티를 유사한 형태로 정렬하여 형성한 선형의 와우-위계질서는 선적(線的) 조합이라고 불린다. 이는 일종의 사회적이고 영속적인 원동력이다. 이것의 비밀은 어떤 아이덴티티이건 스스로를 상위 단계에 존재하는 다른 아이덴티티와 끊임없이 대조해봐야 한다는 것이다. 민간에서 이 위대한 원칙은 'To keep up with the Joneses(남에게 뒤처지지 않아야 한다)'라는 경구에 반영되어 있다.

선적 조합의 원칙에 따라 조직된 사람들은 줄에 꿰인 생선을 연상시킨다. 그러나 우리의 경우 이 생선들은 아직 살아 있다. 뿐만 아니라 그들은 구강과 항문 와우-요인의 작용 아래 선적 조합을 따라 위쪽이라고 생각되는 방향으로 어떻게든 기어간다. 이렇게 하도록 그들을 강요하는 것은 본능이거나 아니면 삶의 의미를 찾으려는 갈망이다. 그런데 경제 형이상학의 관점에서 보았을 때 삶의 의미는 구강 아이덴티티의 항문 아이덴티티로의 변형이다.

세 가지 잔여 와우-요인의 작용에 의해 충격을 받은 주체가 자신이 아이덴티티임을 자각할 것을 강요받는다는 사실로 인해 그 상황이 제한되는 것은 아니다. 다른 사람과 접촉하면서 그는 상대를 마찬가지로 아이덴티티로서 바라본다. 인간을 특징짓는 모든 요소는 절대적으로 이미 암흑 세기의 문화에 의해 구강-항문 좌표 체계와 연결되며, 측정 불가능한 로토조파의 문맥 속에 놓여 있다.

대체 와우-인간은 만나는 사람 모두를 상업 정보가 가득 찬 비디오 클립으로 분석한다. 다른 사람의 외모, 그의 말과 행동은 즉시 와우-상징의 한 세트로 설명된다. 연속적인 항문, 구강, 대체 충동으로 구성되어 있고, 의식 속에서 갑자기 타올랐다가 꺼지며, 그 결과에 의해 사람들 간의 관계가 맺어지는, 매우 빠르고 통제되지 않는 과정이 일어난다. 'Homo homini lupus est(인간은 인간에게 늑대다)'라는 라틴어 경구가 있다. 그러나 인간은 오래전부터 더 이상 늑대가 아니었다. 또한 현대의 사회학자들이 가정하듯 인간은 인간에 대해 이미지메이커도, 중개업자도, 살해자도, 독점 유통업자도 아니다. 모든 것은 훨씬 더 무섭고 단순하다. 인간은 인간에게 와우이거나, 인간이 아니라면 정확히 다른 와우에게 와우다. 따라서 현대의 문화 좌표 체계에 투영된 이 라틴어 격언은 이렇게 울려 퍼진다: 와우, 와우, 와우!

이것은 단지 사람뿐만 아니라 우리의 주의력이 머무는 곳이라면 무엇이든 관련이 있다. 우리는 우리가 바라보는 것을 평가하면서 익숙한 자극을 만나지 못하면 심각한 우울을 경험한다. 우리 지각의 독특한 이원화가 진행되며, 어떤 현상이건 구강 벡터와 항문 벡터의 선적 조합으로 분리된다. 어떠한 이미지이건 정확하게 돈으로 표현된다. 설령 그것이 비상업적이라고 강조되어도 곧바로 그러한 유형의 비상업성은 상업적으로 얼마의 가치가 있는가 하는 질문이 주어진다. 바로 여기에서 누구에게나 익숙한, 모든 것은 돈으로 귀결된다는 감각이 유래한다.

사실 모든 것은 돈으로 귀결된다. 왜냐하면 돈은 오래전부터 그 자신에게만 의지해왔으며 그 밖의 것들은 금지되었기 때문이다. 구강-항문의 철벅거림만이 유일하게 허락된 심리적 반응이다. 인식의 나머지 활동은 모두 차단된다.

제2유형의 주체는 온전히 기계적이다. 그것은 텔레비전에서 나오는 전자기 과정의 메아리이기 때문이다. 그가 가진 유일한 자유는 보통 새 텔레비전 같은 상품을 정기적으로 살 때 '와우!'라고 말할 수 있는 자유뿐이다. 바로 그 때문에 오라누스를 조종하는 충동들은 와우-충동이라고 불리며, 무의식적인 아이덴셜리즘 이데올로기는 와우주의라고 불린다. 와우주의에 부합하는 정치체제와 연관시켜보자면 그것은 때로 텔레크라시(Tele-cracy) 혹은 미디어크라시(Media-cracy)라고 불린다. 이 경우 선택의 객체가 되는 것은(위에서 증명했던 대로 주체가 되기도 한다) 텔레비전 방송이기 때문이다. 현대 매스미디어에서 자주 사용하는 '데모크라시'라는 단어는 19세기와 20세기 초 널리 퍼진 '데모크라시'와는 완전히 다른 뜻임을 기억해야 한다. 이들은 동음이의어일 뿐이다. 옛 단어 '데모크라시'는 그리스어 데모스(demos)에서 나왔지만 새 단어 '데모크라시'는 데모버전(demo-version)이라는 표현에서 만들어졌다.

이제, 결론을 내리자.

아이덴셜리즘은 대기업들이 구강, 항문, 대체 와우-충동의 끊임없는 작용 아래에서 세 개의 와우-요인을 독자적으로 생성하기 시작한 인간 의식의 재분할을 끝낸 바로 그 발전 단계에서의 이원성을 말한다. 그 결과 개인은 끈질기고 지속적으로 밀려나갔고 그 자리를 소위 아이덴티티가 차지하게 되었다. 아이덴셜리즘은 세 가지 특성을 가진 이원성이다. 그것은 a)죽고 b)부패하고 c)수치화된 이원성이다.

아이덴티티에 대해서는 수없이 다양한 정의를 내릴 수 있지만 이건 정말 무의미한 일이다. 왜냐하면 아이덴티티는 어쨌든 실제로는 존재하지 않기 때문이다. 또한 인간 역사의 이전 단계들에서는 인간에 의한 인간 박해나 추상적인 개념에 의한 인간 박해를 말할 수 있었지만, 아이덴셜리즘의 시대에 박해를 거론하는 것은 이미 불가능하다. 아이덴셜리즘의 단계에서는 누구의 자유를 위해 싸워줄 수 있을지 그 대상이 시야에서 완전히 사라지고 없는 것이다.

따라서 기독교인들이 굉장히 오랫동안 이야기해왔고, 의식의 와우화가 필연적으로 이끌렸던 세상의 종말은 어떤 점으로 보아도 절대 안전하다. 위험의 공포를 경험할 수 있는 주체가 사라졌기 때문이다. 세상의 종말은 그냥 텔레비전 방송일 뿐이다. 동지들, 이것이 우리 모두를 말로 표현할 수 없는 희열로 채우고 있다.

체 게바라

수메르 산, 영원의 해, 여름

“또 수메르군. 우리 모두가 수메르인이야.” 타타르스키는 조용히 속삭이며 고개를 들었다.

창문 블라인드 너머로 새로 밝은 날의 회색 불빛이 떨고 있었다. 플랑셰트 왼쪽에는 글자가 빼곡한 종이 더미가 쌓여 있고 피곤에 지친 아래팔 근육이 무섭게 아파왔다. 적힌 내용 중 그가 유일하게 기억하는 것은 ‘부르주아적 사고’라는 표현뿐이었다. 책상에서 일어난 그는 침대로 가서 옷을 입은 채 그대로 쓰러졌다.

‘그런데 부르주아적 사고가 뭐지?’ 타타르스키는 생각했다. ‘알 게 뭐야. 아마도 돈에 관한 거겠지. 그게 아니면 뭐겠어.’

조용한 항구

타타르스키를 새로운 직장이 있는 곳까지 올려 보내는 엘리베이터 안에는 그라피티 하나만이 그려져 있었지만, 어딘가 가까운 곳에 광고 산업의 심장이 뛰고 있음을 알리기에는 충분한 것이었다. 그라피티는 고전적인 짐 빔 위스키 광고의 변형으로, 가장 단순한 형태의 햄버거가 여러 층의 복잡한 샌드위치로, 샌드위치는 훨씬 더 이해하기 어려운 바게트 빵으로 조금씩 변하다가 다시 원래의 가장 단순한 햄버거로 돌아오는 내용이었다. 모든 것이 원형으로 회귀함을 증명하는 그림이었다. 엘리베이터 벽에는 기다란 그림자를 드리운 거대한 입체 글자가 적혀 있었다:

엿 먹어라

그 아래에는 짐 빔 광고 문구가 작은 글자로 반복되었다:

YOU ALWAYS COME BACK TO THE BASICS
(우리는 항상 기본으로 돌아간다)

글 속에 일련의 모든 점진적 변화가 간단히 생략되었다는 사실이 타타르스키를 기쁘게 했다. 그는 이 간결함 뒤에 있는 거장의 그림자를 느꼈다. 게다가 아슬아슬한 위험한 주제임에도 불구하고 텍스트에 프로이트 학설의 그림자는 비치지 않았다.

하닌 밑에서 일하던 두 명의 크리에이터 중 하나가 이 무명의 거장일 가능성이 농후했다. 그들은 세료자와 말류타였는데, 만나보니 실제로 완전히 정반대의 사람들이었다. 크지 않은 키에 마르고 금발에 금테 안경을 쓴 세료자는 전력을 다해 서양의 카피라이터를 모방하려 애썼지만, 서양의 카피라이터가 어떤 사람인지를 몰랐기 때문에 그들에 관한 자신의 이상한 개념만을 따랐다. 그리고 그 결과 감동스러울 정도로 러시아적이면서도 거의 사멸해버린 무언가를 닮았다는 인상을 불러일으켰다.

꾀죄죄한 데님 양복을 입고 다니는 건강한 얼간이 말류타는 불행하게도 타타르스키와 같은 과였다. 그 역시 예기치 않게 낭만주의자 부모가 가진 드문 이름에 대한 애착 때문에 고통 받고 있었다. 하지만 이 사실이 그들을 가깝게 만들지는 못했다. 말류타가 자신이 좋아하는 주제인 지정학에 관해 말했을 때, 타타르스키는 그 기본적인 내용이 어떤 사람들에게는 태어날 때부터 존재하는 지구 오른쪽 반구와 왼쪽 반구 사이의 해결되지 않는 충돌이라는 자신의 의견을 말했다. 그날 이후로 말류타는 그에게 우호적이지 않았다.

말류타는 대체로 좀 무서운 사람이었다. 그는 열렬한 반유대주의자였는데, 유대인을 사랑하지 않을 이유가 있어서라기보다는 말류타라는 이름을 가진 사람에게 다른 길은 없다는 논리적 추정하에 애국자로서의 이미지를 견지하는 데 온 힘을 쏟아부었기 때문이다. 말류타가 세상 소식을 접하는 분석적인 타블로이드 신문 모두가 애국자 이미지에 반유대주의는 필수 요소라는 점에 동의하고 있었다. 따라서 자신의 이미지를 구축하려는 오랜 노력의 결과, 말류타는 무엇보다도 바보 같은 저예산 액션 영화에 나오는 레바논의 마피아 악당을 떠올리게 했다. 이로 인해 타타르스키는 만약 그런 영화들이 현실을 교묘하게 자신의 이미지에 따라 변형시킬 수 있다면, 과연 저예산 액션 영화를 어리석다고만 할 수 있을까 하는 생각을 심각하게 해보기도 했다.

타타르스키와 하닌의 두 동료는 서로 인사를 나눈 후 자신들의 작품이 담긴 서류철을 교환했다. 개들이 처음 마주쳤을 때 서로의 냄새를 맡아보는 상호 간의 포지셔닝과 같은 것이었다. 타타르스키는 말류타의 서류철을 한 장 한 장 넘기다가 몇 번이나 몸을 떨었다. 자신이 스프라이트 콘셉트를 위해 장난삼아 묘사했던 바로 그 미래가(군사 쿠데타의 검은 연기 사이로 더욱 뚜렷하게 보이는 거짓 슬라브 미학의 상징인 장식형 아치) 여기 출력된 복사지 위에서 완전한 형태로 제시되고 있었다. 특히 타타르스키를 떨게 만든 것은 할리 데이비슨

오토바이 광고 시나리오였다:

러시아 어느 소도시 거리. 전경(全景)으로 초점이 맞지 않아 약간 뿌옇게 번진 오토바이가 시청자들을 향하고 있다. 저 멀리 교회종이 울린다. 방금 미사가 끝났고 사람들이 거리 아래로 걸어가고 있다. 행인들 사이로 붉은색 셔츠를 바지 밖으로 꺼내 입은 두 젊은이가 보인다. 방학을 맞은 군사학교 학생들인 모양이다. 클로즈업: 그들 손에는 해바라기 씨가 들려 있다. 클로즈업: 해바라기 씨 껍질을 뱉어내는 입. 클로즈업: 전경에 오토바이 핸들과 가솔린 탱크, 그 뒤로 당황스럽게 오토바이를 쳐다보는 우리의 주인공들. 클로즈업: 해바라기 씨를 부수는 손가락. 클로즈업: 주인공들은 서로를 바라본다. 한 사람이 다른 청년에게 말한다.

"우리 소대에 할리라는 중사가 있었어. 정말 짐승 같은 남자였는데 술로 세월을 보냈지."

"아니 왜?" 두번째 사람이 물었다.

"그게, 지금 러시아인한테 삶이란 없잖아."

다음 장면. 검은색 가죽 재킷을 입고 차양이 넓은 검은색 모자를 쓰고, 유대식으로 머리를 늘어뜨린 거대한 몸집의 하시드 유대인이 문밖으로 걸어 나온다. 그 옆에 있으니 우리의 주인공들은 작고 말라 보인다. 두 사람은 얼떨결에 뒤로 물러선다. 유대인은 오토바이에 앉아 굉음을 내더니 몇 초 후 시야에서 사라진다. 푸른색 가솔린 연기만이 남아 있다. 주인공들은 다시 서로를 쳐다본다. 중사를 기억하던 젊은이가 씨를 뱉고 한숨을 쉬며 말한다.

"얼마나 더 오랫동안 데이비슨이 할리를 타고 다닐는지? 러시아여, 깨어나라!"

(또는: '세계사, 할리-데이비슨.' 다음처럼 약간의 문구 수정도 가능하다: '오토바이 할리, 데이비슨이 없으면 안 된다.')

처음 타타르스키는 이것이 패러디라고 결론을 내렸지만, 말류타의 다른 글을 보고는 해바라기 씨와 껍질이 그에게는 긍정적이고 미학적인 특성으로 받아들여지고 있음을 깨달았다. 분석적인 타블로이드 신문을 통해 해바라기 씨가 애국자 이미지와 긴밀하게 결합되어 있다고 확신하게 된 말류타는 반유대주의에 몰두했던 것만큼이나 단호하고 헌신적으로 해바라기 씨에 대한 사랑에 몰두했다.

또 다른 카피라이터 세료자는 시간이 날 때마다 서양 잡지를 읽었고, 지구 한쪽 반구에서 진공청소기에 적절한 광고 문구가 다른 쪽 반구에서는 똑딱거리는 벽시계에 어울릴 수 있다는 생각을 하며 사전을 들고 서양 광고 문구를 번역했다. 그는 훌륭한 영어 실력으로 파키스탄 출신의 코카인 딜러 알리에게 서양 광고가 언급하는 문화적 코드나 암호에 대해 이것저것 캐묻곤 했다. 알리는 로스앤젤레스에서 오래 살았는데, 자기가 이해하지 못해 설명할 수 없는 경우에는 하다못해 단호하게 거짓말이라도 했다. 아마도 광고 이론이나 전반적인 서양 문화에 대한 높은 식견 때문이겠지만, 세료자는 타타르스키가 사령관 체 게바라와의 강신술에서 전수받아 작성한 비밀스러운 와우-기술에 바탕을 둔 그의 첫번째 작품을 매우 높이 평가했다. 그것은 아카풀코로 가는 여행 팀을 조직하는 여행사 광고였다. 광고 문구는 다

음과 같았다:

와우! 이제 아카풀립스*다!

"멋진데." 세료자가 짧게 말하며 타타르스키의 손을 잡았다.

타타르스키 쪽에서는 세료자 스스로는 성공하지 못했다고 생각하는 그의 초기 작품 중 하나에 진심으로 열광했다:

아니, 당신은 선원이 아니다…… 친구들은 옆집을 덮친 태풍에도 무관심한 당신을 비난할 것이다. 그러나 당신은 대답 대신 미소를 짓는다. 당신은 한 번도 선원이었던 적이 없으며, 이 조용한 항구에서 평생 헤엄을 쳤을 뿐이다.

연금 펀드 〈조용한 항구〉

말류타는 서양 잡지는 건드려본 적도 없다. 그는 타블로이드 신문이나 항상 같은 곳에 책갈피가 끼워져 있는 『신들의 황혼』을 읽곤 했다. 그러나 타타르스키는 곧 세료자와 말류타가 정신적 지향점이나 개인적인 자질에서 심각한 차이가 나는데도 불구하고 두 사람 다 로토조파의 어두운 심연 속에 똑같이 깊게 가라앉아 있음을 알아차리고 놀랐다. 이것은 여러 가지 사소한 점이나 특성에서 드러났다. 예를 들

---

* '세상의 종말'을 뜻하는 아포칼립스에서 연상한 것.

어 두 사람이 아는 공통의 지인에 대해 타타르스키에게 이야기할 때 그들은 이런 식으로 번갈아가며 묘사했다.

"그러니까," 세료자가 말했다. "정신적으로 봤을 때 이 사람은 한 달에 600달러를 벌지만 1년이 지나면 1500달러까지 기대하는 초보 주식중개인 같은 거지."

"그런데도," 말류타가 손가락을 들며 덧붙였다. "자기 여자를 피자헛에 데려가서 40달러를 쓰고는 그걸 아주 대단하다고 생각한단 말이야."

이 말을 하고 나서 바로 말류타에게 항문 와우-요인의 영향이 덮쳐왔다. 그는 값비싼 휴대전화를 꺼내 손가락 사이에서 빙빙 돌리다가 전혀 불필요한 전화를 했다.

그 밖에도 세료자와 말류타의 행동은 놀라울 정도로 비슷했다. 타타르스키는 두 사람의 서류철에서 같은 대상을 위해 만들어진 작품을 보고 이 사실을 이해하게 되었다.

타타르스키가 직원으로 오기 2, 3주 전에 하닌의 사무실은 큰 주문을 하나 받았다. 어딘가 수상한 사람들이 대량의 가짜 운동화를 즉시 팔아치워야 한다며 하닌에게 나이키 광고를 발주했다. 그들의 운동화가 바로 이 상표로 위장했던 것이다. 상품은 원래 교외 시장에서 처분될 예정이었지만 그 양이 너무 많아서 수상한 사람들은 자기네들 계산기로 마술을 좀 부리더니 상품 유통을 촉진시키기 위해 텔레비전 광고에 돈을 쓰기로 결정했다. 더욱이 그들은 반드시 강렬한 광고를 원했는데, 그중 한 사람의 말에 따르면 '당장 쐐기를 박을 수 있는 그런 것'이어야 했다. 하닌은 세료자와 말류타가 만든 두 가지 안을 제

시했다. 작업 도중 적어도 열 권 정도의 영어 광고 참고서를 읽은 세료자는 다음과 같은 글을 작성했다:

이 프로젝트에서는 매스미디어를 통해 러시아 소비자가 잘 알고 있는 미국 문화와의 유사 비교(American Cultural Reference)를 사용했다. (그는 존경의 마음을 담아 이렇게 썼다.) 바로 '헤븐스 게이트'라는 미국 샌디에이고의 광신도 집단이 혜성 여행에 적합한 몸을 만들 목적으로 자행한 집단 자살을 말한다. 잘 알려져 있다시피 자살한 사람들은 모두 단순한 형태의 2층 침대에 누워 있었다. 비디오 영상은 일관되게 엄격한 흑백 화면을 유지한다. 죽은 사람들의 얼굴은 단순한 검은색 천으로 덮여 있지만 발에는 모두 '스우시'라고 불리는 흰색 로고가 박힌 검은색 나이키 운동화를 신고 있다. 이 프로젝트에서 제안하는 버전은 이 사건을 배경으로 만든 인터넷의 영상 미학에 바탕을 둔다. 텔레비전 화면 속에 컴퓨터 모니터 화면이 반복되고, 그 한가운데 위에서 언급한 CNN 뉴스의 그 유명한 장면이 반복된다. 마지막으로 '나이키' 글자가 찍힌 움직임 없는 발바닥이 충분히 노출된 후 영상 속에 침대 등받이가 나타난다. 그 위에 검은색 매직펜으로 혜성을 닮은 스우시를 그려넣은 와트만지가 붙어 있다:

카메라가 아래로 움직이면 같은 펜으로 쓴 슬로건이 보인다:

JUST DO IT(한번 해봐)

말류타는 시나리오 작업 중에는 시궁창 같은 타블로이드 신문이나 사건의 어둡고 종말론적인 포지셔닝만을 담고 있는 소위 애국신문 이외에는 아무것도 읽지 않았다. 대신 영화는 분명 많이 본 듯했다. 그가 만든 버전은 이런 것이었다:

정글에 숨어 있는 어느 작은 베트남 시골 마을의 거리. 전경으로 전형적인 제3세계의 나이키 작업장이 보인다. 문 위에 걸린 'Nike Sweatshop(나이키 착취 공장) No.1567903'이라는 간판에서 이 사실을 알 수 있다. 주위에는 열대의 나무들이 자라고, 종 대신 울타리에 매달아놓은 기차선로 조각들이 소리를 낸다. 작업장 문 앞에 영화 〈디어 헌터〉에서처럼 카키색 바지와 검은색 셔츠를 입은 베트남 사람이 칼라시니코프 자동소총을 들고 서 있다. 클로즈업: 자동소총 위의 손. 카메라는 문 안으로 들어가고, 사슬에 묶인 노동자들이 앉아 있는 두 줄의 작업대가 보인다. 이 장면은 영화 〈벤허〉에 나오는 갤리선의 노 젓는 사람들을 생각나게 한다. 노동자들은 전부 믿을 수 없을 만큼 오래되고 낡은 누더기 미군 군복을 입고 있다. 이들은 마지막 남은 전쟁 포로들이다. 앞쪽의 작업대 위에는 다양한 제작 단계의 나이키 운동화들이 놓여 있다. 포로들은 모두 곱슬곱슬한 검은 턱수염에 매부리코를 가졌다. (여기서 마지막 문장은 행간에 손으로 써넣은 것이었는데, 아마도 말류타는 글이 인쇄된 후에 이 생각이 떠올랐던 모양이다.) 포로들은 뭔가 불만이 있는지 처음에는 조용히 투덜거리다가 나중에는 아교 칠이 채 끝나지 않은 운동화를 들고 작업대를 두드리기 시작한다. 외침 소리가 울려 퍼진다. '미국 영사와의 면담을 요구한다!' '유엔 대표의 방문을 요구한다!' 갑자기 천장을 향해 총 쏘는 소리가 들리자 소란은 순식간에 가라앉는다. 문 앞에 검은색 셔츠를 입은 베트남인이 연기 나는 자동소총을 들고 서 있다. 방 안에 있는 모든 사람들의 시선이 그를 향한다. 그는 손으로 부드럽게 자동소총을 쓰다듬는다. 그러고는 아직 완성하지 못한 운동화들이 쌓여 있는 근처 작업대를 집게손가락으로 가리키며 엉터리 영어로 말한다:

화면 위로 흐르는 목소리: 나이키. 선(善)은 승리한다!

'Just do it!'

타타르스키는 어쩌다 사무실에 혼자 있는 하닌을 만났을 때 물어보았다.

"그런데 여기 말류타의 작품 말입니다만, 이런 게 한 번씩 통과되기도 하나요?"

"그렇다네." 하닌은 읽던 책을 옆으로 밀어놓으며 말했다. "물론 통과되지. 알다시피 운동화는 미국 상품이지만 팔 때는 러시아인의 정서에 호소해야 하거든. 따라서 이 모든 게 대단히 적절하다네. 물론 법 조항에 걸리지 않도록 우리가 약간의 편집을 하긴 하네만."

"그럼 광고주들이 마음에 들어한단 말입니까?"

"우리 광고주들은 뭘 좋아하고 뭘 좋아하지 않을지 우리가 설명해 줘야 하는 사람들일세. 도대체 광고주들이 무슨 이유로 우리한테 광고를 준다고 생각하나?"

타타르스키는 어깨를 으쓱했다.

"아니, 한번 말해보게, 말해봐."

"상품을 팔기 위해서요."

"그건 미국에서나 그렇지."

"음, 그렇다면 스스로 대단한 사람이라고 느끼기 위해서겠죠."

"3년 전이라면 그랬겠지." 하닌이 설교조로 말했다. "하지만 지금은 달라. 지금의 고객들은 화면이나 실제 삶에서 벌어지는 일들을 주의 깊게 지켜보는 거물들 앞에 자기는 100만 달러를 쓰레기통에 던져버릴 수 있다는 걸 보여주고 싶어한다네. 따라서 광고가 나쁠수록 더 좋은 걸세. 시청자들에게는 광고주나 제작자 모두 완전히 바보라는 느낌만 남게 되지. 하지만 이때," 하닌은 손가락을 치켜들고 눈빛을 반짝였다. "보는 사람의 머릿속에는 여기에 돈이 얼마나 들었을까 하는 생각이 충동적으로 일어난다네. 광고주에 대해 내리는 마지막 결론은 이렇지. 그자가 완전히 바보라고 하더라도 그의 사업은 잘나가고, 어떤 쓰레기라도 여러 번 방송에 내보낼 수 있다는 거야. 이보다 더 좋은 광고는 없다네. 그런 사람들한테는 어디서든 군말 없이 신용대출을 해주거든."

"복잡하군요." 타타르스키가 말했다.

"그렇지. 이건 자네가 알 리스를 읽는 것하곤 다를 거야."

"그런데 그런 심오한 인생의 지식은 어디서 얻을 수 있습니까?" 타타르스키가 물었다.

"삶 그 자체에서." 하닌이 진심으로 말했다.

타타르스키는 하닌 앞에 놓인 책상 위의 책을 보았다. 중앙위원회 회원들을 위해 데일 카네기가 몰래 펴낸 책과 똑같아 보였다. 표지에는 세 자릿수의 사본 번호가 적혀 있었고, 그 아래로 타이핑된 '가상 사업과 커뮤니케이션'이라는 제목이 보였다. 책 사이에 책갈피 몇 개가 보였는데, 그중 하나에서 타타르스키는 '제안, 정신분열 구역'이라는 글자를 읽었다.

"이건 컴퓨터 관련 책인가요?" 그가 물었다.

하닌은 책을 집어 서랍 속으로 숨겼다.

"아니." 그가 마지못해 대답했다. "사실 가상의 사업에 관한 걸세."

"그게 뭔가요?"

"간단히 말해서," 하닌이 말했다. "공간과 시간이 기본 상품이 되는 그런 사업이지."

"어떻게 말입니까?"

"지금 우리 나라에서 벌어지는 일 같은 거지. 한번 보게나. 우리 나라는 이미 오래전부터 아무것도 생산하지 않고 있네. 자네 단 한 번이라도 러시아 상품으로 광고 프로젝트를 진행해본 적이 있나?"

"기억나지 않는데요." 타타르스키가 대답했다. "잠깐만요, 하나가 있긴 한데, 칼라시니코프 자동소총 광고였습니다. 하지만 그건 이미지 광고라고 봐야 할 것 같네요."

"바로 그거야." 하닌이 말했다. "러시아 경제 기적의 중요한 특징이 뭘까? 그건 바로 경제는 똥통으로 더 깊이 떨어지고 있는데 다른 한편으로 사업은 발전하고 강건해지며 국제무대로 진출하고 있다는 사실이네. 한번 생각해보게. 자네 주변 사람들은 무엇을 거래하고 있나?"

"글쎄요?"

"완전히 비물질적인 것이지. 신문이나 거리에서는 방송 시간이나 광고 공간을 거래한다네. 하지만 공간이 광고 공간이 될 수 없듯이 시간 역시 방송 시간이 될 수는 없는 법이지. 처음으로 4차원을 통해 시간과 공간을 결합시켰던 게 물리학자 아인슈타인이었어. 그에게는 상대성이론이라는 게 있었는데, 아마 들어봤을 거야. 소련 정권 역시 이런 일을 했지만 그건 역설적인 것이었네. 자네도 알다시피 그자들은 죄수를 한 줄로 세워놓고 삽을 건네면서 점심때까지 담장에서부터 참호를 파라고 명령했지. 하지만 지금은 이게 아주 간단하게 이루어진다네. 프라임 타임의 방송 시간 1분은 중앙지의 두 줄짜리 컬러 광고와 같은 비용 가치를 가지고 있다는 거야."

"즉 돈이 4차원이라는 말입니까?" 타타르스키가 물었다.

하닌이 고개를 끄덕였다.

"더군다나," 그가 말했다. "통화주의 현상학자들의 관점에 따르면 이 실체로부터 세상이 만들어졌다네. 로버트 피어시그라는 미국 철학자가 있었는데, 그는 세상이 도덕적인 가치로 이루어진다고 생각했네. 물론 1960년대에는 그렇게 보였을 수도 있겠지. 알다시피 그 시대엔 비틀스도 있었고, LSD도 있었으니까. 그때 이후로 많은 것이 분명해졌네. 우주비행사들이 파업했다는 얘기 들었나?"

"들어본 것 같습니다." 타타르스키는 신문기사를 어렴풋이 떠올리며 대답했다.

"우리 나라 우주비행사들은 한 번 비행에 2만에서 3만 달러를 받네. 하지만 미국 우주비행사들은 20에서 30만을 받지. 그래서 우리 우주비행사들이 3만 달러를 받고는 비행을 못 하겠으니 자기들도 30만을 달라고 했다네. 이게 뭘 의미할까? 사실 그들은 반짝이는 미지의 별을 향해 날아가는 것이 아니라 구체적인 경화(硬貨)의 총액을 향해 날아간다는 의미네. 이게 바로 우주의 본성일세. 공간과 거리의 비선형성은 우리와 미국인들이 똑같은 양의 연료를 태우고 똑같은 거리를 날아가서 완전히 다른 총액의 돈에 도달한다는 사실에 함축되어 있네. 이것이 바로 우주의 주요한 비밀 중 하나지."

하닌은 갑작스럽게 말을 멈추고 담배를 피우기 시작했다.

"간단히 말해, 현재로서는 아직 모든 것이 끝까지 분명하게 드러나지는 않았다는 거야." 분명 대화를 전환하려는 듯 그는 이렇게 말했다. "하지만 내 생각에 루블은 원칙적으로 달러처럼 무진장하지는 않아. 자, 이제 가서 일하게."

"그 책을 좀 읽어봐도 될까요?" 타타르스키는 하닌이 비밀의 참고 도서를 숨긴 책상 쪽으로 고개를 끄덕이며 물어보았다. "전반적인 저의 발전을 위해서요."

"때가 되면." 하닌이 상냥하게 미소 지으며 말했다.

하지만 타타르스키는 비밀의 참고 도서 없이도 가상 사업의 커뮤니케이션 시대를 이해하기 시작했다. 그가 직장 동료들의 행동을 관찰하며 재빨리 습득한 바에 따르면 이러한 커뮤니케이션의 기본은 소위 블랙 PR라고 하는, 혹은 하닌이 모두 풀어 발음한 대로 'black public relations'라고 불리는 것이었다. 타타르스키가 이 단어를 처음 들었을 때 그의 마음속에는 문학대학 시절 음울한 목소리로 '운명에 얽매인 검은 PR'라고 노래하던 음유시인이 문득 떠올랐다. 그러나 사실 PR라는 단어 조합에 어떤 낭만적인 것은 없었다. 또한 매스미디어를 통해 이루어지던 자신들에 대한 공격을 블랙 PR로 이해하던 사이언톨로지 신자나 론 허버드 추종자들의 생각만큼 부정적인 함의도 전혀 없었다.

모든 것이 완전히 정반대였다. 춥고 광막한 러시아 땅에서 일어나는 다른 형태의 인간 활동과 마찬가지로 광고 역시 검은돈의 흐름과 치명적으로 얽혀 있었고, 이는 현실적인 차원에서 두 가지 사실을 의미했다. 첫째, 기자들은 자신의 주의 영역 안에 자연스럽게 나타난 사람들로부터 검은돈을 받고 잡지나 신문에 기꺼이 거짓 내용을 소개한다. 게다가 '막심' 식당과 비교되기를 원치 않는 식당 주인들뿐 아니라 '마르케스'와 비교되기를 원치 않는 작가들도 그들에게 돈을 지불해야 한다. 그 결과 문학 비평과 레스토랑 비평 사이 경계는 점점 희미해지고 상투적이 된다. 둘째, 카피라이터는 광고 대행사를 통해 고객을 찾고도 대행사를 속이고 대표의 등 뒤에서 고객과 구두 계약을 맺는다. 이러한 상황을 관찰하던 타타르스키는 조심스럽게 이 바닥에 발을 들여놓았고, 그를 기다리고 있던 성공과 곧바로 마주쳤다.

처음 그가 맡은 프로젝트는 디젤 청바지 유통업체를 위한 것으로 러시아 전통에 기초하여 진행되었다. '니콜라에게는 네콜라'와 같은 맥락에서 타타르스키가 대충 만들어본 거칠고 민화에 가까운 버전이었다. 영상의 내용은 이러했다. 휘발유와 중유를 가득 채운 디젤 엔진 옆에 콧수염을 기른 두 명의 뚱뚱보 바보가 서 있는데, 두 사람은 완전히 발가벗은 상태이다(아마도 이건 웨스트 담배 광고에서 차용한, 이루지 못한 서양으로의 여행에 대한 반향이었을 터이다). 옆으로는 강변과 모래사장이 보인다. 몸에 매달린 굵은 물방울로 보아하니 두 친구는 방금 물에서 헤엄쳐 나왔음이 분명하다. 그들은 부끄러운 곳을 손으로 가리고 놀란 시선으로 시청자를 쳐다본다. 그리고 이런 목소리가 들려온다:

나와 이반 일리치는
디젤에서 일했다.
나는 머저리고, 그도 머저리다.
우리의 '디젤'을 도둑맞았다!

타타르스키는 보통 PR-6과 상대했지만 이번에는 디젤 유통업체를 준비 중인 회사의 공동대표가 그를 직접 불렀다. 공동대표는 음울한 표정의 예의 바른 젊은이였다. 타타르스키가 가져간 두 장의 종이를 몇 번이나 읽어보던 그는 잠시 흠 소리를 내며 생각하더니 비서에게 전화해 서류를 준비하라고 지시했다. 30분 후 타타르스키는 멍한 상태로 2500달러가 든 봉투와 광고의 전권을 무조건 이 젊은이의 회사에 위임한다는 계약서를 안주머니에 넣고 거리로 나왔다.

새로운 시대에 이러한 대어는 더할 나위 없이 환상적인 것이었다. 타타르스키는 성공의 푸른 꼬리를 손에서 놓치지 않으려 애쓰면서 곧바로 유사한 광고를 만들었다. 그의 전통 모방은 상당히 저속했으며

(하지만 이런 이유가 시장 가격에 영향을 미치지는 않는다) 사용되는 어휘도 적을 수밖에 없었다:

여성의 날 마냐에게
드비어스 목걸이와
아르마니 귀고리를 선물하면
죽여줄 텐데!

복제는 완벽했으며, 심지어 상표명과 상스러운 용어의 운율까지도 맞춰졌다. 타타르스키의 머릿속에서는 그의 마지막 시('여름이란 무엇인가—그것은 가을이다')에 등장한 바로 그 마니카가 이 문구의 주인공이 되기 위해 레테의 강에서 떠오른 건 아닐까* 하는 의심마저 어렴풋이 들었다. 하지만 귀고리와 목걸이는 프리메이슨 비밀 조직이 배신행위에 대해 치르는 대가였다. 그러나 그는 곧 이 생각이 쓸모없는 것 같아 머릿속에서 쫓아내버렸다. 타타르스키는 자신이 아주 최근까지도 시장 민주주의 시들이 이미 오래전에 버린 무의미한 각운을 찾아내느라고 그렇게 많은 시간을 보냈다는 사실이 믿기지가 않았다. 몇 년 전만 해도 삶은 정말 온화하고 그 어떤 의무도 지고 있지 않아서 절대로 보상받을 길 없는 인식의 공회전에 정신력의 킬로와트를 다 써버릴 수도 있었는데, 그 사실에 대해서는 생각조차 못한 것 같았다.

* 러시아어로 '여름(leto)'은 '레테(Lethe)'와 발음이 비슷하다.

두번째 광고는 너무나 거짓 같아서 차라리 모스크바의 삶을 조종하는 모든 비합리적인 개념에 따르면 그냥 통과되어야 했다. 그러나 어쨌든 그것은 드비어스의 대표들, 심지어 그 PR에도 도달하지 못했다. 타타르스키는 위로 뛰어올라서 침묵을 지키고 있던 허공을 공손하게 손으로 잡은 느낌이었다. 알다시피 아르마니는 모스크바에서 전혀 광고를 하지 않았다. 이곳에 부티크가 하나도 없었기 때문이다. 귀고리는 타타르스키의 양심에 두 개의 작은 시인 예세닌*이 되어 매달렸으며, 봄의 민중-전통시의 흐름은 그의 의식 속에서 사라져갔다.

그리고 두 달쯤 후 타타르스키는 우연히 아주 모욕적인 자세한 내막을 알게 되었다. 미래의 디젤 유통업체가 돈을 지불한 이유는 그의 문구를 광고에 사용하기로 결정해서가 아니라 근거 없는 미신 때문이었다는 것이다. 그 젊은이의 동업자이자 최고재무책임자의 이름이 이반 일리치였으며, 타타르스키에게 돈을 지불한 것은 너무 많은 것을 알아맞히는 사악하고 날카로운 샤먼에게 돈을 치르고 자유를 얻으려 했던 시도였다. 그나마 타타르스키에게 위로가 됐던 소식은 그들이 디젤을 도둑맞았다는 것이었다. 이반 일리치와 그의 동료는 유통업자가 되지 못했다.

어쨌든 제4권력의 시대에 블랙 PR는 단백질 육체의 존재 양식을 넘어서는 더 일반적이고 유의미한 현상이 되었다. 그러나 타타르스키는 이런 현상의 본성에 관한 다양한 추측들을 좀처럼 하나의 분명하고 완전한 이해로 결합시킬 수가 없었다. 뭔가 부족했다.

* 20세기 초 러시아의 시인으로 농촌과 민중의 역사를 소재로 한 시를 주로 썼다.

Public Relations는 사람과 사람 사이의 관계다. (타타르스키는 자기 노트에 혼란스럽게 써 내려갔다.) 사람들은 자유를 얻기 위해서, 혹은 끊임없이 이어지는 고통으로부터 한숨을 돌리기 위해서라도 돈을 벌고자 한다. 하지만 우리 카피라이터들은 타깃 그룹의 눈앞에서 현실을 조작하고, 그 결과 다리미나 날개형 생리대, 혹은 레모네이드가 자유를 상징하기 시작한다. 이에 대한 대가로 그들은 우리에게 돈을 지불한다. 우리가 먼저 화면을 통해 그들을 감언이설로 꼬이고 나면 다음에는 그들이 서로서로 아니면 우리 작가들을 꼬인다. 이것은 마치 누가 폭탄을 터뜨렸는지가 더는 중요하지 않은 방사능 오염과 같다고 할 수 있다. 모든 사람은 서로에게 자기네들이 자유를 얻었음을 보여주려 하고, 그 결과 우리는 교제나 우정을 핑계로 서로에게 검정 외투나 휴대전화, 가죽 시트를 씌운 차 등 무엇이든 팔려고 꼬인다. 닫힌 원이다. 이렇게 닫힌 원을 블랙 PR라고 부른다.

타타르스키는 이러한 현상의 본성을 숙고하는 데 너무 몰두한 나머지 어느 날 하닌이 복도에서 그를 불러 세워 단추를 만지작거리며 다음처럼 말했을 때도 전혀 놀라지 않았다.

"자네가 블랙 PR를 완전히 이해한 것 같군."

"거의 이해했습니다." 방금도 이 주제를 생각하고 있던 타타르스키가 자동적으로 말했다. "다만 뭔가 중심 되는 요소를 놓치고 있네요."

"그게 뭔지 내가 이야기해주지. 블랙 PR는 이론으로만 존재한다는 사실을 자네가 이해하지 못해서 그래. 실제 삶에서는 회색 PR가 자리 잡고 있거든."

"흥미롭군요." 타타르스키는 흥분하기 시작했다. "정말 흥미로운데요! 전율이 느껴집니다! 하지만 실제로 그게 무슨 의미인가요?"

"실제로 자네가 단추를 풀어야 한단 말이지."

타타르스키는 몸을 떨었다. 그의 머릿속을 흐리던 생각들이 순식간에 흩어지고, 무섭도록 명료한 것이 밀어닥쳤다.

"무슨 말씀이신지?" 그가 힘없이 물었다.

하닌은 그의 팔을 잡고 복도를 따라 걸었다.

"자네, 디젤에서 2천 달러 받았지?" 그가 물었다.

"네." 타타르스키가 머뭇거리며 대답했다.

하닌은 중지와 약지를 살짝 구부렸다. 그러자 그것은 어떻게 보면 이미 '손가락'이 아니었고 또 다르게 보면 그냥 손가락이었다.

"이제 떠올려보게." 하닌이 조용히 말했다. "자네가 여기서 일하는 동안은 내 밑에서 일하는 거야. 모든 걸 따져보면 그렇다는 말이지. 따라서 계산을 해보면 천 달러는 내 몫일세. 아니면 자네는 진짜 시장에 나가고 싶은 건가?"

"저는 기꺼이……" 타타르스키가 당황하며 말을 더듬거렸다. "그러니까 물론 그러고 싶지 않습니다. 그러니까 그랬습니다. 저는 드리고 싶었는데, 단지 어떻게 말을 꺼내야 할지 몰라서."

"부끄러워할 것 없네. 생각이야 뭔들 못 하겠나. 그런데 말이네만, 오늘 우리 집에 놀러 오게나. 같이 한잔하면서 이야기 좀 하지. 함께 하면서 엘브이 같은 건 잠시 제쳐두고."

하닌은 새로 수리한 큰 아파트에 살고 있었는데, 타타르스키는 황금 자물쇠가 달린 화려한 무늬의 참나무 문을 보고 깜짝 놀랐다. 나무가 벌써 갈라진 데다 두툼한 손가락이 들어갈 정도의 틈에 접착제를 대충 발라놓았던 것이다. 하닌은 이미 취한 상태에서 그를 맞았다. 기분이 아주 좋아 보였다. 타타르스키가 문지방에서 봉투를 건네자 하닌은 그런 사무적인 태도에 모욕이라도 받은 듯 눈썹을 찌푸리며 손을 내저었지만, 이러한 손짓 끝에 바로 손에서 봉투를 잡아채더니 곧장 어딘가에 그것을 숨겼다.

"들어가지." 그가 말했다. "리자가 먹을 걸 준비했네."

리자는 미용박피라도 한 것처럼 얼굴이 붉고 키가 큰 여자였다. 그녀는 타타르스키에게 '비둘기'라는 이름의 양배추 고기요리를 대접했다. 타타르스키는 아주 어린 시절 이 요리가 비둘기를 산 채로 끓여 만든 것이라고 생각한 후로는 줄곧 증오해왔었다. 그는 혐오감을 극복하려고 보드카를 많이 마셨고, 디저트가 나올 때쯤에는 거의 하닌만큼 취해버렸다. 그 결과 상대와의 관계는 훨씬 쉬워졌다.

"그런데 저건 뭡니까?" 타타르스키가 벽 쪽으로 고갯짓하며 물었다.

벽에는 스탈린 시대 포스터의 복사본이 걸려 있었다. 노란 술이 달린 무거운 붉은 깃발들이 보였고, 그 틈으로 모스크바 대학 건물이 기분 좋게 푸른빛으로 빛나고 있었다. 분명 포스터는 타타르스키의 나이보다 20년은 더 되었겠지만 이 복사본은 완전히 새것이었다.

"저거? 자네 전에 일했던 젊은이가 컴퓨터로 만든 거야." 하닌이 대답했다. "낫과 망치, 별이 있었지만 보다시피 그건 없애고 대신 코카콜라랑 코크를 집어넣었지."

"정말 그러네요." 타타르스키가 놀라서 대답했다. "하지만 바로 알아보진 못하겠는데요. 비슷하게 누르스름해서요."

"자세히 들여다보면 알 수 있네. 전에는 내 사무실 책상 위에 포스터를 걸어뒀는데, 일하는 애들이 거북하게 쳐다보더군. 말류타는 깃발 때문에 화를 냈고 세료자는 코카콜라 때문에 화를 냈어. 그래서 어쩔 수 없이 집으로 가져왔지."

"말류타가 화를 냈다고요?" 타타르스키는 놀랐다. "하지만 그 사람 책상 위에도 저런 문구가 있던데요…… 어제 붙여놨던데, 보셨습니까?"

"아직 못 봤네."

"이렇게 쓰여 있더군요. '돈을 어떻게 할 것인가?' 이런 건 뭐, 상관없습니다. 그런 충동은 이해되니까요. 그런데 이제 그 아래 이런 문구가 등장했습니다. '모든 브랜드에는 자신만의 전설이 있다. 모든 데미드*에게는 자신만의 〈데스티니〉가 있고, 모든 아브람에게는 자신만의 〈프로그람〉이 있다'라고요."

"그래서?"

타타르스키는 순간 하닌이 여기서 아무런 이상한 점도 발견하지 못했음을 알아차렸다. 더욱이 그 자신도 그 문구에서 뭐가 이상한지 갑자기 볼 수 없게 되어버렸다.

"저는 이게 뭘 의미하는지 모르겠습니다. '모든 브랜드에는 자신만의 전설이 있다'니요."

---

* 17세기 러시아의 전설적인 탐험가.

"전설? 우리 세계에서 그건 '브랜드 에센스'라는 표현으로 번역되네. 다시 말해 모든 이미지 정치학의 응집된 표현이지. 예를 들어 말보로의 전설은 진정한 남자의 나라야. 팔리아멘트의 전설은 재즈고, 뭐 그런 식이지. 그런데 정말 모르나?"

"네, 아니, 물론 압니다. 저를 어떻게 보십니까. 그냥 아주 이상한 번역이라서요."

"뭘 어쩌겠나." 하닌이 말했다. "여긴 아시아인걸."

타타르스키는 식탁에서 일어섰다.

"그런데 화장실은 어디 있나요?" 그가 물었다.

"부엌 옆문일세."

타타르스키는 화장실에 들어서다 입구 반대편 벽에 걸린 다이아몬드 목걸이 사진과 그 아래 '드비어스. 다이아몬드는 영원하다'라는 문구를 가만히 쳐다보았다. 이것이 그를 약간 혼란스럽게 해서, 그는 몇 초 동안 자기가 왜 여기 왔는지 기억해내려 애썼다. 그러다 기억이 나자 휴지를 뜯어서 이렇게 쓰기 시작했다:

1) 브랜드 에센스(전설)

'심리적 결정화(結晶化)' 대신 모든 콘셉트에 끼워넣을 것.

2) '팔리아멘트(의회)'와 다리 위 탱크—광고 문구 대체. '조국의 연기' 대신 '올 댓 재즈'로. 또 다른 버전의 포스터—그레벤시코프*는 언덕배기의 연꽃에 앉아 담배를 피운다. 지평선 위로 모스크

* 러시아 록그룹 아크바리움의 리더. 1980~90년대 러시아 젊은이들의 문화적 아이콘이었으며 불교에 심취해 있었다.

바 교회의 둥근 지붕이 보인다. 언덕 아랫길로 탱크 종대가 지나간다. 광고 문구:

팔리아멘트

아직 재즈는 시작되지 않았다.

그는 휴지를 가슴 안주머니에 집어넣고 아무 일 없었다는 듯 변기 물을 내린 후 부엌으로 돌아와서 코카콜라의 붉은 깃발 포스터에 바싹 다가섰다.

"정말 놀라운데요." 그가 말했다. "아주 잘 어울립니다."

"당연하지? 뭘 그리 놀랄 게 있다고. 스페인어로 광고를 뭐라고 하는지 아나?" 하닌이 딸꾹질을 했다. "'선전'이네. 자네가 아직 이해를 못한다 해도 나와 자네는 이데올로기 노동자야. 선전원이면서 선동자지. 그러고 보니 이전에도 이데올로기 작업을 했었군. 소련 청년공산동맹 중앙위원회에서. 당시 친구들은 지금 모두 은행원이 되었네만, 나만…… 자네한테 말하지만, 나는 개조될 필요가 없었네. 전에는 이렇게들 말했지. '개인은 아무것도 아니다, 집단이 전부다.' 그런데 지금은 '이미지는 아무것도 아니다, 열망이 전부다'라고 말하지. 선전선동부는 영원해. 단지 단어만 바뀔 뿐이야."

타타르스키는 불안한 예감이 들었다.

"잠깐만요." 그가 식탁에 앉으며 말했다. "혹시 공산당 활동분자 교외 모임에서 연설한 적 없으신가요?"

"연설한 적 있지." 하닌이 대답했다. "그런데?"

"피르사노프카에서요?"

"피르사노프카에서."

"그렇게 된 거군요." 타타르스키는 이렇게 말하며 단숨에 보드카를 마셨다. "항상 낯익은 얼굴이라고 생각했는데 어디서 봤는지 좀처럼 기억이 안 났습니다. 그때는 턱수염만 없었지요."

"그러니까 자네도 피르사노프카에 갔었나?" 하닌이 재미있다는 듯 놀라며 물었다.

"한 번요." 타타르스키가 대답했다. "사장님이 연단에 올라섰을 때 숙취가 너무 심해서 입을 여는 순간 왈칵 토하지 않을까 싶었습니다……"

"이런, 아내 앞에서 그런 말을 하다니…… 비록 그랬다 하더라도, 우린 대개 술을 마시려고 거기 갔으니 뭐. 황금시대였지."

"뭐라고요? 정말 대단한 연설이었습니다." 타타르스키가 계속했다. "전 그때 문학대학에 들어가려고 준비 중이었는데, 크게 좌절하고 말았습니다. 질투를 느끼기도 했고요. 그런 식으로 단어를 능숙하게 다루는 법은 결코 배우지 못하리라는 걸 이해했으니까요. 별다른 의미는 없는데도 한 번 스며들면 단번에 모든 것을 이해하게 된다고나 할까요. 그러니까 연사가 말하고자 하는 게 뭔지 이해한다는 뜻이 아닙니다. 그는 사실 아무것도 말하고 싶어하지 않으니까요. 하지만 삶에 관해서는 전부를 이해하게 되는 것이지요. 그런 활동분자 모임이 조직된 것도 이런 이유 때문이라는 생각이 듭니다. 그날 밤 저는 소네트를 쓰려고 앉아 있었지만, 대신에 엄청 취해버렸습니다."

"내가 무슨 이야기를 했는지 생각나나?" 하닌이 물었다. 이런 기억

덕분에 기분이 좋았던 모양이다.

"네, 아마 27차 전당대회와 그것의 의미였을 겁니다."

하닌은 기침을 하며 목을 가다듬었다.

"여러분과 같은 청년공산동맹 단원에게는," 그는 잘 가다듬은 큰 목소리로 말했다 "제27차 우리 당 대회의 결정이 얼마나 중대하고 또한 획기적인지 설명할 필요가 없다고 생각합니다. 더욱이 이 두 개념 사이 방법론의 차이는 종종 선전원과 선동가 사이에서도 오해를 불러일으키고 있습니다. 그러나 선전원과 선동가는 미래의 건설자이니, 그들이 건설해야 할 미래와 관련해서는 어떠한 불명확함도 있어서는 안 됩니다."

그는 심하게 딸꾹질을 한 뒤 이야기의 끈을 놓쳤다.

"바로 그거였어요." 타타르스키가 말했다. "이제 정확히 알겠습니다. 정말 놀라운 건 사장님께서 사실 중요성과 획기성 사이 방법론의 차이에 대해 한 시간 내내 설명했고, 저는 각각의 개별 문장들은 아주 잘 이해했다는 사실입니다. 그런데 아무 문장이나 두 개를 함께 이해하려고 하는 순간 마치 어떤 벽이 생긴 것 같았고…… 이해가 불가능해졌습니다. 그 내용을 제 말로 옮기는 일도 불가능했고요. 비록, 다른 한편으로…… 그런데 'Just do it'은 어떻게 이해해야 하나요? 'Just do it'과 'Just be' 사이에 어떤 방법론적 차이가 있는지요?"

"지금 그것에 관해 말하는 중일세." 하닌이 보드카를 따르며 말했다. "정확히 똑같은 거야."

"두 분 다 무슨 술을 그렇게 드세요?" 지금까지 조용히 앉아 있던 리자가 말했다. "건배사라도 제안해보세요."

"그렇지, 우리 건배하세." 하닌이 이렇게 말하며 다시 딸꾹질했다. "다만, 알다시피, 중요할 뿐만 아니라 획기적인 것으로. 청년공산동맹 단원이 공산주의자에게 하듯이, 알겠나?"

타타르스키는 식탁을 잡고 일어났다. 그리고 포스터를 바라보며 잠시 생각하다가 잔을 들고 말했다.

"동무들! 러시아의 부르주아를 이미지의 바닷속에 가라앉힙시다!"

바빌론의 우표

집으로 돌아온 타타르스키는 오랫동안 잊고 있던 충만한 에너지를 느꼈다. 하닌의 변신은 최근의 모든 과거를 이상한 전망 속에 위치시켰고, 그 결과로 뒤이어 뭔가 기적적인 일이 바로 일어나야만 할 것 같았다. 타타르스키는 뭐 재미있는 일이 없을까 생각하면서 아파트 안을 몇 번이나 불안하게 서성이다가 〈가난한 사람들〉에서 산 우표를 생각해냈다. 아직 책상 안에 들어 있었다. 그동안 삼킬 이유를 찾지 못하기도 했고, 또 두렵기도 했기 때문이다.

그는 책상 서랍에서 우표를 꺼내 주의 깊게 살펴보았다. 뾰족한 턱수염을 기른 얼굴이 그를 향해 능글맞게 웃고 있었다. 이 낯선 이는 투구 같기도 하고 가장자리가 쪼뼛한 원추형 모자 같기도 한 이상한 머리장식을 쓰고 있었다. '원추형 모자를 보니 혹시 어릿광대인가. 그럼 재미있겠는걸' 하고 타타르스키는 생각했다. 그는 더는 생각하지 않고 우표를 입안에 집어넣고 질척한 작은 조각이 될 때까지 이로 으깬 다음 삼켰다. 그런 다음 소파에 누워 기다리기 시작했다.

그런데 가만히 누워만 있으려니 지루해지기 시작했다. 타타르스키는 일어나서 담배를 피우며 다시 아파트 안을 돌아다녔다. 벽장으로 다가가던 그는 모스크바 근교에서의 모험 이후 티하마트-2 서류철에 손을 대지 않았다는 생각이 났다. 이것이 바로 고전적인 대체의 상황이었다. 그는 서류철에 모아둔 자료에 대해 결코 잊은 적이 없었지만 그것들을 다 읽고 싶다는 생각을 해본 적도 없었다. 이것은 우표와 똑같은 상황으로, 이 두 개의 물건은 평범하고 순조롭게 흘러가는 삶에서는 결코 나타나지 않을 특수한 상황을 위해 준비되었던 듯했다. 타타르스키는 책장 꼭대기의 서류철을 꺼내들고 방으로 돌아왔다. 파일 속지에는 많은 사진이 붙어 있었다. 서류철을 여는 순간 사진 한 장이 떨어졌고, 그는 그것을 바닥에서 집어들었다.

사진은 부조 조각의 한 부분을 찍은 것으로, 거대한 별들이 새겨진 하늘의 모습이었다. 사진 아래쪽으로 들어올린 손바닥 두 개가 보였는데 나머지 부분은 사진 끝에서 잘려나가고 없었다. 별들은 아주 오래되고 거대하고 살아 있는 진짜였다. 사람들을 위해서는 이미 오래전에 빛을 잃었고, 노아의 홍수 이전 영웅 석상들을 위해서만 존재하는 별들이었다. 하지만 타타르스키가 생각하기에 별 자체는 그때 이후로 거의 변하지 않았으며, 변한 것은 사람이었다. 각각의 별들은 중앙의 원 하나에 여덟 개의 날카로운 광선으로 이루어졌고, 그 사이로 파상선(波狀線) 다발이 대칭을 이루며 구불거리고 있었다.

타타르스키는 이 선 주변으로 잘못 조정한 모니터 화면에서 볼 법한 아주 약하게 깜빡거리는 적록색 줄무늬들을 알아차렸다. 광채 나는 사진 표면은 무지갯빛으로 번쩍거렸는데, 이 번쩍거림이 사진의 내용보다 더 주의를 끌었다. '시작됐군. 이제 정말 빨라지겠지……' 하고 타타르스키는 생각했다.

그는 사진이 떨어진 페이지를 찾아내서 뒷면의 말라버린 풀 자국에 침을 발라 제자리에 붙였다. 그다음에 페이지를 조심스럽게 넘겨 사진이 잘 붙도록 손바닥으로 문질렀다. 다음 사진을 본 순간, 타타르스키는 하마터면 서류철을 손에서 떨어뜨릴 뻔했다.

사진에는 우표와 똑같은 얼굴이 있었다. 다른 각도에서 찍은 옆모습이었지만 조금도 의심의 여지가 없었다.

그것은 조금 전에 본 부조 조각의 전체 사진이었다. 타타르스키는 별이 있는 부분을 통해 같은 사진임을 알아차렸지만, 이 사진의 별들은 작아서 알아보기가 어려웠다. 반면 별들을 향해 들어올린 손은 건물 꼭대기에서 공포에 가득한 자세로 굳어 있는 아주 작은 사람의 것임을 알게 되었다.

타타르스키가 얼굴을 알아볼 수 있었던 부조의 중심인물은 지붕 위 사람이나 나머지 주위 사람들보다 몇 배는 더 컸다. 남자는 쇠로 된 뾰족한 원추형 모자를 쓰고 반쯤 취한 듯한 수수께끼 같은 미소를 띠고 있었다. 고대의 이미지 속에서 그의 얼굴은 낯설고 우스꽝스럽기까지 했고, 자연스럽게 타타르스키는 이 부조가 3천 년 전 니네베가 아니라 작년 말 예레반이나 콜카타에서 제작되었다는 결론을 내릴 수 있을 것 같았다. 고대 수메르인의 특징이었던 삽 모양의 균형 잡힌 고

불거리는 수염 대신에 이 남자는 성긴 염소수염을 기르고 있었는데, 그 모습이 리슐리외 추기경이나 엉클 샘, 혹은 레닌 할아버지와 비슷해 보였다.

타타르스키는 서둘러 페이지를 넘기다가 사진에 관련된 설명을 찾아냈다:

> 엔키두(엔키 신*의 창조물)는 어부의 신이자 엔키 신(땅의 주인)의 종이다. 위대한 제비뽑기의 수호신이다. 엔키두는 연못과 운하를 관리한다. 그 밖에도 다양한 소화기관의 병을 치료하기 위해 그에게 비는 주문으로도 유명하다. 구약의 아담처럼 진흙으로 만들어졌다. 제비뽑기 질문이 담긴 점토판은 엔키의 몸이며, 그의 사원에서 만들어진 의식용 음료는 그의 피다.

읽기가 어려웠다. 의미는 제대로 전달되지 않았고 글자는 무지갯빛으로 넘쳐흐르며 깜박거렸다. 타타르스키는 신이 어떻게 묘사되는지 자세히 들여다보기 시작했다. 엔키두는 타원형의 금속 브로치로 뒤덮인 망토를 걸치고 양손에는 각각 땅을 향해 부채처럼 펼쳐진 끈 묶음을 들고 있었는데, 그 모습이 릴리퍼트 소인국 군대가 걸리버의 손에 묶인 밧줄을 잡아당기며 그를 저지하려던 장면을 연상시켰다. 엔키두가 지킬 만한 연못이나 수로는 주위에 보이지 않았다. 그는 3, 4층 높이의 집들이 무릎까지밖에 오지 않는 불타는 도시를 따라 걷고 있었

* 메소포타미아 신화에서 물의 신으로 본래 뜻은 '땅의 주인'이다. 안(하늘의 신), 엔릴(대기의 신)과 함께 3대 신을 이룬다.

다. 다리 밑에는 똑같이 팔을 펼친 자세로 쓰러져 있는 몸뚱이들이 보였다. 타타르스키는 이들을 보고 수메르 예술과 사회주의 리얼리즘 사이의 확실한 연관성을 알아보았다. 묘사 중 가장 흥미로운 것은 손에서 밑으로 펼쳐진 끈이었다. 각각의 끈 끝에는 커다란 바퀴가 달려 있고, 바퀴 중앙에는 눈동자를 조잡하게 그려넣은 삼각형이 있었다. 끈에는 타타르스키가 어린 시절 마당에서 낚싯줄에 매달아 말리던 생선처럼 사람의 몸이 꿰어져 있었다.

다음은 부조 조각 중에서 줄에 매달린 사람들을 확대한 부분이었다. 타타르스키는 가벼운 구역감을 느꼈다. 부조는 혐오스러운 자연주의 묘사법을 이용해 밧줄이 각각 인간 형상의 입으로 들어갔다가 엉덩이로 나오는 장면을 보여주고 있었다. 어떤 사람은 양쪽으로 팔을 벌리고 있고, 어떤 사람은 손으로 머리를 쥐고 있었다. 그들 사이에는 머리 큰 새가 매달려 있었다. 타타르스키는 계속 읽어 내려갔다:

전설에 따르면, 엔키 신의 아내 엔두(다른 버전에 따르면 엔키 신의 여성형이라고도 하지만 별로 신빙성은 없다. 이슈타르 신과 동일시될 수도 있다)는 어느 날 운하 옆 둑에 앉아 남편이 선물한 무지갯빛 구슬로 목걸이를 꿰고 있었다. 태양이 밝게 빛났고 엔두는 잠에 취했다. 그녀는 구슬을 손에서 놓쳤고 떨어진 구슬은 사방으로 흩어지며 물속에 가라앉았다. 이후 무지갯빛 구슬은 자신들이 사람이라는 결론을 내리고 물속에서 흩어져나갔다. 그들에게 도시와 황제, 신이 나타났다. 그러자 엔키는 진흙덩어리를 뭉쳐 어부의 형상을 만들었다. 그리고 생명을 불어넣고 엔키두라 불렀다. 엔키는 그에게 황금의 실과 물렛가락을 주며 물속에 들어가 구슬을 모두 모아 오라고 명령했다. 엔키두라는 이름은 엔키의 이름을 따서 만들어졌기 때문에 그는 대단한 힘을 가지고 있었고, 구슬들은 신의 의지에 복종하여 스스로 황금의 실에 꿰어져야만 했다. 몇몇 연구자들은 엔키두가 죽은 사람의 영혼을 모아 실에 꿰어 죽음의 왕국으로 옮긴다고 생각한다. 이러한 의미에서 그는 범문화적 형상으로서 저승의 나룻배 사공과 유사하다.

좀 더 시간이 지난 후 엔키두는 어부와 하급관리의 수호신으로서 역할을 수행하기 시작했다. 상인이나 관리가 엔키두를 향해 도움을 호소하는 표현은 지금도 많이 남아 있다. 그들의 기도는 '황금의 실로 더 강한 자들을 위로 올려주소서'나 '지상의 엔릴성(性)(엔릴 참조)을 나누어주소서' 같은 반복되는 기원을 담고 있다. 엔키두에 관한 신화에서는 종말론적인 모티프도 눈에 띈다. 엔키두가 실을 가지고 지상의 모든 살아 있는 사람들을 모으는 순간 삶은 중단된다. 그들은 다시 위대한 여신의 목걸이 구슬이 되는 것이다. 미래에 일어나게 될 이 사건은 세상의 종말과 일치한다.

고대의 전설에는 설명하기 어려운 모티프가 존재한다. 몇몇 사료들에서는 인간-구슬이 어떻게 엔키두의 실을 따라 위로 기어 올라갔는지 상세하게 묘사하고 있다. 그들은 손을 사용해 올라간 것이 아니다. 손은 눈과 귀를 막거나 그들을 실에서 떼어내려는 흰 새를 퇴치하는 데 쓰인다. 먼저 실을 삼킨 인간-구슬은 그다음에 입과 항문으로 실을 교대로 잡으면서 기어 올라간다. 엔키두 신화의 이런 팡타그뤼엘적 세부 내용이 어디서 시작되었는지 도무지 이해할 수 없다. 아마도 우리 시대까지는 전해지지 않은 다른 신화의 반향인지도 모르겠다.

엔키두의 실이 끝나는 바퀴에도 주의를 기울여야 한다. 거기에는 눈 비슷한 무엇이 삼각형 안에 그려져 있다. 여기서 사실과 신화가 교차한다. 고대 수메르 전차의 바퀴는 실제로 바퀴 바깥쪽에 삼각형의 청동 널판을 덧대 고정시켰다. 널판에 그려진 눈 모양을 연상시키는 형상은 황금의 실이 감겨 있는 축을 상징한다. 바퀴는 움직임을 상징한다. 이런 식으로 우리 앞에 엔키 신의 자동 축이 존재한다(예를 들어 아리아드네의 실이나 예언자 에스겔의 환영에 나타난 여러 개의 눈을 가진 바퀴와 비교해보라). 비록 이 축이 처음에는 하나였지만 사람들에게는 무수히 많아 보이게 되는 것, 이것이 엔키라는 이름이 가진 힘이다.

타타르스키는 어스름한 방 안에서 뭔가가 깜박이는 것을 알아차렸다. 길거리의 무슨 불빛 같은 게 반사됐으리라는 결론을 내리고 일어나서 창밖을 내다보았다. 그러나 아무런 흥미로운 일도 없었다. 창문에 비친 소파를 보고 그는 깜짝 놀랐다. 그렇게나 여러 번 쓰레기장으로 가져가 태워버리고 싶었던 진저리나는 잠자리가 유리창의 전환을 거치자 새삼 가장 훌륭한 인테리어처럼 놀라울 정도로 아름답게 보였다. 자리로 돌아온 그는 다시 깜박거리는 불빛을 흘끗 보았다. 그가 시선을 돌리자 불빛도 각막의 한 점에서 시작된 것처럼 따라 움직였다. '이제 환각이 시작되었군' 하고 타타르스키는 기뻐했다. 주의력은 이 점으로 옮겨갔고, 아주 잠깐 그곳에 머물렀을 뿐이지만 한 사건

이 그의 인식에 흔적을 남기기에는 충분한 시간이었다. 그것은 현상액이 담긴 접시 위의 사진처럼 기억 속에서 서서히 떠오르며 명료해지기 시작했다.

그는 똑같은 모양을 한 오두막들이 늘어선 어느 여름 도시의 거리에 서 있었다. 도시 위로는 공장 굴뚝 같기도 하고 방송탑 같기도 한 원추형의 무언가가 솟아 있었는데, 그게 뭔지 말하기는 좀 어려웠다. 이 굴뚝-탑 꼭대기에서 눈이 멀 것 같은 하얀 불꽃이 너무 선명하게 타오르고 있어 열기로 인해 떨리는 공기가 그 윤곽을 일그러뜨렸기 때문이다. 아랫부분은 계단형 피라미드와 비슷해 보였지만 위쪽은 하얀 빛 속에 있어서 세부적인 것들은 좀처럼 분간할 수가 없었다. 타타르스키는 이 구조물을 보며 불꽃이 그다지 선명하지는 않지만 석유 공장의 가스 불꽃을 연상시킨다고 생각했다.

열린 창문 너머 거리 위의 사람들은 움직이지 않고 서 있었다. 그들은 이 하얀 불을 올려다보고 있었다. 타타르스키 역시 고개를 들었고, 그 순간 위로 잡아당겨졌다. 그는 불이 자신을 끌어당기고 있으며 만약 시선을 돌리지 않으면 불이 그를 끌어올려 태워버릴 것이라고 느꼈다. 어떻게 된 일인지 그는 이 불에 관해 많은 것을 알고 있었다. 이미 많은 사람들이 그보다 먼저 그곳으로 가서 그를 끌어당기고 있음도 알고 있었다. 뒤따라 그곳으로 올 사람들이 많이 있으며, 그들이 뒤에서 밀고 올라올 거라는 사실도 알았다. 타타르스키는 억지로 눈을 감았다. 눈을 떴을 때 그는 탑이 자리를 옮겼음을 알 수 있었다.

이제 타타르스키는 그것이 탑이 아니라 도시 위에 선 거대한 인간의 형상임을 알게 되었다. 피라미드라고 생각했던 것은 망토처럼 넓게 펼쳐진 의상으로 보였다. 불빛의 근원은 그 형상이 머리에 쓰고 있는 원추형 투구였다. 타타르스키는 수염이 있어야 할 자리에 번쩍거리는 강철 충각(衝角) 같은 것이 매달려 있는 얼굴을 분명하게 보았다. 얼굴이 타타르스키 쪽을 향하자 그는 자기가 불이 아니라 얼굴과 투구를 보고 있음을 알아차렸다. 왜냐하면 불은 그를 바라보고 있지만 그 안에 사실 인간적인 무엇은 아무것도 없었기 때문이다. 타타르스키를 향한 시선은 뭔가를 기대하는 표정이었지만 그가 사실 말을 하거나 질문을 하고 싶은지, 혹은 과연 원하는 게 있는지 생각해보기도 전에 형상은 그에게 답을 주고 시선을 거두었다. 방금 전 투구를 쓴 얼굴이 있던 자리에 다시 견디기 힘든 빛이 나타났고, 타타르스키는 시선을 내렸다.

그는 자기 옆에 서 있는 두 사람을 알아차렸다. 닻이 수놓인 셔츠를 입은 중년 남자와 검은색 티셔츠를 입은 소년이었다. 두 사람은 서로 손을 잡고 위를 쳐다보고 있었는데, 거의 다 녹아버려서 이 불 속으로 흘러들어가고 있었으며, 그들의 몸과 주변 거리, 도시 전체는 단지 그림자임을 알 수 있었다.

마지막으로 이 장면이 사라지기 전에 타타르스키는 자기가 본 불이 위가 아니라 아래에서 타오르고 있다는 생각이 들었다. 이건 마치 웅덩이에 비친 태양을 넋을 잃고 바라보다가 원래 태양을 보는 것이 아님을 잊어버리는 것과 같은 현상이었다. 그는 태양이 어디에 있는지 이게 뭔지 좀처럼 이해할 수 없었지만, 대신 뭔가 다른 아주 이상한 사실을 알게 되었다. 웅덩이에 비친 것은 태양이 아니며, 반대로 거리나 집, 사람들과 그 자신까지 나머지 것들이 태양에 비쳐졌다는 사실이었다. 태양은 그 무엇에도 관심이 없는데, 왜냐하면 이들에 대해 알지도 못하기 때문이었다.

웅덩이와 태양에 관한 생각 덕분에 타타르스키는 행복감으로 충만해졌고, 환희와 감사함을 느끼며 마구 웃어대기 시작했다. 삶의 모든 문제들, 해결이 안 되고 이상하게 보이던 모든 문제들은 더 이상 존재하지 않았고, 세상은 유리창에 비친 그의 소파가 그랬듯 그렇게 순식간에 변해버렸다.

제정신으로 돌아왔을 때, 타타르스키는 여전히 페이지를 넘기지 못한 책장을 손가락으로 잡고 소파에 앉아 있었다. 그의 귀에는 '시루흐' 같기도 하고 '시루프' 같기도 한 뭔가 이해할 수 없는 단어가 고동쳤다. 그건 형상이 주는 답이었다.

"시루흐, 시루프." 타타르스키는 따라해보았다. "이해가 안 되는데."

방금 경험했던 행복이 갑자기 두려움으로 바뀌었다. 알아내서는 안 되는 건데 하는 생각이 들었다. 그걸 알고 나서 어떻게 살아야 할지 알 수 없었기 때문이다. 그는 신경질적으로 생각했다. '만약 나 혼자만 알고 있다면, 내가 이걸 알고 그 상태로 계속 돌아다니도록 허락을 받는다는 건 있을 수 없는 일 아닌가? 갑자기 내가 누군가에게 말을 한다면? 반면에 나 혼자만 알고 있다면 누가 허락하거나 하지 않는단 말인가? 그런데 잠깐, 사실 나는 무슨 말을 할 수 있을까?'

타타르스키는 생각에 잠겼다. 누군가에게 말할 수 있는 특별한 것은 하나도 없었다. 술 취한 하닌에게 태양이 웅덩이에 비친 것이 아니라 웅덩이가 태양에 비친 것이니, 인생에서 슬퍼할 일은 아무것도 없다고 말할 수는 없지 않은가. 아니 물론 말을 할 수는 있겠지만, 단지…… 타타르스키는 뒤통수를 긁적거렸다. 그는 자신의 인생에서 이러한 발견이 벌써 두번째임을 기억해냈다. 기레예프와 광대버섯을 실컷 먹고 난 후 뭔가 표현할 수 없는 중요한 사실을 이해하게 되었지만 그 후 완전히 잊고 있었던 것이다. 기억 속에는 이 진실을 전달하도록 되어 있던 단어들만이 남아 있었다. '죽음은 없다. 왜냐하면 실은 모두 사라지고 작은 구슬만이 남았기 때문이다.'

"맙소사." 타타르스키가 중얼거렸다. "역시 뭔가를 이곳으로 끌어오기란 정말 힘들군."

"바로 그거다." 조용한 목소리가 들려왔다. "어떠한 깊이나 넓이의 계시이건 필연적으로 단어에 의지하게 된다. 단어 역시 필연적으로 자신에게 의지하게 된다."

타타르스키는 그 목소리를 알 것 같았다.

"거기 누구야?" 그가 방 안을 둘러보며 물었다.

"시루프가 왔다." 목소리가 대답했다.

"그게 뭔데, 이름인가?"

"This game has no name(이 게임에 이름은 없다)." 목소리가 대답했다. "그보단 지위라고 할 수 있겠지."

타타르스키는 모스크바 근교 숲의 군사시설에서 이 목소리를 들은 기억이 났다. 이번에는 말하는 사람을 볼 수 있었다. 아니 오히려 순간적으로, 별다른 노력 없이 그를 상상했다고 해야 되겠다. 처음에는 자기 앞에 개 비슷한 것이 있다고 생각했다. 사냥개와 비슷해 보였지만 강한 발톱을 가진 발과 수직으로 길게 뻗은 목이 있었다. 짐승은 원추형의 귀가 달린 길쭉한 머리에 약간 교활해 보이기는 하지만 무척 사랑스러운 얼굴을 하고 있었으며, 그 위로 요염한 갈기가 굽실거렸다. 옆구리에는 날개가 달려 있는 듯했다. 그를 눈여겨보던 타타르스키는 짐승이 너무 크고 이상해서 '용'이라는 단어가 더 어울린다는 생각이 들었다. 더욱이 무지갯빛으로 색이 변하는 비늘로 덮여 있었다(하지만 이 순간 방 안의 거의 모든 대상이 무지갯빛으로 변해 있었다). 그 존재는 너무도 완벽한 파충류의 모습을 하고 있었지만 대단히 온화한 기운을 내뿜고 있어서 타타르스키는 무섭지 않았다.

"그래, 모든 것은 단어에 의지한다." 시루프가 다시 한 번 말했다. "내가 알기론 지금까지 마약에 빠진 인간을 찾아간 가장 심오한 계시는 에테르를 한계량까지 복용했을 때 야기되었다. 엄청난 노력이 필요했지만 그 마약 복용자는 계시를 받아 적기 위해 온 힘을 끌어모았다. 그가 기록한 내용은 이러하다. '온 우주에 석유 냄새가 진동한다.' 그 정도 깊이에 이르려면 너는 아직 멀었다. 하지만 좋다, 전부 헛소리니까. 지금은 네가 이 우표를 어디서 구했는지 말하는 게 더 낫겠다."

타타르스키는 〈가난한 사람들〉에 있던 우표 수집가와 그의 앨범을 떠올렸다. 대답하려 하는데 시루프가 말을 가로챘다.

"우표 수집가 그리고리라. 그럴 거라 생각했다. 우표를 얼마나 가지고 있었지?"

타타르스키는 앨범의 장 수와 투명한 비닐봉투에 들어 있던 세 개의 연보랏빛 사각형을 떠올렸다.

"알았다." 시루프가 말했다. "그러니까 두 개가 더 있단 말이군."

이 말을 한 다음 시루프는 사라졌고 타타르스키는 제정신이 들었다. 그는 19세기 러시아 고전에서 정말 많이 읽었던, 이른바 섬망증(譫妄症)의 순간에 무슨 일이 일어나는지 이제 알 수 있었다. 그는 자신의 환각을 전혀 통제하지 못했다. 그다음에 나타날 우연한 생각이 자신을 어디로 던져버릴지도 전혀 알지 못했다. 타타르스키는 두려워졌다. 자리에서 일어나 재빨리 욕실로 달려가서 흐르는 물 아래 머리를 두고 차가움 때문에 두통이 생길 때까지 가만히 있었다. 그는 머리의 물기를 털어내고 방으로 돌아와서 다시 한 번 창문에 비친 영상을 바라보았다. 이번에는 눈에 익은 가구들이 이제 막 일어나려는 뭔가 무서운 사건을 위해 준비된 고딕풍의 장식처럼 보였다. 소파는 거대한 제물을 바치기 위해 준비된 제단처럼 보였다.

'대체 이 쓰레기를 왜 먹어야 했지?' 그는 괴로워하며 생각했다.

"아무런 이유도 없다." 시루프가 그의 의식 속 미지의 차원에서 다시 나타나 말했다. "일반적으로 어떤 마약도 인간이 복용할 만한 가치는 없다. 특히 환각제 상용자에게는."

"그래 나도 알고 있어." 타타르스키가 조용히 대답했다. "이제는."

"인간에게는 자신이 살아가는 세상이 있다." 시루프가 교화적으로 말했다. "인간은 이 세상 말고는 아무것도 보지 못하기 때문에 인간이다. 그런데 네가 LSD 마약을 과다 복용하거나 광대버섯을 과식하면, 정말 추태인데, 너는 아주 위험한 행동을 하게 된다. 인간 세상을 벗어났다고 생각하겠지만 만약 이 순간 얼마나 많은 보이지 않는 눈들이 너를 지켜보는지 안다면 결코 그런 행동을 하지 못할 것이다. 너를 지켜보는 그들의 아주 일부만 보게 되더라도 너는 두려움으로 죽을 것이다. 이러한 행동을 통해 너는 인간으로 존재하는 것으로는 충분치 않으며 다른 누군가가 되기를 원한다고 선언하게 된다. 우선, 인간으로 존재하기를 멈추려면 죽어야 한다. 너는 죽기를 원하나?"

"아니." 타타르스키는 이렇게 대답하며 진심으로 손을 가슴에 얹고 눌렀다.

"그럼 무엇이 되길 원하는가?"

"모르겠어." 타타르스키가 비탄에 젖어 말했다.

"바로 그것이 내가 말하려는 바다. 행복한 네덜란드 우표를 하나 더 복용하는 정도는 괜찮다. 그러나 네가 먹은 건 완전히 다른 종류이다. 번호 통행증이자 공문서인 그걸 먹을 경우 너는 전혀 만족이라곤 없는 영역으로 이동하게 된다. 거기서는 볼일 없이 돌아다녀서도 안 된다. 그런데 너한테는 아무런 볼일이 없다. 그렇지 않은가?"

"없지." 타타르스키가 동의했다.

"우표 수집가 그리고리 문제를 함께 해결하도록 하자. 그 우표 수집가는 환자다. 우연히 통행증을 얻었을 뿐이다. 그런데 너는 대체 왜 그걸 먹었나?"

"삶의 고동(鼓動)을 느껴보고 싶어서." 타타르스키는 이렇게 말하며 흐느껴 울었다.

"삶의 고동? 그렇다면 느껴보도록 해라." 시루프가 말했다.

타타르스키가 제정신으로 돌아왔을 때 단 하나 그의 희망은 어떤 말로도 설명할 수 없고 어두운 공포만이 있던, 방금 겪은 그 체험이 다시는 반복되지 않는 것이었다. 이를 위해서라면 무엇이든 할 준비가 되어 있었다.

"더 원하나?" 시루프가 물었다.

"아니." 타타르스키가 말했다. "제발, 필요 없어. 더 이상 절대로, 절대로 이 쓰레기를 먹지 않을 거야. 약속해."

"약속은 경찰에게나 해라. 내일 아침까지 살아 있다면."

"뭐라고?"

"말 그대로다. 이 통행증이 5인용인 건 알고 있었나? 하지만 너는 여기 혼자다. 아니면 네가 다섯 명인가?"

타타르스키는 다시 정신이 들자 오늘 밤을 넘기기가 정말 힘들 것 같다는 생각이 들었다. 방금 그는 다섯 명이었으며, 이들 다섯 명은 타타르스키가 혼자로 존재한다는 것이 얼마나 행복한가를 순간적으로 깨닫고, 또 얼마나 많은 사람들이 눈이 멀어 이러한 행복의 가치를 모르는가 하는 사실에 놀라자 몹시 기분 나빠했다.

"제발." 타타르스키는 간절히 원했다. "더 이상 나한테 이러지 마."

"나는 아무 짓도 하지 않았다." 시루프가 대답했다. "너 스스로 하고 있는 것이다."

"설명을 좀 해도 될까?" 타타르스키가 불쌍하게 애원했다. "내가 실수했다는 건 알아. 바벨탑을 봐서는 안 된다는 것도 알아. 하지만 나는……"

"여기서 바벨탑이 무슨 상관인가?" 시루프가 말을 끊었다.

"난 방금 그걸 봤어."

"바벨탑은 볼 수 있는 것이 아니다." 시루프가 대답했다. "바벨탑의 감시자로서 말하겠는데, 그건 단지 올라갈 수 있을 뿐이다. 네가 본 건 완전히 반대의 탑이다. 카르타고의 수직갱도라고 할 수 있지. 이른

바 토펫이다."

"토펫이 뭐지?"

"제물을 화장하는 곳이다. 티레, 시돈, 카르타고*에 그런 구덩이가 있었는데, 실제로 사람을 화장한 적도 있다. 어쨌든 그래서 카르타고도 망한 것이다. 이런 일이 처음 시작되었던 고대 계곡의 이름을 따서 이 구덩이를 게헤나라고 부르기도 한다. 덧붙여 말하면 성경에서는 '암몬인의 역겨움'이라고 부르지. 어쨌든 네가 그걸 읽지는 않았을 것이다."

"이해가 안 되는데."

"좋다. 토펫이 보통의 텔레비전이라고 생각하면 되겠다."

"그래도 여전히 이해가 안 돼. 그러니까 내가 텔레비전 안에 있다는 말인가?"

"어떤 의미에서는 그렇다. 너는 너희들 세상을 불태우는 전문적인 공간을 본 것이다. 쓰레기 소각장 비슷한 거지."

타타르스키는 다시 주의력의 경계에서 손에 반짝거리는 줄을 든 인물을 눈치챘다. 그건 아주 짧은 순간 지속되었다.

"혹시 엔키두 신이 아니었을까?" 타타르스키가 물었다. "방금 그에 관해 읽었어. 그가 손에 들고 있던 실이 뭔지도 알아. 위대한 여신의 목걸이 구슬이 그들 스스로 사람이라는 결정을 하고 물속으로 흩어졌을 때……"

"우선, 그는 신이 아니라 오히려 그 반대다. 엔키두는 잘 쓰이지 않

---

* 지중해 연안의 고대 도시국가들.

는 이름 중 하나이고 그보다는 바알 신으로 알려져 있다. 또는 발루로. 카르타고에서는 아이들을 태워 제물로 바쳤지만 별 소용이 없었다. 그는 아량을 베풀지 않았고 사람들을 차례로 모두 태워버렸다. 둘째, 구슬이 스스로 사람이라고 결정한 것이 아니라 사람들이 스스로를 구슬이라고 결정했다. 따라서 네가 엔키두라고 부르는 그가 구슬들을 모아 태워버렸다. 사람들이 언젠가는 자신들이 전혀 구슬이 아니라는 것을 깨닫도록 하기 위해서다. 알겠나?"

"모르겠는걸. 도대체 구슬이 뭐지?"

시루프는 잠시 침묵을 지켰다.

"어떻게 설명할까. 구슬은 너의 체 게바라가 아이덴티티라고 부르던 것과 같다."

"그럼 구슬은 어디에서 온 건데?"

"어디에서도 오지 않았다. 그것들은 실재하지 않는다."

"그럼 뭘 태우지?" 타타르스키가 의심스럽다는 듯 물었다.

"아무것도."

"이해가 안 되는데. 만약 불이 있다면, 반드시 태울 뭔가가 있다는 말인데. 어떤 재료이건 간에."

"도스토옙스키를 읽어봤나?"

"뭐라고?"

"거미가 가득한 목욕탕에 관해 쓴* 사람 말이다."

"알지. 솔직히 그를 참아줄 순 없지만."

---

* 도스토옙스키의 소설 『죄와 벌』을 가리킨다.

"안됐군. 그자의 소설 중에 조시마라는 노인이 등장하는데, 그는 물질적인 불에 관한 추측으로 두려워했다.* 그가 왜 그렇게 불을 두려워했는지는 모르겠다. 물질적인 불은 너희들의 세상이다. 너희들을 태우고 있는 불에게 봉사를 해야만 한다. 그리고 너는 봉사요원 중의 하나다."

"봉사요원?"

"너는 카피라이터가 아닌가? 그렇다면 너는 사람들에게 소비의 불꽃을 보도록 강요하는 사람 중 하나다."

"소비의 불꽃? 무엇을 소비하는데?"

"무엇의 소비가 아니라 누구의 소비인가라고 해야지. 사람은 자신이 소비를 한다고 생각하지만, 사실은 소비의 불꽃이 사람에게 적당한 기쁨을 주면서 그들을 태우는 것이다. 이것은 네가 혼자서도 지칠 줄 모르고 전념하는 안전한 섹스 같은 거지. 생태학적으로 쓰레기를 소각하는 청정 기술이다. 그러나 너는 어쨌든 이해하지 못할 것이다."

"누가 쓰레기인데, 누가?" 타타르스키가 물었다. "사람이 그렇다는 건가?"

"인간은 천성적으로 아름답고 위대하다." 시루프가 말했다. "거의 시루프만큼이나 아름답고 위대하다. 하지만 인간은 그걸 모르고 있다. 쓰레기란 그의 무지를 말한다. 사실 존재하지 않는 것은 아이덴티티다. 인간은 살아가는 동안 자기 아이덴티티의 쓰레기 소각장에 출석한다. 인정하라, 산 채로 타는 것보다는 옆에서 불꽃을 쬐는 편이

* 도스토옙스키의 소설 『카라마조프가의 형제들』의 내용.

더 낫다고 말이다."

"인간이 자기 삶을 불에 태운다면 왜 불꽃을 지켜보고 있어야 하지?"

"너희는 어차피 삶을 어떻게 다뤄야 할지 모르고 있다. 어디를 바라보건 너희는 자신의 삶을 태우는 불을 볼 것이다. 너희에게 화장터 대신 텔레비전이나 슈퍼마켓이 있다는 사실은 다행이다. 하지만 진실은 그들의 기능이 동일하다는 것이다. 그리고 불은 그냥 은유이다. 너는 쓰레기 소각장으로 가는 통행증을 먹었기 때문에 그걸 보았다. 사람들 대부분은 자기 앞에 있는 TV 화면만 볼 뿐이다."

이 말을 하고 시루프는 사라졌다.

"이봐." 타타르스키가 그를 불렀다.

대답은 없었다. 타타르스키는 1분 정도 더 기다리다가 어디로든 떠날 준비가 되어 있는 자신의 이성과 단둘이 남겨졌음을 이해했다. 빨리 뭔가에 전념해야만 했다.

"전화를 해야겠다." 타타르스키가 중얼거렸다. "누구한테 하지? 기레예프가 좋겠어! 그 친구라면 어떻게 해야 하는지 알 거야."

오랫동안 아무도 전화를 받지 않았다. 열다섯 번이나 스무 번 정도 전화벨이 울린 후 마침내 기레예프가 부루퉁하게 전화를 받았다.

"여보세요."

"안드류샤? 잘 있었어, 타타르스키야."

"지금 몇 신지 알아?"

"이봐." 타타르스키가 서둘러 말하기 시작했다. "안 좋은 일이 생겨서 말이야. 내가 약을 너무 많이 했어. 전문가들이 5인분이라고 하더라고. 간단히 말해서 아주 심각한 상황이야. 어떻게 해야 하지?"

"어떻게 하냐고? 나도 모르지. 나 같은 경우엔 만트라*를 읽긴 하는데."

"나한테 좀 줄 수 있어?"

"그걸 어떻게 줘? 먼저 양도 절차를 거쳐야 해."

"그런 절차가 필요 없는 건 없어?"

기레예프는 잠시 생각에 잠겼다.

"그렇지, 잠깐 기다려봐." 그는 이렇게 말하고 수화기를 책상에 내려놓았다.

몇 분 동안 타타르스키는 멀리서 전선을 따라 전달되는 전기풍(電氣風) 소리를 듣고 있었다. 처음에는 단편적인 대화가 들리더니 화난 여자의 목소리가 오랫동안 비집고 들어왔고, 그다음에는 날카롭게 칭얼대는 어린아이 울음소리가 모든 것을 덮어버렸다.

"받아 적어." 마침내 기레예프가 말했다. "옴 멜라페폰 바 하 샤. 철자 다시 불러줄게, 오-ㅁ……"

"적었어." 타타르스키가 말했다. "이게 무슨 뜻이지?"

"그건 안 중요해. 그냥 소리에만 집중해, 알았지? 보드카 있어?"

"있는 것 같아. 두 병 정도."

"두려워 말고 다 마셔도 돼. 만트라하고 아주 잘 맞거든. 한 시간 후면 모두 끝날 거야. 내일 전화할게."

"고마워. 이봐, 그런데 거기 누가 울고 있어?"

---

* 기도나 명상 때 외우는 불교의 진언.

"아들이야." 기레예프가 말했다.

"아들이 있었어? 몰랐네. 이름이 뭔데?"

"남하이." 기레예프가 마지못해 대답했다. "내일 연락하지."

타타르스키는 수화기를 내려놓고 받아 적은 주문을 빠르게 중얼거리며 부엌으로 달려갔다. 앱솔루트 병을 찾은 그는 단 세 번 만에 술을 병째로 다 마셔버렸고 차가운 차를 마신 다음 욕실로 향했다. 방으로 돌아가기에는 겁이 났다. 그는 욕조 가장자리에 앉아 문을 바라보며 중얼거렸다.

"옴 멜라페폰 바 하 샤, 옴 멜라페폰 바 하 샤……"

이 구절은 발음하기가 너무 어려워서 이성은 이미 아무 생각도 할 수가 없었다. 조용하게 몇 분이 지났고 따뜻한 취기가 온몸으로 퍼져나갔다. 거의 진정되었을 무렵 타타르스키는 갑자기 시선 끝에 익숙한 깜박임이 나타난 것을 알아차리고는 주먹을 쥐며 만트라를 더 빠르게 중얼거렸지만 이미 시작된 새로운 환각은 멈추지 않았다.

방금 욕실 문이 있던 자리에서 뭔가 예포 같은 것이 터졌고, 적황색의 불빛이 사라지면서 타오르는 관목이 눈앞에 나타났다. 타오르는 가솔린에 휩싸인 듯 선명한 불길이 나뭇가지들을 휘감았지만, 진녹색의 넓적한 나뭇잎은 불 속에서도 타지 않았다. 타타르스키가 관목을 자세히 들여다보려는 순간 그 한가운데서 주먹을 쥔 손이 뻗어 나왔다. 타타르스키는 뒤뚱했고 하마터면 욕조에 뒤로 넘어질 뻔했다. 주먹이 펴졌고, 타타르스키는 얼굴 앞의 손바닥 안에서 껍질이 오톨도톨한 작고 축축한 오이를 보았다.

관목이 사라진 후 타타르스키는 자기가 오이를 집었었는지 기억할 수 없었다. 하지만 입안에서는 분명히 소금 맛이 느껴졌다. 어쩌면 입술을 깨물어서 난 피일 수도 있었다.

"기레예프, 네 만트라는 효과가 없다." 타타르스키는 이렇게 중얼거리며 부엌으로 갔다.

그는 보드카를 더 마시고(이를 위해서는 노력이 필요했다) 방으로 돌아와서 텔레비전을 켰다. 장엄한 음악이 울려 퍼졌고, 화면 위의 파란색 점이 점점 번지더니 영상으로 바뀌었다. 무슨 콘서트를 방송하고 있었다.

"신이시여, 당신에게 간청하나이다!" 분칠한 얼굴에 나비넥타이를 매고 연미복 아래 진주 조끼를 입은 사람이 부릅뜬 눈동자를 굴리며 노래하는 중이었다. 노래를 하는 동안 보이지 않는 하늘의 에테르가 그를 어딘가로 실어 나르기라도 하는 듯 손바닥을 이상하게 휘젓고 있었다.

타타르스키가 리모컨을 누르자 나비넥타이를 맨 사람은 사라졌다. 그는 생각했다. '기도라도 해볼까? 갑자기 도움이 될지도……' 부조 조각에서 별이 가득한 하늘을 향해 두 팔을 들고 있던 사람이 떠올랐다.

타타르스키는 방 한가운데로 나와 간신히 무릎을 꿇고 가슴에 손을 대고 천장을 향해 시선을 들어올렸다.

"신이시여, 당신께 간청하나이다." 그가 조용히 말했다. "저는 당신에게 죄를 지었습니다. 제가 옳지 않은 삶을 산다는 건 알고 있습니다. 그러나 마음속으로는 그 어떤 혐오스러운 것도 원하지 않습니다, 정말입니다. 이 쓰레기를 절대 다시는 먹지 않겠습니다. 저는…… 저는 그냥 행복해지고 싶은데, 좀처럼 그렇게 되질 않습니다. 아마도 자업자득이겠지요. 아시다시피 저는 저질 광고 문구를 쓰는 일 말고는 할 줄 아는 게 없습니다. 하지만 신이시여, 당신을 위해서는 좋은 것을 쓰겠습니다, 정말입니다. 아시겠지만 그들은 당신을 완전히 잘못 포지셔닝하고 있습니다. 그들은 완전히 잘못 이해하고 있습니다. 가령 교회를 위해 돈을 모으는 장면이 나오는 최근 광고를 보십시오. 상자를 든 할머니가 서 있고 처음에는 고물 자포로제츠 차를 탄 사람이 상자에 1루블을 집어넣고, 그다음에는 메르세데스를 탄 사람이 100달러를 넣습니다. 개념은 이해가 되지만 포지셔닝으로 보았을 때는 완전히 방향을 잘못 잡았습니다. 과연 메르세데스를 탄 사람이 자포로제츠 뒤에서 기다려줄까요? 말도 알 만한 내용입니다. 우리에게 필요한 타깃 그룹은 바로 메르세데스를 탄 사람들입니다. 효율성으로 따져볼 때 메르세데스를 탄 사람 하나는 자포로제츠를 탄 사람 천 명과 맞먹기 때문입니다. 그러니 그렇게 하면 안 되지요. 지금은……"

타타르스키는 간신히 무릎을 세우고 일어나 식탁까지 가서 펜을 잡고 튀어오르는 거미 같은 필체로 다음과 같이 쓰기 시작했다:

포스터(주제 전개): 모스크바 구세주 사원 앞에 서 있는 기다란 흰색 리무진. 열린 차 뒷문으로 빛이 쏟아져 나온다. 아스팔트에 거의 닿을 듯한 샌들과 문손잡이에 올려져 있는 손이 빛 속에서 튀어나온다. 얼굴은 보이지 않는다. 단지 빛과 차와 손과 발만이 보일 뿐이다. 광고 문구:

구세주 그리스도

독실한 신도를 위한 믿음직한 신

변형 가능:

독실한 신도를 위한 신

타타르스키는 펜을 던져놓고 울어서 퉁퉁 부은 눈을 들어 천장을 쳐다보았다.

"신이시여, 마음에 드십니까?" 그는 조용히 물어보았다.

보브치크 말로이

인간에 대한 신의 사랑은 위대하면서도 말로 표현하기는 어려운 '그럼에도 불구하고 가능하다'는 원칙 속에 잘 드러나 있다. '그럼에도 불구하고 가능하다'는 말에는 굉장히 많은 의미가 포함되어 있는데, 예를 들어 이 원칙 자체도 절대적으로 표현하기 어렵지만 그럼에도 불구하고 표현되고 드러날 수 있다. 더욱이 수도 없이 여러 번 표현될 수 있고, 그때마다 완전히 새롭게 표현되며, 그렇기 때문에 시(詩)도 존재하는 것이다. 그런 게 바로 신의 사랑이다. 그렇다면 인간은 무엇으로 그에 보답할 것인가?

타타르스키는 대체 왜 창문에서 무자비한 하얀빛이 머리 위로 떨어지는지 이해하지 못한 채 식은땀을 흘리며 잠에서 깼다. 머릿속에는 꿈에서 자기가 소리를 질렀고 여전히 누군가에게 자신의 정당함을 입증해야 하리라는 희미한 기억이 남아 있었다. 전체적으로 보아 술에 취해서 꾼 악몽이었다. 너무 깊고 근본적인 숙취여서 100그램의 해장 보드카를 목구멍에 부어 넣어봤자 아무 효과도 없을 것 같았다. 사실 이렇게 생각하는 일조차 불가능했다. 알코올에 관한 생각만으로도 구토의 경련이 일었기 때문이다. 그러나 다행스럽게도 위대한 예로페예프가 찬미했던 비합리적이고 신비한 신의 사랑의 현현이 이미 그를 떨리는 날개로 덮고 있었다.*

그래도 해장술은 가능했다. 기관차라고 불리는 특별한 방법이 있었다. 여러 세대에 걸쳐 알코올 중독자들에 의해 연마되었으며, 페테르부르크 비교(秘敎) 서클에 있던 한 사람이 괴물처럼 술을 마신 다음날 아침 타타르스키에게 전해준 방법이었다. 그의 설명에 따르면 이런 것이었다. "본질에 있어 신비주의 철학자 구르지예프**적인 방법이다. 소위 '교활한 인간의 길'과도 관련이 있다. 여기서 당신은 스스로를 기계로 보면 된다. 이 기계에는 수용기관과 신경말단, 그리고 알코올을 받아들이려는 모든 시도에 대해 즉각적으로 구토를 유발하도록 알려주는 중앙제어센터가 있다. 교활한 인간이라면 어떻게 할까? 그는 기계의 수용기관을 속인다. 실제로는 이런 식이다. 우선 입안 가득 레모네이드를 머금는다. 그다음 컵에 보드카를 따라서 입으로 가져간다. 그러고 나서 레모네이드를 삼키고, 수용기관에서 당신이 레모네이드를 마셨다는 것을 중앙제어센터에 알리는 동안 재빨리 보드카를 삼키면 된다. 몸은 바로 반응하지 못하는데, 왜냐하면 인식이 상

---

* 베네딕트 예로페예프의 소설 『모스크바발 페투슈키행 열차』의 내용.

** 유물론적 신비주의를 주창하여 1960년대 러시아의 히피들에게 큰 영향을 미쳤다.

당히 느리게 진행되기 때문이다. 하지만 한 가지 미묘한 차이가 있다. 만약 보드카 전에 레모네이드가 아니라 코카콜라를 마신다면, 토할 확률은 50퍼센트이다. 펩시콜라를 마신다면 무조건 토한다."

'이걸 콘셉트로 만들면 될까.' 타타르스키는 부엌에서 나오며 침울하게 생각했다. 병에 보드카가 약간 남아 있었다. 그는 그것을 잔에 따르고 냉장고 쪽으로 돌아섰다. 냉장고 안에 자기 세대에 대한 충성심으로 사다놓은 펩시콜라밖에 없다는 생각이 들자 무서워졌다. 하지만 다행스럽게도 아래 칸에 손님 중 누군가가 가져온 레모네이드 세븐업이 있었다.

"세븐업." 타타르스키는 마른 입술을 핥으며 속삭였다. "The Uncola……"

시도는 성공했다. 방으로 돌아온 그는 책상 위에서 비뚤비뚤한 글씨가 잔뜩 쓰인 종이 몇 장을 발견했다. 지난밤 종교적 감정의 파도가 종이 위에 한 다발의 텍스트를 던져놓은 모양인데, 글을 쓰던 순간은 기억나지 않았다. 처음 부분은 다음과 같았다:

> 비즈니스 아이디어: 구세주 사원의 종을 주조한다는 입찰 공고. 코카-콜로콜, 펩시-콜로콜*. 황금 종 모양의 코르크 마개. (Pro-V 구세주 사원: 샴푸, 그리고 투자)

계속해서 그는 익숙한 아이디어에 마음이 끌렸지만 부끄러움을 느

* 콜로콜은 러시아어로 '종'이라는 뜻.

꼈던 모양이다. '종'이라는 단어 아래 지운 흔적이 보였다:

코카-콜고트키, 코카-콜바스키, 코카-콜름*의 이야기들. (작가 팀을 고용할 것)

다음 페이지에는 깔끔한 정자체로 이렇게 쓰여 있었다:

칵테일 '영원한 삶'
이봐! 자신을 위해선 아무것도 바라지 마.
사람들이 무리 지어 너를 찾아올 때,
그들에게 너 자신을 아낌없이 바쳐.
아직 준비가 안 되었다고 말하나?
우린 네가 내일이면 가능할 거라고 믿어!
그동안에는 '봄베이 사파이어' 진이 있지.
토닉이나 주스, 아니면 얼음만 있어도 돼.

마지막 구절은 아마 타타르스키가 한계를 넘어 만취 단계에 이르렀을 때 하늘에 있는 거대 광고 회사에서 내려온 것 같았다. 자신의 악필을 해독하는 데만 몇 분이 흘렀다. 광고 문구는 황홀한 기도의 절정이 지나가고 마침내 의식이 실용적인 합리주의로 돌아왔을 때 쓴 것이 분명했다:

---

* '콜라'와 비슷한 발음의 단어들을 이용한 말장난.

DO IT YOURSELF, MOTHERFUCKER

(혼자 해봐, 이 후레자식아)

리복

전화벨이 울렸다. "하닌이군." 타타르스키는 깜짝 놀라며 수화기를 들었다. 그러나 기레예프였다.

"바반? 기분은 어때?"

"그저 그래." 타타르스키가 대답했다.

"어제는 미안했어. 넌 늦은 시간에 전화했지, 아내는 싸우려고 덤벼들지. 그런데 해결됐어?"

"그럭저럭."

"너한테 해줄 말이 있어. 아마 너도 전문가로서 흥미를 느낄 거야. 여기에 라마승 한 분이 오셨는데, 겔룩파 종파의 우르간 잠본 툴쿠 7세야. 그분이 강의 내내 광고에 관해 말씀하셨거든. 나한테 강의 녹음 카세트가 있는데 줄 테니까 한번 들어봐. 많은 말씀을 하셨지만 주요 개념이 제일 재미있어. 불교의 관점에서 보면 광고의 의미는 지극히 단순해. 광고는 상품을 소비할 경우 고상하고 상서로운 환생을, 그것도 죽고 나서가 아니라 소비 행위 직후에 경험하게 된다는 확신을 심어주려 한다는 거야. 예를 들어 '오비트' 무설탕 껌을 씹으면 너는 아수라가 돼. '디롤' 껌을 씹으면 눈처럼 하얀 이를 가진 신이 되는 거고."

"무슨 말인지 하나도 못 알아듣겠어." 조금씩 사라지는 구토의 경련에 얼굴을 찌푸리며 타타르스키가 말했다.

"음, 간단히 말해서 그분이 하고 싶은 이야기는, 광고의 주요한 임무는 사람들에게 물질을 소유함으로써 행복을 얻을 수 있다고 기만당한 다른 사람들을 보여주는 일이라는 거야. 사실 그렇게 기만당하는 사람들은 광고 속에서만 살고 있지만."

"왜?" 타타르스키는 친구의 불안한 생각을 따라잡으려고 애쓰면서 물었다.

"왜냐하면 광고되는 건 항상 물건이 아니라 단순한 인간의 행복이거든. 그들이 보여주는 건 항상 똑같이 행복한 사람들이고, 이런 행복은 단지 다양한 상황에서 다양한 구매 행위에 의해 야기되는 것이지. 따라서 사람은 물건을 사기 위해서가 아니라 행복을 사기 위해 상점에 간다는 말이야. 하지만 그곳에서 행복을 팔지는 않아. 라마승은 다음에 체 게바라인가 하는 사람의 논리를 비판하셨어. 그분은 체 게바라가 완전한 불교도는 아니었고, 따라서 불교도로서 권위도 완전하지 않다고 말씀하셨어. 대체로 그자는 기관총 세례랑 유명한 트레이드마크 말고는 이 세상에 아무것도 주지 못했잖아. 사실 세상도 그자한테 아무것도 안 줬지만……"

"잠깐." 타타르스키가 말을 가로챘다. "화제를 바꾸자. 어쨌든 지금은 아무것도 이해가 안 돼. 머리가 아파서 말이야. 나한테 알려준 만트라가 대체 뭔지나 좀 말해봐."

"그거 만트라 아니야." 기레예프가 대답했다. "히브리어 교과서에 나오는 문장이야. 아내가 공부하고 있거든."

"아내?" 타타르스키는 이마에서 식은땀을 닦아내며 되물었다. "물론 아들이 있다면 아내도 있겠지. 그런데 부인은 왜 히브리어를 공부하는데?"

"그 사람은 여기를 벗어나고 싶어해. 얼마 전에 무서운 환영을 봤거든. 환각 상태는 전혀 아니었고 그냥 명상 중이었어. 요약하면 바위가 하나 있고 그 위에 처녀가 벌거벗은 채 누워 있는데, 이 처녀는 곧 러시아야. 그리고 여자 위로 한 남자가 몸을 숙이는데…… 얼굴은 알아보기 어렵지만 견장이 달린 외투 비슷한 걸 입었어. 아니면 방수 망토거나. 남자는 그 여자에게……"

"두서없는 이야기 그만하고." 타타르스키가 말했다. "토할 것 같아. 나중에 다시 전화하자."

"그래." 기레예프가 동의했다.

"잠깐. 그런데 왜 만트라 대신 그 문장을 알려준 거야?"

"무슨 상관이야. 그런 상황에서는 무슨 말을 반복하건 마찬가지야. 중요한 건 정신을 차리고 보드카를 더 많이 마시면 된다는 거지. 양도 절차도 없이 누가 만트라를 주겠어."

"그럼 그건 무슨 뜻인데?"

"한번 찾아볼게. 그게 어디더라…… 아, 여기 있네. 오드 멜라페폰 바 하 샤. '오이 하나 더 주세요'라는 뜻이네. 웃기지, 응? 자연적으로 만들어진 만트라야. 사실 '옴'이 아니라 '오드'로 시작하는데 내가 바꿨어. 마지막에 '훔'을 붙이면 어떨까……"

"됐어." 타타르스키가 말했다. "전화 끊자. 맥주나 마시러 가야겠다."

아침은 밝고 신선했다. 그 시원한 청정함 속에서 이해할 수 없는 비난이 느껴졌다. 타타르스키는 현관 밖으로 나오다가 생각에 잠겨 멈춰 섰다. 그가 보통 해장술을 사러 가는 24시간 편의점(부근 술꾼들은 그곳을 '세계일주'*라고 불렀다)까지는 10분 정도 갔다가 그만큼을 되돌아와야 했다. 걸어서 2분 정도 걸리는 간이상점들이 바로 옆에 있기는 한데, 한때 그곳에서 일을 한 후부터는 근처에 한 번도 가본 적이 없었다. 그러나 지금은 막연한 공포를 느낄 겨를도 없었다. 타타르스키는 더 살고 싶지 않다는 생각과 싸우면서 간이상점들 쪽으로 향했다.

몇몇 상점의 문이 열려 있었고 옆으로는 신문 가판대도 서 있었다. 타타르스키는 투보르 맥주 세 캔과 분석적인 타블로이드 신문을 샀다. 광고란을 보려고 그 신문을 사곤 했는데, 심각한 숙취 상태에서도 전문가적인 흥미가 느껴졌다. 그는 첫번째 캔을 다 비우고 신문을 넘겼다. 러시아 항공사 아에로플로트의 광고가 주의를 끌었다. 천국의 열매가 주렁주렁 열린 종려나무에 비행기 트랩이 연결되어 있고 그곳을 신혼부부가 걸어 올라가는 내용이었다. 타타르스키는 사진을 보며 생각했다. '정말 바보 같군. 도대체 누가 이런 식으로 광고를 만들지? 시베리아의 노보시비르스크까지 가는 사람이면 어쩔 건데. 그 사람한테도 천국에 도착할 거라고 약속하겠네. 하지만 아직 천국에 가기에는 이를 테고 노보시비르스크에 볼일이 있다면…… 이왕이면 에어버스 이카루스도 한번 만들어보지.' 옆의 지면은 '미망인 도브간 No.

---

* 러시아어로 '24시간 편의점(kruglosutochno)'과 '세계일주(krugosvetka)'는 발음이 비슷하다.

57' 샴페인의 화려한 광고가 차지하고 있었다. 눈부신 금발 미인이 수상 스키를 타고 누군가와 휴대전화로 통화를 하면서 종려나무가 우거진 노란색 섬을 빠르게 지나가는 내용이었다. 그 밖에도 신문에는 봉기(蜂起) 광장에 위치한 미국 식당 광고도 있었다. 유쾌한 네온사인 문구가 번쩍거리는 입구 사진이 보였다:

비벌리 킬스(BEVERLY KILLS)
척 노리스 기업

타타르스키는 신문을 접어 상점 사이에 있던 더러운 상자 위에 깔고 그곳에 앉아 두번째 캔을 땄다.

거의 곧바로 기분이 편안해졌다. 타타르스키는 주변 세상을 보지 않으려고 캔에 시선을 고정했다. 투보르라는 노란색 글자 아래에 커다란 그림이 있었다. 멜빵을 멘 뚱뚱한 남자가 흰 손수건으로 이마의 땀을 닦고 있다. 머리 위로 푸른 하늘이 빛나고, 그는 지평선으로 이어지는 좁은 오솔길 위에 서 있다. 한마디로 그림의 상징적인 무게가 너무 무거워서 얇은 양철 캔이 그것을 어떻게 지탱하는지 이해할 수가 없었다. 타타르스키는 자동적으로 광고 문구를 만들기 시작했다.

'대략 이렇게' 하고 그는 생각했다. '삶은 이글거리는 태양 아래 외로운 편력과 같은 것이다. 우리가 걸어가는 길은 어디에도 이르지 못한다. 어디서 죽음이 우리를 맞이할지도 모른다. 이런 사실을 떠올리면 세상의 모든 것은 공허하고 하찮아 보인다. 바로 그때 통찰이 찾아온다. 투보르. 무엇이 중요한지 생각하라!'

문구의 일부는 타타르스키가 첫 작업부터 애착을 보인 라틴어로 쓸 수도 있을 것 같았다. 예를 들어 '멈추시오, 나그네여' 같은 경우 여행자를 뜻하는 viator인가 하는 단어가 있던데, 정확히는 기억나지 않았다. '라틴어 유행어 사전'이 필요했다. 그는 방금 생각난 문장을 적어두려고 주머니 속에 펜이 있는지 뒤졌다. 펜은 없었다. 타타르스키는 지나가는 사람에게 펜이 있는지 물어보기로 마음먹고 고개를 들다가 바로 자기 앞에 서 있는 후세인과 마주쳤다.

후세인은 통이 넓은 벨벳 바지에 손을 찔러넣고 입꼬리를 올린 채 웃고 있었지만, 번들번들 번쩍이는 눈에는 아무런 표정도 없었다. 그는 최근 타타르스키로부터 받은 모욕에서 회복되는 중이었다. 약간 살이 찐 것만 제외하면 외모는 거의 변하지 않았다. 머리에는 낮은 아스트라한 모자를 쓰고 있었다.

맥주 캔이 타타르스키의 손에서 미끄러져 떨어졌고, 상징적인 노란색 물줄기가 아스팔트 위에 검은색 얼룩을 그렸다. 짧은 순간 그의 영혼을 뚫고 지나간 감정은 조금 전에 자신이 고안한 투보르 콘셉트와 완전히 융합되었다. 다른 점이 있다면 어떤 통찰도 찾아오지 않았다는 것이었다.

"같이 가지." 후세인이 이렇게 말하며 그를 손짓으로 불렀다.

타타르스키는 1초 정도 도망갈까 하고 망설였지만 그러지 않는 편이 더 현명하리라는 결정을 내렸다. 그가 기억하는 한 후세인은 개보다 크고 자동차보다는 작은, 빠르게 움직이는 모든 물체를 반사적으로 표적으로 인식했다. 물론 그동안 모르핀과 수피 음악의 영향으로 그의 내부 세계에 진지한 변화가 일어났을지도 모르겠지만, 그걸 실제로 확인해보고 싶은 생각은 그다지 들지 않았다.

후세인이 사는 트레일러 역시 거의 변하지 않았다. 다만 이제는 창문에 두꺼운 커튼이 쳐져 있고, 지붕 위에는 녹색의 위성 안테나 접시가 달려 있었다. 후세인은 문을 열고 타타르스키의 등을 부드럽게 밀어넣었다.

내부는 어두침침했다. 거대한 텔레비전이 켜져 있고, 화면에는 세 명의 인물이 사방에 가지를 뻗은 나무 밑에 정지 상태로 멈춰 있었다. 영상이 약간 떨리는 것을 보니 VCR에 연결된 상태에서 정지 버튼을 누른 모양이었다. 텔레비전 반대편에 의자가 있었다. 그곳에는 오랫동안 수염을 깎지 않은 남자가 금장 단추가 달린 구겨진 클럽 재킷을 입고 벽에 기대 앉아 있었다. 악취가 풍겨 나왔다. 오른쪽 다리는 의자 밑으로 손과 함께 수갑이 채워져 있었는데, 그 때문에 몸이 형언하기 어려운 반쯤 누운 자세로 굳어 있었다. 이 모습은 타타르스키에게 대한항공 광고에 등장하는 비즈니스 클래스 승객의 와우-항문 자세를 연상시켰다(단 대한항공 광고에서는 수갑이 눈에 띄지 않도록 자세가 돌아가 있을 뿐이었다). 남자는 후세인을 보자 경련을 일으켰다. 후세인은 주머니에서 휴대전화를 꺼내 의자에 묶여 있는 그에게 보여주었다. 남자는 부정의 표시로 머리를 흔들었고, 타타르스키는 그의 입에 넓적한 살색 테이프가 붙어 있음을 알아차렸다. 그 위에는 붉은색 매직펜으로 웃는 얼굴이 그려져 있었다.

"멍청한 자식." 후세인이 중얼거렸다. 그는 탁자의 리모컨을 집어들고 버튼을 눌렀다. 텔레비전 화면 속에서 굼뜨게 움직이기 시작하는 인물들을 보니 VCR은 느린 재생으로 작동 중인 듯했다. 타타르스키는 그것이 자신의 정치적 정당성에 비춰보았을 때 잊을 수 없었던 〈캅카스의 포로〉인가 하는 영화의 장면들임을 알아차렸다. 구겨진 군복을 입은 러시아 상륙부대원은 즐겁지만 확신은 없는 듯 주변을 둘러보았고, 이글거리는 눈빛에 민족의상을 입은 두 명의 캅카스인은 그의 팔을 잡고 있었으며, 후세인과 똑같은 아스트라한 모자를 쓴 남자가 박물관에서나 볼 수 있음직한 긴 군도를 그의 목에 겨누고 있었다. 화면에서는 상륙부대원의 시선, 긴장된 살갗에 들이댄 칼날 등 클로즈업 장면이 교차되었다(타타르스키는 이것이 칸 영화제 심사위원들을 고려하여 삽입된 장면으로, 부뉴엘 감독의 영화 〈안달루시아의 개〉의 의도적 인용이라고 생각했다). 그다음 살인자의 손이 군도를 자기 쪽으로 날카롭게 움직였다. 뒤이어 화면에서 똑같은 장면이 다시 시작되었다. 살인자는 다시 군도를 포로의 목에 들이댔다. 영화의 몇 장면이 반복 재생되고 있었던 것이다. 그제야 타타르스키는 자기가 전시장에서 돌리는 광고 릴 비슷한 것을 보고 있음을 알아차렸다. 비슷한 것 정도가 아니라, 바로 광고 릴이었다. 후세인 역시 IT 분야에 관여하기 시작했고, 지금은 시각 영상의 도움을 받아 자신의 사업이 제공하는 서비스에 대해 설명하며 고객의 의식 속에 자신을 포지셔닝하는 중이었다. 아마도 목에 들이댄 군도의 클로즈업 장면조차 몽타주였을 것이다. 타타르스키는 영화에서 이런 장면을 본 기억이 없었다. 고객은 이 광고나 후세인의 사업에 대해 잘 알고 있음이 분명했다. 그는 눈을 감고 고개를 가슴 쪽으로 숙였다.

"자, 잘 봐라, 잘 봐." 후세인이 이렇게 말하며 남자의 머리카락을 잡고 얼굴을 화면 쪽으로 돌렸다. "머저리 같은 놈. 내가 한 수 가르쳐

주지……"

불운한 남자는 낮게 신음소리를 냈지만 그 얼굴에는 예전처럼 넓게 미소가 퍼지는 모습을 보고 타타르스키는 그에게 비이성적인 적의를 느꼈다.

후세인은 남자를 놓아주고는 아스트라한 모자를 고쳐 쓰며 타타르스키에게로 돌아섰다.

"전화 한 통만 하면 되는데, 안 하려고 한단 말이야. 그러면서 자신도 괴롭히고 남들도 괴롭히고 있지. 이런 인간들은…… 그런데 너는 어때? 보아하니 약에 취한 것 같던데."

"아니." 타타르스키가 말했다. "숙취 때문이야."

"그럼 내가 한잔 대접하지." 후세인이 말했다.

후세인은 내화금고로 가더니 헤네시 코냑 한 병과 표면이 그다지 매끄럽지 않은 술잔 두 개를 들고 왔다.

"손님을 위해." 그는 코냑을 따르며 이렇게 말했다. 타타르스키는 그와 술잔을 부딪치고 쭉 들이켰다.

"요즘은 뭐 하면서 지내?" 후세인이 물었다.

"일하고 있어."

"그래, 어디서?"

뭔가를 말해야만 했다. 거기다 후세인이 그가 사업을 포기한 데 따른 보상을 요구할 수 없는 일이어야 했다. 지금 타타르스키에게는 돈이 없었다. 그의 시선은 텔레비전 화면에 고정되었고, 그곳에서는 순서에 따른 죽음의 장면이 시작되고 있었다. 타타르스키는 생각했다. '나도 저런 식으로 죽이겠지. 아무도 내 무덤에 꽃을 가져오지 않을

텐데……'

"그러니까 어디서?" 후세인이 다시 물었다.

"화훼 사업을 하고 있어." 타타르스키는 자신도 예상치 못한 답을 했다. "아제르바이잔 사람들과."

"아제르바이잔 사람들과?" 후세인이 믿지 못하겠다는 듯 다시 물었다. "어떤 아제르바이잔 사람하고?"

"라픽하고." 타타르스키는 고무되어 대답했다. "그리고 또 엘다르도. 비행기 한 대를 전세 내서 이곳으로 꽃을 수송해 오거나 아니면 그쪽으로…… 무슨 말인지 이해하겠지만. 물론 비행기를 전세 낸 사람은 내가 아니야. 나는 그냥 보조 역할만 할 뿐이지."

"그래? 그렇다면 떠나면서 왜 인간적으로 설명하지 못했어? 왜 그냥 열쇠를 놓고 갔지?"

"술에 잔뜩 취해 있었거든." 타타르스키가 대답했다.

후세인은 생각에 잠겼다.

"그래도 모르겠군." 그가 말했다. "꽃이라면 좋은 사업인데. 네가 남자 대 남자로서 알려줬다면 아무 말도 안 했을 거야. 그래서 말이지만…… 너의 라픽과 얘기를 해봐야겠는걸."

"지금은 바쿠에 있어." 타타르스키가 말했다. "엘다르도."

타타르스키의 허리춤에서 호출기가 울리기 시작했다.

"누구야?" 후세인이 물었다.

타타르스키는 호출기 창을 보고 하닌의 번호임을 알았다.

"그냥 아는 사람이야. 아무 관계 없는."

후세인은 조용히 손을 내밀었고, 타타르스키는 그 위에 고분고분하게 호출기를 올려놓았다. 후세인은 수화기를 들고 번호를 돌리며 타타르스키를 의미심장하게 바라보았다. 전화선 저쪽 끝에서 상대가 전화를 받았다.

"여보세요." 후세인이 말했다. "전화 받는 분은 누구신지? 하닌? 안녕하시오, 하닌. 여기는 캅카스 친선협회요. 내 이름은 후세인이오. 걱정거리를 하나 알려야겠는데 여기 우리 쪽에 당신 친구 보바가 있소만. 그에게 한 가지 문제가 있소. 우리한테 갚아야 할 돈이 있거든. 그런데 어디서 구해야 할지 모르겠다는군요. 당신한테 전화해서 도와줄 수 있는지 알아봐달라고 부탁했소. 당신도 그와 함께 화훼 사업을 하시나?"

후세인은 타타르스키에게 윙크를 하고는 1, 2분 정도 조용히 듣고 있었다.

"뭐라고?" 후세인이 얼굴을 찌푸리며 물었다. "그와 화훼 사업을 하는지만 말하시오. 무슨 말이오, 비유적인 의미에서 화훼 사업을 한다니? 무슨 페르시아 장미? 뭔 아리오스토? 누구? 뭐? 친구를 바꿔보시오…… 여보세요……"

타타르스키는 후세인의 얼굴 표정으로 보아 전화선 저쪽에서 뭔가 무의미한 이야기를 하고 있음을 알아차렸다.

"당신이 누군지는 상관없소." 후세인이 긴 침묵 끝에 대답했다. "원하는 사람을 보내시오…… 그래…… 당신 부대 전체가 탱크를 끌고 온다고 해도 좋소. 단 그자들한테 어떤 경우에도 대비하라고 경고하시오. 여기에도 의회 출신의 상처 입은 보이스카우트가 누워 있는 건 아니니까. 알겠소? 뭐? 당신이 오겠다고? 그럼 오시오. 주소를 적으시지."

후세인은 전화기를 내려놓은 후 미심쩍은 듯 타타르스키를 보았다.

"그럴 필요 없다고 했잖아." 타타르스키가 말했다.

후세인은 가벼운 웃음을 지었다.

"내가 걱정돼? 친절해서 고맙군. 하지만 그럴 필요 없어."

그는 내화금고에서 레몬 수류탄 두 개를 꺼내 기폭 장치의 더듬이를 약간 편 다음 양쪽 주머니에 하나씩 집어넣었다. 타타르스키는 다른 쪽을 보는 척했다.

30분 후 트레일러에서 몇 미터 떨어진 곳에 창문에 검은 코팅을 한 전설의 메르세데스 600이 멈춰 섰다. 타타르스키는 커튼 사이로 시선을 고정했다. 차에서 두 사람이 내렸다. 첫번째는 부스스한 머리의 하닌이었고 두번째는 타타르스키도 모르는 남자였다.

모든 와우-지표에 따르면 그는 소위 전형적인 중산층을 대표하고 있었다. 어느 남쪽 항구 위원회 출신으로 붉은 얼굴의 보병이었으며, 전형적인 수컷의 외모를 지니고 있었다. 또한 검은색 가죽 재킷에 묵직한 금목걸이, 트레이닝복 바지를 입고 있었다. 하지만 그가 탄 차로 판단해보건대, 일개 군인이 장군의 지위에 오르는 데 성공한 것과 같은 아주 드문 경우를 몸소 체현하고 있었다. 그는 하닌과 몇 마디를 주고받은 후 문으로 다가왔다. 하닌은 그 자리에 서 있었다.

문이 열렸다. 낯선 사람은 둔중하게 트레일러 안으로 들어와서 우선 후세인을, 다음에는 타타르스키를, 다음에는 의자에 묶여 있는 사람을 쳐다보았다. 그의 얼굴에 경악하는 표정이 나타났다. 자기 눈을 믿지 못하겠다는 듯 잠깐 동안 움직이지 않고 있던 그는 묶여 있던 남자 쪽으로 걸어가서 머리카락을 잡고 무릎으로 얼굴을 두 번 세게 쳤다. 남자는 자유로운 한 손으로 방어를 하려고 했지만 소용이 없었다.

"어디 있었던 거야, 이 개자식!" 새로 온 사람이 큰 소리로 고함을 쳤고, 그의 얼굴은 더 심하게 붉어졌다. "2주 동안 너를 찾아 온 도시를 뒤졌다. 뭐야, 숨어버리려고 했냐? 이 빌어먹을 장사꾼아, 꽁꽁 싸매고 있었어?"

타타르스키와 후세인은 시선을 주고받았다.

"어이, 그렇게까지 할 필요야." 후세인이 주저하며 말했다. "물론 장사꾼은 맞지만, 어쨌든 내 장사꾼이란 말이지."

"뭐?" 낯선 남자가 피투성이가 된 머리를 내려놓으며 물었다. "네 장사꾼이라고? 네가 아직 산속에서 암염소를 칠 때부터 이놈은 내 장사꾼이었어."

"내가 산에서 키운 건 암염소가 아니라 숫염소였다." 후세인이 조용히 대답했다. "멍청한 짓을 하러 온 거라면, 장담컨대 네 코에 고리를 걸어주겠어."

"뭐라고?" 낯선 남자가 얼굴을 찌푸리며 재킷 단추를 열자 왼쪽 앞깃에 뭔가 불룩한 것이 보였다. "무슨 고리?"

"바로 이거다." 후세인이 주머니에서 수류탄을 꺼내며 말했다.

더듬이가 제거된 상태의 수류탄은 순식간에 낯선 남자의 흥분을 가라앉혔다.

"이놈은 나한테 빚이 있어." 그가 말했다.

"나도 마찬가지지." 후세인이 수류탄을 치우면서 말했다.

"나한테 먼저 갚아야 해."

"아니. 내가 먼저야."

잠깐 동안 그들은 서로를 바라보았다.

"좋아." 낯선 남자가 말했다. "내일 만나서 의논하지. 저녁 열 시. 장소는?"

"이곳으로 곧장 와라."

"알았다." 낯선 남자는 이렇게 말하고는 손가락으로 타타르스키를 가리켰다. "저 청년은 내가 데려가지. 내 밑에서 일하고 있거든."

타타르스키는 미심쩍은 듯 후세인을 쳐다보았다. 그는 상냥하게 미소 지었다.

"이제 너한테 볼일은 없어. 네 친구가 화살표를 자기 쪽으로 돌렸으니까. 그냥 인간적으로 찾아와라. 장미 꽃다발 같은 거나 들고. 내가 장미를 좋아하거든."

후세인은 그들을 따라 밖으로 나가서 트레일러 벽에 등을 기대고 담배를 피우기 시작했다. 두 걸음 정도 가던 타타르스키가 돌아섰다.

"맥주를 잊어버렸는데." 그가 말했다.

"가서 가져가." 후세인이 말했다.

타타르스키는 트레일러로 돌아가 탁자 위에 있던 마지막 투보르 캔을 집어들었다. 의자에 묶인 사람이 신음소리를 내며 자유로운 한쪽 손을 들어올렸다. 타타르스키는 그 손 안에 사각형의 색지가 있는 것을 알아차리고 얼른 받아 주머니에 집어넣었다. 포로는 조용하지만 한 옥타브 높은 신음소리를 내며 손가락으로 전화 다이얼 돌리는 시늉을 하고 손을 가슴에 댔다. 타타르스키는 고개를 끄덕이고 트레일러를 나왔다. 입구에서 담배를 피우던 후세인은 아무것도 눈치채지 못한 듯했다. 낯선 남자와 하닌은 이미 차에 타고 있었다. 타타르스키가 앞좌석에 타자마자 차는 바로 움직였다.

"서로 인사하지." 하닌이 말했다. "바반 타타르스키라고 우리 훌륭한 전문가 중 하나라네. 그리고 이 사람은," 하닌은 도로 위에서 운전대를 잡고 있는 낯선 남자 쪽으로 고개를 끄덕였다. "보브치크 말로이라고, 자네하고 이름이 비슷해. 니체주의자라고도 부르지."

"다 헛소리야." 보브치크가 눈을 깜박이며 빠르게 중얼거렸다. "옛날 일이지."

"이 사람은," 하닌이 계속했다. "아주 중요한 경제 기능을 수행하고 있다네. 연평균 기온이 낮은 국가들에서 자유주의 모델의 핵심 고리라고 할 수 있을 거야. 자네는 시장경제에 대해 좀 아나?"

"아주 약간요." 타타르스키는 이렇게 말하며 엄지와 검지 사이에 1밀리미터 정도의 간격을 만들어 보였다.

"그렇다면 절대적으로 자유로운 시장에서는 말 그대로 절대적인 자유를 제한하는 장치가 필요하다는 걸 알고 있어야 하네. 보브치크가 바로 그런 제한 장치일세. 간단히 말해 우리의 보호 지붕이야."

차가 신호에 걸려 멈춰 섰을 때 보브치크 말로이는 작고 무표정한 눈을 들어 타타르스키를 쳐다보았다. 왜 그를 말로이*라고 부르는지 알 수 없었다. 그는 커다란 체구에 키도 상당히 컸다. 얼굴은 전형적인 악당처럼 모호한 만두 같은 윤곽이었지만 특별히 혐오스럽지는 않았다. 그가 타타르스키에게 말을 걸었다.

---

* 러시아어로 '꼬맹이'라는 뜻.

"예컨대 자네 러시아의 관념에 관심을 가진 적 있나?"

타타르스키는 한숨을 쉬며 눈을 크게 떴다.

"아니요." 그가 말했다. "그 주제는 생각해본 적이 없습니다."

"오히려 잘됐지." 하닌이 끼어들었다. "신선한 머리로라는 말도 있잖은가."

"왜 그러시는데요?" 타타르스키가 그를 향해 몸을 돌리며 물었다.

"자네한테 작업 주문이 하나 있네." 하닌이 대답했다.

"누가 주문했나요?"

하닌이 고갯짓으로 보브치크 쪽을 가리켰다.

"여기 펜하고 수첩 있네." 그가 말했다. "유심히 듣고 받아 적도록 하게. 그런 다음 그걸 바탕으로 쓰면 돼."

"듣고 말고 할 것도 없어." 보브치크가 투덜댔다. "모든 게 아주 분명하니까. 이봐, 바반, 자네 외국에 나가서 모욕감을 느껴본 적이 있나?"

"외국에 나가본 일도 없는데요." 타타르스키가 고백했다.

"그거 잘했어. 외국에 가면 모욕을 당하게 되거든. 분명히 말하겠는데, 그놈들은 우리가 쓰레기나 짐승이라도 되는 양 사람 취급을 안 하니 말이야. 만약 자네가 힐튼 호텔 같은 곳 한 층을 통째로 예약한다면 그때는 물론 한 줄로 서서 자네 아랫도리라도 빨아주려고 난리를 치겠지. 하지만 파티나 사교 모임에 모습을 드러내면 무슨 원숭이 대하듯 하는 거지. 당신은 왜 그렇게 큰 십자가를 하고 있느냐, 신학자라도 되느냐 하면서. 빌어먹을, 모스크바에 있다면 신학이 어떤 건지 보여주고 싶을 정도라니까."

"왜 그런 취급을 하는데?" 하닌이 끼어들었다. "생각하는 바라도 있나?"

"있지." 보브치크가 말했다. "우리가 그들이 제공하는 걸로 먹고살기 때문이야. 그들의 영화를 보고, 그들의 차를 타고 다니고, 심지어 그들의 사료를 먹고 있거든. 생각해보면 우리가 생산하는 건 돈뿐이야. 그조차도 개념적으로는 그들의 달러인데, 아무튼 우리가 어떻게 그렇게 돈을 교묘하게 잘 생산해내는지 신기하단 말이야. 그런데 다른 한편으로는 우리가 생산을 해내도 아무도 공짜로 주려고 하진 않는다는 거야. 나는 경제학자나 뭐 그런 사람은 아니지만, 상황이 썩어빠졌다는 것과 여기에 어떤 속임수 같은 게 숨어 있다는 사실은 분명히 느끼고 있어."

보브치크는 말을 마치고 심각한 얼굴로 생각에 잠겼다. 하닌이 뭔가 끼어들려고 했지만, 보브치크가 갑자기 폭발해버렸다.

"그런데 그놈들은 우리가 문화적으로 저급하다고 생각하고 있어! 아프리카 검둥이처럼, 이해하겠나? 우리를 돈을 가진 동물처럼, 무슨 돼지새끼나 황소처럼 생각한다고. 하지만 우리는 러시아가 아닌가! 생각만으로도 두려운 존재! 위대한 국가여!"

"그래." 하닌이 말했다.

"쓰레기들 때문에 잠깐 뿌리를 잊었을 뿐이야. 삶이 어떤지 알지 않나. 방귀나 뀌고 있을 시간은 없어. 그렇다고 검둥이 새끼들처럼 우리의 근본까지 잊었다는 의미는 아니야."

"감정을 좀 자제하지." 하닌이 말했다. "이 젊은이한테 자네가 뭘 원하는지나 설명하게. 좀 더 단순하게, 감상은 빼고."

"이제부터 상황을 짧게, 가능한 한 단순하게 설명하도록 하겠네." 보브치크가 말했다. "우리의 국가사업은 국제무대로 나가는 중이야. 그곳에서는 체첸 돈, 미국 돈, 콜롬비아 돈 할 것 없이 모든 돈이 돌고 있네. 자네도 알 거야. 단순하게 본다면 똑같은 돈일 뿐이야. 하지만 모든 돈에는 사실 나름의 민족 관념이 들어 있거든. 우리의 관념은 이전에는 정교, 전제정, 민족성이었지. 그다음에는 공산주의였고. 그런데 그게 끝나버린 지금은 총체적으로 돈 이외에는 어떤 관념도 없단 말이야. 그렇다고 단순히 돈이 돈을 지지할 수는 없지 않은가, 그렇겠지? 왜냐하면 그럴 경우 왜 어떤 돈은 우선하는데 다른 돈은 뒤처지는지 이해할 수가 없기 때문일세."

"정확히 그렇지." 하닌이 말했다. "잘 배우게, 바반."

"그런데 우리의 러시아 달러가 카리브 해안 어딘가에서 유통이 되어도," 보브치크는 계속했다. "왜 그게 바로 러시아의 달러인지 사실 이해를 못한다는 거야. 우리에게는 민족적 아.이.덴.티.티가 충분하지 않으니……"

보브치크는 마지막 단어를 한 음절씩 끊어서 말했다.

"알겠나? 체첸인들한테는 있지만, 우리에게는 없네. 그래서 사람들이 우리를 쓰레기처럼 쳐다보는 거야. 하버드 출신의 어떤 개자식한테건 간단하게 설명할 수 있는 분명하고 단순한 러시아의 관념이 있어야 한단 말이지. 아브라카다브라, 그딴 식으로 보지 말아랏. 또 우리도 우리가 어디서 왔는지는 알아야 하고."

"이제 임무를 맡겨보세." 하닌이 이렇게 말하며 거울을 통해 타타르스키에게 윙크를 했다. "여긴 내 수석 크리에이터일세. 이 사람의

1분이 우리 둘의 일주일 벌이보다도 비싸다네."

"임무는 간단해." 보브치크가 말했다. "대략 다섯 쪽 분량으로 러시아 관념에 대해 써주게. 그리고 한 쪽짜리 요약본까지. 의미를 알 수 없는 그런 것 말고 순수하게 사실적으로 서술해서. 사업가이건 가수이건 누구든 수입된 새끼들은 이걸로 좀 쫓아버릴 수 있게. 우리가 여기 러시아에서 단순히 돈을 훔치거나 철문을 달아걸거나 한다는 생각은 못하게. 빌어먹을, 1945년의 스탈린그라드* 같은 그런 정신을 느낄 수 있도록, 알겠나?"

"하지만 제가 어디서 그런……" 타타르스키가 이렇게 말을 시작했지만 하닌이 가로막았다.

"이보게, 이건 이미 자네 일이야. 하루를 주지. 시각을 다투는 일이라고. 그 뒤에는 나를 위해 다른 일을 해줘야 해. 명심하게. 우리는 이 일을 자네 말고도 또 한 사람한테 맡겼네. 그러니 애써보게나."

"혹시 비밀이 아니라면, 누구한테 맡기셨는지요?" 타타르스키가 물었다.

"사샤 블로라고. 들어본 적 있나?"

타타르스키는 아무 말도 하지 않았다. 하닌이 보브치크에게 신호를 보내자 차가 멈춰 섰다. 그는 타타르스키에게 100루블짜리 지폐를 건네며 말했다.

"이걸로 택시 타고 가게. 집에 가서 일을 하게나. 오늘은 더 마시지 말고."

---

* 2차대전 당시의 스탈린그라드 전투를 기리며 1945년 영웅도시 칭호가 주어졌다.

인도에 내린 타타르스키는 차가 떠날 때까지 기다렸다가 캅카스의 포로가 건네준 명함을 꺼냈다. 뭔가 좀 이상해 보였다. 가운데는 세쿼이아 나무가 그려져 있고 나머지 공간은 별과 줄무늬, 독수리로 채워져 있었다. 이 로마 양식의 웅장함 위로 금빛 글자가 구불구불하게 찍혀 있었다:

개방합자회사
탐포코
청량음료와 주스
주식투자 매니저 미하일 네포이만

"아하." 타타르스키가 중얼거렸다. "우리가 아는 사이였군."

그는 명함을 주머니에 숨기고 차량의 흐름을 향해 손을 들었다. 바로 택시 한 대가 멈춰 섰다.

택시 기사는 투실투실한 얼굴에 짜증이 가득한 시골뜨기였다. 타타르스키는 그가 물이 가득 차서 날카로운 걸로 살짝 건드리기만 해도 단번에 분수처럼 사방으로 물이 튈 것 같은 콘돔 비슷하다는 생각이 언뜻 들었다.

"저기요," 타타르스키는 자기도 모르게 이런 질문을 했다. "혹시 러시아의 관념이 뭔지 아시나요?"

"하." 택시 기사는 바로 이 질문을 기다렸다는 듯이 말했다. "내가 말해드리지. 내가 반은 모르도바인이오. 그런데 군대 복무 첫해에 훈련을 받는데 거기 할리라는 중사가 있었소. 그자가 말하기를 '나는 모르도바 놈하고 캅카스 놈들을 증오한다!' 라고 하더군요. 그러고는 나한테 칫솔을 주면서 변기 구멍을 닦으라고 보냈소. 개자식, 두 달 동안 나를 조롱했지. 그러다가 갑자기 우리 훈련소로 세 명의 모르도바 형제가 오게 되었는데, 세 사람 모두 역도 선수였단 말이오. 상상이 가시오? 그 사람들이 여기 모르도바인을 싫어하는 자가 누구냐고 물었소."

택시 기사는 만족스럽게 웃어댔고, 차는 거의 반대편 차선으로 튕겨나갈 정도로 심하게 이리저리 방향을 바꾸었다.

"그런데 그게 러시아 관념과 무슨 상관인가요?" 공포에 질린 타타르스키가 좌석에 몸을 깊이 숨기며 물었다.

"상관이 있지. 할리는 엄청나게 얻어맞고 두 주 동안 병원 침대에 누워 있었소. 바로 그렇게 된 거요. 그 뒤로도 다섯 번 정도는 더 얻어맞아서 제대를 할 수밖에 없었지. 단지 손만 봤다면 그나마……"

"여기서 내려주십시오." 타타르스키는 참을 수가 없었다.

"여기는 안 돼요." 택시 기사가 말했다. "차를 돌려야 하거든. 내 말은 그들이 할리를 때리기만 했다면 그나마…… 안 돼!"

타타르스키는 포기했다. 차가 그를 집에 데려다줄 때까지 택시 기사는 그 국수주의자 중사의 운명을 아주 상세하게 알려주었는데, 그것은 중사에 대한 최소한의 연민의 가능성조차 없애버렸다. 사실 연민의 감정 뒤에는 항상 짧은 순간의 동일시가 있는 법이지만 이번에는 그것도 불가능했다. 정신도 마음도 감히 그럴 엄두를 내지 못했기 때문이다. 그건 그냥 평범한 군대 이야기였을 뿐이다. 타타르스키가 차에서 내리자 택시 기사가 그의 뒤에 대고 말했다.

"그 관념에 대해서 솔직히 말하면, 빌어먹을 알 게 뭐요. 기름값하고 술값만 벌면 됐지. 그들이 내 면상을 책상에다 박지만 않으면 두다예프*건 무다예프건 무슨 상관이겠소."

아마도 이 말 때문에 타타르스키는 의자에 묶여서 허공에 대고 전화번호를 누르던 매니저가 생각났던 것 같다. 그는 현관으로 들어서다 멈춰 섰다. 바로 이 순간 상황이 실제로 요구하는 것이 뭔지 깨달았기 때문이다. 주머니에서 명함을 꺼낸 그는 뒷면에 이렇게 썼다:

탐포코 주식!
오늘은—휴지 조각
내일은—주스 한 양동이!

'그러니까 침엽수란 말이지' 하고 타타르스키는 생각했다. '좋아. 그 사람한테 마지막 기회를 주자. 후세인이 그를 풀어주면 전화해야겠다. 하지만 당분간은 달러나 돌돌 말고 있으라고 해야겠군.'

* 1991년 연방 해체 후 러시아로부터의 체첸 독립 운동을 주도한 인물.

양봉 연구소

이런 일이 종종 있다. 여름날 아침 거리로 나섰을 때 눈앞에서 비밀스러운 약속과 하늘에 녹아든 행복이 충만한, 거대하고 아름답고 어딘가로 바삐 움직이는 세상과 마주치게 되면 문득 날카롭게 가슴을 찌르는 느낌이 반짝하고 스쳐간다. 그건 바로 자기 앞에 삶이 놓여 있고 그 삶을 따라 뒤돌아보지 않고 앞으로 나아갈 수 있으며, 자신을 건 도박에서 이길 수 있고, 흰색 모터보트를 타고 바다를 질주할 수 있고, 흰색 메르세데스를 타고 도로 위를 날아다닐 수도 있다는 느낌이다. 이때 당신은 저절로 주먹이 꽉 쥐어지고 광대뼈가 툭 튀어나오고, 이빨로 이 적대적인 공허감으로부터 돈을 더 많이 뜯어내고 필요하다면 누구라도 길에서 쓸어버리겠다고, 그래서 아무도 당신을 감히 미국 단어 '루저(loser)'로 부르지 못하게 하겠다고 스스로에게 약속한다.

구강 와우-요인은 우리의 영혼 속에서 그런 식으로 작동한다. 그러나 타타르스키는 겨드랑이 밑에 서류철을 끼우고 지하철역까지 느릿느릿 걸어가면서 이처럼 요구사항이 많은 욕구에는 관심을 두지 않았다. 그는 자신이 바로 루저라고, 즉 완전히 바보일 뿐만 아니라 전범(戰犯)이자 인류의 생물학적 진화에서 실패한 고리라고 느꼈다.

러시아의 관념에 대해 써보려던 지난밤의 시도는 타타르스키의 경력에서 처음으로 완벽한 실패로 끝났다. 처음에는 이 작업이 복잡해 보이지 않았지만, 책상에 앉은 후 그는 아무것도, 정말 아무것도 머릿속에 떠오르지 않는다는 사실을 깨닫고 두려움에 떨었다. 시곗바늘이 자정을 넘기자 절망 속에서 의지했던 플랑셰트조차 도움이 되지 못했다. 사실 체 게바라가 응답하기는 했지만 러시아의 관념이라는 질문에 이상한 답을 내놓았다:

러시아인들이여!

구강-항문 와우-효과에 관해 말하는 것이 더 옳을 듯하다. 왜냐하면 이러한 영향은 하나의 충동으로 집약되고, 바로 이런 감정의 복합체, 그것들의 혼합물이 사회적으로 가치 있는 인간의 투영으로 간주되기 때문이다. 광고는 가끔 유사 프로이트적인 접근보다는 유사 융적인 접근을 선호한다는 점에 주의하자: 물질의 구매를 지원하는 것은 화폐 사이의 교접이라는 노출된 행위가 아니라, 구강-항문 충동을 부차적인 차원으로 밀어낼 수 있는 신비한 속성의 추구이다. 예를 들어 청록색 칫솔은 위쪽 발코니에서 아래쪽 발코니로 어떻게든 안전하게 넘어갈 가능성을 보장하고, 냉장고는 지붕에서 떨어진 피아노 잔해에 깔려 죽는 일에서 지켜주며, 키위 통조림은 항공기 사고에서 목숨을 구해준다. 하지만 이것은 대부분의 전문가들이 이미 낡았다고 생각하는 방법론이다. 아멘.

여기서 유일하게 러시아 관념을 떠올리게 하는 것은 은어처럼 사용되는 '러시아인들이여'라는 말로, 타타르스키에게 이것은 제도권 내의 도둑들이 항상 소위 자신의 똘마니들에게 문자 서한을 보낼 때 사용하는 '죄수들이여'라는 말과 비슷하게 들렸다. 하지만 그런 유사성에도 불구하고 보브치크 말로이는 이런 식으로 작성된 요약본에는 결코 만족하지 못할 터였다. 이 문제와 관련해 더욱 권위 있는 영혼과 접촉하려던 시도는 무위로 끝났다. 사실 타타르스키가 특별한 희망을 걸고 도스토옙스키의 영혼에 호소한 후에 실제로 몇 가지 부차적인 효과가 나타나기는 했다: 플랑셰트는 똑같은 힘을 가진 영혼 몇몇이 사방에서 잡아당기는 것처럼 약하게 흔들리며 튀어오르기 시작했다. 그러나 종이 위에 남겨진 구불구불한 글씨체는, 물론 찾고자 하는 관념이 너무 초월적이어서 그것만이 그 관념을 종이 위에 기록하는 유일한 방법이라고 스스로 위로할 수는 있었지만, 역시 주문자의 요구에는 맞지 않았다. 어쨌든 타타르스키는 일을 마무리 짓지 못했다.

어떤 경우에라도 서류철에 있는 칫솔이나 키위와 관련된 광고 쪼가리를 하닌에게 보여줄 순 없을 테고, 대신 뭐라도 내놓아야 한다는 생각에 타타르스키는 자학에 빠져들었다. 그는 '레이저(laser)'라는 단어가 들어가는 다양한 상표를 개작하다가 그중 몇 가지를 재미있게 응용해보았다. 루저 젯(Loser-Jet), 루저 맥스(Loser-Max) 같은 응용은 그의 영혼을 강하게 자극해 잠시나마 눈앞에 닥친 수치심을 잊게 해주었다.

하지만 지하철역에 가까워졌을 무렵 타타르스키는 이런 생각에서 약간 벗어났다. 뭔가 이상한 일이 벌어지고 있었다. 스무 명가량의 경찰 병력이 총을 들고 서서 영웅적이면서도 은밀한 표정으로 무전기를 이용해 대화를 주고받고 있었다. 차단된 공간의 한가운데에서 그리 크지 않은 크레인이 불타버린 리무진 잔해를 견인차에 옮겨 싣는 중이었다. 자동차 골조 주변으로 평복을 입은 사람들이 돌아다니며 아스팔트 위를 주의 깊게 살펴보기도 하고 뭔가를 찾아내서 쓰레기봉투 같은 비닐봉지에 집어넣기도 했다. 타타르스키는 이 모든 광경을 높은 곳에서 내려다보았지만, 막상 역 근처로 내려가자 사람들이 사건 현장을 가리고 있어 도저히 뚫고 들어갈 수가 없었다. 땀에 젖은 사람들의 등에 부딪치자 타타르스키는 한숨을 쉬고 가던 길을 계속 갔다.

하닌은 기분이 언짢아 보였다. 그는 이마에 손을 대고 담배 끝으로 재떨이에 뭔가 신비한 상징을 그렸다. 타타르스키는 맞은편 의자 끝에 앉아 서류철을 가슴에 안고 두서없이 이야기를 시작했다.

"물론 저도 써보기는 했습니다. 할 수 있는 한에서요. 그런데 제 생각에는 다 망쳐버렸으니 보브치크에게는 보여주실 필요 없습니다. 문제는 이 주제가…… 정말 단순하지 않은 거라서요. 광고 문구를 생각해내거나 러시아 관념의 브랜드 에센스에 뭔가를 덧붙이거나, 아니면 사샤 블로가 쓴 내용을 어떻게든 확장시켜볼 순 있을 것 같은데요. 하지만 제가 콘셉트를 만들기에는 아직 이릅니다. 겸손이 아니라 객관적으로 드리는 말씀입니다. 대체로……"

"잊어버리게." 하닌이 말을 잘랐다.

"무슨 일이신지?"

"보브치크가 당했네."

"어떻게요?" 타타르스키는 의자에 몸을 기댔다.

"아주 간단히." 하닌이 말했다. "어제 체첸인들과 총격전이 있었던 모양이네, 그것도 자네 집 바로 옆에서. 부하들하고 차 두 대에 나눠 타고 도착할 때만 해도 모든 게 괜찮았겠지. 평상시와 다를 바 없다고 생각했을 거야. 그런데 그 개자식들이 밤새 반대편 언덕에 참호를 파놨던 거야. 보브치크가 입구로 다가갔을 때 그놈들이 '땅벌'이라는 화염방사기 두 대로 공격을 시작했어. 이게 정말 무서운 물건이거든. 온도가 2천 도나 되는 엄청난 화력이란 말이야. 보브치크의 차가 방탄차긴 했지만, 보통 사람의 공격을 막는 수준이지 괴물의 공격을 막을 정도는 아니었던 거지."

하닌은 손사래를 쳤다.

"보브치크는 즉사했네." 그가 조용히 덧붙였다. "폭발에 살아남은 부하들은 차 밖으로 튀어나오다가 기관총에 모조리 사살됐고. 자네가 그런 인간들하고 어떻게 사업을 해왔는지 모르겠단 말이야. 과연 인간이기나 한 건지. 음…… 한때 잘나가던 사람들이 완전히 나가떨어졌으니."

타타르스키는 이 순간에 어울리는 슬픔 대신 수치스럽게도 희열에 가까울 정도로 마음이 가벼워짐을 느꼈다.

"그렇군요." 그가 말했다. "이제 이해가 되네요. 오늘 그 차들 중에 한 대를 봤거든요. 지난번하고 달라서 무슨 나쁜 일이 벌어졌을 거라고는 생각도 못했습니다. 누가 공격을 당했구나 정도로만 생각했지요. 매일 누군가는 공격을 당하니까요. 그런데 이제 알겠네요. 결국 한 사람 한 사람씩 모두가 이런 일을 당한다는 걸요. 그런데 현실적인 측면에서 이 일이 우리에게 무슨 의미가 있습니까?"

"휴가지." 하닌이 말했다. "무기한의 휴가. 그런데 해결해야 할 큰 문제가 있네. 햄릿적인 문제라고나 할까. 오늘 아침에 전화 두 통을 받았네."

"경찰서에서요?" 타타르스키가 물었다.

"그래. 그다음은 캅카스 친선협회 전화였고. 이 새끼들, 장사꾼이 자유를 얻은 걸 냄새 맡았더군. 피 냄새를 맡고 달려드는 상어처럼 말이야. 어쨌든 문제는 이제 아주 명확해졌네. 캅카스 놈들은 실질적으로 보호 지붕이 되어준다지만 이 쓰레기들이 원하는 건 그저 돈만 빼내가는 거야. 그래도 그자들이 총격전을 벌일 때까지는 그놈들 신발을 핥아줘야지 별수 있나. 누가 됐든 간에 자네를 날려버릴 수 있으니까. 그런데 이 쓰레기들은 특히 더하던걸. 오늘 나한테 얼마나 달려들던지…… 내게 다이아몬드가 있다는 걸 안다고 하더군. 무슨 다이아몬드가 있다고. 자네가 말해보겠나?"

"모르겠는데요." 타타르스키는 하닌의 집 화장실에서 보았던, 영원을 약속하는 다이아몬드 목걸이 사진을 기억했지만 이렇게 대답했다.

"좋아, 신경 쓰지 말게. 그냥 살면서 사랑하고 일이나 하면 되지. 그런데 옆방에 자네를 기다리는 사람이 있네."

"누군데요?" 타타르스키는 몸을 떨었다.

"자네를 아는 것 같던데. 볼일이 있다고 하더군."

모르코빈은 마지막 만났을 때와 변함이 없어 보였다. 다만 가르마 사이로 흰머리가 늘었고, 눈은 더 슬프고 현명해 보였다. 단정한 검은 양복에 줄무늬 넥타이를 매고 앞가슴 주머니에도 똑같은 무늬의 손수건을 꽂고 있었다. 타타르스키를 보자 그는 의자에서 일어나 활짝 웃으며 포옹을 하려고 두 팔을 벌렸다.

"야," 그가 타타르스키의 등을 치며 말했다. "얼굴 꼴이 왜 이 모양이야, 바반. 오랫동안 술에 절어 살았나?"

"방금 골치 아픈 일에서 빠져나왔거든." 타타르스키는 죄지은 사람처럼 대답했다. "여기서는 그런 일들만 주니 달리 방법이 없어."

"그래서 전화로 그런 말을 한 거야?"

"언제?"

"기억 안 나? 그럴 거라고 생각했어. 상태가 아주 안 좋던걸. 신을 위한 콘셉트를 잡고 있는데 그것 때문에 고대의 뱀이 너한테 달려든다고 말했잖아. 또 새로운 일을 찾아달라고 부탁하면서 세상일에 지쳤다고도 했고."

"그만." 타타르스키가 손바닥을 올리며 말했다. "사람 긴장하게 만들지 마. 그 쓰레기 안에서 꼼짝 못하고 있으니까."

"그런데 정말 일이 필요해?"

"물론이지. 우리 한쪽 다리는 쓰레기들이 잡아당기고 있고 다른 쪽 다리는 체첸인들이 잡아당기고 있거든. 모두 강제 휴가 중이야."

"그럼 같이 가자. 마침 내 차에 맥주도 있어."

모르코빈은 바퀴 달린 어뢰처럼 생긴 파란색 소형 BMW를 타고 왔다. 앉기 불편한 차였다. 몸은 반쯤 누웠고 무릎을 가슴까지 올려야 했으며, 차체 바닥이 너무 낮아서 홈이 파인 곳을 지날 때마다 차가 튀어올라 무의식적으로 배 근육이 움츠러졌다.

"이런 차를 타고 다니면 무섭지 않아?" 타타르스키가 물었다. "누가 맨홀 위에 쇠지레를 갖다놨다가 깜빡 잊어버리기라도 하면. 아니면 아스팔트 위로 철근이 튀어나와 있을 수도 있고."

모르코빈이 씩 웃었다.

"무슨 말인지 알겠는데." 그가 말했다. "하지만 그런 느낌이라면 벌써 오래전에 일하면서 익숙해졌어."

차가 교차로에 멈춰 섰다. 오른쪽 차선으로 강력한 헤드라이트 여섯 개를 지붕에 매단 붉은색 지프가 멈춰 섰다. 타타르스키는 운전자를 곁눈질로 보았다. 좁은 이마에 강인해 보이는 눈썹활을 가진 남자로, 살갗은 온통 두꺼운 검은색 털로 뒤덮여 있었다. 그는 한 손으로 운전대를 잡고 다른 손에는 펩시 페트병을 들고 있었다. 타타르스키는 갑자기 모르코빈의 차가 훨씬 더 멋지다는 생각을 하면서 자기 삶에서 아주 드물게 일어나는 항문 와우-요인의 영향을 경험했다. 이 감정이 그의 마음을 사로잡았다고 인정해야겠다. 타타르스키는 팔꿈치를 차창 밖으로 내밀고 맥주를 들이켜면서, 마치 선원들이 항공모함 선미에 서서 썩은 바나나를 팔려고 뗏목을 타고 다가오는 피그미족을 보는 것 같은 태도로 지프 운전자를 쳐다보았다. 운전자는 타타르스키와 시선이 마주쳤고, 두 사람은 얼마간 서로 눈을 바라보았다.

타타르스키는 지프에 탄 남자가 이 오랜 시선 교환을 도전으로 받아들이고 있음을 느꼈다. 마침내 모르코빈의 자동차가 움직이기 시작했을 때 상대의 시선 깊은 곳에서는 이미 분노가 끓어오르고 있었다. 타타르스키는 어딘가에서 본 적이 있는 얼굴이라고 느꼈다. '아마도 배우겠지' 하고 그는 생각했다.

모르코빈은 앞지르기 차선으로 빠져나와 더 빨리 달렸다.

"네가 왜 이런 차를 타고 다니는지 이해가 되네." 타타르스키가 계기판의 붉은색 모서리를 힐끗 쳐다보며 생각에 잠겨 말했다.

"왜 그런데?"

"뭐랄까…… 균형감각을 위해서라고 할까."

모르코빈은 눈썹을 추켜올렸다.

"글쎄. 그렇게 말할 수도 있겠지."

타타르스키는 빈 캔을 차창 밖으로 던졌다.

"이봐, 지금 어디 가는 거야?" 그가 물었다.

"우리 조직으로."

"대체 어떤 조직인데?"

"곧 알게 될 거야. 미리 말해서 네가 받을 인상을 망치고 싶지는 않아."

몇 분 뒤 차는 높은 쇠창살 담장이 있는 문 앞에 도착했다. 튼튼해 보이는 담장이었고, 쇠창살은 끝부분이 금도금된 사이클로피안 주철 창과 유사했다. 모르코빈이 감시 초소에 있는 경찰에게 무슨 카드를 보여주자 문이 천천히 열렸다. 문 뒤로 1940년대 말엽 스탈린 양식의 거대한 저택이 나타났다. 멕시코의 계단형 피라미드와 소련의 낮은 하늘을 고려해 지어진 땅딸막한 마천루 사이 어디쯤 위치한 건물이었다. 건물 정면의 윗부분은 비스듬한 깃발, 칼, 별, 가장자리가 톱날 같은 창 등의 소조물로 장식되어 있었다. 이것들은 고대의 전쟁이나 이미 잊힌 화약과 영광의 냄새를 떠올리게 했다. 타타르스키는 눈을 가늘게 뜨고 지붕 바로 아래쪽의 소조 문자를 읽어보았다. '영웅들에게 영원한 영광 있으라!'

'영원한 영광이라. 좀 과분한걸.' 그는 음울하게 생각했다. '연금만 있어도 충분할 텐데.'

타타르스키는 이 건물을 여러 번 지나다녔다. 아주 오래전에 누군가가 이곳이 신형 무기를 개발하는 비밀 연구소라고 말해준 적이 있었다. 그 말은 사실 같았다. 문 위에 마치 고대가 환영 인사라도 하듯이 소련 시대의 문장(紋章)과 함께 '양봉 연구소' 라는 금색 문자가 새겨진 간판이 걸려 있었기 때문이다. 타타르스키는 그 아래 눈에 잘 띄지 않게 '인터뱅크 정보통신기술 위원회'라고 적힌 금속판이 있는 것도 알아보았다.

주차장에는 차들이 빽빽이 들어차 있었다. 모르코빈은 거대한 흰색 링컨과 은색 마쓰다 레이서 사이를 간신히 비집고 들어갔다.

"우리 보스한테 너를 소개해주려고 하는데." 모르코빈이 차 문을 잠그며 말했다. "자연스럽게 행동해. 쓸데없는 말은 하지 말고."

"쓸데없는 말이란 게 무슨 뜻이야? 누구의 관점에서 쓸데없다는 거지?"

모르코빈이 그를 힐끗 쳐다보았다.

"예를 들면, 네가 지금 말하고 있는 그런 거. 전혀 쓸데없는 말이거든."

마당을 지나 옆 현관으로 들어서자 부자연스러울 정도로 천장이 높은 회색 대리석 홀이 나타났다. 그곳에 검은 제복을 입은 경호원 몇 명이 앉아 있었다. 그들은 일반 경찰보다 훨씬 더 진지해 보였는데, 어깨에 멘 체코제 기관총 스콜피온 때문만은 아니었다. 이들을 일반 경찰과 비교하는 것은 적절하지 않았다. 한때 단추와 견장 하나하나가 국가적 억압을 상징하던 파란색 경찰복은 이미 오래전부터 타타르스키에게 경멸에 가까운 의혹만을 불러일으켰다. 도대체 왜 계속 도로 위를 달리는 차들을 불러 세워 돈을 요구하는지 점점 더 이해하기 어려울 정도로 그들의 경찰복은 의미가 없어졌다. 하지만 경호원의 검은 제복은 큰 충격이었다. 디자이너(모르코빈은 디자이너가 유다시킨*이라고 했다)는 나치 친위대 특수부대의 미학과 전체주의 미래사회를 그린 안티유토피아 영화의 모티프, 프레디 머큐리 시대의 게이 스타일에 대한 향수 어린 테마를 천재적으로 결합시켰다. 패드를 덧댄 어깨와 깊이 파인 목선, 라블레풍으로 앞부분을 불룩하게 만든 바지가 너무나 잘 융합되어서 이런 옷을 입은 사람과는 엮이고 싶지 않을 정도였다. 그들이 전하는 메시지는 바보라도 알아차릴 만큼 분명했다.

엘리베이터 안에서 모르코빈은 작은 열쇠를 꺼내 제어판 위 구멍에 꽂고는 맨 위쪽 버튼을 눌렀다.

"그리고 한 가지 더." 그가 벽에 붙은 거울을 향해 돌아서서 머리를

---

* 러시아 출신의 패션 디자이너.

매만지며 말했다. "바보처럼 보일까 하는 걱정은 하지 마. 오히려 너무 똑똑해 보이는 걸 걱정해야 돼."

"왜?"

"그러면 당장 이런 질문이 나올 거거든. 네가 그렇게 똑똑하면 누군가를 고용해야지, 왜 고용돼서 일하느냐고."

"일리 있네." 타타르스키가 말했다.

"하지만 냉소보다 더한걸."

"편하게 생각해."

엘리베이터 문이 열렸다. 문 뒤로 노란 별무늬가 그려진 회색 카펫이 깔려 있는 복도가 나타났다. 타타르스키는 사진에서 본 로스앤젤레스의 어떤 포장도로가 이런 모양이었다는 걸 기억해냈다. 복도는 명판도 없이 작은 감시 카메라만 달린 검은색 문에서 끝이 났다. 모르코빈은 복도 중간에 이르자 주머니에서 전화기를 꺼내 번호를 눌렀다. 2, 3분 정도 정적이 흘렀다. 모르코빈은 참을성 있게 기다렸다. 마침내 전화선 저쪽에서 답이 왔다.

"안녕하십니까." 모르코빈이 말했다. "접니다. 네, 데려왔습니다. 여기 있습니다."

모르코빈은 돌아서서 아직도 겁에 질려 엘리베이터 문 옆에 서 있는 타타르스키를 손짓으로 불렀다. 타타르스키는 가까이 다가가 개처럼 카메라 렌즈를 올려다보았다. 모르코빈이 킬킬거리며 그의 등을 가볍게 두드리는 것을 보니 상대방이 뭔가 재미있는 이야기를 한 모양이었다.

"괜찮습니다." 모르코빈이 말했다. "저희가 좀 다듬어보지요."

자물쇠가 딸깍하고 열리자 모르코빈이 타타르스키를 앞으로 밀었다. 문은 그들 뒤에서 바로 잠겼다. 그곳은 손님 대기실이었는데, 벽에는 손잡이가 달린 오래된 청동 거울이 있고, 그 위로 놀라우리만치 아름다운 황금색의 베네치아 카니발 가면이 걸려 있었다. 타타르스키는 생각했다. '어디서 이 가면하고 거울을 본 것 같은데. 아닌가? 오늘은 하루 종일 깜박깜박하네.' 가면 아래에는 책상이 자리하고 있고 그 뒤로 새처럼 차가운 미모의 비서가 앉아 있었다.

"안녕, 알라." 모르코빈이 말했다.

비서는 손을 잠깐 흔들고 책상 위의 버튼을 눌렀다. 조용히 버저 소리가 울리자 대기실 반대쪽에서 방음 장치가 된 높은 문이 열렸다.

처음 한순간 타타르스키는 창문을 커튼으로 가린 그 넓은 사무실이 비어 있다고 생각했다. 어쨌든 번쩍번쩍한 쇠다리를 가진 거대한 책상 뒤에는 아무도 없었다. 소련 시대라면 지도자의 초상화가 있었을 위쪽 벽에는 무거운 둥근 액자 안에 그림이 걸려 있었다. 흰 바닥 가운데에 펼쳐져 있는 화려한 직사각형을 문 앞에서는 식별하기 어려웠지만, 타타르스키는 색깔로 그것을 알아보았다. 그도 같은 모양의 야구 셔츠를 하나 가지고 있었다. 미국 국기에 'Made in USA. 프리사이즈'라는 문구가 적힌 평범한 상표였다. 다른 쪽 벽에는 정밀하게 만든 설치물이 하나 있었는데, 전형적인 돼지고기 스튜 상표의 타원형 무늬 안에 앤디 워홀의 초상화를 그려넣은, 양철캔 열다섯 개를 일렬로 세워놓은 것이었다.

타타르스키는 시선을 내렸다. 바닥에는 어린 시절 『천일야화』의 오래된 판본에서 본 것과 비슷한, 놀라우리만치 아름다운 그림이 그려진 진짜 페르시아 카펫이 깔려 있었다. 타타르스키의 시선은 변덕스러운 나선무늬를 따라 카펫 중앙까지 움직이다가 사무실 주인과 마주쳤다.

그는 아직 젊은 남자로, 붉은색 머리카락을 뒤로 빗어 넘기고 상당히 호의적인 얼굴을 한 땅딸막하고 좀 뚱뚱한 사람이었는데, 완전히 긴장을 푼 자세로 카펫 위에 누워 있었다. 입고 있는 옷의 색조가 카펫 색조와 뒤섞여 알아보기가 어려웠다. 그는 사업가 복장도 아니지만 그렇다고 파자마도 아닌, 뭔가 카니발적이고 과도하며 '천민 오르가슴'이라고 표현해야 할 듯한 재킷을 입고 있었다. 그것은 특히나 계산적인 사업가들이 자신의 파트너에게 일은 잘 진행되고 있으니 걱정할 필요가 없고, 무슨 기이한 행동을 해도 사업에는 어떠한 손해도 없으리라는 느낌을 불러일으키고 싶을 때 선택하는 그런 복장이었다. 종려나무에 매달린 음란한 원숭이를 그려넣은 선명한 복고풍의 넥타이가 재킷에서 빠져나와 장밋빛 혀처럼 카펫 위에 늘어져 있었다.

그러나 정작 타타르스키를 놀라게 한 것은 젊은이의 복장이 아니라 그의 얼굴이 낯익다는 것, 더욱이 살아오면서 한 번도 마주친 적이 없지만 아주 잘 아는 얼굴이라는 사실이었다. 타타르스키는 수많은 시시한 텔레비전 방송이나 광고에서 주로 조연 역할을 하던 이 얼굴을 알아보았지만, 누구인지는 알지 못했다. 마지막으로 그를 본 것은 러시아 관념에 대해 생각하면서 무심하게 텔레비전을 보고 있던 지난밤이었다. 사무실의 주인은 무슨 약 광고에 나왔었다. 흰색 가운에 붉은 십자가가 그려진 모자를 쓰고 있었고, 그를 친절한 젊은 트로츠키처럼 보이게 만드는 밝은색 턱수염과 콧수염이 얼굴 전체에 붙어 있었다. 그는 이해할 수 없는 행복감으로 충만한 가족에 둘러싸여 부엌에 앉아 설교조로 말했다.

"광고의 바다에서는 길을 잃기 쉽습니다. 광고는 정직하지 못한 경우도 많습니다. 여러분이 냄비나 세제를 고를 때는 실수를 해도 크게 두렵지 않습니다. 그러나 문제가 약에 관한 것이라면 여러분은 자신의 건강을 걸고 도박을 하는 것입니다. 누구를 믿을지 생각해보십시오. 비정한 광고입니까, 아니면 가정의(家庭醫)입니까? 물론입니다! 답은 분명합니다! 선라이즈 알약을 권하는 여러분의 가정의만 믿으십시오."

'알았다.' 타타르스키는 생각했다. '이 사람은 바로 우리의 가정의였어.'

가정의는 그사이 환영의 제스처로 손을 내밀었으며, 타타르스키는 그의 손가락 사이에 짧은 빨대가 꽂혀 있는 것을 알아차렸다.

"자리들 잡고 앉게." 그가 약간 둔탁한 목소리로 말했다.

"오랜만에 함께 취해보네요." 모르코빈이 말했다.

사무실 주인이 관대하게 고개를 끄덕이는 것을 보니 모르코빈의 말은 이 상황에서 보통 주고받는 서론쯤 되는 모양이었다.

모르코빈은 책상에서 두 개의 빨대를 집어들어 그중 하나를 타타르스키에게 건네주고 카펫 위에 누웠다. 타타르스키는 그가 하는 대로 따라했다. 모르코빈은 카펫에 누워 뭔가 묻는 듯한 시선으로 사무실 주인을 쳐다보았다. 주인은 상냥한 웃음으로 화답해주었다. 타타르스키는 그가 다양한 크기의 특이한 고리로 된 손목시계를 차고 있는 것을 알아보았다. 시계태엽 장치의 머리 부분은 작은 다이아몬드로 장식되어 있었고 문자판 주변에도 세 개의 나선형 다이아몬드 고리가 있었다. 타타르스키는 급진적인 어느 애시드 잡지에서 한 번 읽은 다음 존경스러운 마음에 꿀꺽하고 받아들였던 값비싼 시계에 관한 사설이 생각났다. 사무실 주인은 그의 시선을 눈치채고 자신의 시계를 들여다보았다.

"마음에 드나?" 그가 물었다.

"물론이지요." 타타르스키가 말했다. "잘못 본 게 아니라면, 피아제 포제션이지요? 7만 정도 할 것 같은데요."

"페제 포제손*?" 그가 문자판을 들여다보았다. "정말 그렇군. 가격이 얼만지는 모르겠네."

"페제 총독께서 자신의 파차키 시민들과 함께 있군요."** 모르코빈이 말했다.

사무실 주인은 이 농담을 제대로 이해하지 못했다.

"대체로," 모르코빈이 재빨리 덧붙였다. "값비싼 시계나 자동차를 알아보는 능력만큼 그 사람이 하층 계급에 속해 있다는 사실을 알려주는 것도 없지요."

타타르스키는 얼굴이 붉어져서 시선을 내렸다.

그의 앞에 깔린 카펫은 기다란 꽃잎을 가진 다채롭고 환상적인 꽃무늬로 뒤덮여 있었다. 타타르스키는 카펫 보풀이 마치 서리라도 내린 것처럼 꽃가루 비슷한 작고 하얀 덩어리에 두껍게 덮여 있음을 알

---

* 피아제 포제션의 러시아식 발음.

** 게오르기 다넬리야 감독의 SF영화 〈킨-자-자!〉를 말하는 것으로, 가상의 행성 플류크의 거주민인 파차키인들과 그들을 지배하는 페제 총독의 이야기.

아차렸다. 그는 모르코빈을 곁눈질해 보았다. 모르코빈은 빨대를 콧구멍에 끼운 뒤 다른 쪽 콧구멍을 손가락으로 막고 환상적인 보라색 캐모마일 꽃잎 위를 빨대 끝으로 따라가고 있었다. 타타르스키는 마침내 무슨 일이 일어나고 있는지 이해했다.

몇 분 동안 집중하는 거친 숨소리만이 방 안의 정적을 깨뜨렸다. 마침내 사무실 주인이 팔꿈치를 딛고 몸을 일으켰다.

"그래, 어떤가?" 그가 타타르스키를 보며 말했다.

타타르스키는 정신을 놓고 작업 중이던 창백한 선홍빛 장미에서 몸을 뗐다. 모욕감은 완전히 사라지고 없었다.

"훌륭하네요." 그가 말했다. "정말 훌륭합니다!"

말하기가 편하고 즐거워졌다. 이 거대한 사무실에 들어올 때 느꼈던 압박감 같은 것은 이제 흔적도 없이 사라졌다. 코카인은 진통제 아날긴의 약한 뒷맛을 제외하면 거의 다른 것이 섞이지 않은 진품이었다.

"다만 이해할 수 없는 건," 타타르스키가 말을 이었다. "왜 정보통신기술 위원회인가요? 물론 세련되기는 했지만, 어쩐지 좀 이상하잖아요!"

모르코빈과 사무실 주인은 서로 눈짓을 주고받았다.

"우리 사무국 간판을 봤겠지?" 주인이 물었다. "양봉 연구소라고."

"봤습니다." 타타르스키가 말했다.

"바로 그거야. 우리가 방금 벌 같았거든."

세 사람은 웃기 시작했고, 어찌나 오랫동안 웃어댔는지 웃는 이유조차 잊어버렸다. '아, 이 세상엔 좋은 사람들도 있구나!' 타타르스키는 감동했다.

그러다 마침내 행복감이 사라졌다. 사무실 주인은 자기가 왜 여기 있는지 떠올리려는 듯 주위를 둘러보더니 비로소 기억을 해낸 것 같았다.

"자, 이제 일 얘기 좀 하지." 그가 말했다. "모르코프카, 알라에게 가서 기다리게. 나는 이 친구하고 할 이야기가 좀 있으니."

모르코빈은 천국의 수레국화 두어 송이를 서둘러 흡입하고는 몸을 일으켜 나갔다. 사무실 주인은 일어나서 기지개를 켜고 책상 뒤로 가서 의자에 앉았다.

"앉게나." 그가 말했다.

타타르스키는 책상 맞은편 의자에 앉았다. 의자는 굉장히 푹신하고 너무 낮아서 그가 앉자 눈 더미에 파묻힌 것처럼 보이지가 않았다. 타타르스키가 시선을 들자 모든 것이 몽롱하게 보였다. 책상은 참호를 덮은 탱크처럼 머리 위로 기울어져 있었는데, 이러한 유사성은 분명 우연이 아니었다. 니켈판에 돋을새김으로 장식한 두 개의 책상 받침대는 꼭 넓적한 탱크 바퀴처럼 보였고, 책상 위에 걸린 둥근 액자 안의 그림은 사무실 주인의 머리 바로 위에 있어서 마치 그가 뚜껑문을 금방 열고 나온 듯했다. 책상 위로 머리와 어깨만 보여서 더욱 그럴듯했다. 사무실 주인은 얼마 동안 이러한 효과를 즐기다가 마침내 일어나서 탱크 위로 몸을 숙이며 타타르스키에게 손을 내밀었다.

"레오니드 아자돕스키라고 하네."

"블라디미르 타타르스키입니다." 타타르스키가 몸을 일으켜 통통하고 흐물흐물한 손을 꽉 쥐며 말했다.

"블라디미르가 아니라 바빌렌이겠지." 아자돕스키가 말했다. "알고 있네. 나도 레오니드가 아니라네. 우리 아버지도 좀 멍청했거든. 그가 내 이름을 뭐라 지었는지 아나? 레기온이네. 아마 무슨 뜻인지도 몰랐을 거야. 처음에는 나도 상심했지. 하지만 나중에 성경에 내 이름이 나오는 걸 알고 나서 좀 진정이 되더군.* 자, 그럼……"

아자돕스키는 책상에 흩어져 있는 종이들로 바스락 소리를 냈다.

"여기 우리가 가진 건…… 아하. 자네 작품들을 봤네. 마음에 들더군. 훌륭해. 우리한테도 그런 게 필요하다네. 다만 몇몇 부분은…… 완전히 신뢰가 가지는 않지만. 예를 들어 여기, '집단 무의식'이라고 써놓았던데. 이게 뭔지는 아나?"

타타르스키는 단어를 모으려는 듯 허공에 대고 손가락을 움직였다.

"집단 무의식의 단계에서는." 하고 그가 대답했다.

"그런데 이걸 분명하게 알고 있는 누군가가 존재할까 하는 두려움은 없나?"

타타르스키가 코를 킁킁거렸다.

"아자돕스키 씨," 그가 말했다. "그런 두려움은 없습니다. 왜 그런가 하면 집단 무의식이 뭔지 분명히 아는 사람들은 모두 오래전부터 지하철 매점에서 담배나 팔고 있기 때문입니다. 그러니까 제 말은 그런 식으로 살아간다는 거지요. 저도 지하철 매점에서 담배를 판 적이 있습니다만, 싫증이 나서 광고업으로 뛰어들었습니다."

아자돕스키는 자기가 들은 말을 생각해보며 잠시 동안 아무 말도

---

* '레기온'은 본래 로마의 군대 단위를 가리키는 단어로, 성경에서 잡귀 무리를 일컫는 뜻으로도 쓰였다.

하지 않았다. 그러고 나서 씩 하고 웃었다.

"자네는 뭔가 믿는 게 있나?" 그가 물었다.

"없습니다." 타타르스키가 말했다.

"뭐, 좋아." 아자돕스키는 이렇게 말하며 다시 종이를 들여다보았는데, 이번에는 여기저기 선이 그어진 질문지였다. "그래서…… 정치적 관점이라. 여기 이게 뭐지? 영어로 'upper left(상류 좌파)'라고 쓰여 있는데. 이해할 수가 없군. 빌어먹을, 정말 짜증난단 말이야. 얼마 안 돼서 서류란 서류는 전부 영어로 쓰겠구먼. 정치적 관점에서 자네는 어느 쪽인가?"

"시장경제 옹호자입니다." 타타르스키가 대답했다. "상당히 급진적인."

"좀 더 구체적으로 말한다면?"

"구체적으로 말해서…… 글쎄요, 저는 삶이 커다란 유방을 가지고 있을 때 마음에 듭니다. 하지만 소위 칸트의 유방은 그 안에 아무리 많은 젖이 출렁거린다 해도 조금의 흥분도 일으키지 않습니다. 바로 이 점에서 저는 가이다르* 같은 사심 없는 이상주의자와는 다릅니다."

전화벨이 울렸고, 아자돕스키는 손짓으로 대화를 중단시켰다. 몇 분 동안 수화기를 들고 있던 그의 얼굴이 점점 짜증으로 찌푸려졌다.

"계속 찾아봐." 그는 투덜대며 수화기를 내려놓고 타타르스키를 향해 돌아섰다. "그래서 가이다르가 무슨 상관이라고? 좀 간단히 말해

---

* 러시아의 경제학자이자 정치인. 연방 해체 후 옐친 정부의 총리로서 러시아에 시장경제 도입을 주도했다.

보게, 금방 전화가 다시 올 거야."

"간단히 말씀드리면," 타타르스키가 말했다. "칸트의 유방이 어떤 지상명령을 가지고 있건 저는 전혀 상관없습니다. 유방 시장에서 제가 부드러움을 느끼는 건 포이어바흐의 유방뿐입니다. 저는 그런 식으로 상황을 보고 있습니다."

"나도 바로 그렇게 생각하네." 아자돕스키가 아주 진지하게 말했다. "비록 크지 않다 해도 포이어바흐의 유방이기만 하다면……"

전화벨이 다시 울렸다. 수화기에 잠시 귀를 대고 있던 아자돕스키의 얼굴에 미소가 활짝 번졌다.

"그게 내가 듣고 싶었던 소식이야! 통제는 했겠지? 잘했어."

이번에는 아주 좋은 소식인 모양이었다. 자리에서 일어선 아자돕스키는 손을 비비며 탄력 있는 걸음걸이로 붙박이장으로 가더니 무언가가 바닥에서 분주하게 몸부림치고 있는 커다란 동물 우리를 하나 꺼내 책상 위에 올려놓았다. 우리는 녹슨 흔적이 있는 오래된 것으로 램프 갓의 뼈대와 비슷해 보였다.

"이게 뭔가요?" 타타르스키가 물었다.

"로스트로포비치." 아자돕스키가 대답했다.

그는 문을 열고 우리 안에서 흰색의 작은 햄스터를 꺼내 책상에 올려놓았다. 작고 붉은 눈으로 타타르스키를 바라보던 햄스터는 앞발로 얼굴을 가리고 코를 문질렀다. 아자돕스키는 상냥하게 숨을 내쉬며 책상에서 연장통 같은 것을 꺼내 일본 아교풀이 든 유리병, 핀셋, 작은 단지를 늘어놓았다.

"그놈 좀 잡고 있게." 그가 지시했다. "무서워하지 말고, 물지 않을 테니."

"어떻게 잡아야 하나요?" 타타르스키가 의자에서 일어서며 물었다.

"앞발을 잡고 양쪽으로 벌리게. 작은 예수처럼. 그래, 바로 그렇게."

타타르스키는 햄스터의 가슴 쪽에 시계톱니처럼 생긴 작은 금속 원반 몇 개가 달린 것을 알아차렸다. 자세히 들여다보니 놀라운 솜씨로 만든 작은 메달 모형이었다. 안쪽에는 반짝이는 작은 돌들이 붙어 있어서 시계 부품과 더 비슷해 보였다.

메달은 하나같이 그가 모르는 것이었다. 분명 다른 시대의 것으로 예카테리나 여제 시절 육군 대령의 제복에 달린 훈장을 연상시켰다.

"누가 이런 걸 달아줬나요?" 그가 물었다.

"내가 아니면 누구겠나?" 아자돕스키는 핀셋으로 단지에서 파란 비단으로 만든 짤막한 리본을 꺼내며 말했다. "좀 더 단단히 잡아봐."

그는 종이에 아교풀 한 방울을 짜내 민첩하게 리본에 바른 뒤 그것을 햄스터의 배에 붙였다.

"아," 타타르스키가 말했다. "제 생각엔 햄스터가……"

"오줌을 쌌군." 그가 다이아몬드 눈송이를 핀셋으로 단단히 잡아 아교풀에 적시면서 확인해주었다. "좋아서 그런 거네. 읍……"

아자돕스키는 핀셋을 책상 위에 던져놓고 햄스터에게 몸을 숙여 가슴을 몇 번 세게 눌러주었다.

"금방 마를 거야." 그가 알려주었다. "이제 놔줘도 되네."

햄스터는 책상 위를 분주하게 뛰어다녔다. 한쪽 끝으로 달려가서 멀리 있는 바닥을 보려는 듯 고개를 내밀었다가 가볍게 흔들고는 다른 쪽 끝으로 달려가서 똑같은 행동을 반복했다.

"무엇 때문에 메달을 달아주시나요?" 타타르스키가 물었다.

"기분 좋으라고. 왜 부럽나?"

아자돕스키는 햄스터를 잡아 다시 우리에 넣고 문을 잠근 후 다시 붙박이장에 갖다놓았다.

"그런데 왜 그런 이상한 이름이지요?"*

"이보게, 바빌렌." 아자돕스키가 의자에 앉으며 말했다. "사돈 남 말 하는군."

타타르스키는 쓸데없는 말이나 질문을 하지 말라던 충고를 떠올렸다. 아자돕스키는 메달 부속을 책상에서 치우고 풀로 더러워진 종이는 구겨서 쓰레기 바구니 속에 던져넣었다.

"간단히 말해, 자네를 고용해서 석 달간의 테스트 기간을 거치게 할 생각이네." 그가 말했다. "지금 여기도 광고 부서가 있긴 하지만 직접 작업하기보다는 거대 광고 회사 몇 곳의 일을 코디네이트하고 있지. 경기는 안 하면서 점수를 따고 있다고나 할까. 그러니 자네는 옆 현관으로 들어가 건물 3층에 있는 내부 검토 부서에 당분간 가 있게. 자넬 지켜보면서 생각을 좀 해보고, 그다음에 자네가 이 일에 적합하다면 좀 더 책임 있는 부서로 옮겨줄 테니. 우리가 몇 층짜리 건물을 가졌는지 봤겠지?"

"봤습니다." 타타르스키가 말했다.

"바로 그거야. 성장에는 제한이 없거든. 질문 있나?"

---

* 러시아의 첼로 연주자 므스티슬라프 로스트로포비치와 이름이 같다.

타타르스키는 그들이 처음 만났을 때부터 자신을 괴롭혀왔던 질문을 하기로 결심했다.

"아자돕스키 씨, 어제 무슨 약 광고를 봤는데 말입니다, 거기서 의사 역할을 한 사람이 당신 아닌가요?"

"음, 나였지." 아자돕스키가 무뚝뚝하게 대답했다. "왜, 그러면 안 되나?"

그는 타타르스키에게서 시선을 거두며 수화기를 들고 수첩을 펼쳤다. 타타르스키는 접견이 끝났음을 알아차렸다. 그는 주저하듯 몇 걸음을 옮기다가 카펫을 내려다보았다.

"좀 더 해도 될지……"

아자돕스키는 다 듣지도 않고 타타르스키의 말을 이해했다. 그는 미소를 지으며 꽃병에서 빨대를 꺼내 책상 위로 던져주었다.

"쓸데없는 질문이군." 그는 이렇게 말하고 전화번호를 누르기 시작했다.

바지를 입은 구름

사무 공간의 중심을 이루는 것은 조그만 구내식당에서 거의 하루 종일 들려오는 우크라이나 출신 요리사의 날카로운 목소리였다. 그 밖의 모든 현실적인 소리들, 전화벨 소리나 목소리, 삑삑거리는 팩스 소리, 프린터의 윙윙거리는 소리들은 밧줄의 고리처럼 그 소리에 매달려 있었다. 그 주변을 방을 차지한 물건이나 사람들이 꽉 메우고 있었다. 어쨌든 타타르스키는 최소한 몇 달은 이곳에 머무른 기분이었다.

"그러니까 내가 어제 포크로프카를 운전해 가다가," 거리에서 나는 듯이 들어온 담배 품평가가 카랑카랑한 목소리로 비서에게 이야기를 하고 있었다. "교차로에 정차해 있었거든. 교통체증 때문에. 내 옆에 차이카*가 서 있었어. 그런데 이 차에서 진짜 터프하게 생긴 체첸인이 내리더니 높은 종루에 서서 모든 사람들에게 콧방귀를 뀌는 것 같은 태도로 사방을 둘러보는 거야. 그러니까 그 남자가 그렇게 즐기면서 서 있는데 갑자기 바로 옆에 진짜 캐딜락이 멈춰 서더라고. 그 차에서 해진 청바지에 운동화를 신은 아가씨가 내리더니 거리 매점으로 뛰어가서 펩시콜라를 사는 거야. 그 체첸인이 어땠을지 상상이 가? 마른 침을 꼴깍 삼키더라니까!"

"아!" 비서는 컴퓨터 키보드에서 눈도 떼지 않고 대답했다.

타타르스키의 등 뒤에서도 이야기들을 하고 있었고, 그것도 아주 큰 소리였다. 다른 부하 직원 중 하나는 공산당 기자 출신의 중년 편집자였는데, 그는 격앙된 저음의 목소리로 스피커폰을 통해 누군가를 비난하는 중이었다. 타타르스키는 그 편집자가 자신이 듣는 것을 염두에 두고 이렇게 귀가 먹먹할 정도로 무자비하고 대담하게 말하고 있다는 느낌을 받았다. 이것이 타타르스키를 짜증나게 했고, 스피커폰 너머에서 들려오는 슬프고 가느다란 목소리에는 동정심이 일었다.

"하나는 수정했는데 다른 하나는 못 했습니다." 목소리가 조용히 말했다. "그렇게 된 겁니다."

"그럼 그렇지." 편집자가 고래고래 소리를 질렀다. "너는 대체 생각이란 걸 하면서 일하는 거냐? 너한테 두 꼭지가 갔잖아? 하나는 '양심의 죄인'이고 다른 하나는 '하렘의 환관'이라고, 그렇지?"

"네."

"두 제목을 클립보드에 넣고 폰트를 바꿨는데, 그러고 나서 35쪽에

---

* 러시아 자동차 회사 GAZ의 리무진형 대형 승용차.

서 '하렘의 죄인'을 발견했단 말이야, 그렇지?"

"네."

"그럼 74쪽에 '양심의 환관'이라는 제목도 있을 거라고 예상할 수 있잖아. 너 진짜 멍청이 아니냐?"

"진짜 멍청이입니다." 슬픈 목소리가 동의했다.

'너희 둘 다 멍청이다.' 타타르스키는 생각했다. 아침부터 우울증이 그를 괴롭히고 있었다. 무엇보다 지루한 비 때문일 터였다. 그는 창가에 앉아서 더러운 빗물 사이로 도로를 질주하는 자동차의 흐름을 보고 있었다. 소련 정권 시대에 조립된 라다나 모스크비치 같은 차들은 시간의 강이 더러운 강변으로 밀어내버린 쓰레기처럼 인도 옆에 녹슨 채로 서 있었다. 시간의 강은 바퀴 아래로 물을 분수처럼 튀기는 선명한 색의 외제차들로 거의 채워져 있었다.

타타르스키의 책상 위에는 광고용 판지 틀 안에 든 졸로타야 야바 담뱃갑과 종이 더미가 있었다. 그는 맨 위의 종이에 천천히 '메르세데스'라는 단어를 썼다.

'비록 메르세데스를 탄다고 해도……' 그는 무기력하게 생각했다. '물론 차는 정말 멋지니 뭐라 할 말은 없어. 하지만 우리 인생은 왜 메르세데스를 타고 한쪽 똥물에서 다른 쪽 똥물로 넘어가기나 하는 건지……'

타타르스키는 창문 쪽으로 고개를 숙이고 주차장을 내려다보았다. 그가 한 달 전에 산 흰색 중고 메르세데스의 지붕이 보였다. 벌써부터 한 번씩 중간에 가다 섰다 하기 시작했다.

그는 한숨을 쉬고 메르세데스의 철자에서 c와 d의 위치를 바꾸어

보았다. 'merdeces'가 되었다.

생각은 느릿느릿 계속되었다. '사실 메르세데스 500에서 시작하건 메르세데스 380 터보에서 시작하건 이젠 아무 상관이 없다. 왜냐하면 이 차를 타고 다닐 때쯤이면 너 자신이 똥물이 되어 더 이상 주변의 그 어떤 것도 너를 더럽힐 수 없기 때문이다. 물론 네가 메르세데스 600을 산다고 똥물이 되는 것은 아니다. 그 반대다. 네가 똥물이 될 때 바로 메르세데스 600을 살 수 있는 가능성이 생기는 것이다.'

그는 다시 한 번 창밖을 바라보며 이렇게 덧붙였다.

'Merde*-SS. 꼴통 운전자들의 마법의 훈장.'

갑자기 생각이 급격히 다른 방향으로 돌아섰고, 전문가적인 활기가 파도처럼 그의 영혼을 통과했다. 그는 종이 더미에서 새 종이를 꺼내 빠르게 써 내려갔다:

포스터: 황금으로 된 쌍두 독수리가 각각의 머리에 왕관을 쓰고 공중에 매달려 있다. 그 아래 양쪽으로 점멸등 두 개가 달린 검은색 리무진이 있다(독수리의 머리는 정확히 점멸등 위에 위치한다). 배경은 러시아의 삼색기. 광고 문구:

메르세데스 600
스타일리시한 절대권력

---

* 프랑스어로 '똥'이라는 뜻.

하지만 이제 다시 일로 돌아가야 할 때가 되었다. 정확히 말하자면 돌아가는 것이 아니라 일을 시작할 때이다. 먼저 졸로타야 야바 담배의 광고 캠페인에 대해서, 그다음 카메이 비누와 구찌 남성용 향수의 광고 콘티에 대해 내부 검토서를 작성해야 했다. 야바 관련 작업은 정말 복병이었다. 타타르스키는 사람들이 그에게서 좋은 평가를 기대하는지 아닌지조차 알지 못했고, 생각을 어떤 방향으로 끌고 가야 할지도 몰랐다. 그래서 그는 시나리오 검토 작업을 먼저 하기로 결심했다. 비누 광고 텍스트는 빽빽한 활자체로 여섯 장이나 되었다. 타타르스키는 마지못해 마지막 페이지를 펼쳐 마지막 단락을 읽어보았다:

어두워진다. 잠든 여주인공은 프로틴과 비타민 B5, 무한한 행복으로 가득한 하늘에서 흘러내리는 하늘색 액체를 탐욕스럽게 빨아들이는 반짝이는 밝은 웨이브 머리카락을 꿈꾼다.

그는 얼굴을 찌푸리며 책상 위의 붉은색 연필을 집어들더니 텍스트 아래에 다음과 같이 적었다:

지나치게 문학적임. 얼마나 말해야 하는가. 우리에게 필요한 것은 작가가 아니라 크리에이터다. 무한한 행복은 이미지 시퀀스로는 전달되지 않는다. 적절하지 않음.

구찌의 광고 시나리오는 훨씬 짧았다:

오프닝 신—시골 변소 문. 파리가 윙윙거린다. 문이 천천히 열리고 술 취한 얼굴에 편자 모양 콧수염을 기른 마른 남자가 변기 구멍 위에 앉아 있다. 화면에 자막이 뜬다: '문학 평론가 파벨 비신스키.' 남자는 카메라를 향해 시선을 들고 오래전에 시작한 대화를 계속하듯 말한다:

"러시아가 유럽의 일부인가 하는 논쟁은 아주 오래되었습니다. 대체로 진정한 전문가라면 푸시킨이 한때 이 문제를 놓고 정확히 몇 달을 고민했는지 어렵지 않게 말할 수 있을 겁니다. 예를 들어 1833년 뱌젬스키 공에게 보낸 편지에서 푸시킨은 이렇게 쓰고 있습니다."

그 순간 뭔가 크게 쪼개지는 소리가 요란하게 들리더니 아래쪽 나무판이 부서지며 남자가 구멍 속으로 떨어진다. 크게 철썩하고 튀기는 소리가 들린다. 카메라는 위로 올라가는 동시에 구멍으로 다가가다가(카메라 움직임은 〈타이타닉〉의 공중 샷 참조) 검은 분뇨의 표면을 보여준다. 그곳에서 평론가의 머리가 떠오르고, 그는 고개를 들고 떨어지느라고 중단된 구절을 계속 말한다:

"아마도 논쟁의 기원은 교회의 분리에서 찾아야 할 것입니다. 크릴로프가 쓸데없이 차다예프에게 이런 말을 한 게 아니었습니다. '가끔 주변을 둘러보면 자네가 유럽에 산다는 생각이 들지 않고 그냥 어딘가에……'"

뭔가가 강한 힘으로 평론가를 아래로 끌어내리고, 그는 꿀꺽하는 소리와 함께 바닥으로 사라진다. 정적이 흐르고, 파리의 윙윙거리는 소리만이 이 정적을 깨뜨린다. 화면 위로 목소리가 흐른다:

구찌 포 맨

유럽인이 되어라, 더 좋은 냄새를 풍겨라

타타르스키는 파란색 연필을 집어들고 텍스트 밑에 이렇게 썼다:

아주 훌륭함. 다만 파리를 마샤 라스푸티나*로, 문학 평론가를 신러시아인으로, 푸시킨과 크릴로프와 차다예프도 다른 신러시아인들로 대체하는 것만 확인. 변소는 장밋빛 실크를 두를 것. 독백은 화자가 코트다쥐르 해변 레스토랑에서의 싸움을 회상하는 것으로 수정. 문학 연구는 그만하고 실제 고객을 생각할 때가 되었음.

이 시나리오가 타타르스키를 고무시켰고, 마침내 야바 작업을 시작할 결심이 섰다. 그는 검토해야 할 물건을 손에 들고 다시 한 번 주의 깊게 살펴보았다. 그것은 담뱃갑으로, 그 위에 똑같은 크기의 속이 빈 판지 상자가 붙어 있었다. 상자에는 뉴욕 시 조감도와 졸로타야 야바 갑이 탄두처럼 수직 강하하는 모습이 그려져 있었다. 그림 아래에는 이런 문구가 있었다. '보복 공격.' 타타르스키는 깨끗한 새 종이를 집어들고 잠시 동안 붉은색과 파란색 연필 중 어느 쪽을 선택할지 고민했다. 그는 연필을 나란히 놓고 눈을 감은 채 손바닥으로 굴려보다가 손가락으로 하나를 아래로 밀어냈다. 파란색이 떨어졌다. 타타르스키

* 러시아의 유명 팝 가수.

는 파란색 글씨로 빠르게 써 내려가기 시작했다.

광고에서 보복 공격의 이념과 상징을 대단히 성공적으로 잘 사용했음을 분명히 인정해야 한다. 이것은 이 담배의 기본적인 소비자층인 광범위한 룸펜 인텔리겐치아의 분위기와도 잘 맞아떨어진다. 언론 매체는 이미 오래전부터 건강하고 민족적인 '무언가'를 미국 팝 문화나 동굴 자유주의의 지배에 대비시켜야 한다고 선전해왔다. 여기서 문제는 이 '무언가'를 어떻게 찾느냐 하는 것이다. 외부 관점은 배제한 내부 검토에서 우리는 그것이 완전히 부재한다고 단언할 수 있다. 광고 콘셉트 작가들은 이러한 의미론적인 결함을 졸로타야 야바 갑으로 틀어막고 있으며, 이것은 의심할 바 없이 잠재적인 소비자들을 대단히 유리한 심리적 결정화(結晶化)의 과정으로 이끌 것이다. 이는 소비자가 담배를 피울 때마다 러시아 관념이라는 행성의 승리에 조금씩 다가간다고 무의식적으로 믿게 되는 양상으로 나타날 것이다.

타타르스키는 잠시 망설이다가 '러시아 관념'을 대문자로 다시 썼다.

다른 한편 브랜드 에센스 안에서 합쳐진 모든 상징들의 총체적인 영향을 살펴볼 필요가 있다. 이와 관련하여 '보복 공격'이라는 문구와 담배 유통회사인 '브리티시-아메리칸 토바코 사.' 로고의 결합은 타깃 그룹 일부에 독특한 정신적 합선을 일으킬 수도 있다고 생각한다. 이때 한 가지 당연한 질문이 떠오른다. 담뱃갑은 뉴욕으로 떨어지고 있는 것인가 아니면 반대로 뉴욕에서 날아오르고 있는 것인가? 후자의 경우(이것이 좀 더 논리적인 가정으로 보이는데, 이유는 담뱃갑 뚜껑이 위를 향하고 있기 때문이다) 왜 보복 공격이라고 부르는지 분명하지 않다.

멀지 않은 곳의 작은 교회에서 울리는 빠른 종소리가 창밖에서 들려온다. 타타르스키는 몇 초 동안 생각에 잠겨 그 소리를 듣고 있다가 다음과 같이 썼다:

> 어쩔 수 없이 서구 선전의 본래적인 우수성에 관해, 보다 넓은 의미에서 내향적인 사회가 외향적인 사회와 정보 경쟁을 벌이는 것은 불가능하다는 사실에 관해 생각하게 된다.

타타르스키는 마지막 문장을 읽어보다가 콤플렉스로 가득 찬 편협한 애국주의의 냄새가 난다는 생각이 들어 그것을 지우고 이 주제를 단호하게 끝내버렸다:

> 하지만 그렇게 복잡하고 분석적인 추론이 가능한 것은 최소한의 생활이 보장되는 타깃 그룹뿐이다. 따라서 이러한 실수는 판매 규모에 사실상 거의 영향을 미치지 못한다. 그렇기 때문에 이 프로젝트는 통과시켜야 한다.

책상 위의 전화가 울렸고, 타타르스키는 수화기를 들었다.

"여보세요."

"타타르스키! 카펫이 있는 보스의 방으로 와." 모르코빈이 말했다.

타타르스키는 비서에게 자기가 쓴 것을 타이핑하도록 지시하고 아래로 내려갔다. 여전히 비가 내리고 있었다. 그는 옷깃을 세우고 마당을 가로질러 건물 옆 동으로 뛰어갔다. 세찬 비에 대리석 홀 입구에 도착했을 때는 몸이 흠뻑 젖어 있었다. '정말이지 내부에 통로를 만들 수는 없었나?' 타타르스키는 짜증이 났다. '어차피 한 건물이잖아. 카펫을 완전히 더럽히겠는걸.' 그러나 기관총을 든 경호원의 모습이 그의 흥분을 가라앉혔다. 경호원은 스콜피온을 어깨에 메고 열쇠 묶음으로 장난을 치며 엘리베이터 앞에서 그를 기다리고 있었다.

모르코빈은 아자돕스키의 손님 대기실에 앉아 있었다. 그는 비에 젖은 타타르스키를 보며 만족스러운 웃음을 지었다.

"이런, 콧구멍이 벌름벌름한걸, 그렇지? 그런데 어쩐다. 아자돕스키가 출장 중이라서 오늘은 양봉 연구할 게 하나도 없는데."

타타르스키는 대기실이 왠지 허전하다는 느낌이 들었다. 방 안을 둘러보다가 벽에 있던 둥근 거울과 황금 가면이 사라졌음을 알아차렸다.

"어디 갔는데?"

"바그다드."

"아니 왜?"

"근처에 바빌론 유적이 있거든. 유적이 남아 있는 동안 탑에 한번 올라가야겠다는 생각을 했나봐. 나한테 사진을 보여줬는데 아주 근사하더라고."

타타르스키는 자신이 지금 들은 이야기에 영향을 받았다는 표정을 짓지는 않았다. 그는 자연스럽게 행동하려 애쓰면서 책상 위에서 담배를 집어들어 불을 붙였다.

"왜 그런 데 관심을 가지지?" 그가 물었다.

"영혼이 고상한 것을 원한다고 말하더군. 그런데 왜 그렇게 창백해졌어?"

"이틀 동안 담배를 안 피웠거든." 타타르스키가 말했다. "담배 끊으려고."

"니코틴 패치를 사지그래."

타타르스키는 이미 제정신으로 돌아와 있었다.

"이봐." 그가 말했다. "어제 광고 두 개에서 또다시 아자돕스키를 봤어. 텔레비전을 켤 때마다 본단 말이야. 어떤 때는 발레단에서 춤을 추고 어떤 때는 일기 예보를 하더라고. 이게 대체 무슨 의미야? 왜 그렇게 자주 나오지? 광고 찍는 걸 좋아해?"

"그래." 모르코빈이 말했다. "그게 그 사람 약점이야. 한 가지 충고를 하자면, 당분간은 이 문제에 쓸데없이 참견하지 마. 나중에 알게 될 거야. 알았지?"

"알았어."

"이제 일 이야기 좀 하자. 칼라시니코프 자동소총 콘티에 관련해서 새로운 소식이라도 있어? 방금 브랜드 매니저가 전화했던데."

"별거 없어. 여전히 똑같지 뭐. 노인 두 명이 모스크보레츠키 시장에서 배트맨을 격추시키는 거야. 간단히 말하면, 배트맨이 케밥 만드는 화로 위로 떨어져서 갈퀴 달린 날개를 퍼덕이며 먼지를 일으키고, 다음에는 사라판을 입은 여자들이 원무를 추면서 그를 숨기는 그런 내용이야."

"그런데 왜 노인 두 명이지?"

"한 사람은 키가 작고 다른 사람은 보통 키로 했어. 그 사람들이 다양한 모델을 원해서 말이야."

모르코빈은 잠시 생각에 잠겼다.

"노인 두 명이 아니라 아버지와 아들이 더 좋을 것 같은데. 아버지는 보통 키로 하고 아들은 작은 키로 해서. 그리고 배트맨뿐만 아니라 스폰이랑 나이트맨, 그 패거리들까지 다 끌어오자. 예산이 엄청나니까 그걸 전부 써야지."

"이성적으로 생각해보면," 타타르스키가 말했다. "아들을 보통 키로, 아버지를 작은 키로 해야겠는데."

모르코빈은 좀 더 생각해보았다.

"그러네." 그가 동의했다. "명료한걸. 단, 권총을 찬 어머니들만은 등장 안 했으면 좋겠어. 좀 지나칠 것 같거든. 좋았어. 그런데 이 일로 너를 부른 건 아니야. 좋은 소식이 있어."

그는 호기심을 불러일으키기 위해 잠시 말을 멈췄다.

"어떤 소식인데?" 타타르스키가 마지못해 흥미를 보이며 물었다.

"제1분과가 마침내 너에 대한 확인 작업을 마무리했어. 이제 승진하게 된 거야. 아자돕스키가 너한테 업무 내용을 알려주라고 지시했어. 그래서 지금 얘기해주려고."

구내식당은 사람이 없어 조용했다. 한쪽 구석에 소리를 줄인 채 뉴스를 전하는 커다란 텔레비전이 막대에 매달려 있었다. 모르코빈은 타타르스키에게 텔레비전 옆 식탁에 앉으라고 고갯짓을 하고는 판매대로 가서 잔 두 개와 스미노프 시트러스 트위스트 보드카 한 병을 들고 돌아왔다.

"한잔하자. 안 그러면 너 비에 젖어서 감기 걸릴 거야."

그는 식탁에 앉아 약간 특이한 방법으로 병을 흔들더니 액체 속에 떠오르는 작은 거품을 오랫동안 지켜보았다.

"이런. 내 이럴 줄 알았지." 그가 경악하며 말했다. "거리 매점이라면 이해를 하겠는데…… 여기에서조차 가짜를 팔다니. 장담컨대 이건 폴란드에서 만든 가짜 보드카야. 거품이 많이도 올라오네! 저런 게 바로 업그레이드야……"

타타르스키는 그의 마지막 말이 보드카가 아니라 텔레비전에 관련된 것임을 알고는 시선을 거품으로 탁해진 보드카에서 화면으로 옮겼다. 화면에서는 얼굴이 불그스름한 옐친이 껄껄거리면서 손가락이 없는 손으로 빠르게 공중을 휘저으며 뭔가 흥분하여 말하고 있었다.

"업그레이드?" 타타르스키가 물었다. "뭐, 심장박동기 같은 거?"

"도대체 누가 그런 소문을 퍼뜨리는지." 모르코빈이 머리를 흔들며 말했다. "대체 왜? 주파수를 그냥 600메가헤르츠까지 올려줬을 뿐이야. 우린 상당한 위험 부담을 안게 되었지만 말이야."

"무슨 이야기인지 모르겠는데." 타타르스키가 말했다.

"예전에는 이런 내용을 렌더링*하는 데 이틀 정도 걸렸어. 하지만 지금은 하룻밤이면 가능해. 그러니 더 많은 동작을 렌더링할 수 있게

* 화상에 그림자나 색상 같은 3차원 질감을 추가해 사실감을 더하는 과정을 뜻하는 컴퓨터그래픽 용어.

된 거지. 얼굴 표정도 마찬가지고."

"도대체 뭘 렌더링하는데?"

"바로 저 사람을 렌더링하는 거야." 모르코빈은 이렇게 말하며 텔레비전을 향해 고개를 끄덕였다. "다른 사람들도 다 렌더링하는 거고. 3차원 입체영상 말이야."

"3차원 입체영상?"

"과학적으로 표현하자면 '3D 모델'이지. 남자들은 이걸 '3D 혐오'라고 부르기도 하지만."*

타타르스키는 친구의 말이 농담인지 진담인지 이해하려고 가만히 쳐다보았다. 상대는 조용히 그 시선을 받아냈다.

"도대체 무슨 말이야?"

"아자돕스키가 지시한 걸 말하는 중이야. 업무 내용을 설명해주는 거라고."

타타르스키는 화면을 쳐다보았다. 이제는 분노한 민중의 소용돌이 속에서 방금 솟아오른 것 같은 음울한 연설자가 국회 연단에 서 있는 모습을 비춰주고 있었다. 타타르스키는 갑자기 그 국회의원이 살아 있는 사람 같지 않다는 생각이 들었다. 몸은 전혀 움직이지 않았고, 입술과 가끔 눈썹만이 약간씩 움직일 뿐이었다.

"저 사람도 마찬가지야." 모르코빈이 말했다. "다만 좀 더 조잡하게 렌더링되었을 뿐이지, 이런 사람은 정말 많아. 저 사람은 삽화적 인간에 불과해. 반(半)더미(dummy)라고."

---

* 러시아어로 '3D 모델(trekhmerka)'과 '3D 혐오(trekhmerzost)'는 발음이 비슷하다.

"뭐?"

"국회의원들의 3차원 입체영상을 그렇게 부르고 있어. 평면 동영상, 즉 한 각도의 모습만 렌더링하는 거야. 기술은 똑같은데, 단지 두 자릿수 이하의 작업이지. 여기에는 더미와 반더미의 두 가지 유형이 있어. 저 사람이 입이나 눈을 어떻게 움직이는지 봤어? 그는 반더미인 거야. 그리고 저기 신문 위에서 자는 사람, 저 사람은 더미야. 저런 사람들은 용량을 많이 차지하지 않아서 하드디스크 하나에 다 담을 수 있어. 그런데 우리 입법부가 최근에 상을 하나 받았더군. 아자돕스키가 저녁 뉴스를 보는데, 국회의원들이 나와서 텔레비전이 몸 파는 창녀 같다는 둥 뭐 그런 이야기를 했다는 거야. 아자돕스키는 당연히 화가 나서 진상을 밝히려고 수화기까지 들었어. 그런데 막 번호를 돌리려다가 문득 누구한테 규명을 해야 하나 싶었던 거지. 우리가 어떻게든 깊은 인상을 심어주려면 일을 잘해야 돼."

"그러니까 그들이 다 그렇다는 거야?"

"예외 없이 전부 다."

"그만, 말도 안 돼." 타타르스키가 자신 없이 말했다. "얼마나 많은 사람들이 매일 그들을 보는데."

"어디서?"

"텔레비전에서…… 아, 물론. 그러니까 내 말은…… 어쨌든 그들과 매일 만나는 사람도 있잖아."

"그런 사람 본 적 있어?"

"물론."

"어디서?"

타타르스키는 생각에 잠겼다.

"텔레비전에서." 그가 말했다.

"이제 내가 무슨 말을 하려는지 이해하겠지?"

"그래, 이제 이해가 되네." 타타르스키가 대답했다.

"사실 순수하게 이론적으로 보자면 그들을 보았다거나 심지어 안다고 말하는 사람을 만날 수는 있어. '민중의 의지'라고, 특수 서비스를 제공하는 곳이 있거든. 여기에 전직 국가정보원이 백여 명 이상 있는데, 아자돕스키가 그 모두를 거느리고 있어. 그 사람들 일이라는 게 여기저기 돌아다니면서 자기네가 방금 지도자들을 봤다고 말하는 거야. 3층짜리 다차*에 있는 지도자를 봤다거나, 나이 어린 매춘부와 있는 지도자를 봤다거나, 아니면 루블료프 대로에서 노란색 람보르기니에 타고 있는 지도자를 봤다거나 하는 내용이지. 하지만 '민중의 의지'는 주로 맥줏집이나 역 같은 곳에서 작업을 해. 넌 그런 데는 잘 안 가잖아."

"그게 사실이야?" 타타르스키가 물었다.

"사실이고말고."

"그럼 엄청난 사기잖아."

"아." 모르코빈이 인상을 찌푸렸다. "그런 것만은 아니야. 우리가 사기를 치면 칠수록 그들은 더 크게 손뼉을 치거든. 왜냐고? 본성상 어떤 정치가이건 그냥 텔레비전 방송하고 다를 게 없어. 우리가 카메라 앞에 살아 있는 사람을 세워둔다 하자. 어차피 연설문은 연설 초고

---

* 러시아식 별장.

작성 팀이 써주고, 재킷은 스타일리스트 팀이 골라주고, 결정 사항은 인터뱅크 위원회가 대신해주지. 그런데 만약 그자가 뇌졸중으로 쓰러지기라도 해봐, 우리가 그 어릿광대짓을 전부 다시 준비해야 되겠어?"

"음, 그건 그렇지만." 타타르스키가 말했다. "어떻게 그렇게 대규모로 진행할 수 있지?"

"기술 쪽에 관심 있어? 개략적인 특성을 설명해주지. 먼저 밑바탕이 될 사람이 있어야 해. 밀랍인형이건 진짜 사람이건 다 괜찮아. 그를 모델로 구름 육체를 뜨는 거야. 구름 육체가 뭔지 알아?"

"영적인 뭔가를 얘기하는 건가?"

"아니야. 대체 어떤 얼간이들이 널 이렇게 혼란스럽게 만들었냐. 구름 육체란 디지털 구름 형태를 말하는 거야. 간단히 점으로 된 구름이지. 탐침(探針)이나 레이저스캐너로 그걸 떠내. 점들이 다 모이면 그 위로 디지털 그물을 씌우거나 틈을 서로 꿰매는 거야. 여기에 스티칭이나 클린업 같은 몇 가지 과정이 있어."

"뭘 가지고 꿰매는데?"

"숫자로. 한 숫자를 다른 숫자들과 꿰매는 거야. 나도 완전히 이해하지는 못했어. 알다시피 나도 인문학도였잖아. 간단히 말해서 우리가 모든 것을 꿰매고 청소를 하고 나면 모델을 얻게 된다는 거야. 모델에는 두 가지 유형이 있는데, 하나는 다각형 모델이고 다른 하나는 소위 NURBS* 패치야. 다각형 모델은 삼각형들로 구성되고 NURBS는

* non-uniform rational basis spline.

곡면들로 구성돼. NURBS는 훌륭한 3차원 입체영상이 가능하도록 한 진일보한 기술이야. 그래도 국회의원들은 모두 다각형 모델인데, 그렇게 하면 작업은 덜 번거롭고 얼굴은 더 서민적이 되거든. 어쨌든 이렇게 해서 모델이 준비되면 다음에는 골격을 집어넣는 거지. 역시 디지털 처리를 해줘. 그러니까 경첩이 달린 막대기 같은 건데, 모니터로 보면 늑골만 없다뿐이지 진짜 골격처럼 보여. 그러고 나서 애니메이션에서처럼 이 골격을 움직이게 만드는 거야. 팔은 이쪽으로 다리는 저쪽으로 하는 식으로. 사실 이런 작업은 이제 손으로 안 해. 골격 역할을 하는 전문가들이 따로 있거든."

"골격 역할을 한다고?"

모르코빈이 시계를 들여다보았다.

"지금 제3스튜디오에서 촬영 중이겠다. 가서 한번 보자. 안 그러면 저녁까지 설명해야 할 것 같아."

몇 분 후 타타르스키가 모르코빈의 뒤를 따라 조심스럽게 들어간 방은 합판으로 작업하면서 엄청난 보조금을 받는 개념주의 화가의 작업실과 비슷해 보였다. 그곳은 용도가 분명하지 않은 여러 가지 모양의 수많은 합판 조립물로 가득 찬 2층 높이의 홀이었다. 여기에 어느 곳으로도 연결되지 않은 사다리, 완성되지 않은 연단, 다양한 각도로 바닥을 향하고 있는 판자들, 심지어 기다란 합판 리무진까지 있었다. 타타르스키는 카메라나 조명은 볼 수 없었다. 대신 벽 쪽에 음악 장비처럼 보이지만 뭔지 이해할 수는 없는 수많은 전기 박스가 쌓여 있고, 그 주변으로 엔지니어로 보이는 네 명의 남자가 의자에 앉아 있었다. 그들 주변 바닥에는 반쯤 빈 보드카 병과 수많은 맥주 캔이 널브러져 있었다. 엔지니어 중 한 사람은 이어폰을 끼고 모니터를 바라보고 있었다. 그들은 모르코빈에게 환영의 인사로 손을 흔들어주었지만, 누구도 하던 작업에서 주의를 돌리지는 않았다.

"어이, 아르카샤." 이어폰을 낀 남자가 불렀다. "웃기지만 한 번 더 가야 할 것 같아."

"뭐?" 홀 가운데서 쉰 목소리가 들려왔다.

타타르스키는 소리가 나는 쪽으로 고개를 돌리다가 이상한 장치를 발견했다. 어린이 놀이터에 있는 것과 비슷한 합판 미끄럼틀로, 다만 높이만 그보다 조금 더 높았다. 미끄럼틀의 비탈면은 나무 기둥으로 연결된 해먹 침대 위에서 끊겼고, 알루미늄 사다리가 미끄럼틀 꼭대기까지 이어져 있었다. 해먹 옆 바닥에는 퇴역 경찰관처럼 생긴 육중한 몸집의 중년 남자가 앉아 있었다. 남자는 트레이닝 바지에 'Sick my duck'이라고 적힌 티셔츠를 입고 있었다. 타타르스키가 보기에 이 문구는 지나치게 감상적이고 문법에도 전혀 맞지 않았다.*

"자, 아르카샤, 한 번 더 하자."

"얼마나 해야 하는 거야." 아르카샤가 투덜거렸다. "머리가 어질어질하다고."

"술을 한 잔 더 마셔봐. 여전히 좀 어색해. 정말이야, 한 잔 더 해."

"조금 전 잔도 아직 다 못 마셨다고." 아르카샤가 바닥에서 일어나 엔지니어들 쪽으로 터벅터벅 걸어가면서 대답했다. 타타르스키는 그의 손목, 팔꿈치, 무릎, 복사뼈에 검은색의 작은 플라스틱 디스크가

* 발음상 유사한 욕설인 'Suck my dick'을 가리키는 은어로, 타타르스키는 단어 뜻 그대로 읽고 오해한 것이다.

붙어 있는 것을 발견했다. 디스크는 몸에도 붙어 있었는데, 타타르스키가 세어보니 모두 열네 개였다.

"저 사람은 누구야?" 그가 소곤거리며 물어보았다.

"아르카샤 코르자코프. 아니, 옐친의 경호대장이었던 그 코르자코프는 아니야. 그냥 성이 같을 뿐이지. 그가 옐친의 골격이 되어 작업을 하는 중이야. 몸무게도 같고 체격도 같거든. 예전에 청소년 극단에 있으면서 셰익스피어 연극에 출연한 적도 있고."

"뭘 하는 거지?"

"이제 알게 될 거야. 맥주 한잔할래?"

타타르스키는 고개를 끄덕였다. 모르코빈이 투보르 캔 두 개와 사진 한 장을 가지고 왔다. 타타르스키는 흰색 셔츠를 입은 캔 위의 낯익은 인물을 보며 이상한 느낌이 들었다. 투보르 맨은 자신의 끝없는 여행을 계속하기가 두려운 듯 손수건으로 여전히 이마의 땀을 닦고 있었다.

아르카샤는 한 잔을 마시고 미끄럼틀로 돌아와서 사다리를 타고 위로 기어 올라가 합판 경사면 위에 움직이지 않고 섰다.

"시작할까?" 그가 물었다.

"기다려." 이어폰을 낀 사람이 말했다. "지금 다시 조정하는 중이야."

아르카샤는 웅크리고 앉아서 미끄럼대 끝을 손으로 잡고 있었는데, 그 모습이 마치 거대한 살진 비둘기 같았다.

"저 사람 몸에 붙인 나사받이 같은 건 대체 뭐야?" 타타르스키가 물었다.

"그건 센서야." 모르코빈이 대답했다. "모션 캡처라는 기술이지. 센서는 골격의 관절 부분에 붙어 있어. 아르카샤가 움직이면 우리가 그 동작의 궤적을 촬영하는 거야. 이렇게 촬영한 것을 아주 약간 손을 본 후 모델 위에 겹쳐놓으면 기계가 모든 걸 디지털화하지. 이건 '스타트랙'이라는 새로운 시스템이야. 요즘 시장에서 제일 잘나가고 있어. 와이어 없이도 서른두 개의 센서만 있으면 어디서든 작업할 수 있거든. 그런데 가격이…… 상상에 맡길게."

이어폰을 낀 남자가 모니터에서 눈을 뗐다.

"다 됐다." 그가 말했다. "순서대로 다시 찍어야겠어. 먼저 포옹을 하고 계단을 내려가자고 청하고 그다음에 걸려 넘어지는 거야. 단, 손을 아래로 내릴 때는 더 천천히 당당하게 하는 게 좋겠어. 넘어질 때도 바닥에 완전히 꽝 넘어지도록. 알았지?"

"알았어." 아르카샤는 중얼거리며 조심스럽게 일어났다. 몸이 약간 흔들렸다.

"자, 가자."

아르카샤는 왼쪽으로 돌아 두 팔을 벌렸다가 허공에서 다시 천천히 모았다. 타타르스키는 깜짝 놀랐다. 그의 동작이 순식간에 당당한 위엄과 여유로움으로 가득 찼기 때문이다. 타타르스키는 처음에는 스타니슬랍스키 연기론을 떠올렸지만 곧바로 아르카샤가 바닥보다 높은 곳의 좁은 공간에서 떨어지지 않으려고 온 힘을 다해 노력하면서 균형을 잡고 있음을 알게 되었다. 아르카샤는 포옹을 풀고, 눈에 보이지 않는 상대에게 큰 동작으로 경사면으로 향하도록 알려주며 다가가다가 합판 벼랑의 끝에서 비틀거리더니 볼품없이 굴러떨어졌다. 떨어지는 동안 그는 두 번 굴렀으며, 만약 그의 육중한 몸이 착지한 해먹이 없었다면 분명 불구가 되었을 것이다. 아르카샤는 손으로 머리를 감싼 채 해먹에 누워 있었다. 엔지니어들이 모니터 주변으로 모여들어 조용히 뭔가를 논의하기 시작했다.

"이제 어떻게 돼?" 타타르스키가 물었다.

모르코빈은 말없이 그에게 사진을 내밀었다. 타타르스키는 공작석 기둥이 서 있고 붉은 카펫이 깔린 넓은 대리석 계단이 이어져 있는 크렘린의 한 홀을 보았다. "이봐, 그가 가상의 인물이라면, 그 역겨운 인간을 왜 방송에 내보내는 건데?"

"등급을 올리기 위해서지."

"이것 때문에 그의 등급이 올라간다고?"

"그게, 그의 등급이 아니야. 전자파에 무슨 등급이 있다고. 채널 등급을 말하는 거야. 왜 프라임 타임 뉴스 1분 가격이 4만이나 할까 생각해본 적 있어?"

"방금 생각해봤어. 그런데 오래전부터 그를…… 저런 식으로 내보낸 거야?"

"유세 기간에 그가 로스토프에서 춤을 춘 다음부터야. 무대에서 떨어졌을 때 말이야. 재난 정권 상황에서 그를 빨리 코드화해야만 했어. 그가 바이패스 수술 받았던 거 기억하지? 문제가 심각했지. 디지털화 작업이 마무리되었을 무렵에는 이미 냄새가 너무 심해서 사람들 모두 산소마스크를 쓰고 작업했다니까. 아무튼 그때부터 우리가 합판을 가지고 이 고생을 하는 거야."*

"얼굴은 어떻게 만드는데?" 타타르스키가 물었다. "동작이나 얼굴

표정은?"

"같은 방식이야. 다만 전자파 시스템이 아니라 적응제어광학 시스템을 사용해. 손에는사이버 글러브를 끼고. 한쪽 손가락 두 개를 잘라내면** 다 된 거지."

"어이, 이 사람들아." 엔지니어 중 한 사람이 말했다. "좀 조용히 해줄 수 없어? 아르카샤가 이제 다시 뛰어내려야 되는데. 쉬게 해줘야지."

"뭐?" 아르카샤가 해먹에서 일어나며 물었다. "뭐라고, 너희들 미쳤어?"

"가자." 모르코빈이 말했다.

모르코빈이 타타르스키를 데려간 옆방은 가상 스튜디오라고 불렸다. 하지만 그런 이름에도 불구하고 이 방에는 진짜 카메라들과 기분 좋은 온기를 내는 조명들이 서 있었다. 벽과 바닥이 온통 녹색인 커다란 방 안에서는 요즘 유행하는 농부 복장을 입은 사람들이 촬영 중이었다. 그들은 빈 공간에 둘러서서 생각에 잠겨 머리를 흔들었고, 그중 한 명은 손에 든 익은 밀 이삭을 비비고 있었다. 모르코빈은 이 사람들이 부유한 농장주들이며, 이들은 컴퓨터그래픽으로 만들어내기보다는 코닥으로 찍는 편이 더 싸게 먹힌다고 설명해주었다.

"우리는 이 사람들이 대충 어디를 보아야 하는지, 언제 질문을 해야 하는지 정도만 알려주고 있어." 그가 말했다. "그러고 나면 누구하

---

* 실제로 옐친은 지나친 음주로 심장질환이 악화되어 1996년 11월 심장을 한 시간여 정지시키는 대규모의 수술을 받았다.

** 어린 시절 옐친은 수류탄 폭발 사고로 왼손 손가락 두 개를 잃었다.

고든 매치시킬 수가 있지. 〈스타십 트루퍼스〉라는 영화 봤어? 우주선 전투부대가 벌레들하고 싸우는?"

"봤어."

"그거랑 같은 거야. 다만 전투부대원은 농장주나 소규모 사업가들로, 기관총은 빵과 소금으로, 벌레는 주가노프*나 레베드** 같은 정치가로 대체하는 거야. 배경으로 구세주 사원이나 바이코누르 우주 기지를 가져다 붙이고, 베타캠으로 옮겨서 카피한 후에 방송으로 내보내는 거지. 이제 조종실을 보러 가자."

'기계실'이라는 장난스러운 문패가 달린 문 안쪽 조종실은 타타르스키에게 별다른 인상을 주지 못했다. 입구에 기관총을 들고 서 있는 두 명의 경호원이 오히려 인상적이었다. 방 자체도 지루해 보였다. 소련 시대를 뚜렷이 연상시키는 삐걱거리는 쪽나무 바닥에 녹색의 글라디올러스 무늬가 그려진 먼지투성이 벽지가 발라져 있었다. 방 안에는 가구도 전혀 없었다. 한쪽 벽에는 비둘기를 손에 든 우주비행사 가가린의 컬러 사진이 걸려 있고, 다른 쪽 벽에는 똑같은 모양의 파란색 상자가 여러 개 쌓인 철제 선반이 서 있었다. 상자에서 유일한 장식은 눈송이를 닮은 '실리콘 그래픽스'라는 로고뿐이었다. 상자의 겉모양은 타타르스키가 언젠가 드래프트 포디엄에서 보았던 기기들과 거의 차이가 없었다. 흥미를 끄는 램프나 계기판 같은 것도 없었다. 그래서

* 1995년부터 지금까지 러시아 공산당 대표를 맡고 있으며 1996년 대통령 선거에서 옐친과 접전을 벌이다 패배했다.

** 옐친 정권의 2인자였으나 옐친이 심장 수술을 받게 되자 그에게 지도자로서의 능력이 없다고 주장하며 사임을 촉구했고, 이후 복귀한 옐친에 의해 국가안보위원회 서기직에서 해임되었다.

그런지 지극히 평범한 변압기처럼 보일 수도 있었다. 그러나 모르코빈은 대단히 엄숙하게 행동했다.

"아자돕스키 얘기로는 너는 삶이 커다란 유방을 가지고 있을 때를 좋아한다며." 그가 말했다. "저게 바로 제일 큰 유방이야. 저게 아직 너를 흥분시키지 않으면 그건 그냥 익숙하지 않아서야."

"저게 대체 뭔데?"

"렌더-서버 100/400. 실리콘 그래픽스가 특별히 이런 일을 위해 생산해낸 고품격 사양이지. 미국의 개념으로 보자면 원칙적으로 이미 고물이지만, 그래도 우리한테는 충분해. 게다가 유럽 전체도 이 문제로 고군분투하고 있거든. 이걸로 100명의 1급 정치가들과 400명의 2급 정치가들까지 렌더링할 수가 있어."

"굉장한 컴퓨터네." 타타르스키가 별다른 감흥 없이 말했다.

"이건 그냥 컴퓨터가 아니야. 스물네 개의 컴퓨터가 하나의 키보드로 조종되는 스탠드지. 각각의 컴퓨터에는 800메가헤르츠 주파수를 가진 네 개의 프로세서가 있어. 각 블록은 순서대로 프레임을 계산하는데, 모든 시스템은 대략 총신이 빙글빙글 돌아가는 항공기 기관포처럼 작동해. 미국인들은 이를 대가로 엄청난 돈을 챙기고 있고. 하지만 어쩌겠어. 모든 건 이미 시작됐고 우리에게는 저런 물건이 없으니. 이제 너도 이해하겠지만, 앞으로도 못 가질 거야. 그런데 미국인들이 정말 골칫거리야. 우리가 멍청이라도 되는 양 우리 걸 마음대로 줄여나가고 있거든."

"그게 무슨 말이야?"

"메가헤르츠 말이야. 처음에는 체첸 사태 때문에 200메가헤르츠를 줄였어. 너도 알다시피 물론 실제로는 송유관 때문이지만. 다음에는 대출금을 훔쳤다는 이유로. 이렇게 어떤 이유로건 줄여나가고 있어. 물론 밤에 주파수를 좀 올려볼 수는 있지만, 그들도 대사관에서 텔레비전을 지켜보고 있으니 그럴 수도 없고. 우리가 약간만 주파수를 올려도 바로 알아차리고 조사관을 파견하거든. 아주 수치스러운 일이지. 이 위대한 나라가 지금은 400메가헤르츠에 주저앉아 있으니. 더욱이 우리 것도 아니잖아."

모르코빈이 스탠드로 다가가 파란색의 좁은 블록을 들어내고 뚜껑을 열자 안에서 액정 모니터가 나타났다. 그 아래에는 트랙볼이 달린 키보드가 있었다.

"이 키보드로 조종을 하는 거야?" 타타르스키가 물었다.

"무슨 소리." 모르코빈이 손을 흔들었다. "시스템에 접속하기 위해서는 허가가 필요해. 모든 터미널은 위층에 있어. 이건 그냥 관리 모니터야. 그런데 뭘 렌더링하고 있는지 보고 싶은걸."

그가 버튼 몇 개를 누르자 모니터 하단에 진행 상태 표시가 떴다. 그리고 'memory used 5184 M, time elapsed 23:11:12' 라는 문구와 함께 이해할 수 없는 아주 작은 글자들이 튀어나왔다. 그런 다음 다시 큰 글자로 다음과 같은 주소가 나타났다:

C:/oligarchs/berezka/excesses/vo_pole/slalom.prg.

"알겠다." 모르코빈이 말했다. "이건 스위스에 있는 베레좁스키*야."

---

* 옐친 정권 당시 대표적인 올리가르히(신흥 재벌)이다. 여러 범죄와 부패 행위가 드러나면서 숙청 대상이 되었고 이후 외국으로 망명했다.

누군가 퍼즐을 맞추기라도 하는 것처럼 화면이 작은 사각형 모양의 컬러 그림 조각들로 덮이기 시작했다. 잠시 후 타타르스키는 렌더링이 다 끝나지 않아 검은 구멍이 몇 개 남아 있기는 하지만 익숙한 얼굴을 보게 되었다. 그가 특히 놀란 것은 이미 렌더링이 끝난 오른쪽 눈이 광적인 기쁨으로 반짝거린다는 사실이었다.

"스키를 타고 있군, 개자식." 모르코빈이 말했다. "우리는 여기서 먼지나 마시고 있는데."

"그런데 왜 폴더가 'excesses(과잉)'지? 스키를 타는 게 지나치다는 뜻인가?"

"원래 스토리대로라면 여기 깃발 달린 지팡이 대신에 벌거벗은 발레리나들이 그를 둘러싸기로 되어 있었어." 모르코빈이 대답했다. "한쪽에는 푸른 리본을 맨 발레리나들이, 다른 쪽에는 붉은 리본을 맨 발레리나들이. 슬로프에 있는 아가씨들을 우리가 코닥으로 찍어뒀거든. 그 여자들이야 물론 공짜로 스위스로 여행을 갔으니 만족하지. 두 명은 아직도 거기서 어슬렁거리고 있고."

그는 모니터를 끄고 뚜껑을 덮은 다음 상자를 제자리에 돌려놓았다. 타타르스키는 불안한 생각이 들었다.

"이봐." 그가 물었다. "그런데 미국인들도 이렇게 똑같이 하고 있어?"

"물론이지. 그것도 훨씬 먼저 시작했어. 레이건 대통령은 이미 두 번째 임기부터 디지털화되었지. 부시 대통령은…… 그자가 헬리콥터 앞에 서 있을 때 바람 때문에 머리카락이 대머리 쪽으로 마구 날리던 장면 기억해? 정말 걸작이었지. 내 생각에 컴퓨터그래픽으로 그걸 따라갈 만한 작품은 없어. 미국이라는 나라는……"

"그런데 우리 나라 정계에서 미국인 카피라이터들이 일하고 있다는 게 사실이야?"

"그건 거짓말이야. 그자들은 자기네 정치에서도 아무것도 제대로 해낼 능력이 없는 사람들이야. 물론 해상도나 화소 수, 특수 효과에서는 문제가 없어. 하지만 나라가 혼이 없으니. 그쪽 정계에서 일하는 크리에이터들은 완전 쓰레기야. 대통령 후보는 두 명인데 시나리오팀은 하나거든. 거기다 매디슨 애비뉴에서 쫓겨난 사람들이나 그곳에서 일을 하니, 정치판에서 돈은 별거 아니니까 말이야. 얼마 전에 그 사람들 선거 홍보물을 본 적이 있는데 정말 지독하더라고. 한 사람이 과거로 향하는 다리에 관해서 말하면 이틀 후에는 다른 사람이 반드시 미래로 향하는 다리에 관해서 말하는 거야. 밥 돌 상원의원은 나이키 광고 문구인 'just do it'을 'just don't do it'으로 바꿔서 사용하더군. 구강 사무실에서 구강성교 외에는 아무런 긍정적인 것도 생각해낼 수 없었겠지. 아니, 우리 시나리오 작가들이 열 배는 더 훌륭할 거야. 그들이 만들어낸 인물이 얼마나 걸출한지 한번 봐봐. 옐친은 어떻고 주가노프는 어떻고, 레베드는 또 어떤지. 체호프와 다름없다네. 『세 자매』 말이야. 그러니 러시아에 우리만의 브랜드가 없다고 말하는 사람들은 그 말이 모두 목에 걸리게 하자고. 여기 우리는 그런 재능을 가지고 있으니 누구 앞에서도 부끄러워할 필요가 없어. 예를 들면, 바로 저거야, 보여?"

그는 가가린의 사진을 고갯짓으로 가리켰다. 타타르스키는 사진을 더 주의 깊게 들여다보다가 사진 속에 묘사된 인물이 가가린이 아니라 정복을 입은 레베드 장군이며, 그가 손에 들고 있는 것도 비둘기가 아니라 흰 토끼의 꽉 잡힌 귀라는 사실을 알았다. 이 사진은 원형 사진과 너무 유사해서 독특한 시각의 기만을 유발했다. 레베드가 잡고 있는 토끼가 처음에는 터무니없이 살이 찐 비둘기로 보였던 것이다.

"젊은 광부가 이걸 만들었어." 모르코빈이 말했다. "『플레이보이』 표지에 쓰려고 만든 거야. 광고 문구는 '러시아는 아름다워지고 뚱뚱해질 것이다'였어. 배를 곯는 지역에서는 정곡을 찌르는 문구지. 이 젊은이도 이전에는 이틀에 한 번꼴로 밥을 먹었지만 지금은 수석 크리에이터 중의 하나가 되었어. 그런데도 사실 주제는 여전히 음식 주변을 맴돌고 있단 말이야. 아흐마토바의 '어떤 쓰레기에서 시가 자라는지 당신이 안다면……' 이라는 시 기억하고 있겠지."

"잠깐." 타타르스키가 말했다. "좋은 생각이 떠올랐어. 좀 적을게."

그는 주머니에서 수첩을 꺼내 적기 시작했다:

실리콘 그래픽스/커다란 유방—새로운 엠블럼. 눈송이 대신 실리콘 임플란트를 해서 터질 것 같은 거대한 유방의 윤곽(그래픽이므로 펜으로 아무렇게나 선을 그린 것처럼 보이게 할 것). (광고 클립) 유방에서 실리콘 벌레가 기어 나와 $ 모양으로 구불거린다(모델—스피시즈 II). 생각해볼 것.

"땀나게 밀어닥치는 영감의 파도인가?" 모르코빈이 물었다. "부럽기까지 한걸. 좋아, 견학은 끝났어. 식당으로 가자."

식당은 여전히 비어 있었다. 텔레비전은 계속 소리 없이 켜져 있었고 그 아래 식탁에는 채 비우지 않은 스미노프 시트러스 트위스트 보드카와 잔 두 개가 놓여 있었다. 모르코빈은 잔을 채운 뒤 조용히 타타르스키의 잔에 부딪치고는 쭉 들이켰다. 타타르스키는 견학이 끝난 후 희미한 불안을 느꼈다.

"이봐." 그가 말했다. "이해가 안 되는 게 있어. 그러니까 카피라이터들이 그 사람들 모두에게 연설문을 써준다고 치자. 그러면 대체 누가 이 연설문에 책임을 지지? 어디서 주제를 얻고 국가 정치가 내일 어디로 방향을 돌릴지 어떻게 결정하는데?"

"대기업이지." 모르코빈이 짧게 대답했다. "올리가르히라고 들어봤어?"

"아하, 그러니까 그 사람들이 모여서 결정한단 말이야? 아니면 개념을 문서화해서 보낸다는 거야?"

모르코빈은 커다란 손가락으로 병목을 잡고 흔들더니 거품을 들여다보기 시작했다. 이 광경의 뭔가가 그를 사로잡은 것 같았다. 타타르스키는 조용히 대답을 기다렸다.

"음, 그 사람들이 어떻게 어딘가에 모일 수 있겠어." 모르코빈이 마침내 대답했다. "그들 모두가 우리 위층에서 만들어지고 있는데. 방금 베레좁스키도 봤잖아."

"아하," 타타르스키는 생각에 잠겨 대답했다. "물론, 그건 그렇지. 그럼 올리가르히와 관련해서는 누가 시나리오를 쓰지?"

"카피라이터들이. 모든 게 다 똑같고 작업하는 층만 다를 뿐이야."

"아하. 그럼 올리가르히가 결정할 내용은 어떻게 선택해?"

"정치적 상황에 달려 있어. 그래서 '선택한다'는 단어를 쓰는 거잖

아. 사실 특별한 선택 같은 건 없어. 필요성이라는 하나의 철칙만이 있을 뿐이야. 저 사람들의 필요성이거나 이 사람들의 필요성이지. 또한 우리 두 사람의 필요성일 수도 있고."

"그럼 올리가르히 같은 건 없단 말이야? 하지만 우리 건물 아래에도 '인터뱅크 위원회'라는 간판이 걸려 있잖아."

"그건 우리 일에 보호 지붕이 되어주겠다고 달려드는 쓰레기들을 막으려고 달아놓은 거야." 모르코빈이 대답했다. "우리가 바로 인터뱅크 위원회인데, 그건 좋다 이거야. 다만 모든 은행들이 연합위원회라는 거지. 위원회는 우리를 말해. 바로 그런 거야."

"이제 알겠다." 타타르스키가 말했다. "아니, 알아들은 것 같아. 그러니까, 잠깐만…… 저것이 이것을 결정하고, 이것이…… 이것이 저것을 결정한다는 건데. 하지만 그러면 어떻게…… 잠깐만…… 그렇다면 모든 건 어디에 근거를 두는 거지?"

말을 마치기도 전에 그는 비명을 질렀다. 모르코빈이 그의 손목을 힘껏 꼬집었던 것이다. 너무 심하게 꼬집어서 살점이 약간 떨어져나갈 정도였다.

"그 문제에 대해서는." 모르코빈이 탁자 위로 몸을 기울여 어두운 시선으로 타타르스키의 눈을 들여다보며 말했다. "절대 생각하지 마. 절대로, 다시는, 알았지?"

"하지만 어떻게?" 타타르스키는 방금 고통이 자신을 깊고 어두운 심연의 끝으로 던져버렸다고 느끼며 말했다. "어떻게 생각하지 않을 수가 있겠어?"

"이런 식으로 하면 돼." 모르코빈이 말했다. "그 생각이 실체를 띠고 막 머릿속에 나타났다고 깨닫는 순간 뭔가 날카로운 것으로 자신을 꼬집거나 찌르거나 하는 거야. 손을 찌르건 발을 찌르건 그건 중요하지 않아. 말초신경이 더 예민한 곳이면 충분해. 수영하다가 경련이 났을 때 종아리를 찌르는 것과 같은 방식이야. 그러면 차츰 그 생각 주변으로 굳은살 같은 게 생겨나고, 그러면 너는 별문제 없이 옆으로 피해 갈 수 있을 거야. 즉 그것이 있다는 것은 느끼지만, 결코 생각은 안 하게 되는 거지. 그리고 점점 더 익숙해질 거야. 8층은 7층에 의지하고 7층은 8층에 의지하는 것처럼. 어디서든, 어떤 구체적인 지점이나 어떤 구체적인 순간에도 확고함만을 가지게 될 거야. 하루 종일 일에 치이거나 코카인을 흡입하거나 구체적인 문제들을 해결하느라 분주해질 테고. 추상적인 문제들에 쏟을 시간은 없어지는 거지."

타타르스키는 남은 보드카를 단번에 들이켜고 자신의 넓적다리를 몇 번이나 꼬집어보았다. 모르코빈은 슬픈 미소를 지었다.

"아자돕스키를 봐." 그가 말했다. "그자가 왜 여기서 사람들을 흩어놓았다가 모았다가 할까? 그건 이 모든 일에 뭔가 이상한 점이 있다는 생각은 그의 머릿속에 떠오른 적조차 없기 때문이야. 이런 사람은 100년에 한 번 나올까 말까 해. 삶에 대한 감각은 범세계적인 규모라니까."

"그래 알았어." 타타르스키는 이렇게 말하며 다시 한 번 자기 다리를 꼬집어보았다. "하지만 사람들을 단지 모으거나 흩어놓는 것뿐만 아니라 통제도 해야 하잖아. 알다시피 사회란 정말 복잡한 건데. 통제를 위해서는 원칙 같은 게 필요하지 않을까?"

"원칙은 아주 간단해." 모르코빈이 말했다. "사회의 모든 것이 정상적으로 돌아가게 하기 위해서 우리는 단지 소유하는 돈의 전체 규모만 조절하면 돼. 나머지는 자동적으로 제자리를 찾을 거야. 그러니 그 무엇도 간섭해서는 안 돼."

"돈의 규모는 어떻게 조절하는데?"

"우리 수중에 최대한의 돈이 있도록 하는 거지."

"그게 다야?"

"당연하지. 우리가 최대한의 돈을 가지고 있다면, 그건 모든 게 제자리를 찾았다는 의미야."

"그래." 타타르스키가 말했다. "논리적이네. 그렇지만 누군가 이 모두를 지휘해야 하잖아?"

"하여튼 모든 걸 너무 빨리 이해하려 든다니까." 모르코빈이 얼굴을 찌푸렸다. "내가 해줄 말은 기다리라는 거야. 이봐 친구, 이 모든 일을 누가 지휘하는가를 이해하는 것 자체가 큰 문제야. 현재로서 내가 해줄 수 있는 말은 세상을 지배하는 것은 '누가'가 아니라 '무엇'이라는 거야. 특정한 요인이나 충동들이 있기는 한데 네가 그걸 알기에는 좀 일러. 바반, 비록 네가 그걸 모를 리 없다 해도 말이야. 이게 바로 역설이지."

모르코빈은 말을 멈추고 뭔가 생각하기 시작했다. 타타르스키는 담배에 불을 붙였다. 더는 말하고 싶지 않았다. 그사이 식당에 새로운 손님이 나타났고 타타르스키는 그를 바로 알아보았다. 유명한 TV 평론가인 파르수크 세이풀 파르세이킨이었다. 실제로 보니 화면에서보다 좀 더 늙어 보였다. 아마도 방송을 하고 돌아온 모양이었다. 얼굴에 굵은 땀방울이 가득했고 코 위에는 그 유명한 코안경이 약간 비스

듬하게 걸쳐져 있었다. 타타르스키는 파르세이킨이 보드카를 사러 바로 카운터로 달려들 거라고 생각했지만, 그는 두 사람이 앉아 있는 테이블 쪽으로 다가왔다.

"소리를 높여도 될까요?" 그가 텔레비전을 향해 고갯짓하며 물었다. "제 아들이 이 광고를 만들었답니다. 아직 보지를 못해서요."

타타르스키는 고개를 들었다. 이상하게 낯익은 장면이 화면에 흐르고 있었다. 자작나무 숲 속 공터에 약간 의심스러워 보이는 선원 합창단(타타르스키는 아자돕스키를 바로 알아보았다. 그는 합창단 중앙에 있었고, 유일하게 가슴에 반짝이는 작은 메달을 달고 있었다)이 서 있었다. 선원들은 어깨동무를 하고 좌우로 몸을 흔들며, 노골적으로 시인 예세닌을 흉내 낸 노란 머리 솔리스트의 노래를 작은 소리로 따라 부르고 있었다. 타타르스키는 처음에는 솔리스트가 거대한 자작나무 그루터기 위에 서 있다고 생각했다. 하지만 그루터기가 완벽한 원통의 형태이고 그 표면에 작고 노란 레몬이 그려진 것을 보고는 이것이 원래보다 몇 배로 커다래진, 자작나무나 얼룩말 무늬가 들어간 음료수 캔이라는 사실을 알아차렸다. 매끄러운 영상은 이 광고가 아주 비싼 것임을 입증하고 있었다.

"봄-봄-봄." 선원들은 좌우로 몸을 흔들며 불명료한 소리를 냈다. 솔리스트는 가슴에서 카메라 쪽으로 손을 뻗으면서 테너의 목소리로 노래했다:

조국은 아낌없이
마시게 해주었다.

자작나무 스프라이트를,

자작나무 스프라이트를!

타타르스키는 거칠게 담배를 재떨이에 짓이겼다.

"개자식." 그가 말했다.

"누가?" 모르코빈이 물었다.

"알기만 하면…… 이봐, 나를 어떤 부서로 보내려고 하는데?"

"사찰 부서의 선임 크리에이터 자리야. 정신없이 바쁠 때는 보조로도 일할 거고. 그러니 지금은 그냥 서로 기대고 서 있자. 저기 저 선원들처럼. 어깨와 어깨를 맞대고. 이봐, 친구, 이런 일에 휘말리게 해서 미안해. 이런 걸 모르는 고객이라면 삶이 훨씬 단순할 텐데. 다양한 TV 채널에 그만큼의 방송사까지 있다고 생각하니 말이야…… 하지만 바로 그렇기 때문에 그들이 고객인 거지."

이슬람적 요인

이런 일이 종종 있다. 흰색 메르세데스를 타고 버스 정류장 옆을 지나다가 도대체 얼마나 오랜 시간 분노하며 버스를 기다렸는지 알 수 없는 사람들을 보게 되고, 또한 그들 중 누군가가 갑자기 흐릿한 시선으로, 더욱이 그 눈에 부러움을 담아 자기를 보고 있음을 알아차리게 되는 경우 말이다. 그러면 안면도 없는 독일 시민에게서 누군가 훔쳐온 이 기계가, 아직 형제국 벨로루시 세관에서 세탁도 완전히 끝내지 못했는데 벌써 엔진이 의심스럽게 덜컹거리고 있음에도 불구하고, 사실은 삶에 대한 완전하고 최종적인 승리를 증명하는 트로피라고 잠깐 동안은 믿게 된다. 그러면 뜨거운 전율이 온몸을 타고 흐른다. 정류장에 서 있는 사람들로부터 거만하게 얼굴을 돌리며 마음속으로는 자신의 삶이 성공했음을 알리기 위해 이렇게 지나가는 것도 쓸데없는 일은 아니구나 하는 생각을 하게 된다.

바로 그런 식으로 항문 와우-요인은 우리의 영혼 속에서 작동한다. 그러나 타타르스키는 좀처럼 그 달콤한 간질거림을 경험하지 못했다. 아마도 정류장에 몸을 움츠리고 서 있는 중간 계급 대표자들이 풍기는 비 온 뒤의 독특한 냉담함이 문제인 듯했다. 아니면 타타르스키가 작업 결과를 검사받을 시기가 임박했고, 그곳에 아자돕스키도 참석하리라는 사실 때문에 지나치게 신경과민이 되었기 때문일 수도 있었다. 혹은 최근 들어 사회적인 레이더망이 그의 영혼에 제대로 전달되지 못하고 자꾸 실패하는 것이 문제일 수도 있었다.

'만약 순수하게 컴퓨터그래픽의 관점에서 현재 진행 중인 일을 본다면.' 그는 교통 정체로 서 있는 옆 차들을 보면서 생각했다. '우리의 모든 개념은 뒤집어질 것이다. 모든 세상을 렌더링하는 저 하늘 위의 실리콘 사가 볼 때 구겨진 싸구려 자동차 자포로제츠는 3년 동안 공기역학 파이프에서 바람을 쐰 신형 BMW보다 훨씬 복잡한 작업이다. 따라서 모든 일은 크리에이터와 시나리오 작가에게 달려 있다. 그런데 대체 어떤 자식이 이런 시나리오를 쓴 거야? 화면을 쳐다보면서 게걸스럽게 피자를 먹어대는 시청자들은 또 누구고? 가장 중요한 것은, 정말 이 모든 일이 단지 피둥피둥 살찐 천상의 광고 에이전시가 광고 같은 것에서 돈이나 긁어모으게 하려고 일어났는가 하는 사실이다. 확실히 그렇게 보이기는 한다. 주지하다시피 세상 모든 것은 유사성에 근거하고 있으니……'

마침내 교통 정체가 풀렸다. 타타르스키는 라디오를 켰다. 갑자기 벽난로 굴뚝에서 나는 울림 소리 같은 비음의 목소리가 차 안으로 들

이닥쳤다:

성화도, 베르다예프*도,
'제3의 눈' 프로그램도
석유와 가스를 탈취해 가는
악당으로부터 구해주지는 못한다!
러시아 라디오 광고 서비스!

이 목소리가 내쉬는 지옥과도 같은 유쾌함으로 봤을 때, 화자 역시 이러한 악당들 중 마지막 한 사람이라는 데는 의심의 여지가 없었다. 타타르스키는 신경질적으로 라디오를 끄고 핸드클러치를 잡았다.

타타르스키는 기분이 완전히 나빠졌다. 살아 있는 사람의 온기가 필요했다. 그는 차량 흐름에서 빠져나와 버스 정류장 옆에 정차했다. 정류장 부스의 부서진 옆 유리는 손에 리모컨을 쥐고 있는 네 가지 죄악을 알레고리적으로 묘사한 STS TV 채널 광고판으로 덧대어져 있었다. 차양 아래 벤치에는 무릎 위에 바구니를 올려놓고 미동도 하지 않는 노파와 비에 젖은 군용 솜재킷을 입고 손에는 맥주병을 든 마흔 살 정도의 고수머리 남자가 앉아 있었다. 타타르스키는 이 남자에게 아직은 생명력이 충분함을 감지하고 창문을 아래로 내리고 팔꿈치를 밖으로 내밀었다.

"실례합니다, 군인 양반." 그가 말했다. "이 근처에 '남성 셔츠' 상

* 20세기 초 활동한 러시아의 종교 철학자이자 실존주의자.

점이 어디쯤 있는지 아십니까?"

남자는 타타르스키를 향해 시선을 들었다. 그는 모든 것을 알아차린 듯했다. 그의 눈이 차갑고 지독한 분노로 흐려지기 시작했기 때문이다. 짧은 시선의 교환만으로도 대단히 많은 정보를 주고받았다. 타타르스키는 남자가 이해했다는 사실을 이해했다. 남자 역시 타타르스키가 상대가 이해했음을 이해하게 되었다는 사실을 이해한 것 같았다.

"칸다하르 근교에서는 더 대단했지." 남자가 말했다.

"죄송합니다만, 뭐라고 하셨지요?"

"내 말은." 남자가 병목을 잡으면서 말했다. "칸다하르 근처에서는 더 대단했다고 했다. 감히 죄송하다는 말은 마라."

뭔가가 타타르스키에게 이 남자가 그의 차로 다가오는 이유는 상점까지 가는 길을 알려주기 위함이 아니라는 암시를 주었고, 그는 바로 가속페달을 힘껏 밟았다. 예감은 틀리지 않았다. 잠시 후 뭔가가 뒤쪽 유리를 세게 내리쳤고, 곧 유리에 그물 같은 균열이 생기며 그곳을 따라 흰 거품이 흘러내렸다. 밀려드는 아드레날린의 영향을 받으며 타타르스키는 급격하게 속도를 올렸다. '이런, 나쁜 자식.' 그는 주위를 둘러보며 생각했다. '저런 놈들은 군대 막사에 처박아두면 딱인데.'

타타스르키가 차를 인터뱅크 위원회 마당에 주차시키는 동안 그 옆으로 최신형의 빨간색 레인지로버가 와서 섰다. 차 지붕에는 상상을 초월하는 헤드라이트가 달려 있고, 문에는 대초원 위로 떠오르는 태양과 머리에 깃털 장식을 한 인디언이 그려진 유쾌한 그림이 있었다. '어떤 사람이 이런 차를 타는지 궁금하군.' 타타르스키는 이렇게 생각하며 차 문 앞에서 잠깐 지체했다.

부르주아임을 강조하는 줄무늬 양복을 입은 뚱뚱하고 키 작은 남자가 레인지로버에서 내려 돌아서는 순간, 타타르스키는 그가 사샤 블로라는 것을 알고 깜짝 놀랐다. 살이 더 찌고 더 심한 대머리가 되기는 했지만 무언가를 이해하지 못해 괴로워하는 찡그린 표정은 여전했다.

"사샤." 타타르스키가 말했다. "너였어?"

"아, 바반." 사샤 블로가 말했다. "너도 여기서 일해? 사찰 부서에서?"

"어떻게 알았어?"

"모두가 그곳에서 시작하거든. 일이 숙달될 때까지는. 창작부 스태프 규모는 그리 크지 않아. 서로서로 다 알고 있지. 그러니 내가 너를 본 적이 없는데 지금 이 현관 옆에 차를 주차시켰다는 건 네가 사찰 부서에서 일한다는 의미지. 그것도 이제 2주 정도 됐겠는데, 그 이상은 아닐 거고. 기초적인 추리라고, 왓슨 박사."

"벌써 한 달 됐어." 타타르스키가 대답했다. "넌 무슨 일을 하는데?"

"나? 나는 러시아 관념 부서 책임자야. 우리 부서는 곁채에 있어. 뭔가 관념이 떠오르면 나를 찾아와."

"나한테서는 나올 게 별로 없어." 타타르스키가 대답했다. "생각해보려고 애를 썼지만 잘 안 돼. 변두리 쪽으로 나가서 거기 남자들한테 물어보는 게 더 나을 거야."

사샤 블로는 불만스러운 듯 얼굴을 찌푸렸다.

"나도 처음에는 시도해봤어." 그가 말했다. "술잔을 따르면서 눈을 들여다보면 이런 대답이나 듣게 되지. '꺼져버려 이 새끼야, 재수 없는 메르세데스 놈.' 그자들은 메르세데스보다 더 멋진 건 생각이 안 나는 모양이야. 어쨌든 모든 게 너무 파괴적이라서…… 네 차야?"

질문은 타타르스키의 차로 향했다.

"음, 내 차야." 타타르스키가 당당하게 대답했다.

"그렇군." 사샤 블로가 레인지로버 문에 기대면서 말했다. "40분 정도 수치스러움을 견디면 직장에 와 있겠네. 그래도 열등감은 갖지 마. 아직 미래가 있잖아."

그는 고개를 끄덕이고는 기름때가 잔뜩 묻은 두툼한 서류철을 흔들어 보이며 건물 입구까지 깡충깡충 뛰어갔다. 타타르스키는 오랜 시선으로 그를 배웅하고 나서 자기 차의 뒷유리를 보다가 수첩을 꺼내 마지막 페이지에 다음과 같이 적었다.

주요한 죄악은 사람들이 무의미하고 정신 산만한 잡담이나 하면서 서로 간의 교제를 유지한다는 데 있다. 그들은 자신의 항문 충동이 누군가에게는 구강 충동이 되기를 희망하면서 그것을 탐욕스럽고 교활하고 비인간적으로 잡담에 끼워넣는다. 만약 이런 일이 일어나면 사람은 주신제(酒神祭)와 같은 전율의 상태에 이르고 몇 초 동안은 소위 '삶의 고동'을 느낀다.

아자돕스키와 모르코빈은 아침 일찍부터 영상실에 앉아 있었다. 입구 앞에는 몇 사람이 왔다 갔다 하며 정치에 관한 잡담을 하거나 정부를 맹렬하게 비난하고 있었다. 타타르스키는 이들이 단체로 비활동을 실천에 옮기고 있는 정치 부서 카피라이터라는 결론을 내렸다. 그들은 한 사람씩 불려 들어갔다. 보스와의 면담 시간은 보통 10분 정도였으며, 거기서 결정되는 문제는 국가적인 의미를 지니는 것이 분명했다. 타타르스키는 볼륨을 최대한 키워놓아서 몇 번이나 홀에서 들려오는 옐친의 목소리를 듣고 그러리라고 생각했다. 처음에 옐친은 망설이듯 중얼거렸다.

"우리에게 왜 그렇게 많은 비행사가 필요합니까? 완벽하게 준비된 비행사 한 명만 있으면 됩니다! 제 손자도 플레이스테이션을 가지고 놉니다만, 그걸 보는 순간 바로 이해하게 된 것이……"

두번째로 들려온 옐친의 목소리는 엄숙하고 운율이 고른 것을 보니 국민에게 전하는 담화문의 일부를 돌리고 있는 것 같았다.

"몇십 년 만에 처음으로 러시아 국민들은 가슴과 정신 사이에서 선택할 수 있는 기회를 갖게 되었습니다."

프로젝트 하나가 마무리되었다. 큰 키에 콧수염을 기르고 나이보다 일찍 머리가 센 남자가 황금색으로 '황제'라고 쓰인 새빨간 파일을 들고 홀에서 나오는 얼굴을 보니 확실했다. 뒤이어 홀에서 음악이 연주되기 시작했다. 처음에는 한동안 발랄라이카의 서툰 연주 소리가 들리더니 누군가가 큰 소리로 고함을 쳤고, 뒤이어 아자돕스키의 고음의 목소리가 들려왔다.

"망할 자식! 방송에서 빼버려야겠군. 나로서는 레베드가 더 낫다고 해두지. 적어도 대머리는 아니니까. 다음."

타타르스키의 순서는 바로 오지 않았다. 그는 마지막이었다. 아자돕스키가 기다리는 약간 어두운 홀은 음울하고 세련되면서도 고풍스러운 것이 1930년대나 40년대에 설비를 갖추고 가구를 비치한 것 같았다. 타타르스키는 안으로 들어가면서 왠지 모르게 몸이 움츠러들었다. 그는 앞줄까지 종종걸음으로 걸어가서 비디오 프로젝터 불빛 속에 담배 연기를 내뿜고 있는 아자돕스키의 왼쪽 의자 가장자리에 걸터앉았다. 아자돕스키는 그를 쳐다보지도 않고 손을 잡았다. 분명 제정신이 아닌 것 같았다. 타타르스키는 그 이유를 알고 있었다. 지난밤 모르코빈이 설명해주었던 것이다.

"300메가헤르츠까지 낮췄더군." 모르코빈이 음울하게 말했다. "코소보 사태 때문에 말이야. 공산주의 치하에서 버터가 부족했던 것 기억하지? 그런데 이제는 기계적인 시간이 부족하다니. 이 나라 역사에는 뭔가 숙명적인 게 있는 모양이야. 아자돕스키는 지금 초안을 전부 살펴보는 중이야. 문서로 지시가 떨어져야만 메인 렌더 서버에 접근이 허용되거든. 아무튼 노력하라고."

초안, 즉 렌더링되지 않은 스케치가 어떤 모습인지 타타르스키는 처음으로 보게 되었다. 그 자신이 시나리오 작가가 아니었다면 녹색의 윤곽선과 그것을 분할하는 노란색의 가느다란 점선이 모노폴리* 게임판이라는 사실을 결코 짐작하지 못했을 터였다. 게임 칩은 동일한 모양의 붉은색 화살이었고, 게임에 사용되는 주사위는 두 개의 파란색 반점이었다. 화면 아래쪽에서 무작위 숫자 생성기로 만들어진 1에서 6까지의 숫자가 두 개씩 짝을 이루어 깜박거렸다. 획득한 점수에 따라 순서가 돌아갔다. 게임은 정직하게 시뮬레이션되고 있었다.

---

* '독점'이라는 뜻으로, 주사위를 이용한 보드 게임의 일종.

그러나 게이머는 아직 존재하지 않았다. 대신 게임판 앞에 눈금 선으로 된 골격을 갖춘 인물들이 볼 조인트처럼 작은 원들을 붙이고 앉아 있었다. 조잡한 다각형으로 이루어진 얼굴만이 보였다. 살만 라두예프*의 턱수염은 얼굴 아래쪽에 붙여놓은 붉은 벽돌처럼 보였으며, 베레좁스키는 면도한 뺨 위의 연보랏빛 삼각형으로만 알아볼 수 있었다. 예상했던 대로 베레좁스키가 이겼다.

"그래." 그가 녹색의 손가락 모양 커서로 주사위를 흔들어 섞으며 말했다. "어머니 러시아에는 '모노폴리'와 관련해서 문제가 있지. 거리 두 곳을 사들였는데, 알고 보니 그곳에 사람이 살고 있는 거야."

라두예프가 웃기 시작했다.

"러시아만 그런 건 아닐세. 어디나 마찬가지라네. 보리스, 좀 더 이야기를 해보자면, 사람들은 그냥 그곳에 사는 게 아니라 종종 그곳이 자기네들 거리라고 생각한다니까."

베레좁스키가 주사위를 던졌다. 다시 6점 두 개가 나왔다.

"꼭 그렇지만도 않아." 그가 말했다. "요즘 사람들은 자기들이 생각하는 걸 텔레비전을 통해서나 알게 돼. 그러니 만약 거리 두 곳을 사들이고 나서 진땀 빼며 핼쑥해지기 싫으면, 먼저 거리 위로 자네의 방송탑이 우뚝 솟아오르게 해야 하네."

삑삑거리는 소리가 들리고, 보드 구석에 활성화된 삽입물 하나가 나타났다. 긴 안테나가 달린 군용 워키토키였다. 라두예프는 그것을 자신의 머리 연결 부위 쪽으로 가져가 체첸어로 뭔가 짧게 말하고는

* 체첸의 전설적인 반군 지도자로 게릴라 부대를 창설하여 러시아에서 일어난 여러 건의 테러 사건을 주도했다.

되돌려놓았다.

"내 텔레비전 아나운서를 팔겠네." 그는 이렇게 말하며 손가락으로 칩을 튕겨 보드 중앙으로 보냈다. "텔레비전을 좋아하지 않거든."

"내가 사지." 베레좁스키가 얼른 대답했다. "그런데 왜 좋아하지 않나?"

"거기선 오줌이 피부에 닿는 일이 너무 빈번하게 일어나기 때문이네. 텔레비전을 켜자마자 오줌이 바로 피부에 닿은 것처럼 기분이 더러워진단 말이야."

"설마 자네 피부는 아니겠지, 살만."

"바로 그렇다네." 라두에프가 화를 내며 말했다. "그것들은 대체 왜 내 머리에 와 닿을까? 어디 다른 곳은 없었을까?"

베레좁스키의 얼굴 위쪽이 정밀하게 렌더링된 두 눈의 직사각형으로 덮였다. 눈은 불안하게 라두에프를 곁눈질하며 몇 번 깜박거렸고, 직사각형은 사라졌다.

"그런데 정말 누구 오줌이지?" 라두에프는 이 생각이 방금 그의 머릿속에 떠오른 것 같은 어조로 되풀이했다.

"이제 그만, 살만." 베레좁스키가 회유하듯 말했다. "게임을 진행하는 게 나을 것 같군."

"잠깐, 보리스. 내가 자네 텔레비전을 보고 있을 때 누구의 오줌과 피부가 내 머릿속에서 서로 접촉하는지 알고 싶은데."

"왜 내 텔레비전인가?"

"파이프라인이 내 구역을 지나가면 그 파이프라인에 대한 책임은 내게 있다, 이거지. 자네가 이런 말을 했네. 그렇지? 그러니 모든 아나운서가 자네 구역에 있다면 자네가 텔레비전에 대해 책임이 있는 걸세. 자, 이제 말해보게. 내가 텔레비전을 보는 동안 내 머릿속에서 누구의 오줌이 철썩거리는 건가?"

베레좁스키는 턱을 긁적거렸다.

"자네 오줌일세, 살만." 그가 단호하게 말했다.

"왜?"

"그럼 누구 오줌이겠나? 한번 생각해보게. 자네의 용맹성에 관해 사람들은 자네를 '머릿속에 총알이 든 남자'라고 부르네. 내 생각에 텔레비전을 보는 동안 자네에게 오줌을 퍼붓겠다고 결심한 사람은 오래 살지 못할 것 같은데."

"그건 맞는 말이군."

"그러니 살만, 그건 자네 오줌이네."

"내가 텔레비전을 보는 동안 그게 어떻게 내 머리에 와 닿을까? 방광에서 거꾸로 올라오나?"

베레좁스키가 주사위로 손을 뻗었지만 라두예프가 그것을 손바닥으로 덮었다.

"설명해보게." 그가 요구했다. "그러고 나서 게임을 계속하지."

베레좁스키의 이마 위에 깊은 주름을 담은 활성화된 직사각형이 나타났다.

"좋아." 그가 말했다. "한번 설명해보지."

"말해보게."

"알라께서 이 세상을 창조하셨을 때," 베레좁스키가 빠르게 위를 쳐다보고 나서 말하기 시작했다. "그분은 최초에 생각을 하셨지. 그런 다음에 사물을 만드셨어. 모든 성서에서 최초에 말씀이 있었다고 말하고 있네. 법률 용어로 이게 뭘 의미할까? 법률 용어로 이건 알라가 우선 개념을 창조하셨다는 것을 의미해. 거친 사물은 인간의 운명이지만, 알라께는(그는 이 말을 하며 다시 재빨리 위를 쳐다보았다) 그것 대신에 관념이 있었지. 그러니, 살만, 자네가 텔레비전에서 생리대나 기저귀 광고를 볼 때 자네 머릿속에는 축축한 인간의 오줌이 아니라 오줌에 대한 개념이 있는 거야. 오줌에 대한 관념은 피부에 대한 개념과 접촉하는 것이고. 이해하겠나?"

"멋진데." 라두예프가 생각에 잠겨 말했다. "하지만 완벽하게 이해하진 못했어. 내 머릿속에서 오줌에 대한 관념과 피부에 대한 개념이 접촉하고 있다는 건데. 그렇지?"

"그렇다네."

"알라께서는 사물 대신에 관념을 가지셨고. 그렇지?"

"그래." 베레좁스키가 이렇게 말하며 얼굴을 찌푸렸다. 면도로 파르스름해진 뺨 위에 긴장한 턱을 담은 활성화된 패치가 나타났다.

"내 머릿속에서 알라의 오줌과 알라의 피부가 접촉을 했으니 그분의 이름에 축복 있으라, 그런 건가? 그렇지?"

"물론 그렇게 말할 수도 있겠지." 베레좁스키가 말했다. 그의 이마에 다시 주름 인서트가 나타났다. (타타르스키는 이 장면을 시나리오에 다음과 같이 기술했다. '베레좁스키는 대화가 엉뚱한 방향으로 흘러간다는 느낌을 받았다.')

라두예프는 붉은색 벽돌 수염을 쓰다듬었다.

"알 할라즈*가 진실로 말씀하셨지." 그가 말했다. "가장 큰 기적은 자기 주변의 기적적인 일을 보지 못하는 사람이라고. 하지만 한번 말해보게, 왜 그렇게 그런 경우가 잦은지? 내 기억에 한번은 오줌이 한 시간에 열일곱 번이나 피부에 닿더군."

"그건 틀림없이 '갤럽 미디어'와 정산을 하느라 그랬을 거야." 베레좁스키가 짐짓 겸손하게 말했다. "처음에 공금 횡령을 한 게 들켜서 그 후로 예산이 막혔거든. 하지만 그게 뭐 어떻다고? 우리가 파는 시간만큼을 제공하는 건데."

라두예프의 골격이 보드 쪽으로 흔들렸다.

"잠깐, 잠깐. 자네가 돈을 받는 만큼 오줌이 피부에 닿는다고 말하고 싶은 건가?"

"음, 그렇다네."

"그런 걸 개인적으로 결정할 수 있나?"

"당연하지." 베레좁스키가 대답했다. "물론 자질구레하게까지 살피지는 않지만, 결말은 내가 짓네. 그런데?"

"앞으로도 계속할 생각인가?"

"물론이지." 베레좁스키가 말했다. "알다시피 누군가가 피부에 오줌이 닿으면 누군가의 계좌에는 돈이 닿거든."

상당히 조잡하게 그려진 요르단 군복 차림의 몸통 인서트가 라두예프의 골격을 덮었다. 그는 의자 뒤로 손을 집어넣어 칼라시니코프 자동소총을 꺼내더니 동료의 얼굴에 겨누었다.

"뭐하는 건가, 살만?" 베레좁스키가 반사적으로 손을 들며 조용히

---

* 10세기 이슬람 신비주의자.

말했다.

"너는 알라께서 최초에 개념을 창조하셨다고 했는데," 라두예프가 말했다. "모든 개념으로 판단해볼 때 돈을 벌기 위해 알라의 피부에 오줌을 튀길 준비가 되어 있는 인간이 이 땅을 더럽혀서는 안 돼."

요르단 군복 차림의 몸통 인서트는 사라지고 화면에는 가느다란 선으로 된 골격이 돌아왔으며, 칼라시니코프 자동소총은 흔들리는 점선으로 바뀌었다. 점선이 향하고 있던 베레좁스키의 얼굴 윗부분은 잠깐 사이에 굵은 땀방울로 덮인 텁수룩한 소크라테스 이마 모양의 활성화된 패치 뒤로 사라졌다.

"진정하게, 살만, 진정하게." 베레좁스키가 말했다. "머릿속에 총알이 든 두 사람이 한 보드에 앉아 있다니, 이거 지나친데. 흥분하지 말게."

"어떻게 흥분하지 말라는 거지? 네가 돈 때문에 알라께 오줌 한 방울을 떨어뜨릴 때마다 너의 피 한 양동이로 그것을 씻게 될 것이다. 내 말 명심해라."

가늘게 뜬 베레좁스키의 눈에 격렬하게 요동치는 생각이 비쳤다. 시나리오에도 '격렬하게 요동치는 생각'이라고 써놓았지만, 타타르스키는 애니메이터가 이것을 문자 그대로 정확하게 표현하기 위해 어떤 기술을 쓰는지 짐작도 가지 않았다.

"이보게." 베레좁스키가 말했다. "이제 걱정이 되기 시작하는군. 물론 농담이 아니라, 내 머리통이 방탄은 아니지. 하지만 잘 알다시피 자네 머리통도 마찬가지가 아닌가. 여기 사방에 내 부하들이 깔려 있다네…… 아하…… 바로 그래서 자네한테 무전기로 보고들을 하고 있었군."

라두예프가 미소 지었다.

"『포브스』에서는 네가 모든 걸 순식간에 파악한다고 써놨더군. 하지만 뒤이어서 모든 걸 순식간에 파악하는 사람은 자기 자신도 언제든 순식간에 파악될 수 있다는 사실에 대비해야 한다고도 했지. 네 부하들은 쉬는 중이야."

"『포브스』를 구독하나?"

"물론. 체첸은 이제 유럽의 일부거든."

"그렇게 문화적인 사람이 총신은 왜 잡고 있나?" 베레좁스키가 초조해하며 말했다. "이런 야만적인 것은 그만두고 같은 유럽인으로서 잘해보자고."

"좋아, 그러지."

"방금 자네는 오줌 한 방울마다 내 피 한 양동이로 그걸 씻게 될 거라고 말했지."

"그랬지." 라두예프가 위엄 있게 확인해주었다. "다시 말해주지."

"그렇지만 오줌을 피로 씻어낼 수는 없지 않나. 피가 타이드 세제도 아닌데."

(타타르스키는 '오줌을 피로 씻을 수는 없다'라는 구절이 전 러시아 국민을 대상으로 하는 타이드 광고에 어울릴 멋진 문구라는 생각이 들었지만 아자돕스키 앞에서 수첩을 꺼내는 것은 좀 꺼려졌다.)

"그건 그렇지." 라두예프가 동의했다.

"그리고 자네는 알라의 의지 없이는 이 세상에 어떤 일도 일어나지 않는다는 것에 동의하지?"

"동의하지."

"그러면 한 걸음 더 나아가서 정말로 자네는 그렇게 생각하나? 내가…… 내가 할 수 있었으리라고…… 음, 만약 알라의 의지가 없었다면 내가 했던 일을 과연 할 수 있었을까?"

"아니."

"한 걸음 더 나아가서." 베레좁스키가 확신 있게 계속 말했다. "사물을 이런 식으로 한번 보게. 나는 단순히 알라의 손에 들린 도구이고, 따라서 알라가 하신 일과 하신 이유를 이해할 수는 없다. 그리고 만약 알라의 의지가 없었다면 여기 보드 위의 내 세 구역에 방송탑과 아나운서들을 모으지는 못했을 것이다. 그렇지?"

"그렇지."

"할 말이 더 있나?"

라두예프는 총신으로 베레좁스키의 이마를 쿡쿡 찔렀다.

"있지." 그가 말했다. "좀 더 이야기를 하지. 우리 시골 마을에서 노인들이 하는 이야기를 들려주겠어. 알라의 구상에 따르면 이 세상은 입안에서 녹는 산딸기와 같아야 해. 그런데 너 같은 인간들이 탐욕 때문에 그걸 피부에 닿는 오줌으로 바꿔놓았어. 너 같은 인간들을 세상에 나오게 한 것도 아마 알라의 의지겠지. 그렇지만 알라는 자비로우시고, 따라서 삶이 산딸기처럼 되지 못하게 하는 인간들을 쳐내는 것도 알라의 의지야. 너와 대화를 나눈 후로 내 삶은 산딸기가 아니라 뇌를 침식해버린 오줌 같아졌어. 알겠나? 그러니 지금 네게 최선책은 기도뿐이야."

베레좁스키가 한숨을 쉬었다.

“자네가 제대로 대화 준비를 했다는 건 알겠네. 어쨌든 좋아. 내가 실수했다고 해두지. 그 죄를 어떻게 씻을 수 있겠나?”

“죄를 씻어? 그런 모욕을 씻어낸다고? 모르겠지만, 뭔가 신의 뜻에 어울리는 일을 해야겠지.”

“예를 들면 어떤 거지?”

“모르겠지만,” 라두예프가 반복했다. “이슬람 사원 건설, 혹은 이슬람 학교 세우기. 어쨌든 아주 큰 사원이어야 해. 형언할 수 없는 분의 피부에 오줌을 튀긴 인간과 함께 탁자에 앉아 내가 저지른 죄악을 기도로써 물리칠 수 있을 정도로는 커야 하지.”

“알겠네.” 베레좁스키가 팔을 약간 내리며 말했다. “그래도 정확히 어느 정도 크기면 되겠나?”

“내 생각에, 첫 기부금이 천만 정도.”

“좀 많지 않나?”

“이게 많은지 적은지 잘 모르겠군.” 라두예프가 손으로 수염을 쓰다듬으며 신중하게 말했다. “많다, 적다의 범주는 상대적인 것이니. 그런데 아마 우리 본부 가까이에서 염소 떼를 봤겠지?”

“봤네. 그게 무슨 상관인가?”

“2천만을 이슬람 은행의 내 계좌로 송금하지 않으면 너를 매 시간마다 열일곱 번씩 염소 오줌통 속에 담가주겠어. 염소 오줌이 피부에 닿으면 너는 한 시간에 열일곱 번씩 이 돈이 많은지 적은지 생각하게 될 거야.”

“어이-어이-어이.” 베레좁스키가 팔을 내리며 말했다. “무슨 소린가? 방금 천만이라고 하지 않았나.”

"네 비듬을 깜빡했어."

"이보게 살만, 사업은 그렇게 하는 게 아닐세."

"땀 냄새에도 천만을 더 지불하고 싶나?" 라두예프가 총을 흔들면서 물었다. "그러고 싶어?"

"아닐세, 살만." 베레좁스키가 지친 듯 말했다. "땀 냄새에 관해선 지불하고 싶지 않네. 그런데 몰래카메라로 우리를 찍고 있는 사람은 누군가?"

"무슨 카메라?"

"창턱 위의 서류가방은 또 뭐지?" 베레좁스키가 손가락으로 화면을 쿡쿡 찔렀다.

"이런 악마 같은 놈." 라두예프가 중얼거리며 총을 위로 들었다.

화면 위로 흰색의 지그재그가 지나가더니 모든 것이 회색 잔물결로 뒤덮였고, 곧 홀에 불이 들어왔다.

아자돕스키는 목소리를 가다듬으며 모르코빈과 시선을 주고받았다.

"저, 어떻습니까?" 타타르스키가 소심하게 물었다.

"자네가 어디에서 일하고 있는지 말해보게." 아자돕스키가 불쾌하다는 듯 물었다. "베레좁스키의 회사 '로고바즈' PR 부서인가? 아니면 나의 사찰 부서인가?"

"사찰 부서입니다." 타타르스키가 대답했다.

"자네 임무가 뭐였지? 라두예프와 베레좁스키가 대화를 나누는 도중에 베레좁스키가 체첸 테러리스트들에게 2천만 달러를 건네는 내용이 들어간 시나리오였어. 그런데 대체 뭘 썼나? 그가 돈을 전달하기는 하나? 자네의 베레좁스키는 이슬람 사원을 건설하는군! 구세주 사원이 아니라서 고맙네. 이런 베레좁스키를 만든 게 우리가 아니었다면 나는 자네가 그자한테서 돈을 받았다고 결론 내렸을 거야. 그리고 라두예프는? 자네의 라두예프는 무슨 신학 교수 같군. 나는 들어본 적도 없는 잡지들을 읽고 있으니."

"하지만 플롯 전개의 논리는 있어야 하지 않겠습니까……"

"내게 필요한 건 논리가 아니라 사찰 자료네. 그런데 이건 사찰 자료가 아니라 쓰레기야. 알겠나?"

"알겠습니다." 타타르스키가 고개를 숙이며 대답했다.

아자돕스키는 어느 정도 진정이 되었다.

"대체로," 그가 언급했다. "분별 있는 알맹이도 있군. 첫번째 장점은 텔레비전에 대한 증오를 불러일으킨다는 거야. 그것을 보고 싶다가 증오하다가, 보고 싶다가 증오하다가 한단 말이지. 두번째 장점은 모노폴리 게임일세. 이건 자네 생각인가?"

"제 생각입니다." 타타르스키는 기운이 좀 났다.

"이건 성공적이야. 테러리스트와 올리가르히가 게임판 위에서 국민의 재산을 서로 나누어 가진다…… 고객들이 화가 나서 길길이 날뛰겠는걸."

"하지만, 지나치지 않을지……" 모르코빈이 끼어들었지만 아자돕스키가 막았다.

"아니. 요점은 사람들의 뇌를 사로잡고 감정을 타오르게 하는 거야. 그러니 모노폴리 게임을 이용하는 건 상관없어. 최소한 우리 뉴스 등급을 5퍼센트는 올려주겠는걸. 프라임 타임 1분의 가치가……"

아자돕스키는 주머니에서 계산기를 꺼내 뭔가를 계산하기 시작했다.

"……9천 정도까지 올라가겠는데." 그가 계산을 끝내고 말했다. "그러면 한 시간에 얼마지? 1만 7천까지 증가하겠군. 괜찮은데. 그렇게 하도록 하지. 요약하자면, 그들이 모노폴리 게임을 하게 하고, 감독한테는 은행에 줄지어 선 사람들이나 광부, 노파, 배고픈 아이들, 부상당한 군인들을 몽타주해서 삽입하라고 지시하게. 다 됐군. 단 아나운서에 관한 건 빼지. 안 그러면 시끄러워질 테니. 이 모노폴리 게임에서는 시추-방송탑을 칩으로 사용하는 게 더 낫겠어. 그리고 베레좁스키가 아래에서는 석유를 펌프질해 올리고, 위에서는 광고를 펌프질하기 위해서 사방에 그런 탑을 세우고 싶다고 말하게 하게. 시추기 달린 샤볼로프 방송탑을 몽타주하도록 하고. 어떤가?"

"대단합니다." 타타르스키가 흔쾌히 말했다.

"자네는?" 아자돕스키가 모르코빈에게 물었다.

"100퍼센트 찬성입니다."

"좋았어. 나 혼자서도 자네들 모두를 대신할 수 있다네. 전문가의 판단이란 이런 거지. 모르코빈, 이 친구한테 음식에 관해 쓰는 그 젊은이를 보강해주게. 아는 게 많은 젊은이더군. 라두예프는 전체적으로 그냥 두고, 다만 챙모자 대신에 터키모자로 바꿔주게. 이젠 지겨워. 겸사겸사 터키 문제도 슬쩍 내비칠 수 있는 거지. 그다음, 예전부터 묻고 싶었는데, 이 조잡한 작업은 대체 뭔가? 왜 항상 검은색 선글라스를 쓰는 거지? 눈을 렌더링하는 데 시간이 오래 걸리나?"

"오래 걸립니다." 모르코빈이 말했다. "라두예프는 항상 뉴스에 등장하는데, 선글라스를 쓰고 있으면 20퍼센트는 더 빨라집니다. 감정 표현에서 완전히 자유로워지거든요."

아자돕스키의 얼굴이 약간 어두워졌다.

"부디, 주파수 문제를 해결해야 할 텐데. 베레좁스키에겐 좀 더 활력을 불어넣도록 하고, 알겠나?"

"알겠습니다."

"지금 바로 진행하게. 긴급한 건이야."

"바로 하겠습니다." 모르코빈이 대답했다. "검토가 끝나면 바로 제 사무실로 가서……"

"다음은 뭔가?"

"텔레비전 광고입니다. 새로운 유형의 텔레비전이지요."

타타르스키는 나가려고 의자에서 일어섰지만 모르코빈이 그냥 있으라고 손짓했다.

"그럼 보도록 하지." 아자돕스키가 손을 흔들었다. "아직 12분은 더 있으니까."

다시 불이 꺼졌다. 화면에서는 기모노를 입은 사랑스럽고 자그마한 일본 여자가 미소 짓고 있었다. 그녀는 정중하게 인사를 하고 강한 외국어 억양으로 말했다.

"이제 여러분 앞에 요호호리 상이 등장합니다. 요호호리 상은 파나소닉에서 가장 오래된 직원이며 그에 합당한 명예를 얻으셨습니다. 전쟁에서 입은 상처 때문에 언어장애로 고생하고 계십니다. 친절한 시청자 여러분, 부디 이 결점을 양해해주시기 바랍니다."

젊은 여자는 옆으로 물러났다. 화면에 벽을 흰색으로 칠한 둥근 홀이 나타난다. 홀 가운데 쇠띠를 두른 긴 궤가 놓여 있으며, 흰 수의를 입은 열두 명의 인물이 그 위에 움직임 없이 앉아 있다. 그들 앞에 다부지게 생긴 백발의 일본인이 손에 뚜껑이 열린 럼주 병을 들고 나타난다. 재킷을 걸쳤는데, 어째서인지 허리에는 칼을 차고 있다. 그가 술을 들이켜고 손가락을 튕기자 수의를 입고 있던 인물들이 궤에서 벌떡 일어나 사방으로 흩어진다. 궤가 열리고 그 안에서 거대한 괴물의 도려낸 눈처럼 생긴 유선형의 검은 텔레비전이 솟아 나온다. 머릿속에 이러한 비교가 떠오른 것은 궤 뚜껑 안쪽에 붉은색 벨벳이 씌워져 있었기 때문이다.

"파나소닉이 전 세계적으로 혁명적인 TV 발명품을 소개합니다." 일본인은 약간 더듬거리며 말했다. "러시아어를 포함한 지구상 모든 언어의 보이스 콘트롤 기능이 탑재된 세계 최초의 TV입니다. 파나스워드 V-2!"

화면에 'Panasword V-2' 라는 문구가 나타났다.

일본인은 격렬한 적의를 품고 시청자를 바라보다가 갑자기 칼집에서 칼을 뽑아들었다.

"일본에서 주조한 칼이다!" 그는 칼끝을 곧장 카메라 렌즈를 향해 겨누면서 소리쳤다. "이 칼로 부패한 세상은 스스로 목을 벨 것이다! 천황 폐하 만세!"

화면에서 수의를 입은 사람들이 분주하게 뛰어다니며 요호호리 선생을 어딘가로 질질 끌고 갔고 기모노를 입은 아가씨는 창백한 얼굴로 사과의 절을 하기 시작했으며, 이 모든 추악한 소란 속에 파나소닉 로고가 나타났다. 그리고 낮은 목소리가 들려왔다: '파나소닉. 일본의 어머니!'

타타르스키는 전화벨이 울리는 소리를 들었다.

"여보세요." 어둠 속에서 아자돕스키의 목소리가 말했다. "뭐? 바로 가지!"

아자돕스키가 일어서며 스크린의 일부를 가렸다.

"오호." 그가 말했다. "로스트로포비치가 오늘 훈장을 받을 것 같군. 이제 곧 미국에서 전화가 올 거야. 어제 팩스를 보내서 민주주의가 위험에 처했으니 주파수를 200메가헤르츠 올려달라고 요청했거든. 우리가 같은 일을 한다는 걸 그 사람들도 인정하게 된 것 같아."

갑자기 타타르스키는 스크린에 비친 아자돕스키의 그림자가 진짜가 아니라 비디오 녹화 시에 생기는 한 요소이거나, 스크린 영상을 직접 카메라로 찍은 불법 복제물에서 자주 보이는 실루엣과 비슷하다는 생각을 했다. 객석을 떠나는 이런 검은 그림자를 불법 비디오 가게 주인들은 도망자라고 부르지만, 타타르스키는 독특한 품질 표시로 받아들였다. 대체 와우-요인의 작용 아래 나쁜 영화에서보다는 좋은 영화에서 더 많은 관객이 빠져나가기 때문에 그는 보통 '도망자가 있는 영화'를 보관해달라고 가게 주인들에게 부탁하곤 했다. 그런데 지금은 거의 놀라고 말았던 것이, 방금 전까지 옆에 앉아 영화를 보던 사람이 갑자기 도망자가 된다면, 함께 영화를 보던 자신 역시 도망자가 될 수도 있다는 생각이 들었기 때문이다. 복잡하고 심각하고 새로운 감정이었지만, 타타르스키는 그에 대한 분석을 마무리 짓지 못했다. 아자돕스키가 뭔가 희미하게 탱고 음악을 흥얼거리며 스크린 끝까지 가서는 사라졌기 때문이다.

다음 광고는 좀 더 전통적인 방식으로 시작되었다. 이상한 거울 벽

안에서 타오르는 커다란 난로 앞에 아버지, 어머니, 고양이를 안은 딸, 뜨개질을 하다 만 양말을 든 할머니 등 한 가족이 둘러앉아 있었다. 그들은 빠르고 약간 우스꽝스럽게 행동하며 격자 너머의 불꽃을 바라보고 있었다. 할머니는 뜨개질을 하고, 어머니는 피자 조각의 가장자리를 갉아먹고, 딸은 고양이를 쓰다듬고, 아버지는 맥주를 홀짝홀짝 마시고 있었다. 카메라는 그들 주변을 돌아 거울로 된 벽을 뚫고 지나갔다. 맞은편에서 보니 벽은 투명했다. 카메라가 움직임을 멈추자 난로의 불꽃과 격자가 가족의 모습과 겹쳐졌다. 광포하고 위협적으로 오르간이 연주되기 시작했다. 카메라가 뒤로 멀어졌고, 투명한 벽은 양쪽에 스테레오 스피커가 달리고 검은색 프레임 위에 'Tofetissimo'라는 장난스러운 문구가 쓰인 텔레비전의 평면 스크린으로 변했다. 오르간이 일순 조용해졌고, 아나운서의 간드러진 목소리가 들려왔다.

"블랙 트리니트론의 완전 평면 브라운관 뒤쪽을 진공 상태라고 생각하십니까? 아닙니다! 그곳에는 여러분의 심장을 태워버릴 불이 타오르고 있습니다! 소니 토페티시모. It's a Sin(그것은 죄악입니다)."

타타르스키는 자신이 본 것을 제대로 이해하지 못했으며, 다만 영어로 된 광고 문구를 'It's a Сон'이라는 합성 문구로 바꾸면 연관계수를 상당히 높일 수도 있겠다는 생각만 들었다. 게다가 웬일인지 미군의 습격 이후 경배의 대상이 된 '손미'라는 베트남 마을이 있지 하는 생각도 들었다.*

* Сон는 러시아어로 '꿈'이라는 뜻으로 [son]으로 발음된다.

"이게 뭐야?" 불이 켜지자 타타르스키가 물었다. "별로 광고 같지 않은데."

모르코빈은 만족스럽게 미소 지었다.

"바로 그거야, 광고 같지 않다는 거." 그가 말했다. "학문적으로 보자면, 시장 메커니즘을 향한 사람들의 점증하는 혐오감에 대해 시장 메커니즘이 보이는 반응을 반영한 새로운 광고 기술이지. 간단히 말해서 시청자들은 이 세상 어딘가에, 예를 들어 햇빛 가득한 캘리포니아 같은 곳에 돈에 관한 생각으로 구속받지 않는 마지막 자유의 오아시스가 존재하고, 그곳에서는 저런 광고를 하리라는 느낌을 서서히 받아야 한다는 것이지. 형식면에서는 철저하게 반(反)시장적이지만, 그렇기 때문에 내용면에서는 극단적으로 시장적이 되어야 한다는 말이야."

모르코빈은 홀에 아무도 없는지 확인하려 주위를 둘러보고는 속삭이듯 말하기 시작했다.

"일 얘기로 돌아가서. 여기는 엿듣는 사람이 없는 것 같지만, 그래도 만일의 경우에 대비해 조용히 말할게. 잘했어, 모든 게 아주 훌륭해. 정말 유창했어. 이건 네 몫이야."

타타르스키의 손에 봉투 세 개가 쥐어졌다. 하나는 노란색의 두툼한 봉투였고, 다른 두 개는 좀 더 얇았다.

"얼른 숨겨. 베레좁스키가 준 2만하고 라두예프가 준 1만, 와하브파*에서 준 또 다른 2만이 들어 있어. 와하브파에서 준 봉투가 제일

* 근본주의 성향의 이슬람 종파로, 본문에서는 와하브파를 따르는 체첸 분리주의자들을 가리킨다.

두툼한 건 소액권이라서 그래. 이 마을 저 마을 돌아다니면서 모은 거야."

타타르스키는 침을 꿀꺽 삼키며 봉투를 재빨리 재킷 안주머니에 집어넣었다.

"아자돕스키가 눈치 못 챌 거라고 생각해?"

모르코빈은 고개를 끄덕였다.

"이봐." 타타르스키가 다시 한 번 주위를 둘러보고 속삭였다. "어떻게 이런 일이 가능하지? 와하브파에 대해서는 이해가 돼. 하지만 베레좁스키도 없고 라두예프도 없는 거잖아. 사실 실제로 존재하기는 하지만 여기서는 컴퓨터상의 0과 1, 0과 1의 조합일 뿐인데. 어떻게 그 두 사람한테 돈을 받을 수 있지?"

모르코빈은 어깨를 으쓱했다.

"나도 거기까지는 몰라." 그가 속삭이며 대답했다. "아마도 누군가가 관심이 있었나보지. 그 조직에서 일하는 사람들이 이참에 이미지를 바로잡은 걸지도 모르고. 아마 조사해보면 결국에는 전부 우리 쪽으로 돌아올 거야. 하지만 뭐하러 조사를 하겠어? 대체 네가 어디서 3만을 단번에 벌 수 있겠어? 어디서도 안 되지. 그러니 그냥 잊어버려. 사실 누구도 이 세상 일을 진실로 이해하진 못하니까 말이야."

영사 기사 한 사람이 홀을 들여다보았다.

"이봐요, 여기 오래 있을 거요?"

"우리는 광고 이야기를 하고 있는 거다." 모르코빈이 속삭였다.

타타르스키는 목을 가다듬었다.

"내가 그 차이를 제대로 이해했다면," 그는 부자연스럽게 큰 목소리로 말했다. "보통의 광고와 우리가 본 저런 광고는 팝 음악과 얼터너티브 음악 같은 건가?"

"바로 그거야." 모르코빈이 자리에서 일어나 시계를 보면서 똑같이 큰 목소리로 대답했다. "다만 얼터너티브 음악이라는 게 대체 뭐지? 어떤 사람들이 얼터너티브 음악가이고 어떤 사람들이 팝 음악가야? 너는 어떻게 정의 내릴 건데?"

"모르겠어." 타타르스키가 대답했다. "느낌으로."

그들은 문 앞에 서 있던 영사 기사를 지나쳐 엘리베이터 쪽으로 걸어갔다.

"명확한 정의가 있기는 하지." 모르코빈이 설교조로 말했다. "얼터너티브 음악은 극단적인 비상업적 경향성이 상업적인 본질이 되는 음악이야. 말하자면 안티팝이라고 할까. 따라서 제대로 자질을 갖추려면 얼터너티브 음악가는 무엇보다 아주 훌륭한 팝 사업가가 되어야 해. 하지만 음악 사업에서 훌륭한 사업가는 아주 드물어. 물론 있기는 하지만, 연주자라기보다는 관리자라고 할까⋯⋯ 됐어, 긴장 풀어. 텍스트는 챙겼지?"

타타르스키는 고개를 끄덕였다.

"내 사무실로 가자. 아자돕스키 지시대로 네게 공동 집필자를 붙여줘야지. 하지만 그자가 시나리오를 망치지 않도록 3천을 찔러줄 생각이야."

타타르스키는 아직 모르코빈이 일하는 7층에 올라가본 적이 없었다. 엘리베이터에서 내리자 이어진 복도는 지루해 보였고 소련 시절의 사무실을 연상시켰다. 바닥은 닳아빠진 쪽나무로 덮여 있고 문에는 검은색 인조가죽으로 방음 설비가 되어 있었다. 각각의 문에는 숫자나 문자 표시가 된 말쑥한 금속 팻말이 붙어 있었다. 문자는 A, O, C 세 가지가 전부였지만 여러 가지 조합으로 구성되어 있었다. 모르코빈은 '1—A—C'라는 팻말이 붙은 문 앞에 서더니 디지털 잠금 장치의 비밀번호를 눌렀다.

모르코빈의 사무실은 크기나 장식에서나 모두 인상적이었다. 책상 하나만 해도 타타르스키의 메르세데스보다 몇 배는 더 비싸 보였다. 이 가구 예술의 걸작은 거의 비어 있었다. 그 위에는 종이 파일과 숫자판 없는 붉은색과 흰색의 전화기 두 대만이 놓여 있을 뿐이었다. 그리고 뭔가 이상한 장치가 하나 더 있었는데, 윗부분이 유리 패널로 된 작은 금속 상자였다. 책상 위 벽에 걸린 커다란 그림은 처음에는 타타르스키에게 사회주의 리얼리즘 풍경화와 선(禪) 캘리그래피가 뒤섞인 잡종처럼 생각되었다. 그림은 그늘진 정원 구석을 묘사하고 있었는데, 사진처럼 정밀하게 그려진 들장미 덤불 위로 똑같은 녹색의 원으로 뒤덮인 복잡한 상형문자가 아무렇게나 그려져 있었다.

"이 그림은 뭐야?"

"산책 중인 대통령." 모르코빈이 말했다. "국가기관 분위기를 내보려고 아자돕스키가 하사한 거야. 저기 넥타이를 매고 있는 골격 보이지? 그리고 무슨 배지 같은 것도. 꽃이 배경이라서 자세히 봐야 해. 그렇지만 이건 그냥 예술가의 환상일 뿐이야."

타타르스키는 그림에서 발길을 돌리다가 사무실 안에 그와 모르코빈만 있는 것이 아님을 알아차렸다. 넓은 방의 다른 쪽 끝에는 세 개의 평면 모니터와 인체공학적으로 설계된 키보드가 놓인 스탠드가 자리 잡고 있었다. 여기서 나온 전선들은 코르크가 씌워진 벽 안쪽으로 사라졌다. 그중 한 모니터 앞에 말총머리를 한 젊은이가 앉아 느린 손동작으로 작은 마우스 패드 위에서 마우스를 움직이고 있었다. 젊은이의 귀에는 적어도 열 개 이상의 작은 귀고리가 매달려 있었고, 왼쪽 콧구멍에도 두 개가 매달려 있었다. 사물의 보편적인 질서를 지탱하는 무언가가 부족하다는 생각이 들면 날카로운 것으로 자신을 찌르라던 모르코빈의 충고를 떠올리며, 타타르스키는 여기서 문제는 피어싱에 대한 과도한 집착이 아니라, 사건의 기술적 진원지가 너무 가깝다 보니 말총머리를 한 젊은이가 단 1초도 자신에게서 핀을 떼어놓지 못한다는 데 있다는 결론을 내렸다.

모르코빈은 책상에 앉아 흰색 전화기를 들고 뭔가 짧은 지시를 내렸다.

"이제 너의 공동 집필자가 올 거야." 그가 타타르스키에게 말했다. "여기 와본 적 없지? 이 터미널들은 메인 렌더-서버로 연결돼. 그리고 이 젊은이는 우리의 수석 디자이너 세묜 벨린이고. 책임감이 느껴지지?"

타타르스키는 컴퓨터 앞의 젊은이에게로 조심스럽게 다가가 파란색 선으로 된 가느다란 그물이 떨리고 있는 화면을 들여다보았다. 선들은 철망 구조로 된 두 손바닥 비슷하게 서로 연결되어 있었고, 가운데 두 개의 손가락만 맞닿아 있었다. 그것들은 눈에 보이지 않는 수직축을 중심으로 천천히 회전했다. 뭔가 이해할 수는 없지만 80년대 저예산 SF 영화의 한 장면을 연상시켰다. 말총머리 젊은이가 패드 위에서 마우스를 움직여 커서로 화면 윗부분에 나타난 메뉴바를 클릭하자

손의 각도가 바뀌었다.

"즉시 황금분할로 프로그래밍해야 한다고 말하지 않았습니까?" 그가 모르코빈에게 돌아서서 말했다.

"무슨 말인가?" 모르코빈이 물었다.

"손바닥 사이 각도 말입니다. 이집트 피라미드처럼 만들어야 합니다. 그래야 시청자 눈에 조화, 평화, 행복 같은 느낌이 무의식적으로 들 테니까요."

"자네는 왜 그런 구닥다리에 집착하나?" 모르코빈이 물었다.

"보호 지붕에 관한 관념이 좋아서요. 어쨌든 우리는 그리로 돌아갈 테니까요."

"좋아." 모르코빈이 동의했다. "황금분할로 해보게. 고객이 마음을 놓도록 해보라고. 단 첨부하는 문서에는 이 내용을 쓰지 말게."

"왜요?"

"왜냐하면," 모르코빈이 말했다. "나나 자네는 황금분할이 뭔지 알지만 경리과에서는……" 그는 머리로 위를 가리켰다. "예산을 승인해주지 않을 수도 있거든. 황금이라고 하면 비싸다는 결론부터 내려버리니. 체르노미르딘* 내각에서는 지금 다들 절약하고 있다네."

"알겠습니다." 젊은이가 말했다. "그러면 그냥 각도만 잡아놓겠습니다. 루트 디렉터리를 열어달라고 전화 좀 해주세요."

모르코빈은 붉은색 전화기를 들었다.

"알라? 항문-대체 부서의 모르코빈인데. 5번 터미널의 루트 디렉

* 러시아의 기업가이자 정치가. 1992년부터 1998년까지 러시아 총리를 지냈다.

터리를 열어줘. 거기 화장을 좀 고치려고. 좋아……"

그가 손바닥을 이상한 장치의 투명한 패널 위에 올려놓자 유리를 따라 선명한 광선이 지나갔다.

"됐어." 모르코빈이 말했다. "잠깐, 알라, 세묜이 뭔가 물어볼 게 있다는데."

흰 가운을 입은 젊은이가 전화기를 받아들었다.

"알로츠카, 안녕! 체르노미르딘의 머리숱이 어떤지도 좀 봐주겠어? 뭐? 아니, 바로 그게 문제인데, 인쇄하는 데 필요해서. 지금 바로 컬러 테스트를 하고 싶거든. 그래, 적고 있어. 32hpi, 곱슬머리 정도 03. 접속 허가가 났다고? 그럼 됐어."

"이봐." 세묜이 자기 터미널로 돌아가고 나서 타타르스키가 조용히 물었다. "그런데 '항문-대체'라는 게 무슨 뜻이야?"

"우리 부서 이름."

"이름이 왜 그렇게 괴상해?"

"음, 선거 이론과 마찬가지야." 모르코빈이 얼굴을 찌푸렸다. "간단히 말해서 항상 세 개의 와우-후보, 즉 구강, 항문, 대체 후보가 있어야 한다는 거지. 단, 이게 뭘 의미하는지는 묻지 말아줘. 너한테는 아직 허가가 안 났거든. 게다가 나도 잘 이해가 안 돼. 이것만은 말할 수 있는데, 보통의 나라들에서는 구강과 항문 후보만으로도 문제가 없다는 거야. 왜냐하면 대체는 이미 완성되었기 때문이지. 하지만 우리 나라에서는 모든 것이 시작 단계이기 때문에 대체 후보도 필요한 거야. 우리는 1차 선거에서 이 후보에게 15퍼센트의 표를 주고 있어. 관심 있으면 허가증을 써줄 수도 있는데. 민족의 영혼 부서에 있는 마를렌을 찾아가면 설명해줄 거야."

"알았어." 타타르스키가 말했다. "신경 쓰지 마."

"그렇지. 뭣 때문에 네가 그 월급 받고 이런 일에 머리를 쓰겠어. 지식이 적을수록 숨쉬기는 더 쉬운 법이지."

"바로 그거야." 타타르스키는 이렇게 말하며, 속으로는 다비도프 담배 회사가 울트라 라이트 브랜드를 시장에 내놓는다면 이보다 더 좋은 문구는 찾지 못하리라는 생각이 들었다.

모르코빈이 서류철을 열고 연필을 준비했다. 그에 대한 배려로 타타르스키는 벽 쪽으로 가서 핀으로 고정시켜놓은 종이와 그림을 들여다보기 시작했다. 꽤 많은 양이었다. 먼저 그의 주의를 끈 것은 〈스테판 반데라*〉라는 할리우드 대작 영화에 나오는 안토니오 반데라스의 커다란 포스터였다. 낭만적으로 보이기 위해 수염을 깎지 않은 반데라스는 커다란 악기 반두라가 든 케이스를 손에 들고 우크라이나의 즈메린카 교외 어딘가에서 쐐기풀과 해바라기 덤불 속에 뒹굴고 있는 부서진 T-34 러시아 탱크를 슬픈 눈으로 바라보고 있었다. 아래로 처진 콧수염에 수탉이 수놓인 판초를 입고, 사진을 찍어놓은 것 같은 적황색의 태양을 실눈을 뜨고 쳐다보는 마을 사람들의 무리를 보는 순간, 타타르스키는 이 영화가 멕시코에서 촬영된 것임을 분명히 알 수 있었다. 포스터는 진짜가 아니라 콜라주였다. 이름 모를 한 익살꾼이 무거운 가죽옷을 입은 반데라스의 몸통에 검은색 스타킹을 신은 여자의 엉덩이와 다리를 정확히 붙여 합성한 것이었다. 아래에는 다

* 우크라이나의 민족주의 운동 지도자로, 소련으로부터 독립을 주장하며 2차 세계대전 당시 나치에 협력했다.

음과 같은 문구가 있었다:

산펠레그리노
절대 찢어지지 않는 강력 스타킹

포스터 위에는 영 앤드 루비캠이라는 회사 용지에 적어 보낸 팩스가 스카치테이프로 붙어 있었다. 내용은 간단했다:

세르게이! 손질 완료. 두 방향으로 브랜드 에센스 최종 수정:
추바이스* — 불구덩이로 뛰어드는 용기/은행에 묻어둔 돈.
레베드—위장된 진실/나비넥타이를 맨 단정함.
야블린스키**—think different(다르게 생각하라)/think doomsday(운명의 날을 생각하라). ('애플'의 항의는 없음.)
옐친—혼수상태의 안정/관 속의 민주주의.

Hi there,
에딕

"추바이스는 좀 약한데." 타타르스키가 모르코빈에게 돌아서며 말했다. "그런데 공산주의자들은 어디 있지?"

"그자들 건 구강 부서에서 작성하고 있어." 모르코빈이 대답했다.

* 러시아의 기업가이자 정치가. 소련 붕괴 이후 옐친 정권에서 급진적인 시장개혁을 주장했다.

** 러시아의 경제학자이자 자유주의 성향의 야당인 야블로코당의 당수.

"고맙지 뭐. 나 같으면 월급을 두 배로 준다고 해도 안 할 텐데."

"거기는 돈을 더 많이 주나?"

"똑같아. 하지만 거기엔 돈을 안 받고도 열심히 일할 준비가 된 친구들이 있거든. 이제 그들 중 한 명을 보게 될 거야."

반데라스 포스터 옆에는 컬러 프린터로 뽑은 황금 쌍두 독수리 엽서가 붙어 있었다. 독수리는 한쪽 발톱으로는 칼라시니코프 소총을, 다른 쪽 발톱으로는 말보로 담뱃갑을 꽉 움켜쥐고 있었다. 독수리의 발 아래에는 다음과 같은 황금빛 문구가 적혀 있었다:

SANTA BARBARA FOREVER
러시아 관념 부서가
성(聖) 바르바라의 날을
축하합니다!

엽서 오른쪽에 또 하나의 광고 포스터가 붙어 있었다. 아직 체스 말이 움직이지 않은 체스판 위로 옐친이 몸을 구부린 포스터였다. 무엇 때문인지 그는 체스판을 한쪽 옆에서 바라보고 있었는데(이 모습은 최고 결정권자로서 그의 역할을 강조하는 듯했다), 그 위에는 흰색과 검은색의 왕들 대신 '일반 위스키'와 '블랙 라벨' 문구가 붙은 작은 병들이 세워져 있었다. 그 아래로 이런 문구가 적혀 있었다:

블랙 라벨
최강의 성장(城將)!

누군가 문을 두드렸다. 타타르스키는 뒤를 돌아보다가 그대로 얼어 버렸다. 하루 동안에 이렇게 많은 옛 지인들과 만난다는 게 믿기지가 않았다. 한때 하닌의 에이전시에서 함께 일했던 반유대주의 카피라이터 말류타가 사무실로 들어왔던 것이다. 그는 터키제 러시아 민속의상 코소보로트카를 입고 군용 벨트를 매고 있었는데, 벨트에는 사무장비 한 세트가 달려 있었다. 그것들은 휴대전화, 호출기, 가죽 케이스를 씌운 지포 라이터, 검은색의 좁은 칼집 속에 든 송곳이었다.

"말류타! 여기서 뭐 하는 거야?"

하지만 말류타는 놀라지 않았다.

"여기서 목소리 큰 사람들에게 이미지-메뉴를 작성해주고 있어." 그가 대답했다. "고추냉이가 든 독한 크바스 음료에 대해 들어본 적 있어? 아니면 연어알이 든 팬케이크는? 전부 내가 만들어서 히트 친 거야. 구강 부서에서 파트타임으로 일하는 중이지. 넌 사찰 부서에서 일하나?"

타타르스키는 아무 말도 하지 않았다.

"아는 사이인가?" 모르코빈이 호기심을 보이며 물어보았다. "음 그러고 보니, 하닌 밑에서 함께 일했군. 그러면 같이 일하는 데 문제가 없겠는걸."

"저는 혼자 일하는 게 더 좋습니다." 말류타가 냉담하게 말했다. "뭘 해야 하지요?"

"아자돕스키가 프로젝트를 끝내라고 지시했네. 베레좁스키와 라두예프에 관한 프로젝트 말일세. 라두예프는 건드리지 말고, 대신 베레좁스키는 좀 더 활력을 불어넣어야 할 것 같아. 저녁에 전화로 지시를 내리겠네. 할 수 있겠지?"

"베레좁스키에게 활력을 불어넣으라고요?" 말류타가 물었다. "그건 알겠습니다. 언제까지 필요한가요?"

"항상 그렇듯이 어제까지였네."

"초안은 어디 있습니까?"

모르코빈이 타타르스키를 쳐다보았다. 그는 어깨를 으쓱하며 인쇄한 시나리오 파일을 말류타에게 건네주었다.

"작가하고 이야기를 나누고 싶지는 않나?" 모르코빈이 물었다. "자네한테 전반적인 상황을 알려줄 수도 있는데."

"직접 텍스트를 연구해보겠습니다. 내일 열 시까지 준비하겠습니다."

"음, 알아서 하게."

말류타가 나가자 모르코빈이 말했다.

"너를 그다지 좋아하지 않는 모양이야."

"응, 별거 아니야." 타타르스키가 말했다. "지정학에 관한 논쟁을 좀 했거든. 그런데 누가 탑을 바꾸지? 시추-방송탑으로 말이야."

"이런 빌어먹을, 잊고 있었네. 알려줘서 고마워. 저녁때 설명해줘야겠어. 그 친구하고는 화해를 하지. 알다시피 지금 우리에겐 클락 속도에 문제가 있는데, 어쨌든 아자돕스키가 그자한테 범용 3D 하나를 내줬거든. 방송에 생기를 불어넣기 위해서라더군. 그 친구는 장래성 있는 인재이고 내일은 어디서 어떤 변화가 올지 아무도 몰라. 혹시 그자가 나 대신 부서장이라도 되면, 그때는……"

모르코빈은 말을 마치지 못했다. 문이 벌컥 열리고 방 안으로 아자돕스키가 들이닥쳤기 때문이다. 그 뒤로 스콜피온을 멘 경호원 두 명이 따라 들어왔다. 아자돕스키는 분노로 얼굴이 창백했고 손가락을 힘주어 빠르게 쥐었다 폈다 하고 있었다. 타타르스키는 그 손가락을 보며 축하 엽서에 그려져 있던 독수리의 발톱을 떠올렸다. 타타르스키는 한 번도 그의 이런 모습을 본 적이 없었다.

"누가 레베드를 마지막으로 손질했어?" 아자돕스키가 문에서부터 소리쳤다.

모르코빈이 놀라서 대답했다. "평상시대로 세묜이 했습니다. 무슨 문제라도 있습니까?"

아자돕스키는 말총머리 젊은이를 향해 돌아섰다.

"너냐?" 그가 물었다. "네가 이렇게 한 거야?"

"네?" 세묜이 물었다.

"네가 레베드의 담배를 바꿨나? 카멜을 지탄으로?"

"제가 했는데요." 세묜이 말했다. "무슨 문제라도 있습니까? 그러면 좀 더 현실적일 것 같아서요. 그자를 알랭 들롱과 조합하려 하고 있었거든요."

"끌어내." 아자돕스키가 명령했다.

"잠깐만요, 잠깐만요." 세묜이 놀라서 손을 앞으로 내밀었다. "설명드리겠습니다."

그러나 경호원들은 이미 그를 복도로 질질 끌어내고 있었다. 아자돕스키는 모르코빈에게로 돌아서서 잠시 동안 그를 노려보았다.

"저는 아무것도 몰랐습니다, 맹세코." 모르코빈이 말했다.

"그럼 누가 알아야 하지? 내가? 방금 어디서 전화가 왔는지 아나? J. R. 레이놀즈 담배 회사야. 자기네 카멜 담배를 레베드에게 사용하는 조건으로 우리에게 2년치 돈을 미리 줬었지. 그 사람들이 뭐라고 했는지 아나? 자기네 의원들을 통해서 주파수를 50메가헤르츠 줄이겠다고 하더군. 다음 방송에서도 레베드가 여전히 지탄을 들고 있으면 50을 더 줄이겠다고 했어. 세묜이 블랙 PR에서 얼마를 긁어모았는지는 모르겠지만 우리는 많은 걸, 아주 많은 걸 잃었네. 빌어먹을, 지금 우리가 100메가헤르츠 위에 올라타고 21세기로 들어가고 싶겠냐고? 다음 레베드 방송이 언제지?"

"내일입니다. 러시아 관념에 관한 인터뷰입니다만. 이미 전부 렌더링했습니다."

"내용을 봤나?"

모르코빈이 머리를 감싸 쥐었다.

"봤습니다." 그가 대답했다. "아, 이런…… 맞습니다. 지탄이었습니다. 알아차리긴 했지만 위에서 승인했다고 생각했지요. 아시다시피 제가 이런 문제를 결정하지는 못하는지라. 상상도 못했습니다."

"담배가 어디 있었나? 책상 위에?"

"그랬다면 좋았겠지만. 인터뷰 내내 담뱃갑을 손에 들고 흔들고 있었습니다."

"다시 렌더링할 시간이 있을까?"

"전부는 안 될 겁니다."

"담뱃갑에 적힌 문구를 바꾸는 건?"

"그것도 안 됩니다. 지탄 담배의 크기가 다르거든요. 담뱃갑은 방송 내내 카메라 앞에 있을 텐데."

"어떻게 해야 하지?"

아자돕스키는 타타르스키를 방금 알아본 것처럼 그에게 시선을 고정시켰다. 타타르스키는 가볍게 기침을 했다.

"혹시." 그가 소심하게 말했다. "책상 위에 카멜 담배 패치를 붙이면 어떨까요? 그러면 간단할 텐데요."

"담뱃갑 하나는 그자가 공중에서 흔들게 하고 다른 하나는 그 앞에 놓아두자는 말인가? 무슨 헛소리야."

"팔에는." 타타르스키는 갑작스러운 영감의 파도에 모든 것을 맡긴 채 계속했다. "깁스를 하는 겁니다. 손에 든 담뱃갑이 보이지 않게요."

"깁스를?" 아자돕스키가 생각에 잠기며 다시 물었다. "그러면 뭐라고 설명하지?"

"암살 기도." 모르코빈이 말했다.

"뭐, 팔에 총을 맞았는데?"

"아니요." 타타르스키가 말했다. "차량 폭파 시도가 있었다고 말하는 겁니다."

"하지만 인터뷰 중에 그자는 암살 기도에 대해서는 한마디도 안 할 텐데." 모르코빈이 물었다.

아자돕스키는 잠시 생각에 빠졌다.

"그건 아주 정상적이야. 쉽게 흔들리지 않는 친구거든." 그는 허공에 대고 주먹을 휘둘렀다. "입을 함부로 놀리지도 않고. 진정한 군인이지. 암살 기도에 대해서는 뉴스에서 전하도록 하지. 책상 위에는 카멜 담뱃갑 패치만 붙일 것이 아니라 한 블록 전체를 패치로 설정하도록. 이 자식들 숨 좀 막히게 하자고."

"뉴스에서는 어떤 내용을 전할까요?"

"최소한의 정보만. 체첸의 흔적, 이슬람적 요인, 조사가 진행 중이라는 것 등등. 레베드가 타고 다니는 전설의 차가 뭐지? 구형 메르세데스인가? 지금 당장 촬영 팀한테 경찰 복장으로 교외로 나가서 구형 메르세데스를 찾아 폭파하고 사진을 찍어 오라고 하게. 열 시까지는 방송이 나가야 하니까. 장군은 일 때문에 사건 현장을 바로 떠났고 일정을 소화하고 있다고 말하면 돼. 그리고 현장에서 라두에프가 쓰는 것과 같은 터키모자를 발견했다고 말하게 하고. 잘 알아들었지?"

"훌륭한데요." 모르코빈이 말했다. "아니, 정말 훌륭합니다."

아자돕스키는 일그러진 미소를 지었다. 미소라기보다는 신경 경련에 더 가까워 보였다.

"그런데 어디서 구형 메르세데스를 찾지요?" 모르코빈이 물었다. "저희 건 전부 신형인데."

"우리 중에 누가 구형을 타고 다니는 것 같던데." 아자돕스키가 말했다. "주차장에서 본 적이 있네."

모르코빈이 타타르스키 쪽으로 시선을 들었다.

"저, 저……" 타타르스키가 중얼거렸지만, 모르코빈은 부정적으로 고개를 흔들었다.

"안 돼." 그가 말했다. "그냥 잊어버려. 열쇠 이리 내놔."

타타르스키는 주머니에서 차 열쇠를 꺼내 고분고분 모르코빈의 손바닥에 올려놓았다.

"시트커버는 새로 한 건데." 그가 울상을 지으며 말했다. "그거라도 벗겨내면 안 될까?"

"이봐, 제정신이야?" 아자돕스키가 폭발했다. "그자들이 50메가헤르츠를 더 낮추면 우리는 또다시 정부를 내쫓고 의회를 해산해야 하는데, 그러길 바라나? 시트커버라니? 대체 무슨 생각을 하는 거야?"

아자돕스키의 주머니에서 전화기가 울렸다.

"여보세요." 그가 전화기를 귀에 가져다대고 말했다. "뭐? 그놈을 어떻게 처리해야 되는지 말해주지. 지금 당장 촬영 팀을 교외로 보내서 차량 폭파 장면을 촬영하라고 시켜. 그때 그 자식을 데려가서 운전석에 앉혀놓고 같이 폭파시켜버려. 피하고 살점이 있어야 하니까 그걸 촬영해. 다른 사람들한테도 블랙 PR에 관한 좋은 교훈이 되겠지. 뭐? 이제 그 자식한테 일어날 일보다 더 중요한 일은 이 세상에 없다고 전해. 그놈이 사소한 데 정신 빼앗기는 일이 없게 하도록. 내가 모르는 뭔가를 얘기해줄 수도 있다니, 그런 일은 생각도 하지 말라고 해."

아자돕스키는 전화기를 접어 주머니 속에 던져놓고 몇 번 깊게 숨을 들이쉬며 가슴을 쥐었다.

"통증이 오는군." 그가 불평했다. "이 나쁜 자식들, 내가 서른 나이에 심장발작이라도 일으키길 바라는 거냐? 이 위원회에서 도둑질 안 하는 사람은 나뿐인 것 같군. 다들 신속히 업무로 복귀하도록. 나는 미국에 전화를 하러 가야겠어. 어쩌면 제재를 피할 수도 있으니 말이지."

아자돕스키가 나가자 모르코빈은 타타르스키에게 의미심장한 시선을 보내더니 주머니에서 작은 양철 상자를 꺼내 책상 위에 흰색 가루를 뿌렸다.

"자." 그가 말했다. "같이 하자."

작업이 끝나자 모르코빈은 손가락에 침을 묻혀 책상 위에 남아 있는 흰 부스러기를 모아 핥아 먹었다.

"네가 물어봤잖아. 이게 다 어떻게 된 일이고, 모든 일은 무엇에 근거하고 있고, 이 모든 일은 누가 조종하느냐고." 모르코빈이 말했다. "내가 해줄 말은, 이제 너는 뒤를 조심하고 자기 할 일만 생각하라는 거야. 다른 생각할 시간 같은 건 없어. 돈은 주머니 속에 집어넣고, 빈 봉투는 바로 변기 물에 내려버려. 만일의 경우에 대비해서. 화장실은 복도 왼쪽에 있어."

타타르스키는 화장실로 들어가 문을 잠그고 지폐 다발을 주머니 여기저기에 나누어 넣었다. 한 번도 그렇게 많은 돈을 동시에 본 적이 없었다. 그는 봉투들을 잘게 찢어 변기 속에 던져넣었다. 봉투 하나에서 쪽지가 떨어졌고, 타타르스키는 공중에서 그것을 잡아 읽었다:

> 친구들! 가끔씩 평행 인생을 살게 해줘서 대단히 고마워. 이게 없었다면 현실의 삶은 정말 혐오스러웠을 거야!
>
> 행운을 빌며,
>
> B. B.

본문은 레이저 프린터로 복사했고, 서명은 팩시밀리의 파란색 잉크로 찍은 것이었다. '모르코빈이 또 장난쳤군.' 타타르스키는 생각했

다. '어쩌면 모르코빈이 아닐지도 모르고……'

그는 성호를 긋고 자신의 넓적다리를 세게 꼬집은 다음 물을 내렸다.

위기의 나날들

모스크바에서는 늘 그렇듯 다리 위에서 총격전이 벌어졌다. 낡은 T-80 탱크는 아주 가끔씩만 발포를 했다. 이건 마치 사태의 후원자들이 탄환에 지불할 돈은 충분하지 못한데 이 모든 일이 너무 빨리 끝나서 세계적인 뉴스거리가 되지 못할까 두려워 드문드문 포를 쏘고 있는 것 같았다. 러시아발 보도에는 적어도 석 대나 넉 대 이상의 탱크와 100명의 사망자, 그 밖에 뭔가가 더 있어야 방송에 내보낸다는 암묵적인 한계치가 있었던 듯했지만 정확하게 기억나지는 않았다. 그러나 이번 사태는 극단적인 사실감 덕분에 예외가 된 것 같았다. 탱크는 단 두 대뿐이었지만 텔레비전 방송 팀은 광학 바주카포를 메고 강변을 따라 빽빽이 늘어서서 모스크바 강과 탱크, 표트르 대제 동상, 타타르스키가 숨어 있던 집 창문을 따라 메가톤급의 관심을 쏘아대고 있었다.

다리 위에 선 탱크가 대포를 쏘았고, 그와 동시에 타타르스키의 머릿속에 재미있는 생각이 떠올랐다. 이미지 서비스 그룹인 모스트 쪽 사람들에게 전망 있는 기업 상징으로써 현재 그들이 사용하는 요령부득의 독수리 대신 다리 위 탱크 실루엣을 제안해야겠다는 것이었다.* 아주 짧은 순간, 탄환이 목표물에 도달하는 것보다 더 빨리 타타르스키의 의식은 가능한 전망들을 헤아려보았지만('탱크의 이미지는 그룹의 공격적인 힘을 상징함과 동시에 세계 경제라는 맥락 속에 러시아 전통의 음조를 끌어들일 수 있을 것이다.') 그 생각은 이내 버려지고 말았다. '그쪽은 오줌을 지릴 일이지.' 타타르스키는 확신했다. '애석하군.'

포탄은 표트르 대제 동상 머리에 명중했다. 그러나 터지지 않고 머리를 관통해서 고리키 공원 쪽으로 날아갔다. 공중으로 연기기둥이 높이 솟아올랐다. 타타르스키는 기념물의 머리 부분에 가스와 전기 시설을 갖춘 작은 레스토랑이 있었다는 사실을 떠올리며, 공포탄이 그곳의 전열 장치를 부쉈으리라는 결론을 내렸다. 강변 쪽에서 방송 관계자들의 환호에 찬 외침소리가 들려왔다. 소용돌이치는 연기기둥 때문에 표트르 대제는 스티븐 킹의 소설에 나오는 괴물 기사처럼 보였다. 타타르스키는 『부적』에서 괴물의 어깨를 따라 썩은 뇌가 흘러내리던 장면을 떠올리며, 만약 다음번 포탄이 하수관을 터뜨린다면 완전히 똑같아 보일 것이라고 생각했다.

* '모스트'는 러시아어로 '다리'라는 뜻.

표트르의 머리는 '세바스토폴 수비대'라는 위원회가 보호하고 있었다. 뉴스에 따르면 여기서 말하는 세바스토폴은 도시가 아니라 호텔 '세바스토폴'이며, 체첸과 손체보 두 지역의 마피아가 이 호텔을 서로 차지하려고 싸우고 있다고 했다. 그 밖에도 뉴스에서는 손체보 마피아가 방송의 주의를 끌고 캅카스에 대한 반감을 부추기기 위해 모스 필름 영화사의 스턴트맨을 고용해 이런 이상한 총격전을 벌였다고도 했다(다량의 불꽃과 특수효과로 판단하건대 이는 사실이었다). 홍보 캠페인을 제대로 이해하지 못한 단순한 체첸인들은 뭐가 문제인지도 모른 채 모스크바 근교에서 탱크 두 대를 빌려왔다.

스턴트맨들은 아직은 견뎌내고 있었으며 가끔 방어 사격을 하기도 했다. 흰자위를 드러낸 표트르 대제의 눈 근처 구멍에서 연기가 피어올랐고 다리 위에서는 유탄이 터졌다. 탱크가 대포를 쏘며 보복 공격을 했다. 표트르 대제의 머리가 공포탄에 맞았고, 아래로 부서진 청동 조각들이 날아다녔다. 무엇 때문인지 포탄에 한 번씩 맞을 때마다 황제의 눈은 점점 더 퉁방울눈이 되어갔다.

타타르스키는 이 드라마의 모든 출연자들 중 텔레비전 카메라의 유리 눈 아래서 천천히 죽어가고 있는 이 청동 우상에게 진심으로 동정심을 느꼈다. 하지만 그렇게 심각하지는 않았다. 자기 일이 아직 끝나지 않았으므로 감정의 중심 에너지를 보존해둬야 했기 때문이다. 타타르스키는 블라인드를 내리고 이 사태로부터 자신을 완전히 격리시킨 후, 컴퓨터 앞에 앉아 모니터 위 벽지에 직접 매직펜으로 적어놓은 인용문을 다시 읽어보았다:

러시아 의뢰인의 상상력에 영향을 미치고 신뢰를 얻기 위해서(러시아에서 광고를 의뢰하는 사람은 대체로 전직 KGB나 중앙정보국 요원, 당 간부들이다) 광고 콘셉트는 의식의 프로그래밍과 관련하여 서구의 정보기관에서 진행 중인 가설 단계의 반 극비 혹은 극비 연구를 가능한 한 많이 인용해야 한다. 그런 연구들은 흔히 믿기 힘들 정도로 냉소적이거나 비인간적이다. 다행히도 이런 테마로 작업하는 일은 어렵지 않다. 삶은 예술을 모방한다는 오스카 와일드의 말을 기억하는 것만으로도 충분하다.

—『마지막 포지셔닝』

"물론, 복잡하지 않지." 타타르스키가 중얼거렸다.

그는 차가운 물에 뛰어들기 전처럼 긴장하며 눈을 가늘게 뜨고 숨을 들이켜 공기를 폐 안에 담아두고서 셋까지 센 다음 키보드 위에 손을 올렸다:

위에서 말한 내용을 일반화해보면, 예측 가능한 충분히 오랜 기간 동안 러시아인의 의식 속에 의뢰인의 정신분열 단위를 이식하는 기본적인 통로는 텔레비전이라고 말할 수 있다. 이와 관련하여 소위 중산층, 즉 텔레비전 정신분열 조작의 사회적 결과라는 관점에서 보았을 때 가장 전망 있는 시청자 층에서 최근에 감지되는 한 가지 경향이 아주 위험해 보인다. 여기서 문제는 일을 하기 위한 신경에너지를 절약해둘 목적으로 텔레비전 방송을 아예 시청하지 않거나 의식적으로 제한한다는 것이다. 전문 방송작가들조차 그렇게 행동한다. 왜냐하면 포스트 프로이트주의에서 정보화 시대에 승화되어야 하는 것은 섹슈얼리티가 아니라 매일매일 목적 없이 텔레비전 프로그램을 시청하는 데 소비되는 에너지라고 간주하기 때문이다.

모습을 드러내기 시작한 이러한 경향성을 근절하기 위해서는 현재 콘셉트의 테두리 안에서 MI-5와 CIA가 제3세계의 민족주의 지식인 잔재를 무력화하기 위해 공동으로 개발한 방법론을 적용해야 한다. (이것은 러시아의 중산층이 민족주의적 사고를 멈추고 어디서 돈을 벌까 고민하기 시작한 바로 그 지식인들로 구성되어 있다는 사실에 의거하고 있다.)

방법론은 지극히 단순하다. 어떠한 TV 채널 프로그램이든 시간 단위로 상당량의 시냅스 파괴 물질을 포함하고 있기 때문에……

창밖에서 쾅 하는 소리가 들리더니 지붕 위로 포탄 파편이 후드득 떨어졌다. 타타르스키는 몸을 움츠렸다. 써놓은 것을 다시 읽어본 그는 '시냅스'를 지우고 '뉴로(neuro)'라는 말로 대체했다.

……정신분열 암시학의 목적은 충분히 긴 시간 동안 무력화된 사람을 텔레비전 화면 앞에 붙잡아놓음으로써 달성될 것이다. 이러한 결과를 얻기 위해서 성적 불만과 같은 민족주의 지식인들의 전형적인 특성을 이용할 것을 제안한다.

내부 순위나 비밀 설문 자료에 따르면 민족주의 지식인 대표자들이 가장 많은 관심을 보인 것은 심야 에로 채널이었다. 그러나 최대

효과는 구체적인 방송 프로그램들이 아니라 텔레비전 수상기 자체가 시청 주체의 의식 속에서 성적 흥분제의 지위를 얻을 때 달성될 것이다. 러시아 사회의 애국주의적 성격과 여론 형성 과정에서 남성 인구가 수행하는 결정적인 역할을 고려해볼 때 '텔레비전은 여성 생식기'라는 무의식적인 연상관계를 형성하는 방법이 가장 적절해 보인다. 이러한 연상은 제작 회사와도 관계없고 정신분열 조작의 최적의 결과를 얻게 해주는 방송의 성격과도 관계없이, 텔레비전 그 자체로 불러일으켜야 한다.

이러한 목적을 달성하는 가장 저렴하고 기술적으로 단순한 방법은 여성 생리대 광고를 대규모로 과다하게 내보내는 것이다. 생리대 위에는 하늘색 액체를 지속적으로 뿌려야 한다('하늘색 화면, 전파 등등'의 연상 작용이 일어나도록). 하지만 광고 자체는 생리대가 텔레비전 화면 위를 기어 다니면서 직접적이고 자발적으로 필요한 연상을 유도할 수 있게 해야 한다.

타타르스키는 등 뒤에서 작은 소리가 들려 돌아보았다. 텔레비전 화면에 북방 음악 같은 이상한 음악과 함께 낯설고 형언하기 어려운 아름다운 여성의 황금빛 토르소가 나타났다. 그것은 천천히 회전하고 있었다. '이슈타르겠지, 아니면 뭐겠어' 하고 타타르스키는 추측했다. 조각상의 얼굴은 화면 밖에 있어서 보이지 않았지만, 카메라 앵글이 천천히 위로 올라가자 보일락 말락 하는 정도까지 되었다. 그러나 보이기 직전에 카메라가 조각상에 너무 가까이 다가가는 바람에 화면에는 황금의 반짝거림만이 남았다. 타타르스키는 어디선가 집어든 리모컨을 눌렀지만 화면은 바뀌지 않았다. 대신 텔레비전 가장자리가 점점 부풀어 오르더니 거대한 여성의 질 비슷하게 변형되었고, 그 검은 중심으로 바람이 휘파람 소리를 내며 빨려들어갔다

"이건 꿈이다." 타타르스키는 베개 위에서 중얼거렸다. "이건 꿈이다……"

그는 조심스럽게 옆으로 돌아누웠지만 소리는 사라지지 않았다. 타타르스키는 팔꿈치를 딛고 몸을 일으켜 옆에서 조용히 코를 골고 있는 천 달러짜리 매춘부를 찌푸린 얼굴로 내려다보았다. 어스름 속에서 그녀는 클라우디아 시퍼와 전혀 구분이 되지 않았다. 그는 침대 협탁으로 손을 뻗어 휴대전화를 잡고 쉰 목소리로 말했다.

"여보세요."

"뭐야, 또 폭음했나?" 모르코빈이 쾌활하게 외쳤다. "바비큐 파티에 가기로 한 거 잊었어? 벌써 아래층에 와 있으니까 빨리 내려와. 아자돕스키는 기다리는 거 안 좋아해."

"바로 갈게." 타타르스키가 말했다. "잠깐 샤워만 하고."

가을의 고속도로는 황량하고 슬펐다. 도로 양쪽의 가로수는 여전히 푸르고 여름과 다름없어 보였지만, 자신의 약속을 하나도 지키지 못하고 여름이 끝난 것이 분명했기에 특히나 슬펐다. 겨울, 폭설, 재앙과 같은 어렴풋한 예감이 공기를 채우고 있었다. 타타르스키는 도로 옆에 설치된 광고판을 볼 때까지는 이러한 감정이 어디서 시작됐는지 오랫동안 이해할 수가 없었다. 차는 500미터마다 세워진 탐팩스 생리대 광고판을 지나쳐 갔다. 거대한 합판에는 순결한 눈 위에 놓인 흰색

의 롤러스케이트가 묘사되어 있었다. 겨울에 대한 예감이 든 이유는 분명해졌다. 그러나 몸에 스며드는 떨림이 어디에서 시작되었는지는 여전히 이해할 수 없었다. 타타르스키는 자신과 모르코빈이 모스크바에 위기가 시작될 때부터 도시와 그 주변을 떠돌던 우울한 심리적 파도의 한 굽이에 빠진 것이라는 결론을 내렸다. 타타르스키는 이 파도의 본성을 설명하기 어려웠지만, 그것이 존재한다는 사실만큼은 결코 의심하지 않았다. 그래서 모르코빈이 자신의 말에 웃음을 터뜨리자 약간의 모욕감마저 느꼈다.

"눈에 관해서는 제대로 짚었어." 그가 말했다. "하지만 무슨 파도라고…… 저 광고판을 한번 봐. 아무것도 눈치 못 챘어?"

모르코빈이 다음 광고판 근처에서 차를 세웠고, 타타르스키는 불현듯 롤러스케이트와 눈 위에 핏빛 붉은 스프레이로 쓰인 '옐친 도당을 법정으로!'라는 커다란 그라피티를 알아차렸다.

"바로 저거야." 그는 감탄하며 말했다. "다른 광고판에도 똑같은 게 있었어! 방금 전에는 낫과 망치가, 그전에는 나치 표시가, 그전에는 캅카스 놈들에 관한 뭔가가…… 정신이 멍해지는걸. 인식이 그냥 걸러내버리면 알아차리지 못하게 되지. 색깔은 또 저게 뭐야! 누가 생각해냈지?"

"들으면 웃을걸." 모르코빈이 속도를 내며 말했다. "말류타야. 사실 내용은 우리가 거의 다 고쳤어. 정말 너무 공포스러웠거든. 하지만 아이디어는 남겨뒀어. 네가 좋아하는 표현대로 하자면 이런 연상작용을 불러일으키겠지. '위기의 나날들—피가 흐른다면—탐팩스—양이 많은 날 당신의 방패.' 대충 계산해보면 현재 모스크바에서는 두 개

브랜드만 예전 수준으로 팔리고 있어. 탐팩스와 팔리아멘트 라이트."

"그게 정상이지." 타타르스키는 이렇게 말하며 생각에 잠겨 혀를 찼다. "광고 문구로는 이런 게 좋을 것 같은데. '탐팩스 울트라 세이프. 붉은색이 비치지 않는다!' 아니면 사람으로 대체할 수도 있어. 붉은색 대신에 주가노프로. 혹은 카스타네다*에 따르면 '생리는 세계 간의 균열이다. 만약 당신들이 이런 균열을 원하지 않는다면……' 혹은 '하늘색 위의 붉은색'처럼 미학적으로 표현할 수도 있겠지. 지평선 같은……"

"그래." 모르코빈이 생각에 잠겨 말했다. "이런 아이디어는 구강 부서에 넘겨줘야겠군."

"또 백색운동** 주제를 제시할 수도 있어. 뭔가 나보코프***처럼 베이지색 군복을 입고 크림 지방 비탈길에 서 있는 장교를 한번 떠올려 봐. 다섯 배는 더 많이 팔릴걸."

"하지만 그게 무슨 상관이야?" 모르코빈이 말했다. "판매는 부차적인 효과일 뿐이야. 우린 사실 탐팩스가 아니라 불안함을 심어주고 있는 거라고."

"아니 왜?"

---

* 미국의 작가이자 문화인류학자. 멕시코 인디언 주술사의 가르침을 받고 자신의 신비한 경험을 책으로 펴냈다.

** 러시아 내전 당시 볼셰비키에 반대한 구귀족, 성직자, 온건파 사회주의자, 공화주의자를 중심으로 결성된 군사 · 정치 운동. 볼셰비키는 적군으로 이들은 백군으로 불렸다.

*** 여기서는 작가 블라디미르 나보코프의 아버지를 가리킨다. 카데츠와 임시정부 멤버였던 나보코프는 볼셰비키 혁명 이후 크림 지방으로 잠시 피신했다가 1919년 가족들과 함께 유럽으로 망명했다.

"우리가 위기를 겪고 있기 때문이지."

"음, 그건 그래." 타타르스키가 말했다. "물론. 그런데 이봐, 위기 하니까 하는 말인데, 도대체 이해가 안 되는 게, 세묜 벨린이 어떻게 정부를 통째로 삭제해버릴 수 있었던 거야? 3중으로 방어막이 쳐져 있었잖아."

"알다시피 세묜은 단순한 디자이너가 아니라 컴퓨터 프로그래머였잖아." 모르코빈이 대답했다. "그놈이 어느 정도 규모로 작업했는지는 알지? 이후에 세묜의 계좌에서 3700만 달러가 발견됐어. 주가노프의 재킷을 피에르가르뎅에서 입생로랑으로 바꾸기까지 했더라고. 그놈이 어떻게 우리 터미널에서 구강 부서 디렉터리로 숨어들었는지는 아직 아무도 이해를 못하고 있어. 넥타이나 와이셔츠에 대한 작업은 기록을 안 해도 되거든. 아자돕스키는 보고서를 읽고 나서 이틀 동안 앓아누웠지."

"대단한데."

"물론이야. 세묜은 바로 그런 식으로 남의 눈을 속이려 했던 것 같아. 하지만 자기가 어떤 상황에 처한지는 알고 있었어. 그래서 보험을 들어두기로 결심한 거지. 자기가 직접 손으로 멈추지 않으면 매달 말 모든 디렉터리가 자동적으로 삭제되도록 프로그램을 짜서 키리옌코의 파일에 심어둔 거야. 이 프로그램이 이후에 정부를 통째로 감염시켰고. 우리도 분명 바이러스 보호 기능이 있기는 한데 그놈이 아주 교활한 프로그램을 만들어놓았어. 그게 섹터의 끝부분에 자신을 기록해두었다가 매달 말에 스스로 조립을 하는 거야. 그러니 컨트롤 섬에서는 좀처럼 찾을 수가 없었지. 이게 무슨 의미인지는 묻지 말아줘. 나도 잘 이해가 안 되니까. 그냥 대화하는 걸 들었을 뿐이야. 간단히 말해서, 세묜을 네 메르세데스에 태워서 교외로 데려갔을 때 그놈이 아자돕스키한테 이걸 말하려고 했는데, 말을 꺼낼 새도 없었던 거지. 그러고 나서 채무불이행 사태가 일어났고. 아자돕스키는 자기 머리를 쥐어뜯었고."

"그럼 이제 곧 새 정부가 들어서나?" 타타르스키가 물었다. "할 일이 없어 벌써부터 지루했는데."

"이제 곧, 금방. 옐친이 준비가 끝나서 모레 병원에서 퇴원시킬 예정이야. 런던에서 새롭게 렌더링했거든. 마담 튀소 박물관에 있는 밀랍인형을 가지고 했어. 마침 거기 창고에 있더라고. 벌써 세번째 복원인데, 그자가 모두를 얼마나 번거롭게 하는지 넌 상상도 못할 거야. 나머지 사람들은 NURBS로 마무리할 거고. 단, 이번에는 완전히 좌파 정부를 꾸릴 거야. 공산주의자들을 넣겠다는 소리지. 구강 부서에서 그렇게 꾸몄어. 하지만 별로 걱정은 안 돼. 우리 일이 좀 더 쉬워질걸. 다른 사람들도 마찬가지일 테고. 모든 사람들이 하나의 아이덴티티와 버터 배급표만 있으면 되거든. 그런데 사샤 블로 한 사람만 여전히 러시아 관념을 가지고 우리 일에 제동을 걸고 있어."

"어이, 잠깐." 타타르스키가 긴장하면서 말했다. "사람 겁주지 말고. 다음엔 누가 되는데? 옐친 다음에는?"

"누구냐니? 선거에서 이기는 사람이지. 우리의 선거는 미국만큼 깨끗해."

"우리한테 그런 게 대체 왜 필요한데?"

"우리는 전혀 필요하지 않지. 하지만 그렇게 하지 않으면 그자들이 우리한테 렌더-서버를 안 팔 거거든. 미국인들이 무역법을 약간 수정했어. 간단히 말해 모든 게 다 그들 방식대로 되어야 한다는 뜻이야. 물론 완전히 멍청한 짓이지만……"

"그런데 그 사람들이 왜 우리 일에 상관이지? 무슨 이유로?"

"선거 비용이 비싸거든." 모르코빈이 음울하게 말했다. "그들은 우리 경제가 완전히 파탄나기를 바라고 있어. 어쨌든 그런 가설이 있어…… 전반적으로 우리는 잘못된 방향으로 가고 있지. 이런 시대에 뒤떨어진 인간들을 디지털화할 게 아니라 정상적이고 젊은 새로운 정치가들을 만들어야 하는데. 포커스 그룹을 통해서 이데올로기와 공식적 얼굴을 처음부터 새롭게 개발해내야 한다고."

"왜 아자돕스키에게 그렇게 충고 안 해?"

"네가 한번 해봐. 자, 도착했다."

두 사람이 가던 길 한쪽 옆으로 정지신호가 양쪽에 놓인 비포장도로가 나타났다. 모르코빈은 그곳으로 차를 돌렸고 속도를 줄여 숲을 빠져나갔다. 길은 곧장 벽돌담과 높은 철문 쪽으로 이어졌다. 모르코빈이 두 번 경적을 울리자 문이 열렸고, 차는 축구장만큼이나 넓은 거대한 마당으로 들어섰다.

아자돕스키의 다차는 이상한 인상을 풍겼다. 무엇보다 그곳은 모스크바의 성 바실 성당을 연상시켰는데, 크기는 두 배 정도 더 컸고 별관 건물이 가득 들어서 있었다. 나선형의 다락방들은 가운데가 불룩한 작은 기둥 울타리가 쳐진 발코니로 장식되어 있었으며, 2층 이상의 창은 모두 덧문으로 빈틈없이 막혀 있었다. 마당에는 로트와일러 몇 마리가 돌아다녔고, 한 별관 건물의 굴뚝에서는 회청색 연기가 솟아올랐다(분명 목욕탕을 덥히는 것 같았다). 아자돕스키는 사샤 블로와 말류타를 포함한 소규모의 수행원들에 둘러싸여 집으로 이어지는 계단 위에 서 있었다. 그는 자신에게 아주 잘 어울리는 깃털 달린 티롤 모자를 쓰고 있었는데, 그의 뚱뚱한 얼굴에 뭔가 고상한 강도 같은 인상마저 더해주는 것이었다.

"자네들을 기다렸네." 타타르스키와 모르코빈이 다가가자 그가 말했다. "이제 사람들 있는 곳으로 갈 거야. 역에서 맥주를 마셔야지."

타타르스키는 보스에게 뭔가 기분 좋은 이야기를 하고 싶다는 간절한 욕구를 느꼈다.

"마치 하룬 알라시드와 대신들처럼 보이는데요, 네?"

아자돕스키가 그를 어리둥절한 표정으로 바라보았다.

"그는 항상 옷을 갈아입고 바그다드 시내를 돌아다녔지요."

타타르스키는 이미 이야기를 꺼낸 것을 후회하며 설명했다. "민중이 어떻게 살고 있는지 돌아본 거죠. 자신의 지위도 확인했고요."

"바그다드 시내를?" 아자돕스키가 의심스럽다는 듯이 질문했다. "하룬이 대체 누군데?"

"그런 칼리프가 있었습니다. 오래전, 약 500년쯤 전에요."

"그렇다면 이해가 되는군. 요즘은 바그다드를 그렇게 돌아다니지 못할걸. 모든 상황이 우리와 같아서 지프 석 대와 경호원을 거느려야 하지. 자 그럼, 모두 모였나? 차에 올라타지."

타타르스키는 마지막 차량인 사샤 블로의 붉은색 레인지로버에 올라탔다. 사샤는 벌써 약간 취해 있었고, 분명 기분이 들뜬 상태였다.

"정말 축하해주고 싶어." 그가 말했다. "베레좁스키하고 라두예프에 대한 자료 말이야. 이번 가을에 나온 것 중 가장 뛰어난 사찰 자료였어. 정말이야. 특히 시추-방송탑으로 러시아의 신비한 몸통에서 가장 신성한 지점을 꿰뚫으려 했던 그 부분이 뛰어났어. 모노폴리 게임 머니에 쓰인 'In God we Monopoly(우리는 신을 독점한다!)'* 문구는 또 어떻고! 라두예프에게 유대인 모자 씌우는 건 밀어붙였어야 했는데……"

"이제 그만해." 타타르스키는 이렇게 말하며 우울한 생각에 잠겼다. '멍청이 말류타가 라두예프는 건드리지 말라고 요청했군. 그럼 이제 돈은 돌려줘야겠는걸. 이자만 안 붙으면 좋겠는데.' "그런데 너희 부서는 언제쯤 제대로 된 관념을 만들어줄 거야?" 타타르스키가 물었다. "프로젝트는 어느 단계야?"

"전반적으로 모든 게 다 극비야. 하지만 대략 관념에는 접근하고 있지. 그게 사람들을 부글부글 끓게 만들걸. 아틸라의 역할에 대해 고민하고 문체를 다듬는 문제가 남았어. 오르간과 아코디언 사이의 대위법 선율 같은 게 나와야 하거든."

"아틸라라니? 로마를 불태운 사람 말이야? 그 사람이 여기서 무슨 상관인데?"

"아틸라는 '이틸에서 온 사람'이라는 뜻이야. 우리말로 하자면 볼가 사람이라는 뜻이지. 이틸은 볼가의 옛 명칭이니까. 뭘 말하려는지 알겠어?"

"잘 모르겠는데."

---

* 미국 달러에 새겨진 '우리는 하느님을 믿는다(In God we Trust)'를 변형한 것.

"우리는 제3의 로마잖아. 그런데 특이하게도 그 로마가 볼가에 있다는 거지.* 그러니 어느 곳으로도 원정을 갈 필요가 없어. 여기에서 우리의 완벽한 역사적 자기충족과 민족적 존엄성이 나오는 거야."

타타르스키는 이 관념을 인정했다.

"그래." 그가 말했다. "간결하군."

차창 밖을 바라보던 그의 눈에 숲 가장자리에 솟아오른 거대한 콘크리트 건축물의 꼭대기가 들어왔다. 위로 비스듬히 올라가는 나선형의 경사면과 작은 회색 탑을 머리에 얹고 있었다. 그는 눈을 꽉 감았다가 다시 떴다. 콘크리트 덩어리는 사라지지 않았으며 아주 약간 뒤로 물러났을 뿐이었다. 타타르스키가 사샤 블로의 팔꿈치를 세게 밀쳤고 자동차는 길 양쪽으로 이리저리 흔들렸다.

"왜 이래, 미쳤어?" 사샤가 말했다.

"빨리 저걸 봐." 타타르스키가 말했다. "저기, 콘크리트 탑 보이지?"

"그래서?"

"혹시 저게 뭔지 알아?"

사샤가 창밖을 내다보았다.

"아, 저거. 아자돕스키가 방금 이야기해줬어. 이곳에 방공식별권(防空識別圈)기지를 건설하려 했다더군. 조기경보 같은 거 말이야. 그런데 기초하고 벽만 완성한 상태에서, 너도 알다시피 보고받을 사람이 없어진 거지. 아자돕스키는 여기를 전부 사유화해서 공사를 마무

* 모스크바 공국 이후로 러시아인들은 러시아가 로마, 비잔틴(동로마)에 이어 제3의 로마라는 믿음을 가져왔다.

리할 계획인데, 다만 레이더 기지가 아니라 자기 새집을 지을 모양이야. 디자인이 마음에 든다더라고. 글쎄 모르겠어. 나라면 콘크리트 벽을 못 견딜 것 같은데. 그런데 왜 그렇게 흥분해?"

"아무것도 아니야." 타타르스키가 말했다. "생긴 게 너무 이상해서. 우리가 가는 역 이름이 뭐지?"

"라스토르구예보."

"라스토르구예보." 타타르스키가 따라했다. "그렇다면 이해가 되네."

"바로 저기야. 지금 저 집으로 가는 중이야. 모스크바 근교에서 가장 더러운 맥줏집이지. 아자돕스키는 휴일마다 여기서 맥주 마시는 걸 좋아해. 자신이 삶에서 성취한 것들에 걸맞은 느낌을 맛보기 위해서라나."

기차 플랫폼에서 멀지 않은 곳에 위치한 맥주홀은 낡고 더러운 벽돌 건물 지하에 있었는데 그야말로 보기 드물게 더럽고 악취를 풍겼다. 탁자마다 0.25리터 보드카 병을 들고 바짝 붙어 앉은 사람들은 그 시설에 완벽하게 어울렸다. 트레이닝복을 입고 입구 근처 탁자 앞에서 있는 두 명의 갱만이 이 무리와 다소 어울리지 않았다. 타타르스키는 아자돕스키가 손님들 몇 명과 인사를 나누는 모습을 보고 놀랐다. 정말로 여기 단골인 모양이었다. 사샤 블로는 한 손에 라이트 맥주 두 병을 들고 다른 손으로 타타르스키의 팔을 끌며 그를 멀리 있는 탁자로 데려갔다.

"이봐." 그가 말을 꺼냈다. "할 이야기가 있어. 예레반에 살던 남동생 둘이 여기로 옮겨와서 사업을 시작했거든. 간단히 설명하면, 특권

층을 위한 최고급 서비스를 제공하는 장례식장을 열었어. 동생들은 이곳에 있는 은행들 사이에서 얼마나 많은 돈이 감쪽같이 사라지고 있는지 대충 계산만 해봤어. 지금 그 사라진 돈을 찾느라 서로서로 마구 죽이는 일이 벌어지고 있는데, 그러다보니 실제로 동생들이 파고들 틈새시장이 나타난 거야.

"정말 그러네." 타타르스키는 입구에서 자신들이 가져온 체코 맥주를 마시는 두 명의 갱을 쳐다보며 말했다. 그 두 사람이 이런 곳에서 뭘 하는지 이해가 되지 않았다. 아자돕스키와 같은 동기가 작용했을 수도 있지만 말이다.

"그러니까 그냥 친구로서 부탁하는 건데," 사샤 블로가 빠르게 말을 이었다. "동생들을 위해서 타깃 그룹에 통할 만한 괜찮은 문구 하나 써줘. 사업이 좀 풀리면 대가를 지불할게."

"무슨 소리, 옛정이 있는데." 타타르스키가 대답했다. "브랜드 에센스가 뭐지?"

"말했다시피, 고품격의 죽음."

"회사 이름은 뭔데?"

"이름에서 따왔어. 데비르샨 형제 장례식장. 생각해보겠어?"

"할게." 타타르스키가 말했다. "문제없어."

"그런데," 사샤가 말을 계속했다. "너도 웃을 텐데, 우리가 아는 사람 하나가 벌써 동생들 고객이 되었어. 그 사람 아내가 여기를 서둘러 떠나기 전에 1등급 장례식 비용을 다 지불했더라고."

"그게 누군데?"

"추밀 고문관 에이전시의 하닌이라고 기억해? 그가 무너졌어."

"끔찍하군. 처음 듣는 이야기야. 누가 그랬는데?"

"어떤 사람은 체첸인들이 그랬다고 하고, 어떤 사람은 경찰들이 그랬다고도 하고. 다이아몬드 때문에 무슨 일이 있었던 모양이야, 한마디로 수상한 사업 때문이지…… 어디 가?"

"화장실." 타타르스키가 대답했다.

화장실은 맥주홀의 다른 어떤 곳보다 더 더러웠다. 소변기 위쪽으로 벽을 따라 번져 있는 지질학적 얼룩을 바라보던 타타르스키는 회반죽이 삼각형 모양으로 벗겨진 것에 주목했다. 그 형상은 하닌의 집 화장실에 걸려 있던 사진 속 다이아몬드 목걸이와 놀라울 정도로 비슷했다. 형상을 처음 보았을 때 타타르스키의 마음을 가득 채웠던 예전 보스에 대한 동정심은 마치 연금술처럼 사샤 블로가 부탁한 광고 문구로 변형되었다.

타타르스키는 화장실을 나서다 걸음을 멈춰 섰다. 갑작스럽게 눈앞에 펼쳐진 광경이 그를 놀라게 했던 것이다. 예전에는 복도에 분명 이중문이 있었던 것 같은데 그걸 문틀째 뜯어내고 남은 흔적이 지금은 대충 메워져 있었고, 대신 그 벽과 천장을 따라 검은색 페인트칠을 한 벽돌이 삐죽삐죽 둘러져 있었다. 맥주홀로 이어지는 이 둥그스름한 구멍이 놀라울 정도로 텔레비전 화면의 곡면 테두리를 연상시켜서 타타르스키는 순간 자신이 세상에서 가장 중요한 텔레비전을 보고 있다는 생각이 들었다. 아자돕스키와 동료들은 시야 밖에 있어 보이지 않았지만, 대신 제일 끝 탁자에 앉은 두 명의 갱과 옆에 나란히 앉은 새로운 손님을 볼 수 있었다. 그는 키가 크고 마른 노인으로, 갈색 망토에 베레모를 쓰고 유난히 안경다리가 짧은 두꺼운 안경을 쓰고 있었다. 렌즈 너머의 눈은 균형이 맞지 않을 정도로 크고 아이처럼 순진해 보였다. 타타르스키는 분명 자신이 그를 어딘가에서 보았다는 사실을 맹세할 수도 있을 것 같았다. 노인은 벌써 몇 명의 부랑자 청중을 불러 모으는 데 성공한 상황이었다.

"이보게들." 노인이 가늘고 놀라움 가득한 목소리로 말했다. "자네들은 절대 믿지 못할 거야! 내가 방금 쿠르스크 역에 있는 야채 가게에서 야채 반 리터를 담았거든, 응? 그리고 계산대에 섰지. 그런데 누가 가게로 들어왔는지 아나? 바로 추바이스였어! 제기랄…… 회색 외투에 모헤어 목도리와 모자를 썼는데, 경호원은 한 명도 없었어. 다만 오른쪽 주머니가 권총이라도 든 것처럼 불룩하더군. 그자가 통조림 진열대로 가더니 3리터짜리 불가리아 토마토 통조림을 집어들었어. 녹색 토마토 말이야, 알지? 그러고는 자기 바구니에 쑤셔넣는 거야. 내가 놀라서 입을 벌리고 있었더니 눈치 챈 그 인간이 나한테 윙크를 하고 그냥 밖으로 나가버리더라고. 나는 창으로 다가갔어. 밖에 점멸등이 켜진 검은색 차 한 대가 서 있었는데, 그게 그자랑 똑같은 모양으로 윙크를 하는 거지…… 그 인간은 차 안으로 뛰어 들어갔고! 그리고 떠나버렸어. 이런 일이 다 있다니, 제기랄……"

타타르스키가 가볍게 기침을 하자 노인이 그에게 시선을 돌렸다.

"민중의 의지." 타타르스키는 참지 못하고 이렇게 말하며 윙크했다.

아주 작은 소리였지만 노인은 그 말을 들었는지 갱 한 명의 소매를 잡고 통로 쪽을 향해 고갯짓을 했다. 갱들은 아직 남아 있는 맥주병을 동시에 탁자 위에 올려놓고 살짝 미소를 지으며 타타르스키에게로 다가왔다. 그들 중 하나가 주머니에 손을 넣는 순간 타타르스키는 이제 자신은 완전히 죽었다고 생각했다.

몸속을 흐르는 아드레날린이 그의 동작에 놀라울 정도의 가벼움을 더해주었다. 타타르스키는 몸을 돌려 맥주홀에서 튀어나가 마당을 가로질러 뛰어갔다. 중간쯤 왔다 싶었을 때 등 뒤에서 탕탕 하는 소리가 들렸고, 곧 옆으로 뭔가가 윙윙거리며 날아갔다. 타타르스키는 속도를 두 배로 올렸다. 몸을 숨길 만한 높다란 통나무집 근처에 도착해서야 뒤를 돌아볼 여유가 생겼다. 갱들은 이제 사격을 멈췄다. 아자돕스키의 경호원들이 기관총을 들고 그들을 향해 달려가고 있었기 때문이다. 타타르스키는 벽에 기대서서 구부러지지 않는 손가락으로 담배를 꺼내 피우기 시작했다. '바로 이런 식이구나.' 그는 생각했다. '바로 이런 식으로. 그냥 예기치 않게.' 담배가 거의 다 타들어갔을 무렵에야 구석에서 밖을 내다볼 결심이 생겼다. 아자돕스키와 동료들이 차에 올라타고 있었다. 피가 날 정도로 얼굴을 두들겨 맞은 두 명의 갱은 이미 지프 뒷좌석에서 경호원들과 함께 앉아 있었고, 갈색 망토를 입은 노인은 무관심한 경호원 앞에서 열심히 변명 중이었다. 타타르스키는 마침내 이 노인을 어디서 봤는지 기억해냈다. 그는 문학대학 시절 철학 강사였다. 너무 늙어버려서 얼굴로 기억해낸 게 아니라 강의를 할 때의 그 당혹스러웠던 억양으로 알아보았다. "객체는 엄격한 성질을 지니고 있어서," 그는 이렇게 말하며 강의실 천장을 향해 고개를 젖히곤 했다. "주체로부터 드러나기를 요구합니다! 그리고 운이 좋으면 융합이 발생할 수도 있습니다."

타타르스키가 이해했던 융합은 마침내 발생했다. '이런 일도 있구나'라고 생각하며 그는 수첩을 꺼내 맥주홀에서 구상했던 광고 문구

를 적었다:

다이아몬드는 영원하지 않다!
데비르샨 형제 장례식장

'아마도 해고당하겠지.' 그는 자동차 행렬이 모퉁이를 돌아 사라지자 이렇게 생각했다. '이제 어디로 가야 하나? 알 게 뭐야. 기레예프한테나 가봐야겠다. 바로 이 근처에 살고 있으니.'

기레예프의 집은 예상외로 쉽게 찾을 수 있었다. 타타르스키는 비현실적으로 키가 커서 커다란 잡초라기보다는 오히려 키 작은 나무들처럼 보이는 우산풀이 무성한 정원을 알아보았다. 타타르스키가 쪽문을 몇 번 두드리자 기레예프가 베란다에 나타났다. 그는 무릎까지 내려오는 애매한 색깔의 바지와 무지개색 원 안에 'A'라는 커다란 글자가 찍힌 티셔츠를 입고 있었다.

"들어와." 그가 말했다. "문은 열려 있어."

기레예프는 벌써 며칠째 술을 마시고 있었고 꽤 많은 돈을 술 사는 데 다 써버려서 이제 바닥이 드러난 상황이었다. 벽 쪽으로 위스키나 코냑 같은 비싼 술이 빈 병만 남아 있고, 방 가운데에는 오세티아에서 불법으로 제조되어 역에서 팔리는, 낭만적이면서도 열정적인 이름의 보드카 병들이 있다는 사실에 근거해 이러한 연역적 추론이 가능했다. 타타르스키가 지난번 방문한 이후로 부엌은 거의 변한 게 없이 그냥 좀 더 더러워졌지만, 대신 벽에는 공포심을 자아내는 티베트 신들이 그려져 있었다. 그 밖에 한 가지 더 새로운 것이 있었다. 그것은 한

쪽 구석에서 반짝거리는 텔레비전이었다.

식탁에 앉은 타타르스키는 텔레비전이 뒤집어져 있는 것을 알아차렸다. 화면에서 어떤 프로그램의 첫 장면이 방송되고 있었다. 검은색 마스카라를 칠한 긴 속눈썹 주위로 파리가 날아다니는 장면이었다. '내일'이라는 프로그램 제목이 튀어나왔고, 그 순간 파리가 눈동자에 내려앉아 착 달라붙자 속눈썹이 끈끈이주걱의 섬모처럼 그것을 천천히 덮었다. 호송대 소령 복장을 한 아나운서가 나타났다. 타타르스키는 이것이 최근에 8층의 카피라이터들이 러시아에서 텔레비전은 권력 기구라고 선언한 것에 모욕을 느낀 7층의 카피라이터들이 보인 반응이리라고 추측했다. 뒤집어져 있는 아나운서는 눈에 보이지 않는 장대에 매달린 박쥐와 아주 비슷해 보였다. 타타르스키는 그 아나운서가 아자돕스키라는 것을 알고서도 그다지 놀라지 않았다. 그는 새까맣게 머리를 염색하고 코 밑에 가느다란 끈 모양의 수염을 붙이고 있었다. 그리고 어수룩한 미소를 지으며 말하기 시작했다.

"이제 곧 무르만스크 시에서 표도르 미하일로비치 도스토옙스키 탄생 150주년을 맞아 건조한 핵탄두 로켓 순양함 '백치'호의 진수식이 있을 예정입니다. 현재로서는 정부가 배를 담보로 빌린 돈을 상환할 수 있을지 분명하지 않습니다. 따라서 같은 유형의 순양함 '전함 포툠킨'을 저당 잡히라는 목소리가 더욱 커지고 있습니다. 정말 거대한 그 배를 선원들은 '항해하는 마을'이라고 부릅니다. 현재 전함 포툠킨은 선적항을 향해 북극해를 따라 이동하고 있습니다. 다음은 새 책 소식입니다!" 아자돕스키는 표지에 유탄 발사기, 가솔린 통, 벌거벗은 여인이 삼위일체를 이루고 있는 책을 어딘가에서 꺼내들었다.

"주먹까지 있다면 좋았을 것입니다. 우리는 오래전부터 이 사실을 알고 있었습니다만, 여전히 뭔가 부족했습니다! 그런데 바로 여기 여러분이 그렇게 오랫동안 기다려왔던 책이 나왔습니다! 주먹과 남자의 큰 물건이 있어 좋습니다! 『스뱌토슬라프 류트이의 모험』입니다. 다음은 경제 소식입니다. 오늘 국회가 새로운 연간 최저 바구니 물품 목록을 발표했습니다. 여기에는 마카로니 20킬로그램, 감자 100킬로그램, 돼지고기 6킬로그램, 외투 한 벌, 구두 한 켤레, 귀덮개 모자, 소니 블랙 트리니트론 TV 등이 포함됩니다. 다음은 페르시아 소식입니다……"

기레예프가 소리를 껐다.

"뭐야, 텔레비전 보러 왔어?"

"물론 아니지. 그냥 이상해서. 그런데 저건 왜 뒤집어져 있어?"

"말하자면 길어."

"뭐야, 오이 이야기 같은 건가? 입문하지 않으면 알 수 없는?"

"그런 건 아니지만," 기레예프가 어깨를 움츠렸다. "이건 공개된 정보야. 하지만 진정한 달마의 의식과 관계된 것이라 네가 만약 이야기를 해달라고 요구하면 그로 인해 너는 스스로 이 의식을 행하겠다는 갈마*의 의무를 지게 되는 거야. 하지만 내 생각에 넌 안 그럴 것 같으니까."

"혹시 그럴 수도 있지. 말해봐."

기레예프는 한숨을 쉬며 창밖에서 흔들리는 우산풀을 바라보았다.

* 힌두교와 불교에서 업(業), 인과응보, 숙명을 뜻하는 용어.

"불교에서는 텔레비전을 보는 세 가지 방법이 있어. 본질적으로는 동일한 방법이지만 훈련 단계에 따라 달라 보이는 거지. 먼저 소리를 줄이고 텔레비전을 보는 거야. 하루에 30분 정도, 네가 좋아하는 프로그램을. 텔레비전에서 뭔가 중요하고 재미있는 걸 말한다는 생각이 들 때, 그때 너는 그걸 의식하게 되고 그로 인해 그 생각은 무력해지는 거지. 처음에는 실패하고 소리를 켜기도 하겠지만 점차 익숙해질 거야. 여기서 중요한 건 참지 못했다고 해서 죄의식을 가질 필요는 없다는 점이지. 처음에는 모든 사람들이, 심지어 라마승조차 그러니까. 다음에는 소리는 켜고 대신 영상을 끄고 보는 거야. 그리고 마지막으로 텔레비전을 끄고 보는 거지. 사실 이게 중요한 기술이고 앞의 것들은 그냥 준비 단계야. 뉴스 프로그램을 모두 보지만 텔레비전은 켜지 않는 것. 이때 등은 꼿꼿이 하고 손은 배 위에, 오른손을 위로 왼손을 아래로 향하도록 올려놓는 게 중요해. 이건 남자들 경우이고, 여자들은 손을 반대로 해야 해. 그리고 단 한 순간도 주의를 흩뜨려서는 안 돼. 하루에 한 시간 정도라도 그렇게 10년을 계속해서 보면 텔레비전의 본성을 이해할 수 있어. 다른 것들도 다 마찬가지야."

"그럼 너는 왜 텔레비전을 뒤집어놓았는데?"

"이건 불교에서의 네번째 방법이야. 어쨌든 텔레비전을 봐야 할 필요가 있을 때 쓰는 방법이지. 예를 들어 달러 환율을 알고 싶은데, 정확히 언제 공시하는지 또 어떤 방식으로 하는지, 즉 말로 전해줄지 아니면 환전소 게시판을 보여줄지 모르는 경우가 있잖아."

"하지만 왜 뒤집어놓아야 하지?"

"또 설명이 길어질 거야."

"한번 해봐."

기레예프는 손바닥으로 이마를 닦고 다시 한숨을 쉬었다. 그는 단어를 찾는 듯했다.

"혹시 아나운서들의 무겁고 꿰뚫을 것 같은 증오의 시선이 어디에서 나오는지 생각해본 적 있어?" 그가 마침내 질문을 했다.

"그만 좀 해." 타타르스키가 말했다. "그들은 카메라를 보는 게 아니라 그냥 그렇게 보일 뿐이야. 카메라 렌즈 바로 아래 특수 모니터가 있어서 거기 읽어야 할 기사나 억양과 몸짓에 관한 특별한 기호들이 지나가는 거라고. 내가 알기로는 모두 여섯 개 부호가 있는데, 그러니까 어디 보자…… 아이러니, 슬픔, 의심, 즉흥적 반응, 분노, 농담이야. 그러니 아무도 개인적으로든 공적으로든 결코 증오를 발산하지는 않아. 그건 내가 분명히 알아."

"그들이 뭔가를 발산한다는 말이 아니야. 내 말은 아나운서들이 기사를 읽을 때, 통상 대단히 화가 나 있고 삶에 만족하지 못하는 수백만의 사람들이 그들의 눈을 곧장 응시한다는 거야. 그렇게나 많은 기만당한 의식들이 동시에 똑같은 지점을 바라보고 있을 때, 어떤 축적된 효과가 나타날지 그냥 한번 생각해봐. 어떤 공명이 일어날지 알겠어?"

"대충은."

"자, 이런 거야. 군인 1개 대대가 보조를 맞춰 다리를 건너면 다리가 무너지기 쉬워. 그런 경우가 실제 있었고, 그래서 종대로 다리를 건널 때면 보조를 맞추지 말라는 지시가 내려오지. 그러니 그렇게나 많은 사람들이 이 상자를 보며 같은 프로그램을 시청한다고 할 때 인지권(人智圈) 안에 어떤 공명이 일어날지 상상해봐."

"어디 안에?" 타타르스키가 묻는 순간 주머니에 있던 휴대전화가 울리기 시작했고, 그는 손을 들어 대화를 중단했다. 전화기에서 커다란 음악 소리와 함께 알아듣기 힘든 목소리가 흘러나왔다.

"바반!" 모르코빈의 목소리가 음악 소리를 뚫고 들려왔다. "어디 있어? 살아 있는 거야?"

"살아 있어." 타타르스키가 대답했다. "라스토르구예보에 있어."

"이봐." 모르코빈이 정말 기뻐하며 말을 이었다. "이 멍청한 자식들 손을 좀 봐줬는데, 감옥에 보내서 10년 정도 살게 할 거야. 아자돕스키가 심문을 끝내고 어찌나 웃어대던지, 정말! 네가 자기 스트레스를 다 날려버리게 해줬다더라. 다음번에 로스트로포비치랑 같이 메달을 받게 될 거야. 너 데려올 차를 보낼까?"

'해고는 안 당하겠군.' 타타르스키는 심장에서 온몸을 따라 번져나가는 기분 좋은 온기를 느끼며 생각했다. '분명 해고는 안 당할 거야. 박살나지도 않을 거고.'

"고마워." 그가 말했다. "집으로 갈래. 신경이 엉망이야."

"그래? 이해할 수 있어." 모르코빈이 동의했다. "집에 가서 몸이나 좀 추슬러. 이제 가봐야겠다. 소집 나팔소리 정말 크네. 내일 늦지만 마. 정말 중요한 이벤트가 있으니까. 오스탄키노 방송탑에 갈 거야. 그쪽에 간 김에 아자돕스키의 수집품도 볼 거고. 스페인에서 모아 온 것들이지. 그럼 이만 끊을게."

타타르스키는 휴대전화를 주머니에 넣고 공허한 시선으로 방 안을 둘러보았다.

"그러니까 나더러 햄스터를 잡고 있으라는 거군." 그가 생각에 잠겨 말했다.

"뭐라고?"

"별거 아니야. 무슨 얘기를 하고 있었지?"

"간단히 말하면," 하고 기레예프가 말을 이었다. "이른바 텔레비전의 마법은 많은 사람들이 그걸 동시에 바라보는 경우에 일어나는 심리적 공명이라는 거야. 만약 네가 텔레비전을 보고 있다면 어떤 전문가라도……"

"단언컨대 전문가들은 절대 텔레비전을 보지 않아." 타타르스키는 방금 눈치챈, 대화 상대의 바지 위에 덧댄 천을 보면서 말을 가로챘다.

"……만약 네가 텔레비전을 보게 된다면 어디든 화면의 한쪽 구석을 봐야지 무슨 일이 있어도 아나운서의 눈을 봐서는 안 돼. 안 그러면 위염에 걸리든지 정신분열증이 오든지 할 거야. 하지만 무엇보다 바람직한 방법은 여기 나처럼 텔레비전을 뒤집어놓는 거야. 이게 바로 보조를 맞추지 않고 행군하는 방법이지. 네가 관심이 있다면 불교에서 TV를 보는 가장 상위의 가장 비밀스러운 다섯번째 방법이 있는데……"

이런 일이 종종 있다. 어떤 사람과 이야기를 나누면서 그의 말의 무언가가 마음에 드는 것 같고 그 말 속에 뭔가 진실의 일부가 들어 있는 것 같다고 생각하지만, 다음 순간 갑자기 그의 티셔츠는 낡았고, 슬리퍼는 다 떨어졌고, 바지 무릎에는 천이 덧대져 있고, 방 안 가구는 낡고 싸구려라는 사실을 알아차리게 되는 경우 말이다. 주변을 좀 더 자세히 들여다보면 이전에는 눈치채지 못했던 굴욕적인 가난의 흔적이 보이고, 그러면서 상대가 이루었거나 숙고한 모든 일들이 그를 성공으로 이끈 것만은 아님을 이해하게 된다. 이 성공은 당신 자신도 그 옛날 5월의 어느 아침, 누구와 싸우는지 무엇을 위해 싸우는지 분명하지 않은 중에, 어쨌든 이를 악물고 지지 않겠다고 맹세하면서까지 얻고자 했던 바로 그것이다. 그리고 이후에는 여전히 분명한 것은 없지만, 당신은 그의 말에 흥미를 잃고 그에게 뭐든 기분 좋은 말로 인사를 하고, 가능하면 빨리 그 자리를 떠나 결국 자신의 일을 하고 싶어하게 된다.

바로 그런 식으로 대체 와우-요인은 우리의 영혼 속에서 작동한다. 그러나 타타르스키는 그것의 감지할 수 없는 습격을 받은 후에도 기레예프와의 대화에 흥미를 잃었다는 표정을 짓지 못했다. 왜냐하면 그의 머릿속에는 오직 한 가지 생각만이 떠올랐기 때문이다. 타타르스키는 기레예프가 조용해지기를 기다렸다가, 기지개를 켜고 하품을 하면서 우연인 것처럼 질문했다.

"그런데, 이봐, 아직 광대버섯 좀 남아 있어?"

"있어." 기레예프가 말했다. "다만 너하고는 안 할 거야. 물론 미안하긴 한데, 지난번 사건 이후로……"

"그럼 좀 주겠어?"

"그러지. 단, 정말 부탁인데, 여기서는 먹지 마."

기레예프는 식탁에서 일어나 기울어진 벽장을 열고 신문 꾸러미를 꺼내 왔다.

"여기, 정확히 1회 분량이야. 어디서 하려고, 모스크바에서?"

"아니." 타타르스키가 대답했다. "도시에서는 사람을 너무 지치게 만들어. 숲으로 갈 거야. 이미 한 번 자연으로 나가본 적도 있으니까."

"맞아. 잠깐, 보드카 한 잔 따라줄게. 효과를 완화시켜줄 거야. 그대로 먹으면 머리에 심한 충격이 올 수 있어. 걱정 마, 걱정 마, 나한테 앱솔루트가 있어."

기레예프는 바닥에서 헤네시 빈 병을 들어서는 마개를 열고 정말로 버섯이 있던 그 벽장에서 1리터짜리 앱솔루트 병을 꺼내 보드카를 조심스럽게 따르기 시작했다.

"이봐, 넌 어떻게든 텔레비전과 관련되어 있어." 기레예프가 말했다. "너 같은 사람들에 대한 재미있는 일화가 있는데. 어둠 속에서 노래를 부르며 구강성교했다는 이야기 들어본 적 있어?"

"남자가 불을 켜보니 방 안에 자기 혼자 있고, 벽 쪽 천장에 유리 눈이 있더라는 이야기? 알아. 최근에 직장에서 유행한 이야기야. 그런데 넌 이 눈이 달러 지폐에 있는 눈과 같은 거라고 생각해? 아니면 다르다고?"

"생각해본 적 없어." 기레예프가 말했다. "뭘 쓰는 중이야? 텔레비전을 어떻게 볼 것인가?"

"아니." 타타르스키가 말했다. "내 일에 필요한 아이디어." 그는 수첩에 이렇게 쓰기 시작했다:

포스터 아이디어. 거미줄 가득한 더러운 방. 탁자 위에 밀주 제조기가 있고 그 앞에 누더기를 입은 알코올 중독자가 있다(변형 가능—마약 중독자, 마약 여과 장치). 그는 제조한 밀주를 커다란 앱솔루트 병에서 작은 헤네시 병으로 옮겨 담고 있다. 광고 문구:

앱솔루트 헤네시

먼저 앱솔루트와 헤네시 유통업자에게 제안해보고, 그들이 받아들이지 않으면 핀란디아나 스미노프, 조니 워커에.

"받아." 기레예프가 타타르스키에게 꾸러미와 병을 건네면서 말했다. "하나만 약속해줘. 그거 먹고 나면 다시는 여기 오지 마. 난 지금도 지난가을 일을 잊을 수가 없어."

"약속할게." 타타르스키가 말했다. "그런데 여기 근처에 짓다 만 레이더 기지가 있지? 오는 길에 차에서 봤는데."

"바로 옆에 있어. 들판을 지나다보면 숲을 통과하는 길이 시작될 거야. 철조망 담장이 보이면 그걸 따라가. 3킬로미터쯤. 왜, 거길 돌아다녀보고 싶어?"

타타르스키가 고개를 끄덕였다.

"모르겠다, 모르겠어." 기레예프가 말했다. "광대버섯에 취하면 가능할 수도 있겠지. 노인들 말로는 거기가 안 좋은 장소라던데. 그렇다고 모스크바 근교에서 어디 좋은 곳을 찾을 수 있을까마는!"

타타르스키는 문 앞에서 돌아서서 기레예프의 어깨를 껴안았다.

"이봐, 안드레이." 그가 말했다. "내 말이 감상적으로 들리길 원치는 않지만, 정말 고마워!"

"뭐가?" 기레예프가 물었다.

"가끔씩 평행 인생을 살게 해줘서 말이야. 이게 없었다면 현실의 내 삶은 정말 혐오스러웠을 거야!"

"음, 고마워." 기레예프가 시선을 돌리며 대답했다. "고마워."

그는 눈에 띄게 감동했다.

"행운을 빌어." 타타르스키는 이렇게 말하고 그 집을 떠났다.

타타르스키가 철조망 담장을 따라 30분 정도 걸었을 때 광대버섯의 효과가 나타나기 시작했다. 처음에는 떨림과 손가락의 기분 좋은 간질거림 같은 익숙한 증상이 나타났다. 그다음 길가 관목 숲 속에서 그가 한때 후세인이라고 생각했던, '모닥불 금지!' 글자가 쓰인 말뚝이 솟아올랐다. 예상대로 밝은 대낮에 보니 닮은 데라고는 찾아볼 수가 없었다. 그런데도 타타르스키는 새의 왕 세무르그 이야기가 생각나 약간의 향수를 느꼈다.

"세무르그, 시루프." 머릿속에서 익숙한 목소리가 말했다. "무슨 차이가 있는가? 표기가 다를 뿐. 그런데 너는 또 삼켰구나, 그렇지?"

'시작됐군.' 타타르스키는 생각했다. '짐승이 접근해 왔네.'

그러나 시루프는 탑까지 가는 길 내내 더는 모습을 드러내지 않았다. 지난번 타타르스키가 타고 넘어갔던 대문은 열려 있었다. 건설 현장에는 아무도 보이지 않았다. 트레일러 숙소는 잠겨 있었고, 보초가 사용하던 버섯 초소에 걸려 있던 전화기는 사라지고 없었다.

타타르스키는 별다른 사건 없이 건축물의 정상까지 올라갔다. 엘리베이터 탑 내부는 빈 병과 방 한가운데 있는 탁자 등 모든 것이 이전 그대로였다.

"자." 그는 큰 소리로 질문했다. "여신은 여기 어디 있는 거냐?"

대답은 없었고, 어딘가 아래쪽에서 가을 숲이 바람에 웅웅거리는 소리만이 들려왔다. 타타르스키는 벽에 기대어 눈을 감고 귀를 기울여보았다. 무슨 이유에서인지 그는 이것이 버드나무 소리라고 결론을 내리고, 언젠가 라디오에서 들었던 노래에서 '버드나무 숲에 사는 슬픔의 자매들'이라는 구절을 떠올렸다. 그러자 바로 그 순간 나무들의 조용한 속삭임 사이로 단편적인 여인들의 목소리가 들려오기 시작했다. 그 소리는 아주 오래전에 그에게 전해졌지만, 막다른 기억 속에서 길을 잃고 헤매던 말들의 메아리 같았다.

조용한 목소리들이 속삭였다. '그들은 친숙한 자신들의 세상에 짙은 어둠 외에는 아무것도 없다는 것을, 입구도 출구도, 오른쪽도 왼쪽도, 다섯도 열도 없다는 사실을 알고 있을까? 그들이 널리 알려졌다는 것을 아무도 모른다는 사실을 그들은 알고 있을까?'

'모든 것은 사람들이 생각하는 것과 정반대이다. 진실도 없고 거짓도 없고, 무한히 명료하고 순수하고 단순한 생각 하나만이 있을 뿐이다. 그 안에서 영혼은 물컵에 떨어진 잉크 방울처럼 소용돌이친다. 인간이 이 단순한 순수함 속에서 소용돌이치는 것을 멈출 때, 결코 어떠한 일도 일어나지 않으며, 삶은 그냥 오래전에 부서진 탑 창문에 걸린 커튼의 속삭임이라는 사실이 밝혀진다. 이 커튼의 바늘땀 하나하나는 위대한 여신이 자신들과 함께 있다고 생각한다. 그리고 여신은 사실 그들과 함께 있다.'

'친애하는 이여, 그대도 우리도 한때는 자유로웠는데, 도대체 무엇

때문에 이런 이상하고 추악한 세상을 만들어냈는가?'

"이걸 만든 게 나라고?" 타타르스키는 중얼거렸다.

아무도 대답하지 않았다. 타타르스키는 눈을 뜨고 문을 내려고 만든 구멍을 바라보았다. 숲 위로 천산(天山)처럼 구름이 걸려 있었다. 그 크기가 엄청나서 어린 시절 이후 잊고 있던 무한히 높은 하늘이 갑자기 다시 눈에 들어왔다. 구름의 한쪽 경사면에는 안개 사이로 탑처럼 보이는 좁은 원뿔이 돌출해 있었다. 타타르스키의 내부에서 뭔가가 부들부들 떨고 있었다. 그는 이 흰 산과 탑을 구성하는 무상한 하늘의 실체가 언젠가 자기 자신 안에도 있었다는 사실을 기억해냈다. 그리고 당시, 아마 그가 태어나지도 않았을 아주 오래전에는 그런 구름이 되거나 탑의 꼭대기까지 올라가는 것에 아무런 문제가 없었다. 그러나 삶은 이 이상한 실체를 영혼에서 몰아내는 데 성공했으며, 그래서 지금은 아주 잠깐만 기억해내고 바로 잊어버리는 정도로만 남아 있었다.

타타르스키는 탁자 아래 바닥이 짜 맞춘 널빤지로 덮여 있음을 알아차렸다. 그는 판자 사이 틈을 들여다보다가 여러 층에 걸쳐 깊게 파인 검은 구멍을 발견했다. '맞아.' 그는 기억해냈다. '이건 엘리베이터 수직갱이지. 여기는 렌더-서버가 있던 방과 같은 기계실이군. 기관총만 없다뿐이네.' 그는 탁자에 앉아 조심스럽게 발을 판자 위에 올려놓았다. 처음에는 발밑이 부서져서 오랜 시간 먼지 쌓인 바닥의 깊은 수직갱으로 판자와 함께 떨어질까 두려웠다. 그러나 판자는 두껍고 안전했다.

분명 누군가 이 방에 머무른 듯했고 그건 십중팔구 주변 노숙자일 터였다. 바닥에 방금 밟아 끈 담배꽁초가 뒹굴었고, 탁자 위에는 일주일치 방송편성표가 실린 신문지 조각이 놓여 있었다. 타타르스키는 거칠게 찢긴 단면 바로 위에 인쇄된 프로그램 제목을 읽어보았다:

0:00 황금의 방

'이게 대체 무슨 방송이지?' 그는 생각했다. '새로운 프로그램 같은데.' 그는 포갠 손 위에 턱을 괴고, 이전과 같은 위치에 걸려 있는 모래 위를 뛰어가는 여자의 사진을 응시했다. 밝은 대낮에 보니 습기 때문에 종이 위로 스며 나온 거품과 얼룩이 눈에 띄었다. 얼룩 하나는 여신의 얼굴로 곧장 이어져 있었는데, 밝은 대낮에 보니 얼굴이 비뚤어진 데다 마맛자국이 있고 늙어 보이기까지 했다. 타타르스키는 남은 보드카를 다 마시고 눈을 감았다.

짧은 꿈을 꾸었는데, 아주 이상한 내용이었다. 그는 햇빛을 받아 반짝이는 황금 조각상을 향해 모래사장을 걷고 있었다. 조각상은 아직 멀리 있었지만 머리와 팔이 없는 여자의 토르소라는 것은 알 수 있었다. 타타르스키와 나란히 기레예프를 등에 업은 시루프가 무거운 발걸음을 천천히 옮겼다. 시루프는 슬프고 일에 지친 당나귀처럼 보였고 등 뒤에 접힌 날개는 낡은 펠트 안장을 연상시켰다.

"광고 문구를 쓰는구나." 기레예프가 말했다. "그런데 너 가장 중요한 문구가 뭔지 알아? 가장 기본이라고도 할 수 있는 거."

"아니." 타타르스키는 황금의 광채 때문에 실눈을 뜨며 대답했다.

"내가 말해주지. 최후의 심판이라는 말 들어봤겠지?"

"들어봤어."

"사실 거기엔 두려울 게 없어. 심판은 이미 오래전에 시작됐고, 우리에게 일어나는 일들은 모두 수사 재현 같은 것에 불과하다는 사실 외에는 말이야. 생각해봐. 신이 자기 앞에 서 있는 한 영혼을 시험하기 위해서 몇 초 만에 무(無)에서 영원성과 무한성을 가진 이 온 세상을 창조하는 일이 과연 어려웠을까?"

"안드레이." 타타르스키는 등자에 걸친 뒤꿈치가 닳은 그의 슬리퍼를 곁눈질하며 대답했다. "이제 그만해, 응? 직장에서만도 충분히 힘들어. 최소한 너까지 그러지는 말아줘."

황금의 방

타타르스키가 눈가리개를 벗었을 때, 그는 완전히 얼어 있었다. 특히 돌바닥에 맨발로 서 있어서 너무 추웠다. 눈을 뜬 그는 자신이 극장 로비 비슷한, 아주 넓은 방의 문 앞에 서 있다는 것을 깨달았다. 홀에서는 스탠딩 파티 비슷한 것이 열리고 있었다. 그가 바로 알아차린 이상한 점 한 가지는 노란색의 돌벽에 창문이 하나도 없다는 사실이었다. 대신 한쪽 벽면이 거울이었고, 거기 비친 선명한 할로겐램프로 인해 홀이 실제보다 훨씬 커 보였다. 사람들은 조용히 대화를 나누거나 벽에 붙은 종이에 타이핑된 내용을 세심히 살펴보고 있었다. 타타르스키가 문 앞에 완전히 벌거벗은 채로 있는데도 사람들은 특별히 주의를 기울이지 않았다. 두세 명 정도가 무심하게 쳐다봤을 뿐이었다. 타타르스키는 실제로 홀에 있는 사람 모두를 텔레비전에서 여러 번 봤지만, 샴페인 잔을 들고 벽 쪽에 서 있는 파르수크 세이풀파르세이킨을 제외하면 개인적으로 한 사람도 알지 못했다. 그 밖에 중년의 플레이보이 두 명과 대화를 나누는 중인 아자돕스키의 비서 알라를 알아보았다. 늘어뜨린 희끗희끗한 금발 때문에 약간은 죄 많은 메두사처럼 보였다. 사람들 틈에서 모르코빈의 체크무늬 재킷이 어른거린 것 같았지만, 타타르스키는 그를 바로 시야에서 놓치고 말았다.

"가고 있어, 가고 있다고." 아자돕스키의 목소리가 들리더니 안쪽의 어느 방으로 이어지는 통로에서 그가 나타났다. "왔나? 그런데 왜 문 앞에 서 있지? 들어오게, 안 잡아먹을 테니."

타타르스키는 그를 향해 다가갔다. 그에게서 포도주 냄새가 났다.

할로겐 불빛 아래에서 아자돕스키의 얼굴은 지쳐 보였다.

"여기가 어딘가요?" 타타르스키가 물었다.

"오스탄키노 연못 근처, 대략 지하 100미터쯤 되는 곳이라네. 눈가리개나 그 밖의 것들에 대해서는 미안하네. 의식 전의 절차가 그래. 빌어먹을 전통이라니. 두렵나?"

타타르스키가 고개를 끄덕이자 아자돕스키는 만족스럽게 웃기 시작했다.

"신경 쓰지 말게." 그가 말했다. "이게 다 허튼수작이니. 잠깐 돌아다니면서 새로운 수집품들을 구경하게나. 걸어놓은 지 이틀 됐다네. 나는 지금 두 가지 중요한 약속이 있어서."

그는 손을 들어 손가락으로 딱 소리를 내며 비서를 불렀다.

"여기 알라가 자네에게 설명해줄 거야. 이 사람은 바반 타타르스키. 아는 사이인가? 그에게 여기 모든 것을 보여주도록, 알았지?"

타타르스키는 비서와 단 둘이 남겨졌다.

"어디부터 관람을 시작할까요?" 그녀가 미소를 지으며 물었다.

"여기부터 시작하지요." 타타르스키가 말했다. "그런데 수집품은 어디 있습니까?"

"바로 저기예요." 비서가 벽 쪽을 고갯짓하며 말했다. "이건 스페인 수집품이에요. 위대한 스페인 예술가 중 누구를 가장 좋아하세요?"

"그러니까……" 타타르스키는 적당한 이름을 기억해내려 긴장하면서 말했다. "벨라스케스를 좋아합니다."

"저도 그 노인 작품에 넋을 잃곤 해요." 비서는 이렇게 말하며 차가운 녹색 눈으로 그를 쳐다보았다. "저라면 그를 붓을 든 세르반테스라고 부르겠어요."

그녀는 조심스럽게 타타르스키의 팔꿈치를 잡고 그의 맨 다리를 자신의 높은 엉덩이로 살짝 건드리면서, 가장 가까운 벽에 붙은 종이를 향해 그를 데려갔다. 타타르스키는 종이에 적힌 두 단락의 설명과 파란색 직인을 보았다. 비서는 작은 활자를 읽기 위해 근시처럼 그쪽으로 몸을 숙였다.

"네, 이게 바로 그 유화네요. 스페인 왕녀 초상화 중 거의 알려지지 않은 장미색 버전이지요. 여기 오펜하임 앤드 래들러 사가 발행한 공증서를 보세요. 이 그림을 개인 수집가에게 1700만 달러에 구입했다는 걸 증명하는 거예요."

타타르스키는 놀란 표정을 짓지 않기로 마음먹었다. 사실 자신이 놀랐는지 아닌지도 분명하게 알지 못했다.

"그럼 이건요?" 그는 작품 설명과 직인이 찍힌 그 옆의 종이를 가리키면서 물었다.

"아." 알라가 말했다. "그건 우리 보물이에요. 고야 작품인데, 부채를 들고 정원에 서 있는 마야를 그린 거죠. 카스티야의 한 작은 미술관에서 구했어요. 마찬가지로 오펜하임 앤드 래들러 사가 850만 달러 가격을 보증했고요. 정말 놀랍지요."

"네." 타타르스키가 말했다. "그렇군요. 하지만 솔직히 말하면 저는 회화보다는 조각을 훨씬 좋아한답니다."

"물론 그러시겠죠." 비서가 말했다. "3D 작업에 익숙해서 그런 거겠죠?"

타타르스키는 묻는 듯한 표정으로 그녀를 바라보았다.

"저, 3차원 그래픽 말이에요. 더미를 가지고 하는……"

"아." 타타르스키가 말했다. "그 얘기였군요. 네, 그런 일을 하며 지내는 데 익숙해져 있어서요."

"여기 조각 작품이 있어요." 비서는 이렇게 말하며 타타르스키를 다른 것들보다 설명이 좀 더 많은 새로운 종이를 향해 끌고 갔다. "이건 피카소예요. 달리는 여자의 도자기상이죠. 그다지 피카소 작품 같지 않다고 하겠죠? 맞아요. 포스트큐비즘 시기에 만들어져서 그래요. 거의 1300만 달러인데, 상상이 되세요?"

"그런데 조각상은 어디 있나요?"

"저도 몰라요." 비서가 어깨를 으쓱했다. "아마 어딘가 창고에 있겠죠. 어떻게 생겼는지 보고 싶으면 저기 탁자 위에 카탈로그 있어요."

"조각상이 어디 있건 무슨 상관인가?"

그는 뒤를 돌아보았다. 어느새 아자돕스키가 다가와 있었다.

"뭐 별로 상관은 없지만." 타타르스키가 말했다. "솔직히 말씀드려서 이런 유형의 수집품은 처음 접해서요."

"이게 요즘의 디자인 경향이에요." 비서가 말했다. "통화(通貨) 미니멀리즘이지요. 어쨌든 우리 러시아에서 탄생한 거예요."

"계속 돌아다니도록 해." 아자돕스키는 비서에게 이렇게 말하고 타타르스키에게로 돌아섰다. "맘에 드나?"

"흥미롭군요. 다만 이해는 잘 안 됩니다."

"그렇다면 내가 설명해주지." 아자돕스키가 말했다. "이 빌어먹을 스페인 수집품들은 가격이 2억 달러쯤 하네. 그것 말고도 미술 전문가한테 10만 달러가 나갔고. 이 자리에 어떤 그림이 어울리고 어떤 그림이 안 어울리는지, 어떤 순서로 전시해야 하는지 등에 대한 자문료였다네. 화물 운송장에 적힌 건 모두 사들였지. 하지만 이 그림이나 조각들, 그 밖에도 태피스트리나 갑옷 같은 것도 있는데, 이것들을 전부 가져다놓으면 여기는 지나갈 자리도 없을 거야. 먼지만으로도 질식할 걸세. 그리고 그다음에는…… 솔직히 말해, 음, 이 그림들을 한 번이나 두 번 보고 나면 다음에 뭐가 새로운 게 보이겠나?"

"아무것도 안 보이겠지요."

"바로 그거야. 그러면 뭣 때문에 움켜쥐고 있겠나? 내 생각에는 이 피카소도 완전 머저리야."

"저는 그 점에는 완전히 동의하지 않습니다." 타타르스키는 침을 꿀꺽 삼키며 말했다. "아니, 좀 더 정확하게 말하자면 동의는 합니다만 포스트큐비즘 시기 이후부터입니다."

"자네가 영리하다는 건 알겠네." 아자돕스키가 말했다. "하지만 나는 이해가 안 돼. 대체 이게 뭐에 필요한가? 일주일 후면 프랑스 수집품들이 올 텐데. 자, 한번 생각해보게. 자네가 어떤 수집품들을 구분해놓았어. 그런데 일주일 후에 그걸 치워버리고 또 다른 수집품을 걸어야 해. 그럼 그걸 또다시 구분해야 하나? 무엇 때문에?"

타타르스키는 대답할 말을 찾지 못했다.

"내 말이 바로 그거야, 이유가 없다는 것." 아자돕스키가 단언했다. "좋아, 가지. 시작할 시간이 됐네. 나중에 여기로 다시 돌아올 거야. 샴페인을 마실 거거든."

그는 방향을 바꾸어 거울 벽 쪽으로 다가갔다. 타타르스키가 뒤를 따랐다. 아자돕스키가 벽을 손으로 건드리자 수직으로 열을 지어 서 있던 사각형의 거울들이 그에게 불빛을 반사하며 축을 중심으로 소리 없이 돌아갔다. 뒤쪽으로 나타난 구멍을 통해 대충 깎은 돌을 쌓아 만든 복도가 보였다.

"들어가게나." 아자돕스키가 말했다. "천장이 낮으니 고개만 좀 숙이고."

복도로 들어서자 습기 때문에 더 춥게 느껴졌다. '언제쯤 입을 옷을 줄까?' 하고 그는 생각했다. 복도는 길었다. 하지만 타타르스키는 복도가 어디로 이어지는지는 알 수 없었다. 어두웠기 때문이다. 가끔씩 발바닥에 날카로운 돌이 밟힐 때마다 그는 고통으로 얼굴을 찌푸렸다. 마침내 앞쪽에 불빛이 보이기 시작했다.

두 사람은 벽널로 테두리를 댄 작은 방으로 나왔고, 타타르스키에게 그 방은 헬스장의 탈의실을 연상시켰다. 그리고 실제로 탈의실이 맞았다. 벽 쪽의 로커와 옷걸이에 걸린 재킷 두 벌이 그 사실을 증명해주었다. 그중 하나는 사샤 블로의 재킷 같았지만, 타타르스키는 완전히 확신하지는 못했다. 그는 다양한 재킷을 너무 많이 가지고 있었다. 탈의실에는 출구가 하나 더 있었다. 황금 명판이 달린 검은색 나무문이었는데, 명판 위에는 톱니 비슷한 들쭉날쭉한 선이 새겨져 있었다. 타타르스키는 학교를 다닐 때 배웠던 이집트 상형문자 '빨리'가 이렇게 생겼다는 것을 아직 기억하고 있었다. 단순히 이 글자에 얽힌 재미있는 이야기 때문에 기억하는 것이긴 했다. 선생님의 설명에 따르면 고대 이집트인들은 모든 일을 아주 천천히 했으며, 따라서 가장 위대하고 강력한 파라오의 묘비에서 '빨리'를 뜻하는 짧은 톱니 모양의 선은 아주 길어졌고 '아주 아주 빨리'를 뜻하는 단어는 몇 줄에 걸쳐 쓰이기까지 했다는 이야기였다.

세면대 주변에는 미지의 관리 기관에서 내려온 지시문처럼 보이는, 타이핑된 글과 직인이 찍힌 종이 세 장이 걸려 있었다(하지만 타타르스키는 이것이 지시문이 아니라 분명 스페인 수집품의 일부이리라고 추측했다). 한쪽 벽은 번호가 붙은 작은 칸으로 나뉜 선반이 차지했고, 각 칸에는 청동 거울과 함께 아자돕스키의 손님 대기실에서 본 것과 똑같은 황금 가면이 들어 있었다.

"왜?" 아자돕스키가 재킷 단추를 끄르면서 물었다. "묻고 싶은 게 있나?"

"여기 벽에 붙은 종이는 뭔가요?" 타타르스키가 물었다. "역시 스페인 수집품입니까?"

아자돕스키는 대답 대신 휴대전화를 꺼내더니 위쪽에 단 하나 있는 버튼을 눌렀다.

"알라." 그가 말했다. "여기 질문이 좀 있는데." 그는 타타르스키에게 전화기를 건네주었다.

"여보세요." 전화기에서 알라의 목소리가 들려왔다.

"탈의실에 있는 게 뭔지 그녀에게 물어보게." 아자돕스키는 티셔츠를 벗으며 말했다. "나는 자꾸 잊어버려서 말이야."

"안녕하세요." 타타르스키가 당황하며 말을 하기 시작했다. "저 다시 타타르스키입니다. 탈의실에 있는 진열품이 뭔지 설명해주시겠어요. 이게 뭔가요?"

"그건 굉장히 특별한 진열품인데요." 비서가 말했다. "전화로는 말씀드릴 수가 없어요."

타타르스키는 손으로 전화기를 막았다.

"전화로는 말할 수가 없다는데요."

"내가 허락했다고 하게."

"그분이 허락했습니다!" 타타르스키가 말을 전했다.

"그럼 좋아요." 비서는 한숨을 쉬었다. "번호 1. 바빌론에서 출토된 이슈타르 문의 부속들—사자와 시루프. 공식 보관 장소—대영 박물관. 독립 전문가 그룹을 통해 인증받음. 번호 2. 사자, 벽돌과 에나멜로 형상화한 부조. 행진로, 바빌론. 공식 보관 장소—대영 박물관. 독립 전문가 그룹을 통해 인증받음. 번호 3. 에비흐 일, 마리*의 고관. 공식 보관 장소—루브르……"

"에비흐 일?" 타타르스키는 되물으며 언젠가 루브르 박물관에 있

* 바빌론의 함무라비 왕에 의해 멸망한 고대 수메르의 도시국가.

는 이 조각상을 사진에서 본 적이 있음을 기억해냈다. 수천 년 전에 만들어진 것으로, 빛나는 흰색 돌에 작고 교활한 인간의 모습을 조각한 것이었다. 얼굴에는 수염이 나 있고, 짧은 승마바지 비슷한 이상하게 부푼 스커트를 입고 있었다.

"그건 내가 특히 좋아하는 거라네." 아자돕스키가 바지를 내리며 말했다. "그자는 아마도 매일 아침 잠에서 깨어 '만인의 에비흐 일이여'라고 말했을 거야. 그래서 일생을 혼자 살았던 거지. 나하고 똑같이."

그는 로커를 열고 깃털인지 부풀린 양모인지로 만든 스커트 두 벌을 꺼냈다. 하나는 타타르스키에게 던져주고 다른 하나는 자신의 붉은색 캘빈 클라인 팬티 위에 입었는데, 그 때문에 금방 먹이를 너무 많이 먹은 타조처럼 변했다.

"전화는 이리 주게." 아자돕스키가 말했다. "뭘 기다리나? 옷을 갈아입게. 그러고 나서 그 쇳조각들을 들고 들어와. 어떤 세트를 골라도 되지만, 단 크기가 주둥이에 맞아야 하네."

아자돕스키는 선반에서 가면과 거울을 집어들어 두 개를 서로 짤그랑거리며 부딪혀보고는 가면을 얼굴에 대고 눈구멍을 통해 타타르스키를 쳐다보았다. 베네치아 카니발의 가장행렬에서 튀어나온 것 같은 천상의 아름다움을 지닌 작은 황금 얼굴은 그의 붉은색 머리카락과 원통형의 몸에는 어울리지 않았고, 타타르스키는 그런 그의 모습에 겁을 집어먹었다. 자신이 연출한 효과에 만족한 아자돕스키는 소리 내어 웃으며 문을 열고 황금빛 광선 속으로 사라졌다.

타타르스키는 옷을 갈아입기 시작했다. 아자돕스키가 건네준 스커트는 털이 긴 양가죽 조각을 붙여 꿰맨 후 아디다스 나일론 반바지 위에 덧댄 것이었다. 그는 간신히 스커트를 몸에 걸치고(에비흐 일의 조각상을 보지 않았다면 고대 메소포타미아 사람들이 실제로 이와 비슷한 것을 입고 다녔다는 사실을 믿지 않았을 터였다) 가면을 얼굴에 힘껏 눌러쓰고 손에 거울을 들었다. 금과 청동은 의심할 여지없이 진짜였다. 그건 무게로도 분명히 알 수 있었다. 타타르스키는 차가운 물에 뛰어들기 직전처럼 숨을 들이마시고 톱니 모양 표시가 있는 문을 밀어젖혔다.

방으로 들어선 그는 스튜디오 조명을 받은 벽과 바닥의 황금빛 광채에 눈이 멀 것 같았다. 판금을 덧댄 벽은 위로 갈수록 완만하게 좁아지는 원뿔 형태로, 천장에 금박을 입힌 텅 빈 교회의 둥근 지붕과도 비슷해 보였다. 문 반대쪽에는 제단이 자리 잡고 있었다. 에나멜 각막과 유리 동공으로 된 거대한 수정 눈알이 놓인 사각형의 황금 대좌였다. 제단 앞쪽 바닥에는 황금 성배가 놓여 있었고, 양옆으로는 채색과 도금을 하고 남은 재료들이 뒤덮인 시루프 석상이 솟아 있었다. 눈 위에는 아주 오래돼 보이는 검은색 현무암 석판이 매달려 있었다. 그 한가운데 이집트 상형문자 '빨리'가 새겨져 있었고 주변으로 이해하기 힘든 형상들이 자리하고 있었다. 타타르스키는 그중 다리가 다섯 개 달린 이상한 개와, 손에 성배를 들고 침대의자 비슷한 곳에 누워 있는 높은 왕관을 쓴 여자를 알아보았다. 석판 가장자리에 기분 나쁘게 생긴 네 마리 짐승이 묘사되어 있었으며, 개와 여자 사이로는 어떤 식물이 땅에서 자라나 있었다. 끈끈이주걱과 비슷했지만 무슨 이유에선지 뿌리가 세 개의 긴 가지로 나뉘어 있었고, 각각의 가지에는 이해할 수 없는 표식이 있었다. 이 외에도 커다란 눈과 귀가 그려져 있고 나머지 부분에는 쐐기문자가 빽빽이 새겨져 있었다.

아자돕스키는 황금 가면과 스커트, 붉은색 욕실 슬리퍼 차림으로 제단에서 멀지 않은 접의자에 앉아 있었다. 거울은 무릎 위에 있었다. 방 안에는 그 외에는 아무도 보이지 않았다.

"여기!" 아자돕스키가 커다란 손가락을 위로 들며 말했다. "근사한데. 왜, 두려운가? 우리를 배신하고 갈 생각일랑 하지 말게. 여기 우리도 멍청하진 않으니까. 개인적으로 나는 전혀 상관없네만, 자네가 우리와 같이 일할 거라면 이 과정을 꼭 거쳐야 한다네. 간단히 말해서, 지금부터 내가 개략적으로 설명할 텐데, 만약 더 자세하게 알고 싶으면 우리 대표에게 물어보게나, 이제 올 거야. 자네한테 무엇보다 중요한 건 모든 것을 대할 때 좀 더 단순해지고 침착해지는 걸세. 소년단 캠프에 가본 적 있나?"

"가봤습니다." 타타르스키는 이렇게 대답하며 속으로는 '대표'라는 말에 주의를 기울였다.

"자네 때도 넵투누스의 날이 있었나? 사람들을 모두 물에 빠뜨리는 날?"

"있었습니다."

"이제 하려는 일을 넵투누스의 날에 하던 것과 같다고 생각하게. 전통이지. 간단히 말해서, 언젠가 어떤 고대의 여신이 있었네. 내 말은 여신이 실제로 존재했다는 게 아니라 그냥 그런 전설이 있다는 거야. 이 이야기에 따르면 신들도 보통 사람과 똑같이 죽을 운명이고 자신의 죽음을 지고 다녔다고 해. 따라서 이 여신도 자신의 기한이 다

되었을 때 죽어야만 했지. 하지만 당연한 말이네만 그녀도 죽음을 원하진 않았어. 그래서 여신은 그때 그녀의 죽음과 죽음을 원하지 않는 그녀로 분열된 거지. 그림에 있는데, 보이나?"

아자돕스키는 손가락으로 부조 조각 쪽을 가리켰다.

"바로 저 개가 그녀의 죽음이네. 샤코*를 쓴 여인이 그녀 자신이고. 간단히 말해서, 이제부터는 말 가로막지 말고 듣기만 하게, 나도 완전히 이해하지는 못했어. 그들이 분리되었을 때 둘 사이에서 바로 전쟁이 시작됐고, 오랫동안 어느 쪽도 승리할 수가 없었지. 이 전쟁의 마지막 전투가 오스탄키노 연못 바로 위, 즉 우리가 지금 서 있는 이곳, 다만 땅 위가 아니라 저 높은 공중에서 벌어졌다네. 그래서 지금 이곳이 성지가 된 거지. 처음 오랫동안은 어느 쪽도 전투에서 승리하지 못했지만 점차 개가 여신을 제압하기 시작했어. 그러자 다른 신들이 깜짝 놀라서 전투에 개입했고 둘 사이를 중재했지. 바로 여기에 모든 것이 기록되어 있네. 평화협정 비슷한 건데, 세계의 네 방향에서 이 황소들을 증인으로 삼아……"

"그리핀입니다." 타타르스키가 상기시켜주었다.

"그래. 눈과 귀는 모두가 보고 있고 모두가 듣고 있다는 의미일세. 간단히 말해서, 이 협정에 따라 양쪽 모두 책임을 지게 된 거야. 여신은 그에 따라 육체를 잃고 순수한 개념이 되었지. 그녀는 황금이 되었는데, 실제 금속이 아니라 비유적인 의미에서네. 이해하겠나?"

"잘 모르겠습니다."

---

* 깃털 장식이 달린 원통형 군모.

"이상한 일도 아니지." 아자돕스키가 한숨을 쉬었다. "간단히 말해서 그녀는 모든 사람이 지향하는 그런 것이 되었지만, 이를테면 단순히 어딘가에 놓여 있는 금 무더기가 아니라 전체 금 일반이 되었다는 뜻이네. 그러니까 일종의 관념처럼."

"이제 이해했습니다."

"반면 그녀의 죽음은 다리 다섯 달린 절름발이 개가 되었고, 멀리 어느 북쪽 나라에서 영원히 잠들어야 했네. 그 나라가 어딘지는 벌써 짐작했을 거야. 저기 오른쪽에 개가 있는데, 보이나? 음경 대신 다리가 달린. 마당에서 저런 개와 마주치지 않기만 바랄 뿐이지."

"개의 이름이 뭔가요?" 타타르스키가 물었다.

"좋은 질문이군. 솔직히 말하면 나도 모른다네. 그런데 왜 물어보나?"

"뭔가 비슷한 내용을 읽은 적이 있습니다. 대학 논문집에 실린 어떤 논문에서요."

"정확히 어떤 내용이었지?"

"말하자면 깁니다." 타타르스키가 대답했다. "다 기억하지도 못하고요."

"무엇에 관한 논문이었나? 우리 사무소에 관한 것이었나?"

타타르스키는 보스가 농담을 한 것이라고 생각했다.

"아닙니다." 그가 말했다. "러시아 욕설에 관한 내용이었습니다. 논문에 따르면 상스러운 말들은 기독교 시대에 들어와서 욕이 되었을 뿐 그전에는 전혀 다른 의미를 가지고 있었고, 아주 오래전 고대 이교도 신들을 의미했다고 합니다. 이 신들 중에 다리 다섯 달린 저 절름발이 개 피즈데츠*도 있었습니다. 고대 문헌에서는 이 개를 강조부호와 함께 대문자 'P'로 표시했습니다. 전설에 따르면 개는 눈 속 어딘가에 잠들어 있다고 하는데, 그것이 자는 동안에는 삶이 어느 정도 순탄하게 흘러갑니다. 하지만 잠에서 깨어나면 공격을 시작하지요. 그런 이유로 우리 땅에서는 생산이 되지 않고 옐친이 대통령이 되는 등등의 일이 일어난 것입니다. 물론 그들은 옐친에 관해 잘 모르지만, 어쨌든 모든 것이 아주 유사합니다. 그리고 현대 러시아 문화에서 가장 가까운 개념은 아이들이 흔히 쓰는, '게임오베르'라는 단어라고 적혀 있었습니다. 영어의 '게임 오버'에서 온 말이지요."

"그래, 영어라는 건 나도 안다네." 아자돕스키가 말했다. "바보는 아니니까. 이해가 안 되는 건, 이 피즈데츠가 누구를 공격하느냐 하는 거지."

"특별히 누군가나 무언가를 공격하는 게 아니라 모두를 공격한다는 겁니다. 분명 그 때문에 나머지 신들이 개입했고요. 제가 이 개의 이름을 특별히 물어본 이유도 아마 이것이 초문화적인 원형일 거라고 생각했기 때문입니다. 그런데 여신의 이름은 뭔가요?"

"그녀에게는 이름이 없네." 뒤에서 목소리가 끼어들었고, 타타르스키는 뒤를 돌아보았다.

문 앞에 파르수크 세이풀 파르세이킨이 서 있었다. 그는 후드가 달린 긴 회색 망토 아래 황금의 가면을 번쩍이고 있었고, 타타르스키는 오직 목소리로만 그를 알아보았다. "그녀에게는 이름이 없네." 세이

* '말짱 꽝' 등의 뜻을 가진 러시아 속어.

풀 파르세이킨이 방 안으로 들어서며 다시 한 번 말했다. "언젠가 오래전에는 이슈타르라고 불렸지만 그 후로 이름이 여러 번 바뀌었지. '노 네임'이라는 브랜드 알지? 절름발이 개 이야기는 자네가 알고 있는 것과 같네. 나머지도 모두 제대로 말하더군."

"자, 파르수크, 이제 자네가 이 친구하고 이야기 좀 하게." 아자돕스키가 말했다. "사실 우리가 얘기해주지 않아도 모든 걸 알고 있지만."

"자네가 뭘 아는지 궁금한데." 파르세이킨이 질문했다.

"그냥," 타타르스키가 대답했다. "사소한 것들입니다. 예를 들어 여기 석판 가운데 있는 톱니 모양 기호 같은 거요. 그 뜻을 알고 있거든요."

"그래 어떤 뜻이지?"

"고대 이집트어로 '빨리'라는 뜻입니다."

파르세이킨이 웃기 시작했다.

"그래." 그가 말했다. "평범하지는 않군. 보통 새로 온 회원들은 이게 M&M 초콜릿이라고 생각하는데. 사실 이건 아주 오래되고 상당히 모호한 격언을 가리키는 상징일세. 그 격언이 존재했던 모든 고대의 언어들은 오래전에 사어가 되었고, 러시아어로는 번역조차 어렵지. 적당한 어휘가 없다보니 말이야. 하지만 영어로는 마셜 매클루언의 'The Medium is the Message(미디어는 메시지다)'라는 구절과 정확히 일치하네. 따라서 우리는 이 기호를 서로 결합된 두 개의 'M'으로 해독하지. 물론 우리만 그렇게 생각하는 건 아니야. 여기 제단들은 실리콘 그래픽스가 렌더-서버와 함께 제공한 것일세."

"그럼 이 석판은 진짜가 아닌가요?"

"무슨 소리. 완전히 진짜지." 파르세이킨이 대답했다. "3천 년 된 현무암일세. 만져봐도 되네. 다만 여기 이 그림이 항상 지금 의미하는 것과 같은 의미를 지녔는지는 확실하지 않아."

"여기 여신과 개 사이에 있는 끈끈이주걱은 뭡니까?"

"그건 끈끈이주걱이 아닐세. 삶의 나무야. 또한 위대한 여신의 상징이기도 한데, 왜냐하면 그녀의 근본 원리가 우리 영혼 안에서 꽃피우는 뿌리 세 개를 가진 나무이기 때문일세. 이 나무도 이름이 있지만 우리 협회의 가장 높은 입문 단계에서만 알 수 있다네."

"협회라는 건 뭡니까?" 타타르스키가 물었다. "회원들은 무슨 일을 하나요?"

"정말 모르는 것 같군. 우리 협회에서 일한 지 얼마나 됐지? 회원들은 모두 이 일을 하고 있는데."

"이름이 뭔가요?"

"언젠가 오래전에는 칼데아 길드라고 불렸지." 파르세이킨이 대답했다. "그러나 거기에 속해 있지 않고 소문만 들었던 사람들이 그렇게 불렀네. 우리 스스로는 '정원사 협회'라고 부르는데 우리 임무가 위대한 여신에게 삶을 주는 신성한 나무를 돌보는 일이기 때문이라네."

"협회는 오래전부터 존재해왔나요?"

"아주 오래전부터. 아틀란티스 시대에도 활동했다고 하는데, 우리는 간단하게 바빌론에서 이집트로, 그다음에 우리 쪽으로 넘어왔다고 생각하고 있네."

타타르스키는 얼굴에서 흘러내리는 가면을 고쳐 썼다.

"알겠습니다." 그가 말했다. "그러면 바벨탑 건설에도 참여한 건가요?"

"아니. 그건 절대 아니야. 우리는 건설 부서가 아니거든. 그저 위대한 여신의 종이지. 자네의 용어를 사용하자면 피즈데츠가 깨어나서 공격하지 못하도록 감독을 하는 것일세. 자네는 제대로 이해했더군. 나는 자네가 우리 러시아에 특별한 책임이 있음을 이해했다고 생각하네. 개는 바로 여기에 잠들어 있다네."

"정확히 어딘가요?"

"도처에." 파르세이킨이 대답했다. "그것이 눈 속에 잠들어 있다고 말할 때, 이건 은유일세. 하지만 이번 세기에 그 개가 몇 번이나 깨어날 뻔했다는 건 은유가 아니라네."

"그렇다면 왜 우리의 주파수는 계속 삭감되는 겁니까?"

파르세이킨이 두 팔을 벌렸다.

"인간의 경솔함이지." 그가 제단으로 다가가면서 황금 가면을 벗고 말했다. "눈앞의 이익, 근시안적인 상황 파악이거나. 하지만 완전히 삭감하는 일은 절대 없을 테니 겁먹지 말게. 그들도 주도면밀하게 주시하고 있거든. 자, 이제 이의가 없다면 의식으로 넘어가지."

그는 타타르스키에게로 다가와 어깨에 손을 얹었다.

"무릎을 꿇고 가면을 벗게."

타타르스키는 고분고분하게 바닥에 무릎을 꿇고 얼굴에서 가면을 벗었다. 파르세이킨은 손가락을 성배에 담갔다가 타타르스키의 이마에 축축한 지그재그를 그렸다.

"그대는 미디어고, 그대는 메시지다." 그가 말했다. 타타르스키는 자기 이마에 그려진 선이 이중의 'M'이라는 것을 깨달았다.

"이 액체는 뭔가요?" 그가 물었다.

"개의 피네. 상징적 의미는 설명 안 해도 되겠지?"

"네." 타타르스키가 바닥에서 일어서며 말했다. "제가 바보도 아니고, 뭔가 읽은 적도 있습니다. 다음은 뭐지요?"

"이제 자네는 신성한 눈을 들여다봐야 하네."

타타르스키는 무슨 이유에서인지 몸을 떨었고 아자돕스키가 그것을 눈치챘다.

"겁먹지 말게." 그가 끼어들었다. "이 눈을 통해 위대한 여신이 자신의 남편을 알아보는 거니까. 하지만 그녀에게는 이미 남편이 있으니 이건 그냥 형식적인 거네. 자네가 눈을 들여다보면 마르두크 신이 아니라는 것이 밝혀질 테고, 그러면 우리는 조용히 우리의 일을 계속하는 거지."

"마르두크는 어떤 신인데요?"

"음, 마르두크가 아닐지도." 아자돕스키가 스커트 속에서 말보로와 라이터를 꺼내며 말했다. "상관없어. 그냥 그렇다는 거지. 파르수크, 자네가 잘 설명해주게. 나는 진정한 남자의 세계로 떠날 테니까."

"이것 역시 신화의 핵심 요소일세." 파르세이킨이 말했다. "위대한 여신에게는 남편이 있었는데, 그 역시 신으로서 모든 신들 중에서도 가장 중심되는 신이었지. 여신은 그를 사랑의 묘약으로 취하게 했고 그는 자기 신전 꼭대기에 있는 성전에서 잠들었네. 하지만 그 또한 신이기 때문에 그의 꿈은 그러니까…… 음, 상황이 좀 혼란스럽기는 한데, 우리 모두와 심지어 여신까지 포함해서 온 세상은 분명 그가 꾸는 꿈이라는 거야. 위대한 여신은 계속해서 자기 꿈을 꾸어줄 사람을 찾고 있는데, 왜냐하면 그를 통해서만 자신의 삶을 얻을 수 있기 때문이지. 하지만 그를 찾을 수 없었기 때문에 여신은 자신이 선택한 상징적인 지상의 남편을 가지게 된 것이네."

타타르스키는 아자돕스키를 곁눈질했다. 그는 고개를 끄덕였고, 가면의 입 구멍을 통해 동그란 담배 연기 고리를 만들어냈다.

"짐작했겠지." 파르세이킨이 말했다. "지금은 그가 남편일세. 물론 아자돕스키로서는 다른 누군가가 신성한 눈을 들여다보는 순간이 상당히 긴장되겠지만, 아직은 모든 것이 괜찮다네. 자, 그럼."

타타르스키는 대좌 위에 있는 눈 앞에 다가가서 무릎을 꿇었다. 푸른색의 에나멜 각막은 가는 황금 테두리에 의해 동공과 분리되어 있었으며, 동공 자체는 어둡고 거울 같았다. 타타르스키는 그 안에서 자신의 일그러진 얼굴과 어두운 색 후드 망토를 입은 파르세이킨의 굴절된 형상, 아자돕스키의 부푼 무릎을 보았다.

"조명을 이쪽으로 돌려보게." 파르세이킨이 누군가에게 말했다. "이 상태로는 그가 못 알아볼 거야. 일생 동안 기억하게 해야지."

동공 위로 눈부신 광선이 떨어졌고, 타타르스키는 더 이상 자신의 반사된 모습을 보지 못했다. 대신 희미한 금빛 반짝거림이 나타났는데, 그것은 마치 방금 몇 분 동안 지는 태양을 보다가 눈을 감은 후에도 계속해서 신경말단을 따라 돌아다니는 빛의 흔적을 보는 것과 같았다. '그런데 내가 뭘 봐야 했던 거지?' 하고 그는 생각했다.

뒤쪽에서 갑자기 소란이 일었고 뭔가 무거운 금속이 바닥에 부딪혀 무겁게 쩔그렁거리며 쉰 목소리가 들려왔다. 타타르스키는 순간적으로 몸을 일으키고 제단에서 뛰어내려 뒤를 돌아보았다. 눈앞에 펼쳐진 장면이 너무나 비현실적이어서 그는 이것이 의식의 일부라고 생각하고 별로 놀라지도 않았다. 흰색의 부푼 스커트를 입고 황금 가면을 가슴에 늘어뜨린 사샤 블로와 말류타가 노란색 나일론 줄넘기 줄로 아자돕스키의 목을 조르고 있었다. 두 사람은 가능하면 그에게서 더 멀어지려고 애를 썼고, 아자돕스키는 양처럼 튀어나온 눈을 하고 양손으로 온 힘을 다해 가느다란 나일론 줄을 자기 쪽으로 잡아당겼다. 슬프게도 힘은 대등하지 않았다. 베인 손바닥에서 피가 흘러 노란색 줄을 물들였고, 그는 처음에는 무릎으로, 다음에는 배까지 쓰러지더니 결국 바닥에 떨어진 가면을 가슴으로 덮어버렸다. 타타르스키는 자신을 향한 아자돕스키의 눈 속에서 놀람과 망연자실함의 표정이 다른 어떤 것으로도 대체되지 않는 순간을 포착할 수 있었다. 그제야 그는 이것이 의식의 일부라 하더라도 아자돕스키에게는 전혀 예기치 못한 일이었음을 이해했다.

"이게 뭡니까? 무슨 일인가요?"

"침착하게." 파르세이킨이 말했다. "이제 아무 일도 없을 테니. 모든 일은 이미 일어났네."

"어째서?" 타타르스키가 물었다.

파르세이킨은 어깨를 으쓱했다.

"위대한 여신이 신분 낮은 자와의 결혼에 지쳤기 때문이지."

"어떻게 그걸 알지요?"

"아틀란타의 신성한 예언을 보면 우리 나라에서 이슈타르의 새로운 남편이 나타나리라는 신탁이 있었네. 아자돕스키와는 오래전부터 문제가 있었지만, 우리로서는 새로운 남편이 누군지 알아내는 데 시간이 오래 걸렸지. 우리가 아는 거라곤 도시 이름을 가진 남자라는 사실뿐이었어. 우리는 생각에 생각을 거듭하며 찾아다녔고 그럴 때 갑자기 제1부서에서 자네 이력서를 가져온 거야. 모든 게 들어맞았어. 자네가 바로 그 사람이네."

"제가요???"

파르세이킨은 대답 대신 사샤 블로와 말류타에게 신호를 보냈다. 그들은 아자돕스키의 시체 쪽으로 다가가 그의 다리를 잡고 제단이 있는 방에서 탈의실로 질질 끌고 갔다.

"제가요?" 타타르스키는 다시 물었다. "하지만 왜 저인가요?"

"모르네. 자네 자신에게 물어보게. 어떤 까닭이건 여신은 나를 택하지는 않았으니. 그런데 과연 어떻게 들릴까, 이름을 버린 사람이라……"

"이름을 버리다니요?"

"나는 볼가 독일인*이네. 대학을 막 졸업했을 때 방송사에서 워싱턴 특파원으로 얼간이 짓을 좀 하라는 지시가 내려오더군. 나는 콤소몰 서기였기 때문에 미국 파견 1순위였지. 그때 KGB에서 내 이름도 바꿔버렸네. 어쨌든 이건 중요하지 않아. 선택된 건 자네니까."

"당신이라면 동의하시겠습니까?"

"왜 아니겠나. 얼마나 듣기 좋아, 위대한 여신의 남편이라! 순전히 의식과 관련된 지위일 뿐, 의무는 전혀 없고 가능성은 엄청난데. 뭐든

---

* 볼가 강 남쪽 사라토프에 거주하는 독일계 소수 민족. 독일이 소련을 침공한 이후 스탈린에 의해 숙청당하며 많은 수가 외국으로 이주했다.

가능하다고 할 수 있지. 하지만 물론 모든 것은 자네 상상력에 달려 있다네. 저 고인의 경우에는 청소부가 매일 아침 양동이에 든 코카인을 카펫에 뿌려줬지. 음, 다차도 짓고, 무슨 그림 같은 것들도 상당히 사들였네만…… 더는 아무것도 생각해내지 못했어. 내가 말했다시피 신분 낮은 자와의 결혼이었던 거야."

"제가 거부할 수도 있나요?"

"아마 안 될걸." 파르세이킨이 말했다.

타타르스키는 열린 문 뒤에서 뭔가 이상한 일이 벌어지는 것을 보았다. 말류타와 사샤 블로가 커다란 녹색 구 모양의 컨테이너 속에 아자돕스키를 밀어넣고 있었다. 부자연스럽게 꺾인 몸은 이미 그 안으로 들어갔지만, 붉은색 슬리퍼를 신은 털북숭이 발은 좀처럼 들어가려 하지 않고 열린 뚜껑 위로 툭 튀어나와 있었다.

"저 구는 뭔가요?"

"여기 복도가 길고 좁아서." 파르세이킨이 대답했다. "옮기기가 번거롭거든. 굴려서 가면 아주 편하다네. 거리로 굴리고 나가도 아무도 질문을 안 하고. 세묜 벨린이 죽기 전에 고안한 것이네. 대단한 디자이너였는데…… 저 멍청이 때문에 죽었잖나. 세묜이 이걸 봤으면 하는 생각이 간절하군!"

"그런데 왜 녹색이죠?"

"모르겠네. 무슨 상관인가. 바반, 모든 것에서 상징적인 의미를 찾으려 하지는 말게. 찾고 나면 불행을 초래할 수도 있어."

탈의실에서 조용하게 부서지는 소리가 들려왔고, 타타르스키는 얼굴을 찌푸렸다.

"저도 언젠가는 목이 졸리겠지요?" 그가 물었다.

파르세이킨은 어깨를 으쓱했다.

"자네도 이해했다시피 위대한 여신의 남편은 가끔씩 교체된다네. 하지만 이것도 일의 한 부분이야. 불손해지지만 않으면 늙을 때까지 충분히 끌고 갈 수 있네. 심지어 연금까지 받고 나갈 수도 있지. 중요한 건, 뭔가 미심쩍다 싶으면 바로 나를 찾아오라는 것이네. 그리고 내 충고를 듣게. 첫번째 충고는 이걸세. 아자돕스키의 사무실로 이사하면 코카인에 찌든 카펫부터 치우게. 안 그러면 온 도시에 소문이 돌아 아무 상관없는 인간들까지 한번 만나자고 몰려들 테니. 우리가 왜 그래야 하겠나?"

"카펫은 치우겠습니다. 그런데 제가 그의 사무실로 옮기는 걸 다른 사람들에게 어떻게 설명하지요?"

"아무것도 설명할 필요 없네. 모두들 스스로 이해할 테니. 그렇지 않은 사람들은 우리가 데리고 있질 않지."

이미 옷을 갈아입은 말류타가 탈의실에서 그들을 내다보았다. 그는 잠시 타타르스키를 향해 시선을 들었다가 바로 고개를 돌리고 파르세이킨에게 아자돕스키의 휴대전화를 건네주었다.

"굴려서 나갈까요?" 그가 사무적으로 질문했다.

"아니." 파르세이킨이 말했다. "뚜껑을 막아야지. 무슨 그런 바보 같은 질문을 하나?"

긴 복도에서 들려오는 금속성 울림이 잠잠해지기를 기다렸다가 타타르스키가 조용히 물어보았다.

"파르수크 카를로비치, 제게만 몰래 말씀해주세요."

"뭘 말인가?"

"실제로 이 모든 걸 지배하는 사람은 누군가요?"

"자네에게 충고 하나 하지. 쓸데없이 참견하지 말게." 파르세이킨이 말했다. "그래야 살아 있는 신으로 더 오래 살 수 있을 거야. 그리고 솔직히 말하면 나도 모르네. 벌써 오랜 시간 이 사업에 몸담고 있지만."

그는 제단 뒤쪽 벽으로 다가가 숨겨져 있던 작은 문을 열쇠로 열고 몸을 숙여 안으로 들어갔다. 문 너머에서 불이 켜졌고, 타타르스키는 반투명 유리로 된 두 개의 수직 실린더가 양쪽 끝에 매달린, 펼쳐놓은 검은색 책처럼 생긴 커다란 기계를 보았다. 타타르스키 쪽의 검은 평면 위에 '컴퓨웨어'라는 흰색 글자와 함께 익숙지 않은 상징이 있었고, 기계 앞에는 가죽끈과 고정기가 달린 치과 의자 비슷한 것이 놓여 있었다.

"이게 뭔가요?" 타타르스키가 물었다.

"3D 스캐너네."

"뭘 하는 건데요?"

"자네 이미지를 스캔하려고 하네."

"안 하면 안 되나요?"

"절대. 의식에 따르면 자네는 디지털화된 이후에야 비로소 위대한 여신의 남편이 되는 걸세. 말하자면 자네를 시각 이미지 시퀀스로 변환하는 거지."

"그러고 나서 그걸 광고나 방송에 모두 끼워넣는 건가요? 아자돕스키처럼요?"

"이것이 자네의 주요한 성례 기능이네. 여신에게는 실제로 육체가 없지만 그녀의 육체를 대체할 무언가는 있지. 자신의 육체적인 본성에 따라 그녀는 광고에 쓰이는 모든 이미지들의 총체가 되는 거야. 그녀는 시각 이미지 시퀀스를 매개로 자신을 드러내기 때문에 자네 역시 신과 비슷해지기 위해서는 변형되어야 해. 그렇게 되면 자네와 여신은 신비롭게 하나로 합쳐질 가능성을 얻게 되는 것이네. 사실 그녀의 남편이 되는 것은 바로 자네의 3D 모델이고, 자네 자신은 그러니까…… 섭정이나 뭐 그런 거지. 이리 오게."

그가 초조하게 몸을 웅크리자 파르세이킨이 웃기 시작했다.

"자, 겁먹지 말게. 스캔한다고 아픈 건 아니니까. 복사하는 것과 마찬가지인데, 단지 뚜껑만 덮지 않을 뿐이지…… 적어도 지금은 뚜껑을 닫지 않는다네…… 좋아, 농담일세, 농담이야. 좀 더 서두르지. 위에서 우리를 기다리고 있으니. 축하 파티, 말하자면 자네를 소개하는 자리야. 가까운 동료들과 함께 긴장을 풀 수 있을 걸세."

타타르스키는 마지막으로 현무암 석판 위의 개와 여신을 다시 한 번 쳐다보고 결심한 듯 파르세이킨이 기다리고 있는 문 안으로 뛰어들었다. 방은 벽과 천장이 흰색으로 칠해져 있고 거의 비어 있었다. 스캐너 외에 제어판이 놓인 책상과 벽 쪽에 놓인 전자제품 종이 상자 몇 개가 전부였다.

"파르수크 카를로비치, 세무르그라는 새에 관해 들어보셨나요?" 타타르스키는 의자에 앉아 팔을 팔걸이에 올려놓으며 물었다.

"아니. 그게 무슨 새인가?"

"그런 동방의 시가 있습니다." 타타르스키가 말했다. "저도 직접 읽은 것이 아니라 그냥 들었습니다. 서른 마리의 새가 자신들의 왕 세무르그를 찾아 날아갔다가 여러 가지 시련을 겪고서 마침내 '세무르그'라는 말이 '서른 마리의 새'를 뜻한다는 걸 알게 되는 내용이지요."

"그래서?" 파르세이킨이 검은색 플러그를 소켓에 꽂으면서 물었다.

"저, 그러니까," 타타르스키가 말했다. "저는 여기서 펩시를 선택한 우리 세대를 생각했던 것 같습니다. 당신도 젊은 시절 펩시를 선택하셨겠지요, 네?"

"달리 선택할 게 뭐 있었나." 파르세이킨은 제어판 위의 스위치를 올리며 중얼거렸다.

"저…… 상당히 무서운 생각 하나가 머릿속에 떠올랐습니다. 혹시 우리 모두는 여기 이 다리 다섯 달린 개가 아닐까요? 그리고 이제 우리가 공격하게 되는 것은 아닐까요?"

기계 조작에 몰두해 있던 파르세이킨은 이 말을 귓등으로 흘려버린 것이 분명했다.

"자," 그가 말했다. "이제 동작을 멈추고 눈도 깜박이지 말게. 준비됐나?"

타타르스키는 깊게 숨을 들이마셨다.

"준비됐습니다." 그가 말했다.

기계가 윙윙거리기 시작하자 가장자리를 따라 흰색의 반투명 램프가 눈부신 불빛을 쏟아냈다. 펼쳐진 책과 비슷한 구조물이 축을 중심으로 천천히 돌기 시작하며 타타르스키의 눈에 흰색 광선을 쏘아댔고, 그는 몇 초 동안 앞을 볼 수가 없었다.

"살아 있는 신께 인사드립니다." 파르세이킨이 엄숙하게 말했다.

타타르스키가 눈을 떴을 때 파르세이킨은 고개를 숙이고 의자 앞에 무릎을 꿇고 그에게 작은 검은색 물건을 건넸다. 아자돕스키의 전화기였다. 타타르스키는 조심스럽게 그것을 받아들고 주의 깊게 들여다보았다. 작고 평범한 필립스처럼 보였지만 황금 눈 모양의 버튼만 하나 있는 전화기였다. 타타르스키는 알라도 이 상황을 아는지 묻고 싶었지만 그러지 못했다. 파르세이킨이 고개를 숙인 채 일어서더니 출구까지 뒷걸음질 쳐 가서는 공손하게 문을 닫았기 때문이다.

타타르스키는 혼자 남겨졌다. 그는 의자에서 일어나 문으로 다가가 귀를 기울였다. 아무 소리도 들리지 않았다. 파르세이킨은 이미 탈의실로 간 것 같았다. 타타르스키는 멀찌감치 방 한쪽 구석으로 가서 조심스럽게 전화기의 버튼을 눌러보았다.

"여보세요." 그가 전화기에 대고 조용히 말했다. "여보세요!"

"살아 있는 신께 인사드립니다." 알라의 목소리가 응답했다. "오늘의 지시는 무엇인가요, 보스?"

"지금은 없소." 타타르스키는 자신이 아무런 노력 없이 새로운 역할을 수행하고 있다는 사실에 놀라며 대답했다. "지금은 없다고 했지만, 알라 어쨌든 몇 가지 있을 것 같군. 첫째, 사무실에 있는 카펫을 걷어내주시오. 지겨워졌소. 둘째, 오늘부터 구내식당에는 코카콜라만 두고 펩시는 절대로 두지 마시오. 셋째, 말류타는 더 이상 우리와 일하지 않을 거요…… 개의 다섯번째 다리처럼 우리에게는 필요 없는 인물이니까. 다른 사람 시나리오를 망치기나 하고 그걸로 돈을 받고 있으니…… 그리고 알로츠카, 한 가지 기억해둘 것은, 내가 무슨 말을 하면 '왜'냐고 묻지 말고 그냥 받아 적으시오. 알겠소? 그래, 좋아요."

대화를 마친 타타르스키는 전화기를 벨트에 차려고 했지만 에비흐일의 양모 스커트가 너무 두꺼웠다. 그는 잠시 동안 전화기를 어디에 집어넣을까 고민하다가 할 말이 더 있다는 생각이 떠올라 황금의 눈을 다시 눌렀다.

"그리고 한 가지 더." 그가 말했다. "완전히 잊고 있었군. 로스트로포비치를 돌봐주시오."

투보르 맨

바빌렌 타타르스키의 3D 분신은 화면에 수없이 모습을 드러냈지만, 타타르스키 자신은 밝은 날은 꿈처럼 빨리 지나간다는 말을 떠올리며 몇 개의 필름만 반복해서 보기를 좋아했다. 첫번째는 유명한 사업가이자 정치가인 보리스 베레좁스키를 제거한 공로로 상을 받은 러시아 연방보안국 요원들의 기자회견 필름이었다. 여기서 타타르스키는 얼굴을 다 가리는 검은 마스크를 쓰고 마이크가 빽빽이 들어찬 탁자 뒤 가장 왼쪽에 서 있다. 두번째는 자기 집 현관 앞에서 이상한 상황에서 줄넘기 줄에 목이 졸려 살해된 TV 평론가 파르수크 세이풀 파르세이킨의 장례식 필름이었다. 검은 선글라스를 쓰고 소매에 검은색 상장을 두른 타타르스키가 슬픔에 잠긴 미망인에게 키스를 하고 반쯤 메운 그의 무덤에 녹색 당구공을 던져넣고 있었다. 그다음 필름에서 보여주는 사건은 좀처럼 이해가 되지 않았다. 그것은 미국 군사 수송기 '헤라클레스 C-130'이 한밤중에 붉은광장에 착륙해 짐을 내리는 장면을 몰래 카메라로 찍은 작전 필름이었다. 비행기에서 내리는 짐은 'Electronic Equipment(전자 장비)'라는 글자와 이상한 로고가 찍힌 여러 개의 종이 상자였다. 로고는 실리콘 보형물을 넣었을 때나 나올 법한 크기의 유선(乳腺)을 간단히 그린 것이었다. 경찰 진압대 복장을 한 타타르스키는 부동자세로 굳어 있었다. 타타르스키가 출연한 그다음 필름은 누구나 아는 것으로, 그는 헤드 앤드 숄더 샴푸의 기념비적인 광고에 붉은광장 고대(高臺) 위에 서 있는 스테판 라진*의 모습으로 출연했다 (광고 문구: 머리를 베고 나면 머리카락 때문에 울 일은 없다). 훨씬 덜 알려지기는 했지만 역시 붉은광장에서 찍은 광고가 있었는데, 페테르부르크 텔레비전에서 몇 번 방영된 적이 있는, 전 세계 모든 주요 신앙의 급진적 원리주의자들의 집회를 묘사한 코카콜라 광고였다. 온통 검은색으로 치장한 타타르스키는 뉴멕시코 앨버커키 출신의 복음 전도사 역할을 맡았다. 그는 펩시콜라 빈 캔을 미친 듯이 밟아 뭉갠 후 손을 들어 크렘린 벽을 가리키며 「시편」 14편의 한 구절을 읊었다:

하느님이 의인의 편이시니,
행악자가 두려워하고 또 두려워한다!

많은 사람이 그가 '가짜 보리스 2세' 보드카와 '카르미나 부라나'

---

* 17세기 러시아의 농민반란 지도자.

즉석 수프 광고에 나온 것을 기억했다. 그러나 타타르스키 자신은 어째서인지 그것들을 소장하고 있지 않았다. 소장품 목록에는 타타르스키가 자신의 대리인 모르코빈과 함께 찍은 유명한 모스크바 갭 체인점 광고도 없었다. 이 광고에서 모르코빈은 금실로 수놓은 청재킷을 입고 상점 진열장을 기웃거리고 있고, 군용 패딩 재킷을 입은 타타르스키는 '칸다하르에서는 더 대단했지!' 라고 소리치며 강화유리를 향해 벽돌을 던졌다. (광고 문구: Enjoy the Gap) 그러나 그가 가장 좋아한 필름은 텔레비전에 한 번도 나온 적이 없었다. 비서 알라가 귀띔해준 바에 따르면 이 광고를 본 다음에 그는 눈물까지 글썽거렸다고 했다.

이것은 'Sta, viator(멈추시오, 나그네여)' 라는 광고 문구(지역 텔레비전 방송국을 위해 '멈추시오, 비행사요?' 로 변형 가능) 아래 저 유명한 외로운 편력자 장면이 애니메이션으로 표현된, 채 완성되지 않은 투보르 맥주 광고였다. 흰색 셔츠의 가슴팍을 활짝 열어젖힌 타타르스키는 태양이 정점에 이른 먼지투성이 오솔길을 걸어가고 있다. 갑자기 머릿속에 한 가지 생각이 떠오른다. 그는 멈춰 서서 나무 울타리에 몸을 기대고 손수건으로 이마의 땀을 닦는다. 몇 초가 지나고, 주인공은 진정된 것처럼 보인다. 카메라를 향해 등을 돌리고 선 그는 손수건을 주머니에 넣고 가벼운 구름이 높게 걸려 있는 푸른 지평선을 향해 계속 걸어간다.

이 광고의 또 다른 버전으로 서른 명의 타타르스키가 차례로 길을 따라 걸어가는 광고가 만들어졌다는 소문도 있지만, 그것의 사실 여부를 확인할 가능성은 없어 보인다.

P세대— 펩시와 호모 자피엔스 세대

빅토르 펠레빈은 페레스트로이카 세대이자 러시아 포스트모더니즘을 대표하는 가장 뛰어난 작가 중의 한 사람이다. 단편과 장편을 넘나들며 그가 보여주는 다양한 예술 기법, 자유로운 상상력의 발현, 역사와 종교, 신화 등에 바탕을 둔 깊은 철학적 사유는 러시아 역사에서 가장 혼란한 시기를 살아낸 젊은 지식인의 삶과 문학에 대한 고뇌를 보여주고 있다. 그는 관습적인 사실주의 산문에서 벗어나 포스트모던적 예술 기법을 선호하는 경향이라든지, 철학적 문제나 종교적 관념, 신화와 역사를 자의적으로 해석하고 의미화하는 태도 때문에 일군의 독자 그룹에서는 컬트에 가까울 정도의 숭배를 받고 있지만, 자신의 작품에 대한 어떠한 설명도 거부하고 인터뷰도 하지 않는 고집스러움은 그의 명성을 다분히 논쟁적으로 만들고 있기도 하다. 이러한 이유로

펠레빈은 러시아에서 "가장 유명한 작가이자 동시에 수수께끼 같은 작가"로 불린다.

그의 작품은 현실과 환상의 긴밀한 뒤얽힘, 의도적으로 전후관계를 무시하고 마구 혼합되어 있는 역사의 시간, 그리고 극단적인 의미의 무게 때문에 지적으로 포화된 상태이지만, 대부분의 평론가들은 그의 작품이 독자들에게 그다지 부담을 주지 않는다고 말한다. 무엇보다 "대중성과 엘리트성, 현대성과 과거에의 몰두" "대중문화와 밀교 철학의 혼합" 등 서로 상반되는 성향을 훌륭하게 결합시키는 그의 작가적 능력 때문이다. 일부 비평가들에 따르면 펠레빈의 작품은 "손에 전화번호부 이외에는 아무것도 들고 다니지 않는 요즘 사람들조차도 읽는다"고 한다. 이러한 점에서 펠레빈은 현대 러시아 청년 문화를 이해하기 위한 하나의 중요 아이콘이라고 할 수 있다.

펠레빈은 대중 앞에 거의 모습을 드러내지 않으며 그의 생애와 관련된 자료들은 극히 제한적이고 피상적인 수준에 머물러 있다. 동양철학이나 불교에 관심이 많아 가끔 한국의 사찰에 들른다는 이야기도 있지만 구체적인 시기나 장소 등에 대한 정보는 잘 알려져 있지 않다. 이처럼 평론가나 대중과의 직접적인 접촉은 피하면서도 펠레빈은 2006년 이전 러시아에서 출판된 자신의 모든 작품들을 인터넷에 게시하여 비영리적인 용도에 한해 아무런 제약 없이 사용할 수 있도록 허락함으로써 작품을 통한 대중과의 소통에는 적극적인 모습을 보여준다.

빅토르 올레고비치 펠레빈은 1962년 모스크바에서 태어났다. 아버지 올레크 아나톨리예비치는 군인 장교로 모스크바의 바우만 공대 군사학부에서 강의를 하였으며, 어머니 지나이다 예프레모바는 모스크바의 한 중등학교 영어 교사였다. 펠레빈은 어머니가 교사로 근무하던 이 학교에서 중고등학교 과정을 마쳤다. 방학이면 아버지의 영향으로 모스크바 군대 캠프에서 지내곤 했지만, 그는 군인이 되는 것에는 그다지 관심이 없었다. 이 시기 펠레빈에게 가장 의미 있는 기억으로 남아 있는 것은 열네 살에 학교 도서관에서 처음으로 접한 불가코프의 소설 『거장과 마르가리타』였다. 현실과 환상, 역사적 사실의 진실성, 종교적 고뇌, 당대 소련 사회에 대한 신랄한 풍자 등이 메타픽션의 형식으로 그려지고 있는 이 책은 소련 몰락 이후 독자들에게 가장 많은 환영을 받았고 페레스트로이카 세대 작가들에게는 풍부한 문학적 영감을 준 작품의 하나로, 펠레빈도 그 영향력에서 예외가 아니었다. 검열 때문에 많은 부분이 생략되어 있었음에도 불구하고 펠레빈은 이 소설을 읽는 순간 뭔가 설명할 수는 없지만 자유로운 감정을 경험한 것으로 알려져 있다. 이러한 경험은 『P세대』의 주인공 타타르스키를 통해서도 전해지고 있다.

그는 군대에 가지 않기 위해 모스크바 에너지 공대 전기공학과에 입학했다. 1985년 우수한 성적으로 대학을 졸업했지만 전공에는 그다지 관심이 없었고 오히려 대학 졸업 후 고리키 문학대학 창작 세미나 과정에 등록했다. 그러나 과정을 끝내지는 못했으며 학교에서 제적당한 기록이 남아 있다. 그는 전업 작가가 되기 전에는 디자인 사무실에서 잠깐 일을 하기도 했고, 『과학과 종교』 잡지에서 동양의 신비주의와 관련된 원고를 담당하기도 했다.

펠레빈은 첫번째 단편 모음집 『푸른 등불』(1991)로 1992년 러시아의 대표적 문학상 가운데 하나인 소(小) 부커상을 수상하였으며, 그 후 러시아 포스트모더니즘에서 가장 흥미 있는 작가 중 한 명으로 인정받았다. 같은 해에 출간된 중편소설 『오몬 라』는 독자들 사이에 엄청난 센세이션을 불러일으켰으며, 1996년 장편소설 『차파예프와 푸스토타』를 출간한 이후에는 더 이상 신진 작가가 아니라 러시아를 대표하는 중요 작가의 반열에 오르게 되었다. 2009년에 실시한 설문 조사에서 그는 러시아에서 가장 영향력 있는 지식인으로 뽑혔다.

1999년 출판되자마자 펠레빈 숭배를 불러일으키며 수많은 추종자를 거느린 베스트셀러가 된 『P세대』는 페레스트로이카라는 거대한 역사적 변혁에 직면한 러시아 젊은 세대에 대한 풍자와 연민, 동정의 기록이다. 소설에서 'P세대'는 소련 시대에 나타난 독특한 문화 코드로서의 '펩시 세대'라고 설명되고 있지만, 평론가들은 이것을 페레스트로이카 세대, 펠레빈 세대 등으로 확장시켜 이해한다. 작가는 한 인터뷰에서 P세대를 러시아어 욕설인 '피즈데츠(пиздеть, 쓸데없는 말이나 거짓말을 의미)' 세대라고도 불렀다(2000년 『옵서버』와의 인터뷰에서 그는 "피즈데치 세대는 재앙에 직면한 세대를 의미한다"고 설명했다). 펠레빈의 다른 소설들과 마찬가지로 『P세대』는 도덕적 문제와 삶의 가치들에 대한 깊은 성찰을 기본적인 주제의식으로 담고 있지만 그것을 풀어나가는 구성과 방식은 대단히 화려하고 자유분방하며 또한 작가의 방대한 지적 역량을 유감없이 발휘하고 있다.

러시아에서 페레스트로이카는 새로운 시대에 전혀 준비가 되어 있지 않던 모든 소련인들에게 갑작스럽고 엄청난 삶의 변화를 가져왔다.

70여 년 동안 러시아인들의 삶을 지탱하고 있던 정치 체제, 도덕적 가치관, 공산주의 유토피아에 대한 신앙에 가까운 믿음은 하루아침에 무의미한 쓰레기로 전락하였으며, 러시아인들은 이제 누구라도 예외 없이 생존의 문제를 걱정해야 하는 상황에 직면하게 되었다. 그러나 주인공 타타르스키와 같은 젊은 지식인들은 물질적이거나 육체적인 생존의 문제를 넘어서 정신적, 도덕적 가치의 혼란으로 인한 인간으로서의 존재 의미 자체의 위기를 경험하게 된다. 이는 나이 든 기성세대가 새로운 변화를 받아들이지 못하고 고통 받는 것과는 다른 상황이다. 공산주의 통치에 대한 기억을 가지고 있지만 소련 붕괴 이후 혼돈의 시대에 자라난 이들 젊은 세대는 부모 세대의 과거로부터는 단절되었고 미래에 대해서는 불확실한 세대다. 그들은 소련 공산주의 가치의 완전무결함과 영원성을 믿도록 교육받고 자라왔지만, 그것이 한순간에 무너져 내리는 것을 무기력하게 목격할 수밖에 없었으며, 더 절망스러운 것은 폐허가 된 러시아의 과거의 삶을 극복하고 새로운 러시아를 이끌어낼 무거운 책임이 전적으로 그들의 어깨 위에 지워져 있었다는 것이다. 그들은 완전히 상반되고 적대적인 두 개의 가치를 동시에 경험한 세대로서 가치관의 혼돈과 정신적 고통 속에서 삶의 무게에 짓눌려 있는 세대인 것이다. 소설 『P세대』는 바로 그러한 고통 받는 젊은 세대에 대한 동시대인의 기록이다. 펠레빈은 이 소설에서 한편으로는 러시아 경제의 몰락, 정치 부재 현상, 소비 지상주의를 부추기는 광고의 홍수나 젊은 이들의 마약 중독 등 당대 러시아 현실의 구체적인 현상과 문제점을 지적하며 조롱하고 있지만, 다른 한편으로는 고대 메소포타미아 신화, 불교적 인식 등 철학적, 종교적 사색을 통해 포스트-소련 시기 젊은이들의 존재론적 고뇌에 대한 깊이 있는 성찰을 보여주고 있다.

『P세대』는 혼돈과 부패가 난무하던 1990년대 초 옐친 시대 모스크바를 배경으로 하고 있다. 문학 대학원생이자 시인이었던 바빌렌 타타르스키는 소련의 붕괴와 더불어 하루아침에 아무것도 가진 것 없이 거리 밖으로 던져진다. 그의 인생은 작가적인 재능을 바탕으로 소련 가치를 의미화하는 시들을 쓰는 나름 전도유망한 청년 시인이 되도록 예정되어 있었다. '바실리 악쇼노프'와 '블라디미르 일리이치 레닌'의 합성어인 바빌렌이라는 이름만 봐도 그렇다. 악쇼노프는 공산주의 이데올로기에 바탕을 둔 문화적 구속이나 전체주의를 거부하고 미국 문화의 상징이라 할 수 있는 재즈와 록음악을 사랑하던 소련의 대표적인 '60년대 세대' 시인으로서, 같은 60년대를 살았던 타타르스키의 아버지는 악쇼노프의 자유로운 영혼과 이상적 공산주의자인 레닌의 이름을 합성하여 바빌렌이라는 이름을 탄생시켰다("타타르스키의 아버지가 그에게 지어준 '바빌렌'이라는 이름만 봐도 그렇다. 그 이름은 '바실리 악쇼노프'와 '블라디미르 일리치 레닌'이라는 단어의 조합이었다. 타타르스키의 아버지는 아들의 이름을 지으면서 자유분방한 악쇼노프의 소설을 통해 마르크시즘은 처음부터 자유연애를 지지했다고 감사한 마음으로 이해한 충실한 레닌주의자를 상상했을 수도 있고, 혹은 유달리 늘어지는 색소폰의 반복악절을 통해 갑자기 공산주의의 승리를 확신하게 된, 재즈에 열광하는 유미주의자를 상상했을 수도 있다").

그러나 이러한 아버지의 의도는 갑작스러운 소련의 몰락과 함께 우스꽝스럽고 무의미한 시도로 전락하고 만다. 타타르스키는 자신의 이름을 부끄럽게 여겨 러시아에서 흔하고 평범한 이름인 블라디미르로 개명을 하고, 소련 가치를 노래하는 시인이 아닌 길거리 간이매점에서 담배나 파는 신세가 됨으로써 자의로도 타의로도 과거와는 단절된다. 시인으로서의 감수성과 더불어 온갖 종류의 풍부한 지식의 소유자이지만 현재의 타타르스키는 길거리 매점 안에서 세상과의 유일한 통로인 창살 달린 창을 통해 물건을 사러 온 사람들의 손을 보며 그들의 성격이나 행적을 추적하는 일로 하루하루를 소일하는 무의미하고 무료한 일상을 보낸다. 그러던 중 손님으로 찾아온 옛 친구 모르코빈을 만나면서 그의 인생에는 급격한 변화가 일어난다.

그는 광고업계에 스카우트되고 자신의 작가적 역량을 발휘하여 이 분야에서 빠르게 성장하고 인정받는다. 소련 체제를 선전하려던 이데올로기 시인에서 상품을 선전하는 광고 카피라이터가 된 것이다. 그의 새로운 직업은 서구 광고를 러시아 버전으로 변형시키는 것이며, 이 과정에서 그에게 요구된 것은 광고에 러시아 정신을 어떻게 효과적으로 반영하는가 하는 것이다. 그러나 그는 카피라이터로서 성공을 거둘수록 서구 대중문화나 소비 지상주의의 노예가 되어가는 러시아를 보며 또다시 절망에 빠져든다. 그는 변화를 갈망하면서도 러시아의 정치에는 냉소적일 정도로 무관심하고, 광고를 통해 드러나는 서구의 약속에 대해서도 회의적이다. 절대적인 가치로서의 공산주의 이데올로기가 사라지고 그 자리를 대신해 러시아인들을 사로잡은 서구의 소비 지상주의는 소련의 몰락만큼이나 급격하고 충격적이다. 하지만 이것은 어느 면에서는 충분히 예견 가능한 일이기도 했다. 철의 장막 속에 가려져 있던 노동자 천국이 실제로는 얼마나 궁핍한 인간들을 양산해냈고, 소련인들이 기본적인 생필품의 부족으로 얼마나 고통스럽고 절망적인 현실에서 살아왔는가 하는 것은 이미 잘 알려져 있는 사실이다. 공산주의 이데올로기로 포장되어 있던 궁핍한 삶은 장막이 거두어지자마자 그 너덜너덜함을 드러냈으며, 러시아인들은 이제 가장 기본적인 생존의 조건인 물질에 맹목적으로 집착하기 시작한다. 이전에는 자본주의의 폐해라고 주장되었던 물질 지상주의, 소비 지상주의였지만, 펩시로 대변되는 서구의 무차별적인 상품 공격은 어느새 러시아인들의 의식 속에서 서구의 풍족한 삶을 동경하게 만들었다. 이 소설에서 펩시가 러시아 소비자들에게 준 충격은 아름다운 해변에서 펩시를 마신 원숭이가 멋진 지프를 타고 화려한 여인들과 자유롭게 즐기는 모습을 담은 광고를 통해 그려지고 있다. 현실적인 풍요로움과 이상향에 대한 동경을 동시에 만족시키는 펩시의 전략은 대성공을 거두었으며, 러시아인은 펩시를 마시면 그러한 삶에 저절로 도달하게 되리라는 거의 신앙에 가까운 믿음을 가지게 되었다.

하지만 주인공 타타르스키는 물질적인 소유가 모든 가치를 지배하고 어떤 면에서는 방종으로 규정될 수도 있는 이러한 새로운 문화에서 드러나는 문제점들을 예리하게 느끼고 있으며, 그럼에도 불구하고 그 안에서 자신이 추구해야 할 가치와 삶의 의미를 찾으려고 노력한다. 특히 서구 자본주의에 대한 일방적인 동경과 이제 삶의 모든 가치와 의미는 돈의 규모에 의해서만 규정된다고 보는 단순하고 편협한 사고를 하는 대다수의 러시아인들을 보면서 그는 포스트-소련 사회에서 개인적 욕망과 집단적 믿음을 결정하는 숨겨진 힘을 찾으려 시도한다. 타타르스키는 러시아의 소비 지상주의를 원시적인 추상적 유기체인

'오라누스'로 설명하고 있다. 돈을 더 많이 벌고자 하는 구강-충동(흡수 욕구), 그 돈을 물건 소비에 사용하도록 하는 항문-충동(배출 욕구), 그리고 오라누스와의 완전한 동일시를 방해하는 심리적 과정을 의식으로부터 밀어내는 대체-충동, 이 세 가지 충동은 다양한 미디어와 광고로 인해 사람들의 심리가 조종되는 과정을 원시 생물체에 빗대어 생물학적으로 표현한 것이다. 오라누스는 개인을 생물학적인 원시 세포로 퇴화시킨 것을 의미한다. 하지만 동시에 우리의 소비 습관을 지배하는 강력한 기관이기도 하다. 피와 림프의 역할을 하는 돈과 상품의 지속적인 흐름을 지배하고 힘을 실어주기 위해서 오라누스는 세포의 활동, 즉 사고파는 행위를 조종하는 일종의 신경기관으로서 미디어를 사용한다. 중요한 것은 오라누스(혹은 마몬)는 실제로 심리적인 소비 욕구를 나타낸다는 것이다.

펠레빈이 소개하고 있는 신조어 '호모 자피엔스'도 같은 맥락에서 이해할 수 있다. 텔레비전 광고를 보지 않으려고 빠르게 채널을 돌리는 행위를 뜻하는 재핑(zapping)이라는 단어에서 만들어진 호모 자피엔스로서의 인간은 자신의 의지에 따라 채널을 돌린다고 믿고 있지만 실상은 그렇지 않다. 시청자들은 엄청난 양의 광고를 보지 않기 위해 자신이 원하는 대로 채널을 돌린다고 생각하지만, 실제로 이 과정은 그들에 의해 주도되는 것이 아니라 텔레비전 주도하에 이루어지는 통제의 결과이다. 그들은 자신이 조종당한다는 것도 모른 채 특정 채널의 특정 프로그램을 만나는 것이다("광고 묶음을 보고 싶지 않은 시청자가 텔레비전 채널을 돌리는 것과 마찬가지로 순간적이고 예측할 수 없는 묘사의 기술적 수정이 시청자 자체를 이리저리 돌린다. 호모 자피엔스의 상태로 이동한 시청자는 원격으로 조종되는 텔레비전 프로그램이 된다. 그리고 바로 이런 상태로 삶의 상당 부분을 보내게 된다"). 펠레빈은 감독이나 카메라맨이 조종하는 시청자의 채널 돌리기야말로 텔레비전 방송의 토대이자 광고-정보의 영역이 사람들의 의식 속에 영향을 미치게 하는 주요 수단이라고 말하고 있다.

그리고 이러한 과정을 주도하는 사람들이 광고 카피라이터다. 본문 중에서 카피라이터는 사람들에게 소비의 불꽃을 보도록 강요하는 사람들이라는 표현이 있다("무엇의 소비가 아니라 누구의 소비인가 라고 해야지. 사람은 자신이 소비를 한다고 생각하지만, 사실은 소비의 불꽃이 사람에게 적당한 기쁨을 주면서 그들을 태우는 것이다"). 소비의 주체는 자신의 의지와 선택으로 소비를 한다고 생각하지만, 그들이 광고를 보고 상품을 선택하는 과정은 감독과 카메라맨, 카피라이터들에 의해 은밀하게 주도된다고 보는 것이 더 정확하다. 시청하는 소비자는 단지 그들이 선택하고 보여주고 설명하는 과정에 하나의 대상으로서 동참할 뿐이다. 이처럼 시청자들의 의식을 조종하고 통제하는 광고-미디어는 러시아에서는 거의 신격화된 존재로 인식된다. 소련 시기에 화면으로 전송되는 모든 정보를 가치 있고 신뢰할 만한 것으로 받아들이도록 세뇌되어왔던 러시아인들은 포스트-소련 시기에도 여전히 방송되는 모든 정보와 자료를 무한 신뢰한다. 단지 전송되는 정보의 내용과 전달 주체만이 바뀌었을 뿐이다. 그들은 카피라이터가 만들어내는 광고 문구에 신뢰를 보내며, 그들이 소개하는 상품에 대해서 아무런 의심도 품지 않는다.

한때 소련 시인을 꿈꾸던 타타르스키는 새로운 시대가 요구하는 새로운 시인, 즉 카피라이터가 되어 창조적이고 기발한 광고 문구를 만들어내며 발군의 역량을 발휘하고, 결국 방송 조작의 최고 단계라 할 수 있는 3D 작업의 영역에 발탁되기에 이른다. 중요 정치가나 관료, 기업가들을 컴퓨터로 렌더링해서 뉴스나 광고에 내보내는 과정은 우스꽝스럽고 어이없는 작업으로 보이지만, TV로 전송되는 내용은 무엇이든 믿도록 되어 있던 러시아인들에게 이것은 전혀 의심할 여지가 없는 완벽한 사실로 받아들여진다. 물론 실재 존재하는 인물들인 옐친 대통령, 러시아의 대표적 올리가르히(신흥재벌)인 베레좁스키, 악명 높은 체첸 테러리스트 라두예프를 렌더링해서 TV에 내보낸다는 것을 문자 그대로 이해할 필요는 없다. 여기서 작가가 보다 염두에 두고 있는 것은 미디어에 의한 이미지 조작이다. 다양한 분야에서 활동하는 러시아의 실제 권력자들을 가상의 꼭두각시로 만드는 렌더링은 결국 그들의 성공이 미디어를 통해 조작되고 의도적으로 변형된 이미지를 통해 가능했다는 것을 은유적으로 표현하고 있는 것이다. 펠레빈은 시청자들에게는 다양한 미디어를 통해 전달되는 정보의 흐름을 통제할 힘이 없다는 사실에 주의를 돌리고 있다. 원하지 않는 광고를 보지 않기 위해 채널을 돌리는 것도 결국은 시청자의 의지가 아니라 TV나 카피라이터의 원격조종을 받는 것이며, 미디어를 통해 제공되는 모든 정보 역시 조작된 이미지에 불과하다는 사실을 상기시키며 펠레빈은 미디어 매체의 강력하고 절대적인 힘을 신격화하기 위해 메소포타미아 신화를 차용해 온다.

재능을 인정받으며 조직의 피라미드 위로 한발 한발 올라가던 주인공 타타르스키는 결국 피라미드의 꼭대기이자 미디어 조작의 최고 단계인 황금의 방으로 초대된다. 이곳에서 그는 황금가면과 거울을 들고, 깃털로 만들어진 이상한 스커트를 입고 메소포타미아 신화에 등장하는 이슈타르 여신을 연상시키는 여신의 남편으로 선택된다. 소설은 처음부터 타타르스키와 이슈타르 여신과의 연관성을 지속적으로 암시하고 있다. 고대 도시 바빌론(Babylon)을 연상시키는 바빌렌(Vavilen)이라는 이름, 이슈타르 여신의 상징물이자 일종의 환각제인 광대버섯, 바벨탑처럼 거대한 미완성의 탑 구조물 등 주인공 타타르스키와 여신을 연관시키는 이미지들이 순차적으로 제시되고 있으며, 소설 마지막에서 그는 마침내 아자돕스키 대신 여신의 새로운 남편으로 선택된다. 여신의 남편으로서 그에게 주어진 임무는 육체도 없고 이름도 없는 여신을 대신하여 그녀의 육체가 되어 여신의 적이자 그녀의 죽음인 다리 다섯 달린 개가 깨어나서 혼돈과 파괴를 가져오는 것을 막는 것이다. 물론 그 자신도 실제 자신의 모습을 드러낼 필요는 없다. 렌더링화된 육체를 차용한 다양한 변이체들을 통해 광고 이미지의 총체인 여신의 의지를 대신 수행하면 되는 것이다.

이러한 메소포타미아 신화는 광고의 신격화라는 목적을 위해 봉사한다. 전 세계적으로 사람들의 삶의 방식과 가치관에 대한 지배력을 확장해나가는 미디어의 의미와 역할은 시장자본주의와 맞물려 고대 세계 신의 영역에 맞먹을 정도로 강력함과 신성함을 갖추게 되었으며, 일반 대중은 감히 광고나 방송의 내용과 의미에 대해 어떠한 의문도 제기할 수 없게 되었다. 사람들은 앞다투어 신의 왕국으로 입성하기를 바라지만, 모두가 들어갈 수는 없으며 여신에 의해 선택받은 자만이 받아들여진다. 그리고 이제 여신의 새로운 남편으로 선택되어 그곳에 들어갈 수 있도록 허락받은 사람은 타타르스키다. 그러나 이것이 과연 타타르스키가 원하던 것인지, 혹은 그가 그토록 탐색하던 존재의 의미를 그 안에서 찾을 수 있을 것인지는 의문의 여지가 있다. 그에 앞서 여신의 남편이었던 아자돕스키는 무엇이든 할 수 있는 자신의 지위를 이용하여 벌이 꽃을 찾듯 마약의 꽃에 탐닉하기도 하고 자신에게 방해가 되는 사람은 거리낌 없이 살해하기도 했으며 바벨탑에 버금가는 거대한 탑을 세우려고도 했다. 그러나 결국 그 자신이 살해당함으로써 모든 기획과 의도는 무의미하게 끝나고 말았다. 그의 죽음은 신의 대리자이면서 스스로 신이 된 듯 행동한 것에 대한 신의 징벌로 볼 수 있을 것이다. 바벨탑을 건설해 신의 왕국에 이르려던 인간들이 오히려 신에 의해 벌을 받고 여러 개의 다른 언어를 가진 종족들로 뿔뿔이 흩어져 갔던 것과 마찬가지로 자신이 신이 된 양 무한의 힘을 과시하려던 아자돕스키도 결국 여신에게 버림을 받은 것이다.

아자돕스키를 대신해 새로운 신의 남편으로 선택된 타타르스키는 바로 육체에 대한 스캔 작업을 거쳐 수많은 광고와 뉴스, 방송 등에 모습을 드러내며 가상의 인물로서의 삶을 살기 시작한다. 그러나 신격화된 광고 공간에서 그는 신의 대리자로서 많은 가능성을 부여받지만, 광고와 방송에 등장하는 그 어떤 인물도 그 자신은 아니다. 신의 남편이 되는 순간 그는 그 어떤 인간도 될 수 있지만 동시에 그 어떤 인간도 아닌 상태에 이른 것이다. 아이러니하게도 텔레비전에서 제시되는 거짓 이미지 너머에 존재하는 진정한 리얼리티를 보고자 했던 타타르스키는 바로 그 자신이 환상으로 변형되었다. 자신이 등장한 다양한 광고나 뉴스 중에서 투보르 맥주 광고(실제로 방송이 되지는 않았지만)

의 편력자를 보며 그가 눈물을 흘린 이유도 이러한 맥락에서 이해할 수 있다. 맥주 캔 위에 그려져 있는 외로운 편력자의 모습을 한 타타르스키는 태양이 정점에 달해 있는 먼지투성이 오솔길을 걸어가다가 멈추어 서서 손수건으로 이마의 땀을 닦고 다시 푸른 지평선을 향해 지친 발걸음을 옮긴다. 그리고 카메라는 그의 이런 뒷모습만을 담아내고 있다. 광고와 미디어에 의해 조작되고 변형된 이미지 속에서 진정한 리얼리티를 탐색하고자 했던 타타르스키는 결국 그 자신이 광고 속 이미지로만 존재하게 되었으며, 자신의 의지와는 상관없이 환상의 공간으로 이끌리고 그의 삶은 수많은 가상의 존재들에 의해 대신 살아지게 된다. 오랜 여행에 지친 편력자의 뒷모습은 바로 진리 탐색에 지친 타타르스키 자신의 삶의 고단함을 보여주는 것이며, 그래서 그는 이 광고를 보며 눈물을 흘렸을 것이다.

펠레빈은 『P세대』에서 포스트소비에트 세계에서 러시아인들을 사로잡았던 물질적 풍요의 약속의 허위성, 광고와 미디어를 통한 현실의 조작과 왜곡 등의 문제를 제기하며, 이러한 정신적, 윤리적, 물질적 위기 속에서 살아가는 러시아 젊은 세대의 고뇌를 신화와 역사, 환상의 영역을 자유자재로 넘나들며 그려내고 있다. 온갖 종류의 욕설과 마약, 살인 등이 거리낌 없이 저질러지는 사회 현실에 대한 신랄한 고발과 더불어 젊은 지식인의 고통스러운 자아 탐색의 과정이 서로 불가분하게 연결되어 있는 이 소설은 러시아 포스트모더니즘의 대표 작품이라 부르기에 손색이 없을 것이다.

박혜경

1962년 11월 22일 모스크바에서 출생. 아버지 올레크 아나톨리예비치는 국립 모스크바 바우만 공과대학의 군사학부 교수였으며, 어머니 지나이다 예프레모바는 모스크바 중등학교의 영어 교사였다.

1979년 어머니가 교사로 일하던 중등학교(현재 이름은 No. 1520 카프초프 중등학교) 졸업.

1985년 모스크바 에너지 공대 전기공학과를 우수한 성적으로 졸업.

1987년 대학원에 입학. 그러나 졸업 논문을 쓰지는 않음.

1988년 여름 고리키 문학대학 창작 세미나 과정(통신교육 과정)에 등록.

1989년 SF 소설가 에두아르드 게보르캰이 펠레빈을 『과학과 종교』 잡지에 소개해줌. 그 후 몇 년 동안 잡지 편집부에서 동양의 신비주의와 관련된 원고 출판 담당. 옛날이야기 형식의 첫번째 단편 『마법사 이그나트와 사람들Колдун Игнат и люди』 출간. 그 후 3년 동안 여러 잡지에 단편소설 발표.

1990년 고리키 문학대학 일부가 출판사 '하루День'에 임대되었고 펠레빈은 이 출판사의 산문부 편집진으로 근무. 단편 「재건자Реконструктор」로 위대한 원상 수상. 중편 「은둔자와 여섯 손가락Затворник и Шестипалый」을 발표하고, 이 작품으로 황금의 구상 수상.

1991년 문학대학에서 제적당함. 단편집 『푸른 등불Синий фона

рь』 발표.

1992년 『푸른 등불』로 제1회 러시아 소(小) 부커상 수상. 중편소설 『오몬 라Омон Ра』 출간. 이 소설은 대단한 센세이션을 불러일으키며 성공을 거둠.

1993년 『오몬 라』로 청동 달팽이상과 인터프레스콘상 수상. 「벌레들의 삶Жизнь насекомых」 「노란 화살Жёлтая стрела」 발표. 단편 「천상계의 탬버린Бубен верхнегомира」으로 위대한 원상, 『국가계획위원회 왕자Принц Госплана』로 인터프레스콘상 수상.

1995년 에세이 「좀비화Зомбификация」로 편력자상 수상.

1996년 『차파예프와 푸스토타Чапаев и Пустота』 발표.

1997년 『차파예프와 푸스토타』로 편력자상 수상. 이 소설 출판 이후 펠레빈은 러시아를 대표하는 작가 반열에 오름.

1999년 『P세대Generation《П》』 발표. 이 작품으로 리하르트 쇤펠트 독일 문학상 수상.

2001년 잘츠부르크 노니노상 최우수 외국 작가상 수상.

2002년 단편집 『조립된 암시Встроенный напоминатель』 발표.

2003년 「숫자들Числа」(『ДПП (NN)』에 수록된 대표작) 발표. 시집 『비가2Элегия2』 발표. DPP(NN)『ДПП (NN)』으로 국가 베스트셀러상과 아폴론 그리고리예프상 수상.

2004년 『늑대인간의 성전(聖典)Священная книга оборотня』 발표.

2005년 『공포의 헬멧Шлемужаса』, 작품집 『중편과 에세이 모음집Все повест и иэссе』 『단편 모음집Рассказы』 『유물. 초기작과 미발간작Relics. Раннее и неизданное』, 시집 『심리적 공격. 소네트Псичическая атака. Сон ет』 발표.

2006년 『제국V Empire V』 발표. 2006년 이전 러시아에서 출판된 모든 작품을 인터넷에 게재하여 비영리적인 용도에 한해 누구든 열람할 수 있도록 허락.

2007년 『제국V』로 러시아 및 구소련 작가들을 대상으로 수여하는 가장 큰 문학상인 큰 책상 최종 후보에 오름.

2008년 단편집 『$П^5$』 발표.

2009년 『t』 발표.

2010년 『t』로 큰 책상 3등상 수상. 단편집 『아름다운 숙녀를 위한 파인애플즙Ананасная водадля прекрасной дамы』 발표.

2011년 『S.N.U.F.F』 발표.

문학동네 세계문학전집 발간에 부쳐

세계문학은 국민문학 혹은 지역문학을 떠나 존재하는 문학이 아니지만 그것들의 총합도 아니다. 세계문학이라는 용어에는 그 나름의 언어와 전통을 갖고 있는 국민문학이나 지역문학의 존재를 인정하면서 그것을 넘어서는 문학의 보편적 질서에 대한 관념이 새겨져 있다. 그 용어를 처음 고안한 19세기 유럽인들은 유럽문학을 중심으로 그 질서를 구축했지만 풍부한 국민문학의 전통을 가지고 있는 현대의 문학 강국들은 나름의 방식으로 세계문학을 이해하면서 정전(正典)의 목록을 작성하고 또 수정한다.

한국에서도 세계문학 관념은 우리 사회와 문화의 변화 속에서 거듭 수정돼왔다. 어느 시기에는 제국 일본의 교양주의를 반영한 세계문학 관념이, 어느 시기에는 제3세계 민족주의에 동조한 세계문학 관념이 출현했고, 그러한 관념을 실천한 전집물이 출판됐다. 21세기 한국에 새로운 세계문학전집이 필요하다는 것은 명백하다. 우리의 지성과 감성의 기준에 부합하는 세계문학을 다시 구상할 때가 되었다.

문학동네 세계문학전집은 범세계적으로 통용되는 고전에 대한 상식을 존중하면서도 지난 반세기 동안 해외 주요 언어권에서 창작과 연구의 진전에 따라 일어난 정전의 변동을 고려하여 편성되었다. 그래서 불멸의 명작은 물론 동시대 세계의 중요한 정치·문화적 실천에 영감을 준 새로운 작품들을 두루 포함시켰다.

창립 이후 지금까지 한국문학 및 번역문학 출판에서 가장 전문적이고 생산적인 그룹을 대표해온 문학동네가 그간 축적한 문학 출판 경험을 바탕으로 새로운 세계문학전집을 펴낸다. 인류가 무지와 몽매의 어둠 속을 방황하면서도 끝내 길을 잃지 않은 것은 세계문학사의 하늘에 떠 있는 빛나는 별들이 길잡이가 되어주었기 때문이다. 우리가 자부심과 사명감 속에서 그리게 될 이 새로운 별자리가 독자들의 관심과 애정에 힘입어 우리 모두의 뿌듯한 자산이 되기를 소망한다.

문학동네 세계문학전집 편집위원

민은경, 박유하, 변현태, 송병선, 이재룡, 홍길표, 남진우, 황종연

지은이 **빅토르 펠레빈**

1962년 11월 22일 모스크바에서 태어났다. 모스크바 에너지 공대 전기공학과를 졸업하고 잡지사에서 편집 일을 시작하며 글을 쓰기 시작했다. 1989년 첫 단편집 『푸른 등불』로 러시아 소(小)부커상을 받으며 성공적으로 데뷔했고 연이어 『오몬 라』 『벌레들의 삶』 『공포의 헬멧』 등 발표하는 작품마다 큰 인기를 모으며 러시아를 대표하는 작가 반열에 오르게 된다. 포스트소비에트 문학을 대표하는 작가로서 현재 러시아의 유력한 노벨문학상 후보 중 하나로 거론되고 있다.

옮긴이 **박혜경**

서울대학교 노어노문학과를 졸업하고 동 대학원에서 블라디미르 나보코프 연구로 석·박사 학위를 받았다. 현재 한림대학교 러시아학과 교수로 재직 중이다. 지은 책으로 『강-문학적 형상과 기억들』 『현실과 기호의 이질동상성』(이상 공저)이 있으며, 나보코프의 『사형장으로의 초대』와 도스토옙스키의 『악어 외』(공역) 등을 우리말로 옮겼다.

세계문학전집 090

P세대

양장본 초판 인쇄 2012년 8월 22일
양장본 초판 발행 2012년 9월 5일

지은이 빅토르 펠레빈 | 옮긴이 박혜경 | 펴낸이 강병선
책임편집 임선영 | 독자모니터 김준언 김수민 이희연
디자인 김이정 이주영 | 저작권 한문숙 박혜연
마케팅 정민호 김도윤 박보람 | 온라인 마케팅 김상만 이원주
제작 안정숙 서동관 임현식 | 제작처 미광원색사(인쇄) 우진제책사(제본)

펴낸곳 (주)문학동네
출판등록 1993년 10월 22일 제406-2003-000045호
주소 413-756 경기도 파주시 문발동 파주출판도시 513-8
전자우편 editor@munhak.com | 대표전화 031) 955-8888 | 팩스 031) 955-8855
문의전화 031) 955-3576(마케팅), 031) 955-1916(편집)
문학동네카페 http://cafe.naver.com/mhdn
문학동네트위터 http://twitter.com/munhakdongne

ISBN 978-89-546-1700-0 04890
ISBN 978-89-546-1020-9 (세트)

www.munhak.com

문학동네 세계문학전집

1, 2, 3 안나 카레니나 레프 톨스토이 | 박형규 옮김

4 판탈레온과 특별봉사대 마리오 바르가스 요사 | 송병선 옮김

5 황금 물고기 르 클레지오 | 최수철 옮김

6 템페스트 윌리엄 셰익스피어 | 이경식 옮김

7 위대한 개츠비 F. 스콧 피츠제럴드 | 김영하 옮김

8 아름다운 애너벨 리 싸늘하게 죽다 오에 겐자부로 | 박유하 옮김

9, 10 파우스트 요한 볼프강 폰 괴테 | 이인웅 옮김

11 가면의 고백 미시마 유키오 | 양윤옥 옮김

12 킴 러디어드 키플링 | 하창수 옮김

13 나귀 가죽 오노레 드 발자크 | 이철의 옮김

14 피아노 치는 여자 엘프리데 옐리네크 | 이병애 옮김

15 1984 조지 오웰 | 김기혁 옮김

16 벤야멘타 하인학교 – 야콥 폰 군텐 이야기 로베르트 발저 | 홍길표 옮김

17, 18 적과 흑 스탕달 | 이규식 옮김

19, 20 휴먼 스테인 필립 로스 | 박범수 옮김

21 체스 이야기 · 낯선 여인의 편지 슈테판 츠바이크 | 김연수 옮김

22 왼손잡이 니콜라이 레스코프 | 이상훈 옮김

23 소송 프란츠 카프카 | 권혁준 옮김

24 마크롤 가비에로의 모험 알바로 무티스 | 송병선 옮김

25 파계 시마자키 도손 | 노영희 옮김

26 내 생명 앗아가주오 앙헬레스 마스트레타 | 강성식 옮김

27 여명 시도니가브리엘 콜레트 | 송기정 옮김

28 한때 흑인이었던 남자의 자서전 제임스 웰든 존슨 | 천승걸 옮김

29 슬픈 짐승 모니카 마론 | 김미선 옮김

30 피로 물든 방 앤절라 카터 | 이귀우 옮김

31 숨그네 헤르타 뮐러 | 박경희 옮김

32 우리 시대의 영웅 미하일 레르몬토프 | 김연경 옮김

33, 34 실낙원 존 밀턴 | 조신권 옮김

35 복낙원 존 밀턴 | 조신권 옮김

36 포로기 오오카 쇼헤이 | 허호 옮김

37 동물농장·파리와 런던의 따라지 인생 조지 오웰 | 김기혁 옮김

38 루이 랑베르 오노레 드 발자크 | 송기정 옮김

39 코틀로반 안드레이 플라토노프 | 김철균 옮김

40 어두운 상점들의 거리 파트릭 모디아노 | 김화영 옮김

41 순교자 김은국 | 도정일 옮김

42 젊은 베르테르의 슬픔 요한 볼프강 폰 괴테 | 안장혁 옮김

43 더블린 사람들 제임스 조이스 | 진선주 옮김

44 설득 제인 오스틴 | 원영선, 전신화 옮김

45 인공호흡 리카르도 피글리아 | 엄지영 옮김

46 정글북 러디어드 키플링 | 손향숙 옮김

47 외로운 남자 외젠 이오네스코 | 이재룡 옮김

48 에피 브리스트 테오도어 폰타네 | 한미희 옮김

49 둔황 이노우에 야스시 | 임용택 옮김

50 미크로메가스·캉디드 혹은 낙관주의 볼테르 | 이병애 옮김

51, 52 염소의 축제 마리오 바르가스 요사 | 송병선 옮김

53 고야산 스님·초롱불 노래 이즈미 교카 | 임태균 옮김

54 다니엘서 E. L. 닥터로 | 정상준 옮김

55 이날을 위한 우산 빌헬름 게나치노 | 박교진 옮김

56 톰 소여의 모험 마크 트웨인 | 강미경 옮김

57 카사노바의 귀향·꿈의 노벨레 아르투어 슈니츨러 | 모명숙 옮김

58 바보들을 위한 학교 사샤 소콜로프 | 권정임 옮김

59 어느 어릿광대의 견해 하인리히 뵐 | 신동도 옮김

60 웃는 늑대 쓰시마 유코 | 김훈아 옮김

61 팔코너 존 치버 | 박영원 옮김

62 한눈팔기 나쓰메 소세키 | 조영석 옮김

63, 64 톰 아저씨의 오두막 해리엇 비처 스토 | 이종인 옮김

65 아버지와 아들 이반 투르게네프 | 이항재 옮김

66 베니스의 상인 윌리엄 셰익스피어 | 이경식 옮김

67 해부학자 페데리코 안다아시 | 조구호 옮김

68 긴 이별을 위한 짧은 편지 페터 한트케 | 안장혁 옮김

69 호텔 뒤락 애니타 브루크너 | 김정 옮김

70 잔해 쥘리앵 그린 | 김종우 옮김

71 절망 블라디미르 나보코프 | 최종술 옮김

72 더버빌가의 테스 토머스 하디 | 유명숙 옮김

73 감상소설 미하일 조셴코 | 백용식 옮김

74 빙하와 어둠의 공포 크리스토프 란스마이어 | 진일상 옮김

75 쓰가루 · 석별 · 옛날이야기 다자이 오사무 | 서재곤 옮김

76 이인 알베르 카뮈 | 이기언 옮김

77 달려라, 토끼 존 업다이크 | 정영목 옮김

78 몰락하는 자 토마스 베른하르트 | 박인원 옮김

79, 80 한밤의 아이들 살만 루슈디 | 김진준 옮김

81 죽은 군대의 장군 이스마일 카다레 | 이창실 옮김

82 페레이라가 주장하다 안토니오 타부키 | 이승수 옮김

83, 84 목로주점 에밀 졸라 | 박명숙 옮김

85 아베 일족 모리 오가이 | 권태민 옮김

86 폭풍의 언덕 에밀리 브론테 | 김정아 옮김

87, 88 늦여름 아달베르트 슈티프터 | 박종대 옮김

89 클레브 공작부인 라파예트 부인 | 류재화 옮김

90 P세대 빅토르 펠레빈 | 박혜경 옮김

91 노인과 바다 어니스트 헤밍웨이 | 이인규 옮김

92 물방울 메도루마 슌 | 유은경 옮김

93 도깨비불 피에르 드리외라로셸 | 이재룡 옮김

94 프랑켄슈타인 메리 셸리 | 김선형 옮김

95 래그타임 E. L. 닥터로 | 최용준 옮김

96 캔터빌의 유령 오스카 와일드 | 김미나 옮김

● 문학동네 세계문학전집은 계속 출간됩니다